Bibliografische Information der Deutschen Nationalbibliothek: Die Deutsche Nationalbibliothek verzeichnet diese Publikation in der Deutschen Nationalbibliografie; detaillierte bibliografische Daten sind im Internet über dnb.dnb.de abrufbar.

© 2017 Vanessa Serra
vanessa-serra@gmx.de
https://vanessaserra.jimdo.com
https://www.facebook.com/Vanessa-Serra-1220416354644371/
Lektorat/Korrektorat: Online-Lektorat Helge Hoffmann
Covergestaltung: D-Design Cover Art, www.ddc-art.com
Satz: Stefan Stern, www.wortdienstleister.de

ISBN Taschenbuch: 9-783-743172555

Sämtliche Personen in diesem Roman sind frei erfunden. Dieses Ebook/Buch darf weder auszugsweise noch vollständig per E-Mail, Fotokopie, Fax oder jegliches anderes Kommunikationsmittel ohne die ausdrückliche Genehmigung der Autorin weitergegeben werden.

Herstellung und Verlag:
BoD – Books on Demand, Norderstedt

Vanessa Serra

Hitman's Love – Tödliches Begehren

Kapitel 1

Seit einer Viertelstunde ging Joshua Reynolds jetzt schon durch die endlosen Flure dieses unterirdischen Labyrinths. Dem ehemaligen Elitesoldat kam es wie eine Ewigkeit vor. Die Gänge bestanden aus nackten Betonwänden, die nur hin und wieder von Deckenlampen schwach erleuchtet wurden. Je länger er sich hier in der Einsamkeit herumtrieb, desto mulmiger wurde ihm dabei. Vielleicht lag es weniger an der Umgebung, die zwar nicht einladend war, dem kriegseinsatzerprobten Josh jedoch keine wirkliche Herausforderung bot, als eher an den Umständen, die ihn hierhergeführt hatten.

Vor drei Jahren hatte er mehr zufällig seinen ersten Job als Auftragskiller erhalten. Sein Opfer war ein kolumbianischer Drogenbaron, den man in der Unterwelt nur »den Folterer« nannte. Joshua hatte ihn tagelang beschattet, und ihn dann mittels Kopftreffer beim Golfen einfach erledigt. Der dürre Sadist, der sein Geld damit verdiente, den Ärmsten der Armen alles zu nehmen, hatte nicht einmal mehr gespürt, wie er auf dem Boden aufschlug. Seine Bodyguards waren herbeigelaufen, hatten mit gezogenen Waffen aufmerksam die Umgebung sondiert und dann doch nur versucht, jemanden vom Kartell zu erreichen, der ihnen sagte, was sie jetzt tun sollten. Josh war zu diesem Zeitpunkt schon weg gewesen. Solche Jobs waren ihm die liebsten. Entgegen den Richtlinien seiner düsteren Zunft war er sehr wählerisch, was seine Aufträge anging. Er informierte sich sehr sorgfältig darüber, wer als Opfer auserkoren wurde und wie es dazu gekommen war, auf einer Todesliste zu stehen. Waren diese Menschen Unschuldige oder Kinder, lehnte er diese Missionen strikt ab.

Und genau das war es jetzt auch, was ihm so Kopfzerbrechen bereitete. Er wusste einfach nicht, wer sein Ziel war und was es in die Lage gebracht hatte, durch seine Hand sterben zu müssen. Innerlich verfluchte er immer wieder, sich auf das Ganze eingelassen zu haben. Vor drei Tagen war der Anwalt des kürzlich verstorbenen Multimillionärs und Rüstungsmagnaten Dominic Flagg mittels Internet an ihn herangetreten. Sein Name war Andrew Grass und er kam recht unumwunden zum Punkt seines Anliegens. Sein ehemaliger Arbeitgeber war zwei Tage zuvor an einem Krebsleiden verschieden und nun gab es noch eine unerledigte Sache, um die sich Joshua kümmern sollte. Diese *Sache* war ein Zeuge, der in einer Zelle in Flaggs ehemaligem Sommersitz saß. Genauere Angaben wollte Grass nicht herausrücken und Josh war schon dabei, abzulehnen, als ihm der Anwalt versicherte, es wäre das Beste für die Zielperson, wenn Josh den Job übernehmen würde. Sonst müsste er sich an Martin Neesa wenden. Als Josh das las, wurde ihm übel. Allein schon bei dem Gedanken, was sein Kollege Neesa mit diesem Zeugen machen würde, kam ihm die Galle hoch. Martin Neesa war der klassische Soziopath, der im Töten seine Berufung gefunden hatte. Aber er tötete nicht einfach nur. Er folterte die Menschen elendig bis zum Ende und genoss das Spiel aus Macht und Leid aus tiefster Seele. Ein gnadenloser Sadist, der seinen Job liebte und jeden Auftrag bereitwillig annahm. Nur Zähne knirschend hatte Josh deshalb zugestimmt. Wenn er jemanden erledigte, dann konnte er sichergehen, dass derjenige nicht unnötig leiden musste. Das war seine Maxime.

Seine Aufgabe bestand nun darin, die Zielperson zu finden, zu töten und spurlos zu entsorgen. Alles andere lag in seinem eigenen Ermessen.

Er erreichte eine Stahltür, die ihn an ein Brandschutztor erinnerte. Laut der Wegbeschreibung, die er von Grass erhalten hatte, lag dahinter die Treppe hinunter zu der Zelle, wo er sein

Opfer vorfinden sollte. Josh zog seine Waffe hervor, schraubte den Schalldämpfer auf die Mündung und kontrollierte noch einmal, ob sie geladen und entsichert war. Handgriffe, die ihm schon vor Jahren in Fleisch und Blut übergegangen waren.

Er spürte seinen Puls in den Schläfen, schloss die Augen, um seinen Herzschlag zu beruhigen und sich zu sammeln. Immer noch lag in seiner Magengegend eine Kälte, die einfach nicht vergehen wollte. Diese Ungewissheit zerrte an seinen Nerven. Langsam öffnete er die Augen, atmete noch einmal tief durch und drückte dann die Klinke herunter. Die Tür bewegte sich nicht. Zuerst dachte er, sie wäre verschlossen, doch als er sich mit mehr Kraft dagegenlehnte, gab sie zögerlich mit einem schrecklich lauten Quietschen nach. Joshua lief es bei diesem Krach kalt den Rücken herunter. Er hielt sie mühsam offen, zwängte sich geschickt hindurch und schob sie dann so leise wie möglich hinter sich zu. Er befand sich in einem Vorraum, in dem zögerlich eine, von einem Bewegungsmelder gesteuerte Lampe ansprang und den Blick auf eine lange Treppe nach unten freigab. Josh hielt inne und lauschte aufmerksam, ob das Knarren der Tür jemanden aufgeschreckt hatte. Laut Grass´ Angaben war das Haus zwar sonst unbewohnt, doch Josh traute dem Anwalt kein Stück weit. Nicht, dass er sich selbst als hilflos bezeichnen würde. Mit über einem Meter neunzig durchtrainierter Körperlänge war er schon ein beeindruckender Gegner. Er war in gängigen Kampftechniken und an unzähligen Waffentypen geschult worden. Diese Kenntnisse verdankte er seiner Zeit als Elitesoldat, in der er auch zum Scharfschützen ausgebildet wurde. Dazu kam eine lange Liste von meist verdeckten Kampfeinsätzen, in denen er einige Erfahrungen sammeln konnte. Dennoch war er immer vorsichtig und ging keine unnötigen Risiken ein. Einem Kopfschuss aus einem Hinterhalt hätte er auch mit seiner schusssicheren Weste und seinem einteiligen Kampfanzug keinerlei Gegenwehr zu bieten. Doch alles blieb ruhig und still. Langsam ging er die Stufen nach unten, die Waffe im Anschlag und in voller Alarmbereitschaft. Die Möglichkeit, dass dieses Unternehmen nur eine Falle war, um ihn auszuschalten, war in seinem Geschäft nun einmal stetig präsent. Der Auftraggeber, dem man gestern noch den Arsch gerettet hatte, konnte einem am nächsten Tag durchaus als problematischen Zeugen betrachten, den man besser heute als morgen ausschalten musste. Die legendäre Ganovenehre gab es nun einmal nur im Kino. Die Regeln waren in der Unterwelt hart, aber klar definiert. Egal was passierte, man rief niemals die Polizei, die Presse oder einen anderen Außenstehenden. Kein öffentliches Gepränkel; selbst wenn der Boss eines großen Kartells von einem Auftragskiller erledigt worden war. Und diese Prinzipien galten international. Da war es gleichgültig, ob es die Mafia, die Triaden, Yakuza, rivalisierende Kartelle, Familien oder Clans waren. Es gab nicht viele Regeln, auf die man sich in diesem kriminellen Milieu im Laufe der Jahrzehnte hatte einigen können. Doch das die Sachen untereinander und ohne die Bullen ausgefochten wurden, war ungeschriebenes Gesetz.

Nachdem minutenlang alles ruhig geblieben war, ging Joshua möglichst leise die noch vor ihm liegenden Stufen herab. Am Fuße der Treppe lag alles in einem unangenehmen Halbdunkel. Doch er konnte ausreichend sehen, um drei Schlösser zu erkennen, welche die nächste Tür verriegelt hielten. Zur Kontrolle drückte er langsam die Klinke herunter, doch der Zugang blieb verschlossen. Er tastete in einer Seitentasche seiner Hose nach dem Schlüsselbund, den er zusammen mit den ersten 50.000 Dollar von einem Boten gestern überreicht bekommen hatte. Er erinnerte sich noch genau daran, wie er das Paket verwirrt entgegengenommen hatte. Eigentlich wurde das Geld ausschließlich überwiesen und für alles andere wie Anweisungen, Unterlagen und sonstige Utensilien reichte ein großer Briefumschlag ohne Weiteres aus. Grass hatte ihm jedoch ein Päckchen geschickt. Josh hatte es wie immer bei der Post unter einem anderen Namen hinterlegen lassen und dann mit falschen Papieren abgeholt. Das war sein übliches Verfahren. Im Netzwerk kannte man zwar seinen Nachnamen, aber das war angesichts der Häufigkeit des Namens Reynolds kein Risiko. Zudem wusste niemand, dass es sein echter Name war. In seinem Unterschlupf in der Einsamkeit von Vermont angekommen, hatte er es zunächst auf Sprengstoff noch einmal überprüft, bevor er es langsam öffnete. Er vertraute zwar der Paranoia der Post der Vereinigten Staaten, aber bei Botensendungen war er immer noch vorsichtig. Das Paket hatte sich jedoch als sauber herausgestellt. Mit einem Messer hatte er sorgfältig die Sendung geöffnet. Er fand eine genaue Wegbeschreibung zu diesem Gebäude und einen Plan mit markiertem Weg, um in diesen Teil des Hauses zu gelangen. Wobei Josh das Wort Haus für diesen Palast als surreal empfand. Der Sommersitz sah wie ein altes Nobelhotel aus den 50er Jahren aus. Ein alter Spinner namens Norman N. Older hatte es Ende 1956 gebaut. Ein riesiger Komplex, mit geheimen Winkeln und dieser unterirdischen Anlage aus Gängen und Kammern, die Dominic Flagg damals dann offensichtlich mit mehreren Zellen ausgestattet hatte. Zumindest, wenn man den alten Plänen Glauben schenken konnte. Older war wohl besessen von den Angstvorstellungen des Kalten Krieges und er war überzeugt, die Russen würden ihn eines Tages hier finden und auslöschen, als Rache dafür, dass er Rüstungsgüter für die Armee herstellte. Im Grunde war er einfach nur verrückt gewesen. Dieser Irrsinn endete dann, als er in der obersten Etage seines Prachtbaus mit einer Schrottflinte den Inhalt seines Schädels über das Panoramafenster verteilte. Laut Joshuas Recherchen war das Haus dann durch mehrere Hände gegangen, bis Flagg es mittels diverser Tochterfirmen kaufte und zu seinem Sommersitz auserkor. Seit diesem Tag gab es keinerlei Informationen mehr über dieses Gebäude, das mit seiner Lage tief in den Wäldern im äußersten Norden vom New York State, für die meisten unerreichbar schien.

Josh fingerte den Schlüsselbund hervor und fand drei Schlüssel, die durchnummeriert waren. Er probierte den Ersten im obersten Schloss, und es ließ sich mühelos öffnen. Während er auch die beiden anderen aufschloss, ging ihm durch den Kopf, wozu man gleich drei dieser stabilen Verschlüsse brauchte, um eine Tür abzuschließen, hinter der jemand in einer Zelle saß. Welch ein gefährlicher Ausbrecherkönig erwartete ihn hier drin? Er ließ den Schlüsselbund wieder zurück in die Tasche gleiten und öffnete vorsichtig die Tür. Im Nacken spürte er einen leichten Schweißfilm, der ihm bei jedem Lufthauch eine Gänsehaut erzeugte. Angespannt sah er durch den Türspalt und lauschte aufmerksam. Hinter der Tür war es recht dunkel, doch er konnte dennoch im schwachen Licht den Boden und eine, der Tür gegenüber sich befindende Wand ausmachen. Josh ging hinein und ließ ganz sachte die Tür ins Schloss sacken. In diesem Moment hörte er das erste Mal ein Geräusch und drehte sich mit gezogener Waffe sekundenschnell nach links um. Doch da war niemand. Nur ein Gang, den man scheinbar in den nackten Fels geschlagen hatte. In Bodennähe befanden sich in einem Abstand von einem Meter kleine Leuchten, die ein schwaches Licht spendeten. Josh atmete ruhig und horchte reglos. Er rief sich den Plan dieses Geschosses und seine Anweisung ins Gedächtnis. In dem Gang vor ihm kam nach einigen Metern die Zelle mit seiner Zielperson darin. Langsam drehte er sich um und sah, dass der Flur auch zu seiner rechten noch ein ganzes Stück in den Fels reichte. Hier nahm er ein paar verschlossene, unbeschriftete Türen wahr. Grass hatte ihm notiert, dass es dort nichts Wichtiges gäbe. Eine Angabe, die Josh neugierig werden ließ. Es war der einzige Punkt auf den er hingewiesen wurde, dass er dort nichts zu suchen habe. Er ging somit davon aus, dass es hier noch mehr dreckige

Wäsche gab, von der er nichts wissen sollte. Einen Moment lang war er verführt, erst einmal nach rechts zu gehen und zu erkunden, was genau er nicht sehen sollte. Doch letztlich kam er zu dem Schluss, dass er erst den unangenehmen Teil hinter sich bringen sollte. Zum Stöbern wäre dann noch genug Zeit. Alles, was von seinem primären Auftragsziel abwich, bedeutete nur unnötige Risiken. Er wendete sich wieder dem Gang zu, der ihn zu der Zelle und damit zu seiner Zielperson führen würde und ging leise los. Aufmerksam horchte er und war zum ersten Mal sicher, dass er hier unten nicht allein war. Das Geräusch, das er wahrnahm, glich einem Flüstern, dem Atem eines Menschen, der sich fürchtete. Im tiefsten Winkel des Flurs sah er auf der rechten Wandseite eine Wand aus eisernen Stangen. Darin eingelassen eine Gittertür mit Schloss, wie man sie in einem alten Gefängnis finden würde. Robust und für die Ewigkeit gebaut. Während Josh sich schrittweise näherte, erkannte er immer mehr Details. Er sah, dass auf dem Boden Stroh verteilt war und sich im Eingangsbereich des Verschlages die gleichen Lampen in Bodennähe befanden, wie in diesem Korridor. Dennoch schien es in der Zelle heller zu sein. Ein matter Schein ließ die Gitterstäbe glänzen. Josh dachte daran, dass dies der perfekte Ort war, um jemanden für immer verschwinden zu lassen. Ein gut gesichertes Verlies, tief unter der Erde in einem Haus, das einem Labyrinth glich, in einer Gegend, in die man sich nicht einfach so verlaufen würde. Vermutlich hätte Grass diese Zielperson auch einfach hier verhungern und verdursten lassen können, ohne dass es jemals jemand herausgefunden hätte. Was immer auch hier geschah, hier hörte einen niemand schreien und keiner würde wie zufällig über ein paar Leichen stolpern. Josh blieb unweit des Zelleneinganges stehen und hielt den Atem an. Dies wäre auch der beste Platz für einen Hinterhalt. Der gute Joshua Reynolds könnte geradewegs in die perfekte Falle laufen. Er öffnet diese Tür und dann kommt er nie wieder hier heraus.

Wieder lauschte er aufmerksam und nun nahm er noch deutlicher wahr, dass da ein Mensch war, der lebte, atmete und sich bewegte. Noch hatte diese Person keinen Ton von sich gegeben. Vielleicht aus Angst oder Vorsicht oder weil Josh leise genug gewesen war. Den Grund für das Schweigen konnte er nicht ausmachen, aber es spornte seine Besorgnis an. Er versuchte sich vorzustellen, was die meisten Leute machten, wenn sie in eine Zelle gesperrt wurden und dann das erste Mal seit längerer Zeit Anzeichen für eine Rettung aus der Einsamkeit hörten. Würden sie wirklich ganz leise sein? Wäre es nicht logischer, um Hilfe zu rufen, um endlich gefunden und gerettet zu werden? Es sei denn, man wusste, was einem hier blühte, wenn man hörte, dass sich eine Tür öffnete. Das führte ihn wieder zu der Frage zurück, wer sein Ziel war und wie es in diesen gottverlassenen Teil der Welt gelangt war. Mitten in diese Überlegungen brach ein Geräusch, dass ihn erschaudern ließ. Ein metallisches Klirren und Rasseln, das nur von Ketten verursacht werden konnte. Schweren Ketten. Josh spürte, wie es ihm eine Gänsehaut über den Rücken jagte und sich die feinen Härchen an den Armen und im Nacken aufrichteten. Wo zum Teufel war er hier hineingeraten? Er schloss kurz die Augen und konzentrierte sich. Eine Technik, die er in seiner Grundausbildung beim Militär gelernt hatte. Ganz gleich, was um ihn herum geschah, er richtete seine Gedanken nach innen und fand selbst im größten Chaos, jeder Kriegssituation, Ruhe und Konzentration wieder. Joshs Pulsschlag verlangsamte sich, sein Finger wanderte zum Abzug seiner Waffe und sein Körper spannte sich an. Er war bereit, seinen Auftrag zu erledigen. Als er die Augen wieder aufschlug, waren alle störenden Grübeleien zur Seite geschoben, und er fokussierte sich nur noch auf die kommenden Augenblicke. Mit geschmeidigen Bewegungen machte er den letzten Schritt, mit der felsigen Wand im Rücken auf das Gitter zu, und drehte sich dann mit dem Lauf seiner Waffe zur Zelle um. Wie er es schon unzählige Male trainiert hatte, nahm er sein Opfer in den Blick, zielte und verharrte plötzlich.

Mit ungläubigem Blick starrte er stumm in die Zelle hinein. Die Waffe immer noch fest im Griff und die Augen auf sein Ziel gerichtet. Doch was er sah, machte ihn völlig handlungsunfähig. Während in seinem Inneren die Gedanken durcheinanderwirbelten, blieb er äußerlich nur ernst und konzentriert. Unzählige Bilder und Eindrücke stießen mit Überlegungen und Mutmaßungen in seinem Kopf zusammen und ließen ihn verharren. Nachdenklich starrte er in die Zelle hinein. Er sah die Ursache des klirrenden Geräusches. Das Gefängnis ging ab der Tür gute vier Meter bis zur hinteren Wand in den Fels hinein. An der dem Eingang gegenüberliegenden Wand war eine Holzpritsche montiert. An der rechten Seite sah er eine gekachelte, offene Dusche, einen Trinkwasserspender und eine Toilette. Sonst gab es keinerlei Einrichtung. Auf der Pritsche kauerte eine junge Frau, die ihn reglos aus angsterfüllten Augen anstarrte. Um ihre Hand- und Fußgelenke lagen breite Metallfesseln, die durch dicke Ketten miteinander verbunden waren. Sonst war sie nackt. Langsam erwachte Joshs Verstand aus seiner Erstarrung, und er überlegte, was er tun sollte. Abdrücken und den Job zu Ende bringen, wäre jetzt kinderleicht. Die junge Frau bewegte sich nicht und starrte ihn nur an. Das perfekte Ziel. Es wäre ein Leichtes, ihr eine Kugel durch den Kopf zu jagen und sie so schmerzlos zu erledigen. Sie würde nicht einmal mehr den Knall hören, bevor sie aus dieser Welt schied. Doch er konnte es einfach nicht. Ein unerklärlicher Impuls aus seiner Seele hielt ihn auf. Langsam ließ er die Waffe sinken. Sie schaute ihm nur weiter in die Augen, ohne sich zu rühren. Das überraschte ihn. Normalerweise sahen die Menschen, die in einer solchen Situation waren, wie paralysiert zu Boden oder auf die Waffe. Sie jedoch blickte ihm ins Gesicht. Mit ruhigen Bewegungen sicherte er die Waffe und verstaute sie im Holster. Noch immer hatten sie kein Wort gewechselt. Als er den Blick hob und sie musterte, bemerkte er, wie sie sich schutzsuchend gegen die nackte Wand presste, und versuchte ihre Blöße zu verbergen. Er wendete den Blick ab, damit sie sich ein wenig beruhigen konnte.

»Wie ist dein Name?«, fragte er mit einer angenehm tiefen Stimme.

Sie zögerte merklich, so als müsste sie gründlich überdenken, ob sie überhaupt einen Ton von sich geben wollte.

»Amy. Amy Haven«, antwortete sie schließlich vorsichtig.

Josh nickte und machte sich wortlos auf den Weg, um etwas zum Anziehen für sie zu finden. Er fühlte, dass er sonst einfach nicht mit ihr sprechen konnte. Er war abgelenkt durch ihren schönen Körper und sie schämte sich zu sehr, um ihm auf die hundert Fragen, die ihm durch den Kopf gingen, auch nur eine Antwort geben zu können. Zudem hoffte er in diesen ruhigen Momenten zu einer endgültigen Entscheidung zu kommen, was er tun sollte. So lief er den Gang zurück zu der Tür, durch die er gekommen war. Er ließ den Eingang unbeachtet und steuerte auf die erste Tür zu, von der er sich eigentlich nach seiner Anweisung fernhalten sollte. Der Zugang war unverschlossen und schwang auf, als er die Klinke heruntcrdrückte. Ein durch Bewegungssensoren gesteuertes Licht sprang an. Dahinter verbarg sich ein überraschend großes Zimmer, das bis auf einige Laken, ein paar Toilettenartikel und Haushaltswaren sowie einige 10-Liter Wasserspenderflaschen, völlig leer war. Er trat hinein, nahm sich ein Laken zur Hand, doch verwarf rasch den Gedanken, dass sie das als Kleidung um ihren Körper wickeln konnte. Er behielt es zwar im Hinterkopf, wenn er nichts anderes finden sollte, aber ideal fand er es nicht. Josh ging hinaus und steuerte die nächste Tür an. Diese war verschlossen. Er zog den Schlüsselbund hervor und probierte alle Schlüssel durch. Der Letzte passte natürlich. Wie immer der Letzte.

Mit einer ungeduldigen Bewegung schloss er sie auf und

wartete eine Sekunde, ehe das Licht flackernd ansprang. Unwillkürlich machte er einen Schritt zurück und betrachtete fassungslos die Apparate, die in dem Zimmer standen. Der Raum war riesig und beherbergte eine komplette, mittelalterliche Folterkammer mit Andreaskreuz, Streckbank, Pranger und einigen anderen hölzernen Anlagen, die nur dazu dienten, zu quälen oder zu fesseln. Dazu noch ein paar moderne Möbel, die sicherlich in jedem SM-Studio zu finden waren. Ein gynäkologischer Untersuchungsstuhl mit Gurten, ein Strafbock, eine Konstruktion, die aussah wie ein Lattenrost mit Fesseln daran. Das alles wäre nur halb so schockierend gewesen, wenn er sich hätte einreden können, dass der alte Flagg eben besondere Vorlieben gehabt hatte, die ihm die ein oder andere Professionelle wohl erfüllt hatte. Allerdings sah er an den Fesseln und auf den Oberflächen bräunlich-rote Flecken. Und keine kleinen. Er wusste aus Erfahrung, wie getrocknetes Blut aussah. Dennoch ging er nah heran, kratzte ein wenig mit einem Finger ab und roch vorsichtig daran. Blut. Kein Zweifel. Unbehaglich sah er sich um. Was war das hier für ein Ort? Ein kranker Folterkeller für Sadisten? In den Zimmerecken entdeckte er Kameras. Josh ging näher ran und sah sich die Geräte genauer an. Vielleicht würden diese kleinen Helfer verraten, dass er entgegen seiner Anweisung hier drin gewesen war. In diesem Fall müsste er noch die Aufnahmen finden und versuchen, die Videos verschwinden zu lassen. Doch die Kameras waren tot. Anscheinend war es keine Einbruchssicherung, sondern eher für gezielte Aufzeichnungen gedacht. Diese Tatsache, zusammen mit den Blutflecken, ließ in Joshs Magen sich alles zusammenziehen. Er hatte jetzt nur noch einen Wunsch: ganz schnell von hier abzuhauen! Jedenfalls würde er hier keine Kleidung finden. Er verließ eilig den Raum und ging zu der letzten Tür, die er mit einem mulmigen Gefühl öffnete. In dem Zimmer war wieder ein Licht angesprungen. Flackernd. Mit jedem Lichtblitz fiel das kalte Licht der Leuchtstoffröhre auf eine Wand voller Fotos. Was er jetzt sah, ließ ihm den Magen endgültig umdrehen. Immer zwölf Bilder der gleichen Frau. Sie waren untereinander angeordnet und mit Monaten beschriftet. Ganz unten fand sich immer ein gelber Klebezettel, auf dem ein Datum stand, das für Joshua keinen Sinn ergab. Aus den Monatsangaben schloss er, dass jede dieser Frauen in etwa ein Jahr hier gewesen war. Er wünschte, er könnte sich einreden, dass diese Frauen freiwillig hier gewesen waren. Aber es waren keine Fotos vom Picknick, Geburtstagen oder Festen. Das vorherrschende Motiv waren die Spuren von Misshandlungen, Qualen, Schmerzen, Blut und Leid. Sie waren an verschiedene Vorrichtungen gefesselt, geknebelt, sie weinten, litten und hatten Todesangst. Er sah Blut, blaue Flecken, Würgemale und Tränen. Immer wieder sah er am Rand Männer stehen. Die meisten nackt, manche mit Stöcken oder Peitschen in den Händen. Immer wieder entdeckte er lachende Gesichter älterer Herren, die sich wohl prächtig amüsierten, während man sich an den Opfern verging. Joshua hatte schon viel Schreckliches gesehen, aber dies hier verschlug ihm einen Moment lang den Atem. Der kalte Schweiß brach ihm am ganzen Körper aus. Am Rande aller Bilder sah er einen alten Mann. Nackt, ergrautes Haar und einen behaarten Bauch, in dessen Schatten eine jämmerliche Erektion zu sehen war. Er kannte das Gesicht. Dominik Flagg hatte er bei seiner Recherche auf unzähligen Fotos gesehen. Allerdings nicht als widerwärtigen Folterer, sondern eher als Wohltäter auf diversen Veranstaltungen im Smoking und mit seinem Haifischlächeln, das in keiner Sekunde darüber hinwegtäuschte, dass man sich mit ihm keine Feindschaft wünschte. In diesem Augenblick ahnte Josh, wo er war, und was er bisher gesehen hatte, bekam einen ersten Sinn. Doch jetzt wollte er diesen Gedanken nicht zu Ende denken. Erst einmal wollte er sich auf Amy Haven besinnen, die in ihrer Zelle saß und sicherlich Todesangst ausstand. Angewidert wendete er den Blick von der Trophäenwand ab und versuchte sich wieder auf den Grund für die Anwesenheit in diesem Raum zu konzentrieren. Er brauchte für Amy etwas zum Anziehen. Er riss seinen Blick von der Fotowand los und schaute sich im Zimmer um. Hier befanden sich diverse Computer auf wackeligen Tischen. In den zwei Regalen, die danebenstanden, war nichts außer einer dicken Staubschicht zu sehen. Josh ging näher an das Regal und entdeckte ein glänzendes Stück Kunststoff, das hinter dem Holz ein wenig herauslugte. Er bückte sich und entdeckte eine verstaubte CD-Hülle. Vorsichtig zog er sie hinter dem Schrank hervor und schaute hinein. Darin war eine CD ohne Beschriftung. Mit einer Hand wischte er sorgsam die Schmutzschicht von der Hülle und ließ sie in der Seitentasche seiner Weste verschwinden. Vermutlich enthielt sie nichts als Datenmüll. Trotzdem fühlte er sich wohler, sie nicht hier zu lassen. Auch er hatte ein Bauchgefühl und bisher hatte es ihn nie getäuscht. Völlig irrational und unlogisch, aber nützlich. In einer Ecke lag eine Sporttasche und Josh schöpfte Hoffnung, dass sein Ausflug ihm mehr helfen würde, als nur seinen Hunger zu zügeln. Am Reißverschluss sah er einen Anhänger mit den Initialen AH. Er kniete sich zu Boden, zog den Verschluss auf und fand Unterwäsche, Sporthose, Top, Handtücher und Turnschuhe. Offensichtlich war sie für das Sporttraining gepackt. Endlich konnte er von hier verschwinden. Josh schnappte sich die Tasche, ging zur Tür und löschte, ohne noch einen Blick auf die Horrorfotos zu werfen, das Licht und marschierte hinaus. Auf dem Gang lehnte er sich erst einmal mit dem Rücken gegen die Wand, schloss die Augen und holte tief Luft. In welche Scheiße war er denn bloß hineingeraten? Eigentlich wollte er das gar nicht wissen, aber er befürchtete, nicht mehr drum herumzukommen, es zu erfahren. Jetzt musste er noch entscheiden, was er tun sollte. Wenn er es nüchtern betrachtete, hatte er zwei Möglichkeiten: Die Erste war, Amy Haven zu töten, seinen Auftrag zu erfüllen, das Geld einzustreichen und zu versuchen, nie wieder daran zu denken, was er hier geholfen hatte, zu vertuschen. Die zweite Möglichkeit war, Amy die Sachen zu bringen, sie zu befreien, zu behaupten, er hätte alles erledigt und zu versuchen, sie weit wegzubringen. Die erste Variante war die sicherste, wenn es darum ging, den eigenen Hintern zu retten und seinen Job zu machen, wie er es seit Jahren tat. Doch dieser Auftrag war nicht wie die anderen. Er glaubte nicht, dass Amy jemand war, die den Tod verdiente. Sie schien nach seinem ersten Eindruck ein unschuldiges Opfer zu sein. Die Sorte Zielperson, um die er immer einen großen Bogen gemacht hatte. Doch wenn er sie befreite und das Ganze kam heraus, standen sie beide auf der Abschussliste. Er öffnete die Augen und starrte an die Decke, um eine Entscheidung zu treffen.

Amy kauerte in der Zelle und lauschte mit klopfendem Herzen auf alle Geräusche, die dieser Fremde erzeugte. Sie hatte gehört, wie er den Flur hinunterging, mehrere Türen öffnete und schloss. Dabei war die blanke Panik in ihr aufgestiegen. Sie erinnerte sich, was es bisher bedeutet hatte, wenn diese Zugänge geöffnet und geschlossen wurden und sie erwartete immer wieder, diese schrecklichen Schreie von Frauen durch die Gänge zu ihrem Gefängnis hallen zu hören. Doch alles war still geblieben. Mit Schrecken wartete sie, was nun geschah. Plötzlich hörte sie seine Schritte näher kommen und hielt den Atem an.

Als Josh vor die Gitter trat, bemerkte er, dass sie da saß wie zuvor und ihn verängstigt anstarrte. So wortlos, wie er sie zurückgelassen hatte, war sie sich offensichtlich nicht sicher gewesen, ob er sie nun vielleicht doch töten wollte. Aber Amy sah keine Waffe in seiner Hand. Dafür die Schlüssel in der einen und ihre Tasche in der anderen Hand. War das wirklich möglich? Konnte sie diesem Alptraum endlich entkommen?

Hoffnung keimte in ihr auf. Frei sein und nicht einem ungewissen Schicksal ausgeliefert bleiben. Oder sogar sterben zu müssen? Während sich der Schlüssel im Schloss drehte, kam ein seltsamer neuer Gedanke in ihr hoch. Dieser Mann stand eben noch schussbereit vor ihr, die Pistole auf ihren Kopf gerichtet. Und er hatte einige Zeit gezögert, ehe er die Waffe wieder gesenkt hatte. War sie vielleicht hier drin vor diesem Kerl sicher gewesen, und nun öffnete er nicht die Tür, um sie zu befreien, sondern um sein Werk auf anderem Weg zu Ende zu bringen? Aber warum dann die Tasche? Vielleicht wollte er nur alles zusammen entsorgen. Sie selbst und ihre Sachen. Sie spürte, wie ihr der kalte Schweiß ausbrach und ihre Härchen am Körper sich aufstellten. Ihr Herz begann wie wild zu schlagen, während diese Gedanken durch ihren Verstand wirbelten, wie ein entfesselter Tornado. Sie schlang die Arme noch enger um ihren Körper und starrte diesen Kerl aus großen Augen an. Wie gerne würde sie jetzt in dieser Wand verschwinden, eins werden mit dem groben Stein, den sie die letzten Wochen so sehr hassen gelernt hatte.

Joshua fixierte sie mit seinem Blick, stellte die Tasche auf dem Boden ab und trat nah an die Liege heran, auf der sie kauerte und ihn panisch anstarrte. Er bemerkte, wie schön sie war. Sie hatte langes kupferfarbenes Haar, große dunkelgrüne Augen, ihre Haut schien zart und ebenmäßig wie Porzellan.

»Du brauchst keine Angst vor mir zu haben«, versuchte Josh sie zu beruhigen.

Ihm war klar, dass er nach den ersten Momenten ihrer Begegnung nicht dazu geeignet war, ihr Vertrauen zu vermitteln. Wer vertraute schon einem Mann, der nur wenige Minuten zuvor eine Waffe auf einen gerichtet hatte?

»Sind Sie von der Polizei?«, fragte sie vorsichtig und ihre Miene hellte sich einen Sekundenbruchteil hoffnungsvoll auf. Das machte sie einen Augenblick lang noch schöner und er stockte, ihr diese Hoffnung zu nehmen. Doch er war ehrlich und schüttelte langsam den Kopf. Ihr Gesicht entglitt zu einem erschrockenen Ausdruck.

»Was werden Sie mit mir machen?«

Ihre Stimme bebte nun, verriet ihre ganze Angst. Die gleiche Frage hatte sich Joshua auch schon gestellt. Nach den Bildern in diesem schrecklichen Zimmer, den Geräten und den Blutspuren in dem anderen, war ihm nur eines klar: Er würde sie nicht hier zurücklassen! Er wollte sie mit sich nehmen und dann in Ruhe überlegen, wie er weiter vorgehen sollte.

»Ich werde jetzt versuchen deine Fesseln zu lösen, dann ziehst du dir etwas an und verschwindest mit mir von hier. So weit mein Plan«, erklärte er.

Seine Stimme war dunkel, ruhig und eindringlich. Amy sah ihn lange nur an. Konnte sie ihm vertrauen? Hatte sie denn eine andere Wahl? Immerhin bot er ihr die Chance, von den Ketten frei und aus diesem dunklen Kerker herauszukommen. Aber was erwartete sie dann da draußen? Eine Schaufel um ihr eigenes Grab auszuheben oder die ersehnte Freiheit? Sie entschied, dass sie keine Wahl hatte. Dieser Fremde war ihre beste Aussicht und sie war entschlossen, es zu versuchen.

Nachdem Joshua ihr die Fesseln gelöst hatte, reichte er ihr die Sporttasche. Wortlos wendete er ihr den Rücken zu, damit sie in ihre Kleidung schlüpfen konnte. Amy betrachtete diesen großen muskulösen jungen Mann. Seinen Rücken mit den breiten Schultern, der athletische Körperbau.

Ein Mörder mit Taktgefühl?, schoss es ihr irrwitzigerweise kurz durch den Kopf.

Vielleicht hatte er auch einfach kein Interesse an ihrem Körper. Sie schüttelte den Gedanken ab und öffnete ihre Tasche. Jetzt schien ihr nicht der rechte Zeitpunkt zu sein, um sich Gedanken über seinen Frauengeschmack zu machen oder ob sie ihm gefallen würde. Sie wühlte den Inhalt durch und bemerkte, dass alles noch da war. Genau wie an dem Tag, an dem man sie hierher verschleppt hatte. Sie fühlte leise durch ihre

Sachen, bis sie am Boden der Tasche etwas Hartes berührte. Sie blickte verstohlen zu dem Mann hoch, der aber nichts zu bemerken schien. Langsam zog sie ihr Mobiltelefon heraus. Der Akku war inzwischen vermutlich mausetot. Nach mehreren Wochen war da nichts mehr zu erwarten. Dennoch nahm sie es vorsichtig und leise in die Hand und drückte auf den Knopf, der es üblicherweise zum Leben erweckte. Aber alles blieb dunkel und stumm. Wieder eine Hoffnung mehr, die still in ihrem Inneren starb. Sie legte es wieder in die Tasche, fischte ihre Kleidung hervor und zog sich eilig an. Schon allein in Unterwäsche fühlte sie sich merklich wohler. Sie schlüpfte in ihr Sporttop, ihre Trainingshose und Turnschuhe hinein. Ihr Handy ließ sie ganz behutsam in die Hosentasche gleiten. Immer diesen Kerl dabei im Blick. Vielleicht war das Telefon unnütz, aber es bei sich zu spüren hatte eine unlogisch beruhigende Wirkung auf Amy. Ein bisschen Vertrautes in diesem Leben, das einem einzigen Chaos glich. Eventuell konnte ihr das kleine Gerät doch noch nützlich sein. Hatte ihr eine Kollegin nicht einmal erzählt, dass man den Notruf immer wählen konnte und dafür eine Reserve eingebaut war? Damals hatte sie das als Unsinn abgetan, aber jetzt reichte die Erinnerung an das Gespräch, um ihr ein wenig Hoffnung zu geben. Fertig angezogen verschloss sie die Tasche. Ihr Blick glitt unruhig über ihr Gefängnisinventar. Etwas in ihr war auf den Gedanken gekommen, dass sie diesen Mann womöglich von hinten bewusstlos schlagen und so einfach alleine fliehen konnte. Aber ihre Zelle bestand nur aus einer Duschecke, einem festgeschraubten Wasserspender und der Pritsche. Nichts was als Waffe dienen konnte, diesen großen, kräftigen Kerl ins Reich der Träume zu schicken. Plötzlich drehte Joshua sich zu ihr um. Offensichtlich hatte er etwas bemerkt, oder auch nur im Gefühl, dass sie fertig war. Amy wich etwas zurück und erstarrte. Konnte er ihr ansehen, was gerade in ihrem Kopf vorging? Sie war schon immer eine miserable Schauspielerin gewesen. Aufmerksam musterte er sie von oben bis unten. Sie stand steif da und hielt den Atem an. Doch Joshua wollte nur sichergehen, dass sie ausreichend angezogen war für einen raschen Abzug aus diesem kleinen Verlies. Sie trug festes Schuhwerk und Kleidung, mit der sie vielleicht ganz gut mit ihm Schritt halten konnte. Vorausgesetzt sie war so fit, wie es ihr sportlich strafferer Körper versprach. Er hatte schon Angst gehabt, sie wäre eine der Frauen, die im Sportstudio weniger zum ernsthaften Sporttreiben, als vielmehr zum Schaulaufen in knappen, modischen Klamotten gingen. Doch ihre Figur ließ ihn hoffen, dass sie halbwegs sportlich war. Er war zufrieden. Als sich ihre Blicke trafen, nickte er, griff sich ihre Tasche und machte sich auf den Weg zum Zellenausgang.

»Komm jetzt, ich will hier raus.«

Amy zögerte nur einen Moment. Bei seiner tiefen, angenehmen Stimme lief ihr ein Prickeln über den Rücken. Dieser Klang berührte etwas in ihrem Inneren, das lange Zeit geschlafen hatte. Wütend über ihre unpassenden Gedankengänge schüttelte sie den Kopf und konzentrierte sich wieder auf die Realität. Das hier war kein Date mit einem, zugegebenermaßen sehr attraktiven Fremden, sondern die Flucht mit einem potentiellen Killer aus ihrem Gefängnis. Sie tastete die feste Stelle an ihrer Hose, wo ihr Handy nutzlos ruhte und folgte ihm dann aus der Zelle, die in den letzten Wochen unfreiwilligerweise ihr Domizil gewesen war. Nachdem sie das unterste Geschoss über die Treppe verlassen hatten, blieb Josh still stehen und lauschte aufmerksam. Amy ging um ihn herum und sah eine Stahltür. Sie kam näher, und da Josh nichts Gegenteiliges sagte, versuchte sie sie aufzuziehen. Doch sie war viel zu schwer und bewegte sich kaum, obwohl sie sich mit aller Kraft anstrengte. Joshua trat zu ihr und Amy wich misstrauisch zurück. Doch er packte nur den Türgriff und zog die Tür langsam auf. Amy sah, wie sich die Muskeln unter den Ärmeln spannten. Ihre Blicke trafen sich und er deutete mit einem Kopfnicken in Richtung Türspalt an, dass sie zuerst durchschlüpfen konnte. Amy bückte sich und zwängte sich durch den Spalt. Josh zog noch etwas kräftiger und folgte ihr dann. Hinter ihnen polterte die schwere Tür ins Schloss und ließ Amy zusammenzucken. Vor sich erblickte sie einen scheinbar endlosen Gang. Es war ein trostloser Anblick. Das Spiel aus Schatten und Licht war unheimlich, und die kahlen Betonwände gaben ihren hektischen Atem als gespenstisches Echo wider. Josh wollte sich gerade im Laufschritt aufmachen, als Amy ihn ansprach.

»Wohin gehen wir?«, fragte sie und er sah in ihren Augen immer noch die nackte Angst stehen.

»Raus aus diesem Gemäuer. Diese Flure führen zu einem geheimen Ausgang, etwas außerhalb des Gartens, mitten im Wald.«

Er hatte gehofft, sie damit zu entspannen, doch sie machte keine Anstalten sich zu rühren.

»Was wird mich da erwarten?«

Ihre Stimme war zu einem Flüstern geworden und ihre Hände zitterten unwillkürlich.

Josh drehte sich zu ihr um und schaute ernst und eindringlich auf sie herab. Amy kam sich unerwartet schwach und klein vor. Und sie hasste es. Diese schreckliche Angst, die Ungewissheit, als ob sie geradewegs mit ihrem Killer in den Tod lief.

»Frische Luft und freier Himmel«, antwortete er. Über seine Lippen zog sich ein schiefes Lächeln, das seinem männlich markanten Gesicht kurz die Härte nahm und ihn noch ansprechender erscheinen ließ. Doch diese Miene war so rasch verschwunden, wie sie gekommen war. Damit wendete er sich ab und ging los.

Amy gab sich einen Ruck und folgte ihm. Er fiel in einen gleichmäßigen Laufschritt und sie hielt mühelos mit seinem Tempo mit. Es tat so gut, sich wieder bewegen zu können.

Amy hatte das Gefühl, dass sie am liebsten einfach losgesprintet wäre, bis Seitenstiche sie gebremst hätten. So wie sie es immer auf den letzten Metern ihrer Laufrunde machte. Einfach alles aus dem Körper herausholen und rennen, bis die klare Sicht verschwamm und man nur noch das Rauschen in den Ohren wahrnahm. Jetzt hallten ihrer beider Schritte von den Wänden wider, was Amys Paranoia noch weiter anfachte. Sie liefen an verschiedenen Türen vorbei, die allesamt verschlossen waren. Sie rechnete immer wieder damit, dass eine von ihnen aufflog und jemand sie wieder in ihre Zelle schleifen wollte. Oder noch Schlimmeres. Alleine das Adrenalin, das aufgrund dieser Vorstellungen durch ihre Adern peitschte, half ihr, dass sie keinerlei Erschöpfung spürte. Sie nahmen ein paar Abzweigungen und sie merkte, das Josh sehr zielstrebig einem Weg folgte. Er zögerte nicht, wurde nicht langsamer und schien sich nie orientieren zu müssen. Trotzdem hatte sie das Gefühl, dass sie sich im Kreis drehten und sie sich verirrt hatten. Bei dem Gedanken, dass sie hier vielleicht für immer herumlaufen würden, wurde ihr übel und die Panik schlich sich an sie heran, wie ein hungriges Raubtier. Wiederholt sah sie über die Schulter nach hinten, um sich zu vergewissern, dass ihnen niemand folgte. Mit jeder Minute, die sie hinter ihm herlief, wusste sie weniger, was ihr mehr Angst machen sollte. Die Leere in diesem unübersichtlichen, riesigen Gebäude, oder die Sorge, dass hier doch noch jemand anderes sein könnte. Plötzlich endete der Gang an einer massiven Stahltür, wie jener, an der sie sich vorhin die Zähne ausgebissen hätte. Josh blieb stehen und stemmte sich mit aller Kraft dagegen und schob sie auf. Er ließ Amy wieder den Vortritt und folgte ihr. Mit einem lauten Rumpeln fiel die Tür ins Schloss. Während Joshua stillstand und lauschte, bis sich seine Augen an die Lichtverhältnisse gewöhnt hatten, sah sich Amy aufmerksam um. Zum ersten Mal seit Wochen stand sie wieder im Freien, atmete frische Luft und fühlte, wie der Wind ihr das lange, offene Haar bewegte. Es schien tiefste Nacht zu sein. Ein fahler Vollmond stand reglos über ihnen, so hell, dass die hohen Kiefern um sie herum schwache Schatten auf den Waldboden warfen. Amy drehte sich langsam um die eigene Achse und erblickte plötzlich gegen den sternenklaren Himmel auf einer kleinen Anhöhe, etwa fünfhundert Meter entfernt, ein riesiges Haus, das aussah wie ein Luxushotel. Groß und finster stand es in der Dunkelheit. In den unzähligen Fenstern spiegelte sich das Mondlicht wie hundert Augen. Fast als wäre es lebendig und suche nach ihr. Amy schlang die Arme um ihren Körper. Sowohl der Anblick des Gebäudes als auch der kalte Wind ließen sie frösteln. Sie trug nur ein kurzärmeliges Sporttop und im Wald war die Luft feucht und kühl.

»Hier entlang«, hörte sie plötzlich seine tiefe Stimme.

Sie wandte sich zu Josh um, doch er hatte ihr schon den Rücken zugedreht und machte sich auf den Weg. Amy überkam der Drang, zu rennen. Einfach in die andere Richtung zu laufen, so schnell sie ihre Beine trugen. Sportlich war sie, und wenn sie sich geschickt anstellte, würde sie es mit reichlich Glück hinbekommen, diesem Mann zu entkommen. Grübelnd stand sie da, guckte sich unruhig um und versuchte eine Entscheidung zu treffen.

»Du kannst weglaufen, wenn du willst. Aber da draußen erwartet dich Schlimmeres als ich.«

Amy sah sich wieder um. Joshua war einige Meter weiter stehen geblieben und schaute sie an. Ihre Blicke begegneten sich. Seiner war stark und ruhig.

»Wohin gehen wir?«

In ihrem Kopf drehte sich immer noch die Angst, dass sie geradewegs zu ihrer eigenen Hinrichtung marschierte. Sie hoffte so sehr, dass er etwas sagte, dass diese Furcht, die wie mit scharfen Zähnen an ihrer Seele nagte, mindern könnte.

»Weg von hier. Etwa eine Meile entfernt steht mein Wagen. Damit kommen wir zu einem Haus, das sicher ist.«

»Sicher für wen?«

Josh verstand ihr Misstrauen und war daher geduldig genug, um darauf einzugehen, auch wenn sein Instinkt ihn drängte, sich schnellstmöglich auf den Weg zu machen. Sie verdiente ihre Antworten.

»Für dich und mich.«

Amy sah ihn an, schwieg aber und rührte sich keinen Millimeter. Er fühlte, wie er unruhig wurde. Plötzlich machte sie einen vorsichtigen Schritt in seine Richtung und folgte ihm, wenn auch in einigem Abstand, so als wollte sie sich die Option zu flüchten, doch noch offen halten. Schweigend gingen sie durch den scheinbar unendlichen Wald. Josh bemerkte, das Amy immer einige Meter Distanz hielt, sich suchend umschaute. Womöglich hoffte sie, in diesen endlosen Wäldern ein Licht zu sehen. Vielleicht eine kleine Tankstelle oder ein paar Camper. Doch hier gab es weit und breit keinerlei Zivilisation. Im Grunde, fand Joshua, war es der perfekte Ort für das Grauen, das hier offensichtlich in den letzten Jahren stattgefunden hatte. Verborgen in einem undurchdringlichen Dickicht, weitab der größeren Städte. Selbst wenn dieser alte perverse Mistsack, diese Frauen hier auf einem der Felsen, mitten am Tag gefoltert und misshandelt hätte, wäre er vermutlich dennoch nie dabei gestört worden.

Trotz Amys Zögern kamen sie gut voran. Josh ging zielsicher vorwärts, bis er schließlich auf einem Hügel anhielt. Am Fuße der Anhöhe war ein schmaler Pfad, auf dem sein alter Ford Bronco wartete, wie er ihn verlassen hatte. Er verharrte, bis Amy zu ihm aufgeschlossen hatte, und sah sich aufmerksam um, ob er etwas Verdächtiges entdecken konnte. Doch alles schien normal zu sein. Um sich herum hörte er nur die üblichen Geräusche, die man im Wald erwarten konnte. Amy stand neben ihm und entdeckte den großen Geländewagen unter ihnen.

»Das ist unser Ticket aus der Wildnis«, sagte er mit ruhiger Stimme.

Amy blickte zu ihm auf, doch er schaute weiterhin nur auf den Wagen. Sie betrachtete sein Profil, seine gerade Nase, die schönen Lippen und das wohlgeformte Kinn. Er war wirklich nicht hässlich, und sie war verwirrt über die Gedankengänge, die sich bei ihr immer wieder durch ein Hintertürchen schlichen. Er war ein gutaussehender Mann. Dennoch war sie nicht erpicht darauf durch seine Hand zu sterben. Auch ein schöner Henker blieb ein Mensch, der ihrem Leben rasch ein Ende bereiten wollte. Ohne ein Wort zu verlieren, kletterte er geschickt den Hügel hinunter und sie folgte ihm vorsichtig mit einigem Abstand. Für so einen großen Kerl bewegte er sich recht elegant. Unten angekommen ging er zur Beifahrerseite und schloss den hinteren Teil des Fahrzeugs auf. Amy kam am Fuße des Hügels an und umrundete langsam den SUV, wobei sie Joshua keine Sekunde aus den Augen ließ. Sie blieb fast vier Meter von ihm entfernt stehen, während er nur die Tür aufhielt und sie ansah. Immer noch erwartete sie jeden Augenblick, dass er eine Schaufel aus dem Fußraum zog, damit sie ihr eigenes Grab ausheben konnte. Doch nichts dergleichen geschah.

»Hier hinten sind ein paar warme Decken, Wasser und etwas zu essen«, sagte er sanft.

»Eine Henkersmahlzeit?«, fragte sie und war erschrocken, wie sehr ihre Stimme zitterte. Fast ebenso heftig, wie ihr Körper, der in der kühlen Nachtluft merklich bibberte.

»Wenn ich dich töten wollte, würden wir uns jetzt nicht unterhalten. Ich hätte dich erledigen können, als ich vor deiner Zelle stand und auch jetzt könntest du weder entkommen noch mich aufhalten, wenn ich es vorhätte. Ich kann dir versichern, dass du keine Chance gegen mich hättest. Darum kann ich dir versprechen, dass ich dir nichts tun werde. Es gibt keinen Grund dich anzulügen«, erklärte er mit einer Sachlichkeit, der Amy einen kalten Schauer über den Rücken jagte.

»Wer bist du?«, flüsterte sie. Ein Gefühl von Hilflosigkeit und Ausgeliefertsein überspülte ihr gesamtes Denken wie ein

Tsunami. Sie wusste weder ein noch aus in diesem Augenblick. Josh trat zu ihr und sie rührte sich nicht. Sie dachte nur daran, das Weglaufen ohnehin keinen Sinn hatte. Er war groß, durchtrainiert und fit. Sie war kein Gegner für diesen Mann. Er sah auf sie herab und seine Härte tat ihm leid. Sie hatte augenscheinlich Schreckliches durchlebt und er war wenig geeignet, ihr jetzt Mut zu machen oder Vertrauen zu geben. Trotzdem wollte er seine harschen Worten wiedergutmachen.

»Mein Name ist Joshua Reynolds. Ich wurde geschickt, um dich zu töten, doch ich habe entschieden, es nicht zu tun. Stattdessen werde ich dich von hier wegbringen, an einen Ort, der sicher ist. Dann entscheiden wir, was wir machen, damit du heil aus dieser Sache herauskommst.«

Amy war komplett irritiert. In welchen Film war sie nur geraten. Trotz aller Verwirrung hatte sie das Gefühl, das er die Wahrheit sagte und sie ihm vertrauen musste, wenn sie das alles lebend überstehen wollte. So nickte sie, trat zum Auto herüber und kletterte in den hinteren Bereich des Geländewagens. Der Eindruck, keine wirkliche Wahl zu haben, war immer noch vorherrschend in ihren Gedanken. Er ließ die Tür ins Schloss fallen. Ein lautes, blechernes Rumpeln ging durch das Fahrzeug. Er umrundete den Wagen und setzte sich hinter das Steuer. Den Schlüssel schon im Zündschloss steckend, drehte er sich zu ihr um. Im Wageninneren war es dunkel und sie konnte seine Gesichtszüge nur undeutlich erkennen.

»Nimm dir ruhig die Decke und leg dich ein wenig hin. Es ist eine lange Fahrt. Unter dem Beifahrersitz findest du etwas zu Essen und Wasser. Bedien dich einfach.«

Er wandte sich nach vorn und ließ den Motor an. Ein tiefes Brummen erfüllte den Innenraum. Joshua legte die Fahrstufe ein und löste die Handbremse. Wortlos schaltete er die Scheinwerfer an und fuhr los. Traurig sah Amy aus dem Fenster in die nächtliche Schwärze hinaus. Sie fror immer noch und dazu kam die Kälte in ihrem Inneren, die so leicht nicht verschwinden wollte. Sie hatte Angst und fühlte sich sehr allein mit diesem Mann hier im Wald. Sie nahm eine Decke, faltete sie auf und wickelte sich darin ein. Unsicher legte sie sich auf die Rückbank und betrachtete die Lehne des Fahrersitzes. Sie war mit einem Mal so erschöpft, als hätte sie seit Ewigkeiten nicht geschlafen. Und im Grunde genommen war das gar nicht so abwegig, denn seit sie hier gewaltsam einquartiert worden war, konnte sie kaum erholsame Ruhe finden. Bei jedem Geräusch, ob real oder eingebildet, war sie hochgeschreckt. Minutenlang hatte sie dann still gelauscht, ihr Herz hatte gerast und sie hatte lange nicht wieder einschlafen können. Sie versuchte, sich jetzt auf das Gefühl der weichen, wärmenden Decke auf ihrer Haut zu konzentrieren. Dennoch blieb die Frage, ob sie in dieser Situation überhaupt schlafen konnte? Doch kaum das sie fünf Minuten die Augen geschlossen hatte, schlief sie auch schon tief und fest.

Als Joshua nach ein paar Meilen über kaum befestigte Waldwege endlich die erste geschotterte Straße erreichte, hielt er kurz an und drehte sich im Sitz um. Amy schlief, ihr Gesicht wirkte friedlich, entspannt und sie war wunderschön. Nachdenklich betrachtete er sie. Nein, er würde sie nicht töten. Er würde Grass sagen, er hätte es getan und die Leiche verschwinden lassen. Vielleicht kam sie mit neuen Papieren dann durch und konnte wieder ein eigenes Leben führen. Weit weg von hier. Doch erst einmal mussten sie von hier fort. Das kleine Haus, in dem er in den Monaten wohnte, wenn er arbeitete, war noch gute hundertfünfzig Meilen weit entfernt. Ein langer Weg, den er größtenteils über einsame Landstraßen in völliger Dunkelheit verbringen würde. Er schaltete das Radio ein, regelte die Lautstärke zurück, und bog auf die Straße ab. Ein Blick auf die Uhr sagte ihm, dass es kurz nach ein Uhr morgens war. Die Sonne würde in etwa vier Stunden aufgehen. Bis dahin sollten sie in seinem Unterschlupf angekommen sein. Dann konnte auch er ein wenig zur Ruhe kommen.

Kapitel 2

Die ersten schwachen Sonnenstrahlen erhoben sich über dem schmalen Pfad, als Amy erwachte. Sie hatte die Augen noch nicht geöffnet und spürte mit geschlossenen Lidern das warme Sonnenlicht auf ihrem Gesicht. Einen Moment war sie von der Helligkeit völlig irritiert. In ihrer Zelle war es niemals auch nur annähernd so hell gewesen. Dann kam plötzlich die Erinnerung an die letzte Nacht zurück. Sie öffnete die Augen und setzte sich ruckartig auf. Ihr Rücken strafte sie für diese hektische Bewegung, nachdem sie stundenlang in einer nicht besonders ergonomischen Position geschlafen hatte. Ein Stich ging durch ihre Muskeln und ließ sie kurz zusammenzucken. Sie richtete sich ganz auf und sah unsicher an sich herab. Sie war noch angezogen, am Leben und unversehrt. Josh hatte sie nicht belogen. Und eine bessere Gelegenheit als sie im Auto in einem einsamen Wald zu töten, hatte er sicherlich nicht gebraucht. Sie überlegte, dass sie vielleicht anfangen sollte, ihm ein wenig zu vertrauen.

»Wir sind da«, sagte er und brachte den Wagen auf einer Anhöhe zum Stehen.

Amy schaute aus den Fenstern des Geländewagens. Um sie herum gab es eine Mischung aus weiten, hügeligen Grasflächen und Waldstücken. Die Bodenerhebung hinunter schlängelte sich ein unbefestigter Weg. Amy erblickte ein kleines Tal, in dem ein See spielerisch die aufgehende Sonne spiegelte. Am Ufer stand ein Bootshaus und ein Steg reichte in den See. An seinem Ende lag ein Boot angezurrt. Unweit des Wassers stand eine schöne, moderne Blockhütte mit großen Fenstern. An einer Seite sah sie unter einem Dachvorsprung einen reichlichen Vorrat gehackten Holzes, davor stand noch der Hauklotz, in dem eine Axt steckte. Amy lief es kurz kalt den Rücken herunter. Wann würde sie endlich wieder aufhören in jedem Werkzeug ein Mordinstrument zu sehen?

»Wo sind wir?«, fragte sie schüchtern.

Joshua schaute ihr im Rückspiegel entgegen. Der Ausdruck in seinen dunkelblauen Augen veränderte sich für einen Sekundenbruchteil. Er starrte sie an, jedoch nicht auf jene ernste, kühle Art, sondern als hätte er etwas gesehen, dass er nie erwartet hätte. Doch dann schüttelte Josh plötzlich den Kopf und sah wieder nach vorn. Diese Geste versetzte ihr einen kleinen Stich. Es schien ihr, als sei sie es nicht wert, dass er ihr auf simple Fragen antwortete. Vielleicht ging sie ihm jetzt schon auf die Nerven. Ihre bloße Anwesenheit bereitete ihm womöglich mehr Kopfschmerzen, als ihm lieb war. Er fuhr erneut an und schwieg, bis sie nur noch wenige Meter von dem kiesbedeckten Eingangsbereich entfernt waren.

»Wir sind im Nirgendwo, im Herzen von Vermont. Hier werden wir erst einmal sicher sein.«

Amy schaute immer noch in den Rückspiegel, doch ihre Blicke begegneten sich nicht noch einmal. Josh sah wieder stur geradeaus. Dabei wollte sie seinen Augenausdruck noch einmal spüren, um vielleicht zu erkennen, welche Regung sie darin gesehen hatte. Er brachte den Wagen vor dem Haus zum Stehen und schaltete den Motor aus. Mit noch von der langen Fahrt steifen Gliedern stiegen sie aus dem Bronco. Joshua streckte sich, atmete tief die frische Luft des anbrechenden Tages ein und richtete seine Aufmerksamkeit instinktiv auf die nähere Umgebung. Etwas in ihm konnte nicht anders, war auf eine Wachsamkeit geprägt wie ein Raubtier, das in seine Höhle zurückkehrt. Jahrelanges Training und reichlich Kampfeinsätze hatten auch in dieser Hinsicht seine Spuren hinterlassen. Eine von vielen Angewohnheiten, die er wohl nicht mehr würde ablegen können. Natürlich war solche Vorsicht an diesem

Ort und in seinem Metier niemals unnütz. Dennoch wünschte er sich in manchen stillen Augenblicken, wenn er in seinem eigenen Haus, weit weg von hier, alleine am Feuer saß, dass es nicht nötig sei. Amy dagegen ließ sich völlig vom Moment einfangen. Die Sonne strahlte ihr warm entgegen, der sanfte Wind bewegte ihr langes, kupferfarbenes Haar und ließ das hohe Gras wie ein wogendes grünes Meer aussehen. Es war so unglaublich befreiend hier zu stehen, die Natur und das Leben wieder zu spüren und Hoffnung zu haben. Josh sah sie jetzt zum ersten Mal bei Tageslicht und war fasziniert. Sie war versunken in den Eindrücken um sie herum und so betrachtete er sie eingehend. Sie hatte wunderschönes Haar, das im Sonnenlicht seidig glänzte. Ihr Gesicht war weiblich mit einer hübschen, geraden Nase und großen, dunkelgrünen, ausdrucksstarken Augen, die ihn fesselten. Plötzlich wurde ihm bewusst, dass sie ihm mehr als nur gefiel. Sie zog ihn gänzlich in seinen Bann. Das war jetzt das Letzte, was er tun sollte, wenn sie beide das ganze überleben wollten. Er musste konzentriert bleiben und für alle Gefahren gewappnet sein.

Langsam ging er auf das Haus zu, während sie noch dastand und den Moment genoss. Amy hatte nichts von Joshuas innerem Gefühlschaos bemerkt. Sie schaute sich immer noch aufmerksam um und versuchte, dabei alle Eindrücke in sich aufzusaugen. Plötzlich spürte sie etwas Weiches an ihrem Bein und zuckte erschrocken zusammen. Doch es war nur ein braungetigerter Maine-Coon-Kater mit weißem Lätzchen und Pfoten. Er rieb sich hingebungsvoll an ihren Waden und brummte laut. Amy beugte sich herab und ließ ihre zarten Finger durch das halblange Fell gleiten. Jetzt war der kleine Kerl nicht mehr zu halten, schnurrte und rieb sich an ihrer Hand und trampelte auf dem Boden, während er sich an sie drückte.

»Charlie, jetzt komm schon!«, rief Josh plötzlich von der Tür aus.

Der Kater spitze die Ohren und trabte mit erhobenem Schwanz auf das Haus zu. Amy lächelte über die Reaktion. Eher ein Hund als eine Katze. Sie hatte immer geglaubt, dass die seltsamen Verhaltensweisen dieser Rasse nur ein Gerücht seien. Joshua stand in der Tür und sah sie an. Obwohl sie einige Meter trennten, spürte Amy seinen Blick auf sich ruhen. Auch wenn er nur seinen Vierbeiner gerufen hatte, fühlte sie sich dennoch auch angesprochen. Sie ließ den See hinter sich und ging zu der Hütte hinüber. Als sie näher kam, schaute sie aus dem Augenwinkel wieder zu dem Hauklotz mit der Axt, die neben dem Haus standen und es fröstelte sie einen Augenblick lang. Sie versuchte, das beklemmende Gefühl stetiger Gefahr zu verdrängen und lief weiter. Josh zog die Schuhe aus, ging hinein und hielt Amy die Tür auf. Sie trat ein, streifte die Turnschuhe von den Füßen und stellte sie neben seine. Er wartete geduldig bis sie fertig war und ein paar zögerliche Schritte ins Innere gewagt hatte. Dann schloss er die Tür und beobachtete, wie sie sich umsah. Amy fand, dass es überraschend einladend eingerichtet war. Ein wenig zu karg für ihren Geschmack, aber gemütlicher als sie es von einem Mann erwartet hätte. Dazu von einem Mann, der vor einigen Stunden noch seine Waffe konzentriert auf ihren Kopf gerichtet hatte. Einem professionellen Killer. Zur Rechten, gleich am Eingang, sah sie eine hübsche offene Landküche mit einer Frühstückstheke. Links befand sich eine hölzerne Treppe, die in die obere Etage führte, die sich aber nur über die Hälfte der Grundfläche des Hauses zu erstrecken schien. An der rechten Wand stand eine Couchgarnitur aus braunem Leder mit einem niedrigen Tisch davor. Links nahmen einige Regale voller Bücher die Wandseite ein. Ein schlichter Schreibtisch mit Laptop stand davor. Alles sehr einfach aber dennoch geschmackvoll eingerichtet. Amy ging erkundend durch das große Wohnzimmer, sah sich ein paar Bücher an und versuchte, sich einen Eindruck zu machen, wie dieser Joshua lebte. Dann verharrte sie vor der Treppe, die auf die nächste Ebene führte. Sie blieb davor stehen und starrte nur unentschlossen nach oben.

»Du kannst dich ruhig umsehen«, sagte er plötzlich.

Amy wendete sich ihm zu und blickte ihn unsicher an.

»Was ist dort oben?«

»Schlafzimmer und Bad. Wenn du möchtest, kannst du dich gern ein wenig frisch machen.«

Nachdenklich sah sie ihn an. Er hatte inzwischen seine Weste, die Waffen und die restliche Ausrüstung abgelegt. Nur in seinem einteiligen schwarzen Kampfanzug stand er da und sah sie freundlich an. Sie bemerkte erneut, wie attraktiv er war, wenn seine Miene nicht so ernst und er nicht so distanziert war. Sein Gesicht war männlich markant, seine dunkelblauen Augen wirkten angenehm sanft und sein Körper schien durchtrainiert, aber nicht übertrieben muskelbepackt zu sein. Trotzdem wanderte ihr Blick zu der taktischen Ausrüstung, die er auf der Frühstückstheke gelegt hatte.

»Geh ruhig, ich mache uns inzwischen einen Tee. Oder lieber Kaffee?«, sagte er vorsichtig lächelnd, drehte sich dann um und ging in die offene Küche.

»Tee, bitte«, brachte sie mühevoll über die Lippen.

Sie schaute ihm noch einige Augenblicke zu und erklomm dann langsam Stufe für Stufe. Ihre Neugier trieb sie nach oben. Und dabei kam ihr der Satz ihrer Mutter in Gedanken: *Neugierige Katzen leben nicht lange.* Sie schluckte hart und ging weiter. Oben angekommen sah sie noch einmal unsicher nach unten. Doch Joshua hantierte konzentriert in der Küche herum, setzte Wasser auf und schien ganz entspannt zu sein. Sie nahm jetzt erst wahr, dass diese Ebene einfach nur eine Galerie war. Vor ihr war ein großes Bett aus massivem Holz, ordentlich weiß bezogen, daneben ein kleiner Nachttisch mit Lampe, Wecker und einem Buch. Alles ganz gewöhnlich. Die Wände waren vollgestellt mit Schränken aus Fichtenholz.

Sie machte noch ein paar Schritte, betrachtete die schöne

Holzbalkenkonstruktion über ihrem Kopf. Dann stand sie vor einer offenen Tür, die den Blick in ein elegantes Badezimmer bot. Sie ging hinein, um sich zu erleichtern und sich über das Gesicht zu waschen. Sicher sah sie noch total verschlafen aus. Eine große Dusche sprang ihr ins Auge, sonst war es hell und angenehm schlicht. Sie trat vor den Spiegel und starrte ihrem Spiegelbild entgegen. So übel, wie sie erwartet hatte, sah sie gar nicht aus. Sie war etwas blass und ihr Haar wirkte durcheinander, doch sonst fand man keinen Hinweis darauf, was sie in den letzten Wochen durchgemacht hatte. Mit den Fingern ordnete sie das Strähnenchaos, gab aber bald auf. Ohne Bürste oder Kamm, war bei ihrer üppigen Mähne nichts zu machen. Sie betätigte den Wasserhahn, schöpfte das kühle Nass und wusch sich über das Gesicht. Danach griff sie sich ein Handtuch und trocknete sich ab. Jetzt hatte sie ein wenig Farbe auf den Wangen. Mehr war nicht herauszuholen. Sie verließ das Bad und machte sich wieder auf den Weg nach unten. So dreist, in die zahlreichen Schränke einen Blick zu riskieren, war sie nicht. Joshua hatte ihnen den Tee aufgebrüht und stellte die Tassen auf den kleinen Couchtisch. Aufmerksam beobachtete er, wie Amy die Treppe herunter kam. Er ging ihr entgegen und konnte sehen, wie sie stockte und ihn aus großen Augen ansah. Er verstand ihre Zurückhaltung und dennoch machte er sich darüber Gedanken, dass er ihr immer noch solche Angst einjagte. Natürlich vergaß man nicht so rasch, wenn ein Mann eine Pistole auf einen richtete. Das war alles andere als ideal, wenn man einem Menschen zum ersten Mal begegnete. Ein wenig Vertrauen zu gewinnen, würde nicht leicht werden.

»Ich werde mich schnell duschen und umziehen«, sagte er knapp.

Er nahm seine Ausrüstung zur Hand und stieg die Stufen hoch. Vielleicht würde es schon helfen, wenn sie ihn nicht in der Nähe von Waffen sah. Das wirkte einigermaßen lächerlich, dass dies das Bild von ihm im Grunde wandeln konnte. Doch er musste einen Anfang machen. Amy schaute zu dem Tee, dem Sofa und dem Kater herüber, der es sich am Ende des Sofas gemütlich gemacht hatte. Er hatte sich zu einer plüschigen Kugel zusammengerollt und blinzelte sie immer wieder müde an. Sie sah kurz in Richtung der Galerie und hörte, wie das Wasser angestellt wurde. Es plätscherte laut vernehmlich. Nachdenklich betrachtete sie die Eingangstür. Wie einfach es nun sein könnte zu fliehen. Sie brauchte nur die Wagenschlüssel von der Anrichte nehmen, ins Auto springen und von hier verschwinden. Unentschlossen verharrte sie mitten im Raum, spürte, wie ihr Herz wild zu schlagen begann und ihre Hände feucht wurden. Konnte sie es sich leisten diese Chance verstreichen zu lassen? Aber wohin sollte sie gehen? Wo gab es einen sicheren Ort? Vielleicht verfolgte sie ja niemand mehr. Oder doch? Wie zur Salzsäule erstarrt, stand sie da, während die Minuten unbemerkt vergingen. Sie fühlte sich hilflos und völlig verunsichert. So war ihr Leben noch nie gewesen. Sie war es gewohnt, die Dinge im Griff zu haben, zu planen, ihr Leben zu meistern. Nicht immer genau nach Wunsch, aber in groben Zügen konnte sie es lenken. Sie arbeitete in einer großen, internationalen Laborgemeinschaft im Herzen von Seattle. Und sie liebte ihre Arbeit. Inzwischen stand ihrem Aufstieg zur Laborleiterin kaum noch etwas im Wege. Sie besaß in der Nähe der Bucht ein kleines Häuschen, kümmerte sich mehr schlecht als recht um ihren bescheidenen Garten und lebte sonst ruhig vor sich hin. Sie war nicht unbedingt ein glücklicher Single, aber ansonsten fand sie ihren Alltag ganz in Ordnung. Was war also passiert, dass ihr Dasein so völlig aus der Bahn geworfen hatte?

»Ich war nicht sicher, ob du noch da sein würdest«, vernahm sie plötzlich Joshuas tiefe Stimme hinter sich und zuckte erschrocken zusammen.

Sie drehte sich langsam um, immer noch ein wenig gelähmt von der Ungläubigkeit, mit der sie all dem ausgeliefert zu sein schien. Er kam die Treppe heruntergestiegen. In grauer Trainingshose, barfuß und nur einem T-Shirt leger übergezogen, wirkte er bei Weitem nicht mehr so bedrohlich. Ein leichtes Lächeln umspielte seine Mundwinkel und seine Augen blickten fest aber entspannt. Sein dunkelbraunes, kurzes Haar war noch feucht und stand wüst in alle Richtungen ab. Sein trainierter Körper war aber auch in dieser Kleidung nicht zu übersehen. Amy bemerkte, dass er ihr wirklich gut gefiel. Es war seltsam diese Anziehungskraft zu spüren, wo sie vor wenigen Stunden noch glaubte, er würde sie kaltblütig erledigen. Und alle Zweifel darüber waren noch nicht zur Gänze verflogen. Sie wusste einfach nicht, in was sie hineingeraten war, warum genau ihr all das zugestoßen war und wo genau seine Rolle darin lag. Er hatte eine CD-Hülle in der Hand, die er auf dem Schreibtisch ablegte, während er zu ihr herübergeschlendert kam. Doch Amy konnte nicht weiter über diesen anziehenden Mann nachdenken. Wieder durchflutete sie das Gefühl, das er sie stetig durchschaute.

»Ich weiß auch nicht, wieso ich nicht sofort losgelaufen bin.«

Ihr Mund schien auf einmal so trocken, ihre Finger waren kalt geworden. Er ging dicht an ihr vorbei, sie nahm seinen Duft wahr. Und ein Schauer durchlief sie dabei. Womöglich war es nur die Bewegung der Luft so nah an ihrem Körper, aber es fröstelte sie einen Augenblick und sie sah schuldbewusst zu Boden. Joshua setzte sich auf die Couch, strich seinem Kater kurz durch das Fell, nahm sich eine Tasse Tee zur Hand und lehnte sich dann zurück.

»Vielleicht sollten wir uns ein wenig unterhalten. Sicherlich hast du Fragen. Ich habe auch einige an dich.«

Dabei klang er so beiläufig, als wäre diese Situation nicht so grotesk, wie sie sich für Amy anfühlte.

Sie nickte, nahm sich ihre Tasse und setzte sich am anderen Ende des Sofas hin, ohne ihm dabei noch einmal ins

Gesicht zu sehen. Ein schweres Schweigen breitete sich zwischen ihnen aus. Offensichtlich wusste keiner von ihnen, wo er anfangen sollte. Weder für Amy noch für Joshua war es ein alltäglicher Umstand.

»Weißt du wie oder warum du in diesem Keller gelandet bist, Amy?«, brach er die unsägliche Stille.

Endlich schaute sie wieder auf. Ihre dunkelgrünen Augen blickten ihn forschend an. Josh vermutete, dass sie versuchte, zu ergründen, ob er sie nur testen wollte, und nicht doch wusste, was hier alles vor sich ging. Langsam begann sie, zu erzählen. Keinen Augenblick ließ sie ihn dabei aus den Augen. Wenn er etwas wusste, würde er mit Sicherheit reagieren und das wollte sie erkennen. Vielleicht nur ein Zucken in seiner Mimik oder eine unwillkürliche Handbewegung, die ihr Hinweise gab, ob er etwas wusste und es vor ihr verbergen wollte. Unterbewusst genoss sie auch, ihn anzusehen, denn er ließ ihr Herz immer einen Takt schneller schlagen. Joshua lief es kalt den Rücken herunter, als sie ihn so ansah. Ihr starker Blick, ihr schönes Gesicht, so ernst und prüfend, umrahmt von ihrem wunderschönen kupferfarbenen Haar. Er konnte kaum glauben, dass er sie vor wenigen Stunden beinahe getötet hätte. Er war gespannt, wer sie war und was sie in diese Zelle gebracht hatte. Und in den zweifelhaften Genuss gekommen wäre, fast von ihm eliminiert worden zu sein. Nach dem Besuch in diesem Zimmer des Verlieses, wo er auf die Horrorfotos gestoßen war, hatte er zwar eine Ahnung, dennoch erhoffte er sich aus ihren Angaben ein paar Details.

»Es war am siebten Mai. Ich wollte nach der Arbeit zum Sport fahren. Mein Wagen wollte nicht anspringen. Vermutlich war die Batterie leer. Vor Wochen wollte ich sie schon tauschen lassen, war aber bisher nicht dazu gekommen. Ich überlegte mir, die drei Blocks einfach zu laufen. Mein Haus liegt abgeschieden am Stadtrand in der Nähe eines Parks. Eine ruhige Gegend.«

Plötzlich stockte Amy, ihr Gesichtsausdruck veränderte sich, sie wurde unsicher. Die nächsten Szenen verschwammen, ihre Erinnerungen überschlugen sich in immer wieder aufblitzenden Bildern, die durch ihren Verstand jagten.

»Ich glaube, ich ging am Park entlang. Da standen ein paar Bäume und mir war etwas unheimlich. Plötzlich war da ein Fahrzeug. Ein schwarzer Lieferwagen fuhr neben mir her, jemand sprach mich an. Und dann bin ich in diesem Gefängnis erwacht. Ich kann mich nicht erinnern, was dazwischen geschehen ist«, sagte sie und schüttelte den Kopf, versuchte, die Angst zu verscheuchen. Nervös schlug sie den Blick nieder und atmete zitternd ein, um ihren Puls wieder zu beruhigen, der ihr in den Schläfen pochte. Es war erschreckend, dass sie sich an nichts erinnern konnte, bis sie angekettet wie ein Tier in dieser Zelle wieder aufgewacht war. Das Einzige, was ihr wichtig gewesen war, als sie sich nackt in diesem Verschlag wiedergefunden hatte, war, dass sich niemand an ihr vergangen hatte. Panisch hatte sie ihren Körper untersucht, in sich hineingefühlt, ob sie wund war oder Schmerzen hatte. Aber sie fühlte sich nur hundeelend und kämpfe mühsam mit Panik und Verzweiflung.

»Das ist jetzt gute drei Wochen her«, mutmaßte Josh leise und trank einen Schluck Tee.

Amy fuhr zusammen, als er sie aus ihren Grübeleien holte. Sie sah ihn an und zuckte mit den Schultern.

»Zeit hatte in diesem Gefängnis keine Rolle für mich gespielt. Nur die stetige Angst, die mich verfolgte, wenn sich mal eine Tür öffnete oder ein Geräusch durch diese Gänge hallte.«

Joshuas Gedanken gingen unwillkürlich zu den Fotos in dem Raum zurück. Geschändete Frauen. War Amy auch dafür gedacht gewesen oder hatte man ihr womöglich bereits etwas angetan? Eine weitere Trophäe in diesem perversen Folterkeller? Er wusste, dass es nur einen Weg gab, darüber Gewissheit zu erlangen. Er musste unangenehme Fragen stellen, auch wenn das wenig dazu beitragen würde, dass sie Vertrauen zu ihm aufbauen konnte.

»Was hat man in diesen Wochen mit dir gemacht?«

Amy schaute ihn kurz an. Er sah ein Flackern in ihren Augen. Sie errötete und wandte den Blick ab. Unsicher drehte sie die Tasse zwischen den Händen, als müsste sie sich daran wärmen.

»Nichts. Man hat mich nackt angekettet, wie ein Tier und dort gefangen gehalten. Nichts weiter.«

Sie schaffte es nicht, ihn dabei anzusehen. Unruhig nippte sie an ihrem Tee. Joshua wollte plötzlich nicht mehr weiterbohren. Amy log und das nicht sehr gut. Aber er vermutete, dass sie ihre Gründe hatte, sich vielleicht schämte. Er grübelte, wie es nun weiter gehen sollte, als sie ihn wieder fest ansah.

»Du solltest mich also dort unten töten.«

Es schien weniger eine Frage als eine Feststellung zu sein. Warum er an jenem Abend mit einer Waffe vor ihrem Verlies stand, hatte er ja schon in der letzten Nacht angedeutet. Er fühlte, wie sie ihn musterte. In ihren schönen Augen sah er Eigensinn und ihre Miene strahlte Entschlossenheit aus. Er entschied, ehrlich zu ihr zu sein. Warum sollte er ihr etwas vormachen? Die Tatsachen jetzt zu leugnen oder zu verdrehen, um selbst besser dazustehen, lag ihm nicht.

»Ich bekam vor einigen Tagen den Befehl einen Zeugen auszuschalten. Mir wurden die Pläne des Hauses und Schlüssel zugeschickt und dieser Auftrag endete vor deiner Zelle«, erklärte er ruhig.

Unglücklich wurde ihm klar, dass er ihr gerade ein sehr kaltes, grausames Bild von sich bot. Das war keinesfalls beabsichtigt, aber er hangelte sich beherrscht an seinen Worten entlang und erzählte auf die nüchterne Art, wie er früher einem Vorgesetzten beim Militär Bericht erstattet hätte.

»Was hat dich davon abgehalten? Oder wolltest du nur einen privaten Ort dafür?«

Unbehaglich sah sie sich nun um, versuchte sich vorzustellen, wo er vielleicht geplant hatte, sie zu erledigen.

»Nein, mit dem Ort hatte das nichts zu tun. Ich hätte es tun können. So schnell, dass du nicht gewusst hättest, was passiert ist. Aber ich konnte in dem Moment einfach nicht abdrücken. Ich wähle meine Aufträge sonst mit viel Bedacht. Keine Kinder oder Unschuldige. Hier waren die Vorgaben nur einen Zeugen aus dem Weg zu schaffen«, erklärte er ruhig und sachlich.

Amy erschauderte. Diesen Mann so konzentriert und kühl von einer Tötung sprechen zu hören, und zu wissen, dass er sich genauso gut hätte anders entscheiden können, jagte ihr die Angst in Wellen durch den Körper. Genauso gut könnte sie jetzt tot sein, umgebracht durch einen Kopfschuss. Sie stellte zittrig die Teetasse auf dem Tisch ab, schlang die Arme um den Leib und blickte ihn traurig an. Natürlich war sie froh, dass sie noch lebte, aber die Erkenntnis, wie knapp sie dem Tod entkommen war, ließ sie fast verzweifeln.

»Ich werde bei meinem Auftraggeber sagen, dass der Job erledigt ist und ich die Leiche unauffindbar entsorgt habe. Wenn wir Glück haben, reicht ihm das. Dann bist du nicht mehr in unmittelbarer Gefahr.«

Amy schluckte, spürte ein trockenes Klicken in ihrer Kehle, die sich ein wenig zugeschnürt anfühlte. Was für ein Horror, in den man sie da katapultiert hatte. Und mit einem Mal stürzte alles über sie herein. Die Ängste, die schrecklichen Erinnerungen und die Unsicherheit, die sie immer noch im Griff zu haben schienen.

»Was habe ich denn nur getan?«, brach es plötzlich aus ihr hervor und ihre Augen füllten sich mit Tränen.

Joshua fühlte einen gewaltigen Schwall von Mitgefühl durch sein Herz strömen. Ein Teil von ihm hätte sie zu gern getröstet. Auf die Art, wie sie es brauchte. Seine Arme um sie gelegt, sanft wiegend und beruhigend. Aber er konnte es in diesem

Augenblick nicht. Sein Instinkt hielt ihn davon ab. Mühevoll versuchte er den letzten Rest Distanz zu Amy aufrechtzuerhalten. Es half niemandem, wenn er jetzt Gefühle für sie entwickelte, die ihn noch mehr aus dem Gleichgewicht brächten. Solche Gedanken waren alles andere als förderlich für seine Konzentration. Er schüttelte den Kopf und sah in seinen Tee, weil er den verzweifelten Ausdruck in ihren schönen Augen nicht ertragen konnte.

»Ich glaube nicht, dass du etwas getan hast, um das zu verdienen. Ich werde herausfinden, was hier vor sich geht, wie du dorthin kamst und warum du sterben solltest. Bis dahin solltest du hier sicher sein.«

Kurz trat Schweigen ein. Amy zögerte, dem ersten Impuls nachzugeben, der ihr durch den Kopf geschossen war. Die Frage zu stellen, die ihr durch den gemarterten Verstand huschte. Doch sie musste es jetzt einfach wissen.

»Und du wirst es dir nicht anders überlegen?«

Joshua sah sie ernst an und schüttelte schließlich entschieden den Kopf.

»Nein, du hast mein Wort, dass ich dich nicht töten oder dir sonst schaden werde. Vor mir hast du nichts mehr zu befürchten.«

Amy nickte nur. Was sollte sie auch anderes tun? Sie musste hoffen, dass er die Wahrheit sagte und zu seinem Versprechen stand. Und nach ihrem Bauchgefühl zu urteilen, war sie gewillt, ihm zu vertrauen.

»Zu deiner Sicherheit empfehle ich, keinen Kontakt mit der Außenwelt aufzunehmen. Ich habe hier zwar Internet und Telefon, doch bitte ich dich, nichts davon zu benutzen. Verzichte strikt darauf Familie, Freunde oder Kollegen zu kontaktieren. Es könnte gut sein, dass die Kommunikation zu ihnen unter Beobachtung steht. Die Welt da draußen muss dich für tot oder spurlos verschwunden halten.«

»Für wie lange?«

Joshua stellte seine Tasse ab und stand auf. Entschlossen sah er auf sie herab. Ein Blick, der ihr eine neuerliche Gänsehaut erzeugte, denn er wirkte, wie ein Soldat, der bereit war, sich in den Kampfeinsatz zu begeben.

»Bis ich herausgefunden habe, was hinter all dem steckt«, Damit ging zu seinem Schreibtisch herüber und erweckte seinen Laptop zum Leben.

Amy sah ihm nach und überlegte, ob sie zu ihm gehen sollte. Aber sie fühlte sich so erschöpft. Sehnsüchtig betrachtete sie den Kater, der sich eingekuschelt hatte und nun tief und fest schlief. Schlafen klang in ihren Ohren so tröstlich. Für eine kurze Zeit diesen Albtraum einfach hinter sich lassen. Sie rutschte näher an das flauschige Bündel heran, strich durch sein seidiges Fell und legte sich hin. Nur für einen Moment, sagte sie sich. Der weiche, warme Katzenkörper unter ihren Fingern war so beruhigend, dass sie rasch eingeschlafen war. Joshua bearbeitete konzentriert seinen Laptop. Er durchforstete einige Quellen auf gut Glück, um mehr über Dominik Flagg, Andrew Grass, das Anwesen und die Firmen herauszufinden. Zudem suchte er nach Artikeln über verschwundene oder verschleppte Frauen. Doch in letzterer Hinsicht wurde er förmlich von Informationen erschlagen und gab recht schnell auf. Er brauchte eigentlich nur Daten und Fotos der Opfer. Vielleicht fiel ihm dann das ein oder andere Gesicht wieder auf und er hätte einen Namen und eine Geschichte. Womöglich sogar einen Aktionsradius, wobei ihm der Gedanken absurd vorkam. Immerhin hatten sie Amy aus Seattle entführt, also genau am anderen Ende dieses riesigen Kontinents. Entfernungen schienen also eine untergeordnete Rolle zu spielen. Plötzlich fiel sein Blick auf die CD, die er in dem Haus gefunden und vorhin achtlos auf den Tisch geworfen hatte. Er betrachtete sie eine Sekunde zögerlich und legte sie dann in das Laufwerk ein. Nachdem er kontrolliert hatte, ob der Ton ausgeschaltet war, startete er. Es war keine

CD, sondern eine DVD. Die Dateienbeschreibung war eher kryptisch und kaum aufschlussreich. Josh wählte aufs Geratewohl ein Video aus und ließ es laufen. Kaum flackerten die ersten Bilder auf, entgleisten Joshua die Gesichtszüge. Er sah noch, wie mehrere Männer in einer Art Orgie über eine Frau herfielen, die ihnen gefesselt hilflos ausgeliefert war. Während sie an den Fesseln zerrte, schlug man immer wieder von allen Seiten mit Rohrstöcken, Paddeln und kurzen Peitschen auf ihren nackten Körper ein. Er sah eine Reihe älterer und frischer Wunden, Blutergüsse und Brandwunden. Offenbar war es ein Zusammenschnitt der beliebtesten Folter- und Vergewaltigungsszenen. Ein Best-of des Grauens. Hektisch beendete er die Aufnahme und entfernte die DVD aus dem Laufwerk. Ihm war kalter Schweiß ausgebrochen und er schloss einen Moment die Augen, um das alles zu verdrängen. Doch die Bilder blitzten in seinen Gedanken immer wieder auf. Er riss die Lider auf und versuchte ruhiger zu atmen. Kurz dachte er daran, den Datenträger zu verbrennen, aber es war ein Beweis, der eines Tages wertvoll sein könnte. Vielleicht konnte er sich mit diesen Informationen später an die Behörden wenden. Oder diese DVD rettete ihm in der Zukunft das Leben vor diesen miesen Schweinen, die das zu verantworten hatten. Josh öffnete die oberste Schublade des Schreibtisches und legte die DVD in einen braunen Umschlag. In dem Kuvert bewahrte er die wichtigsten Unterlagen auf. Reisepass, Impfpass, Policen und alles Mögliche an Dokumenten und Papieren. Er verschloss die Schublade wieder und schaute zu seinem besonderen Gast herüber, der fast so geendet wäre, wie diese armen Frauen. Erst jetzt bemerkte er, dass Amy auf dem Sofa eingeschlafen war. Über die Bildschirmkante hinweg beobachtete er sie nachdenklich. Ihre Hand lag zärtlich auf seinem schlafenden Kater, ihr Haar glänzte und ihr porzellanfarbener Teint wirkte zart und anmutig. Leise stand er auf und ging lautlos zu ihr herüber. Still verharrte er vor der Couch und betrachtete sie eingehend. Sie war wirklich hübsch. Nein, mehr als das, sie war wunderschön. Vielleicht war er nur zu lange allein hier draußen gewesen, dass er sich jetzt ein wenig schwach in ihrer Nähe vorkam. Zuletzt hatte er bei seiner Zeit beim Militär zwei kurze Beziehungen geführt. Doch keine davon hatte er groß vertieft. Sein eigener möglicher Tod hatte ihn immer davon abgehalten. Aber das beruhte auf Gegenseitigkeit, denn auch die Frauen, mit denen er seine oberflächlichen Verhältnisse pflegte, waren bemüht, nur wenig Gefühle zu entwickeln. Angesichts der Tatsache, dass nie gewiss war, ob und wann er von seinen Einsätzen zurückkam, war das auch verständlich. Doch eine Frage zermürbte ihn gerade, als er mit Blicken ihr bildschönes Gesicht studierte: War es wirklich nur sein Gewissen gewesen, das ihn daran gehindert hatte abzudrücken? Er wusste noch genau, wie fasziniert und gleichzeitig irritiert er von ihren Augen und ihrer perfekten Erscheinung gewesen war. Er wusste nicht mit letzter Sicherheit, ob er bei einem hässlichen Mann auch den Finger rechtzeitig vom Abzug genommen hätte. Ein Gedanke, der alles andere als nett war. Aber rückblickend war das nicht mehr mit Gewissheit zu sagen und es war im Grunde auch gleichgültig, warum er sich so entschieden hatte. Er war nur froh, dass er sie nicht getötet hatte und seine Entschlossenheit sie zu beschützen, war größer denn je.

Er hatte seinen Freund Sebastian darum gebeten, ihm alle möglichen Informationen über Amy Haven, diesen Ort, wo sie gefangen gehalten worden war und den Auftraggeber zusammenzutragen. Sebastian war ein echter Könner. Er arbeitete für das MIT und war ein erfahrener Hacker. Vielleicht ein wenig verrückt und beseelt von dem Gedanken, alles wäre nur eine gewaltige Verschwörung. Doch er war verschwiegen und loyal. Mit seiner Hilfe konnte er etwas Licht in das Dunkel bringen. Langsam kniete Joshua sich vor ihr herunter, kam ihr näher und beobachtete sie nur. Ihr sanfter, ruhiger Atem verriet, wie tief sie schlief und das sie nicht das Geringste von seiner Anwesenheit registrierte. Was steckte nur in diesem bezaubernden Köpfchen oder in ihrem aufregenden Körper, dass ihr das Schicksal einbringen sollte, durch seine Hand zu sterben? Wusste sie, was da unten vor sich gegangen war? Kannte sie Namen, Gesichter? Konnte sie vielleicht den falschen Leuten wirklich gefährlich werden? So hart es auch für sie war, er musste es herausfinden und er brauchte ihre Hilfe dabei.

Kapitel 3

Zwei Stunden später schlug Amy die Augen wieder auf. Noch verschlafen starrte sie auf den vor ihr stehenden Couchtisch. Es dauerte einen Moment ehe sie die Informationen, die ihr ihre Augen lieferten, bis in ihr Denken vordrangen. Sie erkannte ihre Teetasse wieder. Langsam richtete sie sich auf. Der kleine Kater hatte noch bei ihr gelegen und blinzelte sie nun ebenfalls verschlafen an. Sie bemerkte, dass über ihrem Körper eine weiche Wolldecke lag. Ihre Aufmerksamkeit erwachte wieder und sie sah sich im Raum um. Von Joshua war nichts zu sehen. Sie lauschte angestrengt. Aber außer dem Wind, der draußen wehte und dem Knarren der Holzkonstruktion konnte sie nichts vernehmen.

»Joshua?«, rief sie vorsichtig, doch es kam keine Antwort.

Amy stand auf und schlich durch das Haus. Die Küchenzeile war sauber und leer, am Schreibtisch, wo er zuletzt gesessen hatte, war alles verwaist. Sie schlich die Treppe hoch und sah nach schüchternem Anklopfen auch ins Bad, doch von dem geheimnisvollen Mann, der sie befreit hatte, war nichts zu sehen. Sie tappte wieder nach unten, ging in die Küche und warf einen Blick aus dem Küchenfenster. Sie bemerkte, dass der Bronco nicht mehr da war. Vermutlich war Josh weggefahren. Vielleicht zu einer Stadt oder einer Tankstelle. Plötzlich fühlte sie sich einsam hier in der Einöde. Sie bemühte sich das Gefühl abzuschütteln und schaute sich um. Ihre Kehle war ganz rau. Ein Blick in den Kühlschrank überraschte sie. Sie hatte Fast Food, Ketchup und Bier erwartet. Einen »echten Männerkühlschrank« hatte ihre Tante Ann das genannt. Aber sie sah Obst, Fruchtsaft, Cola, Salat, Milch, Eier. Sie zögerte, nahm sich dann aber doch einen Apfel und den Orangensaft heraus. Eigentlich ging sie nicht gern bei Fremden an die Schränke, aber sie versuchte, sich zu beruhigen. Immerhin war es nur die Küche. Sie durchsuchte ja nicht heimlich alle Schubladen im Schlafzimmer, wo die meisten Menschen ihre privatesten Dinge aufbewahrten. Außerdem hatte er gesagt, sie könne sich ruhig umsehen. Im vorletzten Schrank fand sie endlich die Gläser. Sie goss sich etwas Saft ein, lehnte sich gegen den Küchenblock und schaute durch den Raum. Der aufgeklappte Laptop auf dem Schreibtisch erregte ihre unstillbare Neugierde. War das Gerät noch an? Was hatte sich Joshua angesehen? Hatte er Informationen über sie und ihre Entführer herausgefunden? Sie stellte das Glas ab und ging nach einem Blick, der ihr versicherte, dass Joshuas Wagen nicht gerade den Weg wieder herunterkam, zu seinem Schreibtisch herüber. Der Computer war im Stand by Modus, der Monitor schwarz. Ihr Finger fand wie von allein das Mauspad und verharrte nur Millimeter darüber. Doch bei dem Gedanken, jetzt ungefragt hier herumzuschnüffeln, kam sie sich schäbig vor. Es war etwas anderes, als in einem Küchenschrank nach einem Trinkglas zu suchen. Sie wollte nicht spionieren, nicht unhöflich und respektlos sein. Bis auf die Tatsache, dass er sie fast getötet hätte, benahm er sich tadellos. Amy verdrehte die Augen, als sie sich ihre Gedankengänge in diesem Moment bewusst machte. Aber es war real, das sie immer noch um ihr Leben fürchtete. Vielleicht nicht direkt durch Joshua, aber womöglich durch die, die dahintersteckten. Vermutlich konnte sie mit den Informationen, die er eventuell schon entdeckt hatte, etwas anfangen und war daher gewarnt. Aber wenn sie ehrlich war, klang das viel zu sehr nach einer Rechtfertigung. Wenn er wieder zurückkam, konnte sie ihn auch einfach fragen, ob sie ihm helfen konnte und ob er schon etwas herausgefunden hatte. Das musste nicht heimlich sein. Sie schaute zu dem schlafenden Kater herüber und ging die Argumente, die sie soeben zutage gefördert hatte, noch einmal im Geiste durch; doch ihr Entschluss stand fest. Sie zog die Hand wieder weg und kehrte in die Küche zurück. *Gerade noch einmal gutgegangen*, dachte sie dabei. Unentschlossen sah sie den Apfel an, den sie rausgelegt hatte. Aber es fehlte ihr der rechte Hunger und so legte sie ihn wieder zurück, leerte nur ihr Glas und sah sich ruhelos in der Umgebung um. Ihr Blick fiel auf ihre Turnschuhe im Eingangsbereich. Irrsinnig zu glauben, sie könnte jetzt einfach davonrennen, in die Landschaft hinaus, ohne zu wissen, wo sie war. Aber der Wunsch sich ein wenig umzusehen, wurde jetzt, da sie ihn erst einmal gedacht hatte, immer stärker. Allein schon der Gedanke, an die frische Luft zu kommen, war nach Wochen der Gefangenschaft ohne Tageslicht, zu verlockend. Kurzerhand schlüpfte Amy in die Schuhe und hielt mit dem Türgriff in der Hand inne. Vielleicht war sie fest verriegelt? Es würde doch zu Joshua und der Situation passen. Ganz gleich, ob er sie einsperren wollte, um sie vor sich selbst oder vor einem Fremden zu schützen. Doch als sie daran zog, schwang sie leicht auf. Ein kühler Wind schlug ihr entgegen. Sie fragte sich, wann sie zu einem solch paranoiden Menschen geworden war. Früher hätte sie nicht einmal im Traum solche Gedankengänge und Verdächtigungen erwägt, doch die Erlebnisse der letzten Zeit hatten tiefe Einschnitte in ihrer Seele hinterlassen. Als sie ins Freie trat und die Tür hinter sich zuzog, konnte sie sehen, wie sich dunkle Wolken über den Hügeln ballten und sich ein Gewitter ankündigte. Böen durchkämmten das hohe Gras und bewegten die Oberfläche des Sees. Langsam ging Amy um das Haus herum. Der knirschende Kies wurde bald von weicher Wiese abgelöst. Sie ignorierte den Wind, der an ihren Kleidern zerrte und ihr Haar wie einen Schleier hob und senkte. Sie atmete die frische Luft ein, die schon nach Regen duftete. Das erinnerte sie an die Ausflüge aufs Land. Als Kind war sie mit ihrer Schulklasse mal in Iowa gewesen. Der Mais-Staat war ihr wie ein Paradies vorgekommen. Endlose wogende Felder, ein Wechselspiel aus Sonne und Wolken, und dann dieser wundervolle Duft, wenn im Sommer ein schweres Gewitter bevorstand. Sie war gern auf dem Land oder am Meer, einfach nur raus aus der Stadt. Ihr Blick glitt über die Landschaft, die grasbewachsenen Hügel, die kleinen Waldstücke. Die Stille war beeindruckend. Obwohl sie am Stadtrand von Seattle lebte, gab es nirgendwo um die Stadt herum einen Ort, der so ruhig war. Sie hörte nur den Wind, die Bewegungen des Grases und das ferne Flüstern der Bäume, die sich bewegten. Keine Motorengeräusche, keine Industrie, nicht die wuselnden Menschen, die mit ihrem Reden, den Schritten auf dem Asphalt diese Ruhe durchbrachen. Schlendernd setzte sie ihren Weg um das Haus fort, schaute sich immer aufmerksam um. Hier gab es nichts und niemanden sonst. Ein Gefühl von Isolation und Einsamkeit überfiel sie plötzlich. Amy legte die Arme um den Körper und starrte nur vor sich hin. Sie wollte sich gerade wieder umdrehen und zum Eingang zurückgehen, als sie etwas hörte. Ein brummendes, tiefes Grollen eines kräftigen Motors. Ein Fahrzeug! Da es nur eine Zufahrt zu diesem Grundstück gab, musste der Wagen bald auf dem Hügel auftauchen. Sie rannte die wenigen Schritte zu der Rückseite der Blockhütte und versteckte sich im hohen Gras. Vorsichtig spickte sie um die Ecke herum auf den Weg. *Vielleicht nur der Briefträger,* versuchte sie sich zu beruhigen. Womöglich aber auch Männer, die Joshuas Werk zu Ende bringen wollten. Die Gefahr war ja nicht unbedingt gebannt und sie spürte, wie Panik ihren Rücken kalt heraufkroch. Unsicher duckte sie sich und konzentrierte sich ganz auf den einsamen Pfad und das Geräusch, das immer deutlicher wurde. In der Stille war der Ton beängstigend dominant und widerwillig bemerkte sie das Zittern ihrer Hände. Ihr Herz schlug hart gegen ihren Brustkorb, Schweiß stand ihr auf der Stirn und Adrenalin rauschte durch die Blutgefäße in jeden Winkel ihres Körpers. Sie überlegte eine Sekunde lang loszurennen, ins Haus zu flüchten, um sich da ein Versteck zu suchen. Doch das Motorengeräusch wurde immer vernehmlicher. Es war zu spät. Unruhig sah sie sich nach einer Fluchtmöglichkeit um, doch außer Gras gab es nichts, was ihr hätte Deckung bieten können. Das Brummen wurde noch lauter und dann kam der blaue Bronco über den Hügel gefahren. Amy atmete ein wenig auf, blieb aber weiter am Boden kauernd sitzen. Sie verstand nicht, warum sie nicht einfach aufstand und zum Eingang zurückkehrte. Aber immer wenn sie sich erheben wollte, gehorchten ihre Beine nicht. Der Geländewagen rollte den Weg herunter und kam näher. Josh war allein und brachte den Wagen vor dem Haus zum Stillstand. Er stieg aus und schaute sich gründlich um. Amy duckte sich noch tiefer und versuchte sich nicht zu rühren. Erst Augenblicke später hielt sie es nicht mehr aus und spähte ganz langsam über das Gras hinweg. Er hatte eine der hinteren Türen des Fahrzeugs geöffnet, packte sich zwei große Papiertüten unter die Arme und stieß mit der Schulter die Wagentür zu. Er ging auf den Eingang zu und stockte kurz. Amys Herz blieb fast stehen. Hatte sie die Tür offengelassen? Warum versteckte sie sich eigentlich vor dem Mann, der ihr das Leben gerettet hatte? Die Gedanken schlugen in ihrem Kopf Purzelbäume, doch keiner davon half ihr, eine sinnige Antwort zu finden. Jedes Mal wenn sie aufstehen wollte, drückte sie eine unbestimmte Angst wieder herunter. Joshua war inzwischen aus ihrem Blickfeld verschwunden. Sie vermutete, dass er hineingegangen war und jetzt nach ihr suchte. Wie lange würde es dauern, ehe er bemerkte, dass die Hütte verwaist war und sie dann hier draußen suchen ging?

Schon als Josh durch die Tür trat, hatte er das Gefühl, dass das Haus verlassen war. Er ließ seinen Blick kurz schweifen, um eventuelle Spuren zu sehen, dass jemand hier eingedrungen war. Doch diese Hinweise fehlten. Keine umgeworfenen Möbel, Einbruchsspuren oder Schuhabdrücke auf dem

Holzboden. Die Decke, die er Amy übergelegt hatte, lag zurückgeschlagen auf dem Sofa und auf der Küchentheke stand ein leeres Trinkglas. Außerdem sah er, dass Amys Turnschuhe nicht mehr im Eingangsbereich standen. Da er sich sicher war, dass die junge Frau sich gewehrt hätte, wenn man sie verschleppen würde und man ihr bestimmt nicht die Zeit gelassen hätte, noch ihre Schuhe anzuziehen, ging er davon aus, dass sie selbst das Haus verlassen hatte. Er ging ebenfalls ins Freie zurück und suchte umherblickend die nähere Umgebung ab, doch er konnte sie nirgends entdecken. Besorgt schaute er zum zugezogenen Himmel hinauf. Hoffentlich war sie nicht einfach in die Wildnis gerannt, denn es kündigte sich ein schweres Gewitter an und das war hier draußen auf dem Land kein Spaß. Er wendete sich nach rechts und begann leise und stetig lauschend das Gebäude zu umrunden. Immer wieder richtete er seine Aufmerksamkeit prüfend auf die hügelige Umgebung. Der kräftige Wind ließ das Gras flüstern und rascheln, sodass es kaum möglich war, ein verdächtiges Geräusch wahrzunehmen. Andererseits konnte er so seine Bewegungen und die Töne, die er zwangsläufig selbst erzeugte, gut verbergen. An der Ecke zur Rückseite der Hütte blieb er stehen und spähte zur hinteren Wand herum. Da sah er Amy, die mit dem Rücken zu ihm im hohen Gras kauerte und wie gebannt zum vorderen Teil starrte. Ganz langsam und leise schlich er sich an sie heran. Seine Schritte waren kontrolliert, geschmeidig und fast völlig lautlos. Souverän näherte er sich ihr. Er spürte, dass sie nicht das Geringste von seiner Anwesenheit wahrnahm. Er verharrte schweigend und betrachtete sie eine ganze Weile. Verschiedene Gedanken gingen durch den Kopf. Fürchtete sie sich noch so sehr vor ihm? Wenn ja, konnte er es ihr verübeln? Nein, sie hatte jedes Recht, ihm zu misstrauen, auch wenn er sich wünschte, dass sich das bald ändern würde. Kaum etwas erhoffte er sich in diesem Moment so sehr, wie ihr Vertrauen. Sicherlich sah sie in ihm nur einen kühl kalkulierenden Killer. Das war nach den ersten Stunden ihrer Begegnung auch nicht verwunderlich. Aber je mehr Zeit er mit ihr verbrachte, und seien es auch nur diese wenigen Stunden, in denen sie keine zehn Worte miteinander gewechselt hatten, desto mehr wollte er sie kennenlernen. Während Amy immer noch wie gebannt über das Gras starrte, musste Josh lächeln. Es war ein bitteres Lächeln, denn ihm wurde klar, dass er vielleicht seinen ersten Eindruck, den er bei ihr hinterlassen hatte, niemals würde ändern können. Aber möglicherweise war ja noch nicht alles verloren und er bekam noch seine Chance ihr zu beweisen, dass sie ihm vertrauen konnte; dass er kein seelenloser Mörder war. Er wollte es wenigstens versuchen, denn sein Gefühl sagte ihm, dass sie es wert war.

Eine kräftige Windböe holte ihn aus seinen Überlegungen. Er schaute zum Himmel und sah, wie bleigraue, dicke Wolkenpakete rasch über den Horizont trieben. Die Luft duftete nach Regen. Wieder war er froh, dass Amy nicht einfach davongelaufen war. Bei dem Gedanken, wie sie allein, völlig durchnässt und vermutlich orientierungslos, durch diesen Wolkenbruch gestrauchelt wäre, wurde ihm elend. Er beschloss, diesem Versteckspiel ein Ende zu bereiten.

»Es wird bald regnen«, hörte Amy plötzlich Joshs tiefe Stimme hinter sich.

Erschrocken sprang sie auf, wich vor ihm zurück und stolperte über eine Unebenheit im Boden. Unelegant setzte sie sich auf den Hosenboden. Mit einer Mischung aus Schreck und Scham sah sie zu ihm auf. Schweigend trat er zu ihr, ergriff ihren Arm und half ihr wieder auf die Beine. Seine großen Hände waren dabei so sanft, als wäre sie ein zerbrechliches Kind.

»Bist du verletzt?«, erkundigte er sich, während er sie aufmerksam musterte.

Amy hatte sich von ihrem Schreck ein wenig erholt, schüttelte nur beschämt den Kopf und wischte sich den Staub und das Gras von den Kleidern. Sie kam sich sehr albern vor. Sicherlich war Josh verärgert über ihr dummes Verhalten. Unsicher blickte sie zu ihm auf. Er stand neben ihr und lächelte. Das gab seinem Gesicht einen so attraktiven Zug, dass es ihr fast die Sprache verschlagen hätte. Aber ihr Gehirn hatte die Verbindung zu ihrem Mund schon hergestellt.

»Du denkst sicher, dass ich der Trottel des Tages bin.«

Doch Joshua schüttelte den Kopf und wurde ernster.

»Nein, ich habe mir nur Sorgen gemacht und bin erleichtert, dass du unverletzt bist. Und ich bin froh, dass du nicht versucht hast, einfach wegzurennen. Es kommt eine kleine Sturmfront auf uns zu und es wäre sehr gefährlich gewesen, da draußen alleine herumzuirren.«

Prüfend blickte sie ihn an, um zu sehen, ob seine Bedenken echt waren oder ob er nicht doch von ihrem dämlichen Versuch, sich zu verstecken, genervt war. Doch er sah ehrlich erfreut aus. Josh lächelte und machte sich dann auf den Weg ins Haus zurück. Amy schüttelte über ihr eigenes Verhalten den Kopf und folgte ihm dann wortlos. Immer mehr kam sie sich wie ein tollpatschiger Depp vor. Sie bemühte sich mit ihrer mangelnden Erfahrung in Sachen Überlebenszwang und Fluchtversuche zu beruhigen, aber es half nur wenig.

Drinnen zogen beide die Schuhe aus. Während Amy die Tür hinter ihnen schloss und danach noch immer unschlüssig im Eingangsbereich stand, wendete sich Joshua seinen Einkaufstüten zu. Er holte einige Kleidungsstücke hervor und reichte sie Amy. Sein Gesicht war dabei freundlich, fast schüchtern, so als wäre er unsicher, wie sie darauf reagieren würde. Überrascht nahm sie die Sachen an. Zwei Jeanshosen, ein paar Pullover, T-Shirts, Strümpfe und Unterwäsche. Es waren schöne Klamotten. Kein geschmackloses Zeug mit Aufdrucken in den grellsten Farben und Glitzerkrempel, sondern sorgfältig ausgewählt, so als hätte er sich Gedanken darüber gemacht, was ihr stehen und gefallen könnte.

»Deine Größe habe ich schätzen müssen. Ich denke aber, es sollte so weit alles passen. Für hier im Haus reicht es hoffentlich«, sagte er und schaffte es nicht, ihr dabei in die Augen zu sehen.

Ihr Schweigen machte ihn nervös. Vielleicht hatte er mit seiner Auswahl total danebengelegen.

Amy legte die Sachen auf der Anrichte ab, strich mit den Fingern über den Stoff und sah zu Boden. Innerlich verfluchte sie ihr Misstrauen. Sie hatte sich vor Joshua versteckt, fast in seinem Laptop herumgeschnüffelt und er war gefahren und hatte ihr sorgfältig etwas zum Anziehen gekauft. Offensichtlich war sie ihm nicht gleichgültig. Langsam ging sie auf ihn zu und hob den Blick an. Unschlüssig sah er ihr entgegen, weil er ihre Reaktionen so gar nicht einzuschätzen wusste, es ihm aber immer wichtiger wurde, dass sie ein gutes Bild von ihm bekam. Es war ihm unmöglich ihren Gesichtsausdruck zu deuten und das war faszinierend und verunsichernd zugleich. Sie trat ganz dicht an ihn heran und schlang dann plötzlich ihre Arme um seinen Brustkorb. In ihrem Verstand wühlte eine Mischung aus Dankbarkeit und schlechtem Gewissen. Und vielleicht noch etwas anderem. Aber sie war zu irritiert von ihren eigenen, wirren Empfindungen, als das sie begreifen konnte, was in ihr vorging. Joshua blieb kurz das Herz stehen, als sie sich so innig an seinen Körper drückte, er den zarten Duft ihres Haares wahrnahm. Dann durchlief ihn eine Welle der Erleichterung und er legte ein wenig ungeschickt auch seine Arme um sie. Und es fühlte sich gut an. Er widerstand dem Impuls sie fest an sich zu drücken, vielleicht seine Nase in ihrer seidigen Mähne zu vergraben und einfach nur ihre Nähe zu genießen. Aber der Wunsch war da.

»Danke«, flüsterte sie leise gegen seinen muskulösen Brustkorb.

Sie spürte die harten Muskeln unter dem Shirt und seine starken Arme um ihre Schultern. Und es war ein unerwartet gutes Gefühl. Sie kam sich beschützt und geborgen vor.

»Schon gut«, sagte er mit heiserer Stimme, die seine Unsicherheit verriet.

Amy löste sich von ihm und schaute ihn lange an. Sie hatte den Eindruck ihn irritiert zu haben. Doch was genau verwirrte ihn? Die Tatsache, dass sie dankbar war oder dass sie seine Nähe gesucht hatte? Ein seltsames Schweigen schwebte im Raum. Joshua sah auf sie herab, konnte nicht wegsehen und wusste sich nicht zu bewegen. Ihr schönes Gesicht war unbewegt, ihre Augen so lebendig. Sie wirkte unheimlich stark auf ihn und er fühlte sich unter ihrem Blick schwach. Was geschah nur mit ihnen in diesen scheinbar endlosen Sekunden? Ein tiefes Donnergrollen unterbrach die Stille und Josh hatte einen Grund sich von ihr zu lösen.

»Ich muss die Fensterläden schließen bevor der Sturm losgeht«, sagte er und machte sich auf den Weg ins Freie; dankbar sich mit etwas zu beschäftigen, bei dem er sich sicher fühlte. Er wanderte ums Haus, atmete tief durch und bemerkte, wie seine Gedanken wieder aufklarten. Routiniert löste er die Fensterläden aus ihrer Fixierung, klappte sie zu und legte eine Planke in die dafür angebrachten Aufnahmen. In seiner Seele herrschte immer noch ein furchtbares Durcheinander. Immer wieder ging er die zurückliegenden Momente in Gedanken durch. Er suchte fast versessen in seiner Erinnerung nach Indizien dafür, dass sie nur aus Furcht vor ihm so freundlich war. So als wollte sie ihn nicht reizen, um ihre eigene Sicherheit garantieren zu können; aber seine Intuition sprach dagegen. So verrückt es auch war, er hatte das Gefühl, das sie ihn gern hatte. Das war natürlich sein stiller Wunsch gewesen, aber es schürte in ihm auch die Sorge, dass er sich zu sehr auf sie konzentrierte und so unaufmerksam für die Gefahren wurde, die um sie herum lauerten. Während er mit seiner Arbeit fortfuhr, grübelte er weiter, wie er sich nun verhalten sollte, doch er kam zu keinem befriedigenden Ergebnis, weil sein Verstand und Herz ihn in zwei gänzlich verschiedene Richtungen zerrten.

Amy stand inzwischen immer noch unentschlossen herum. Sie hörte, wie Josh den ersten Fensterladen aus seiner Befestigung löste. Es verschwand immer mehr Helligkeit aus dem Raum und ihr spontaner Impuls war es, gegen die Dunkelheit vorzugehen, indem sie das Licht einschaltete. Doch sie blieb regungslos stehen und versuchte zu verstehen, was gerade in sie gefahren war und welche Empfindungen in ihrer Körpermitte herumwühlten? Es hatte so gut getan, seinen Körper zu spüren, seine starken Arme schützend um sie gelegt. Aber es schien in Anbetracht der ersten Momente ihrer Begegnung auch absolut paradox. War sie einfach nur zu lange allein gewesen? Hatte die Zeit ihrer Gefangenschaft sie so verändert, dass sie jedem gleich um den Hals fiel, der sie nicht misshandeln wollte? Fand sie darum Gefallen an ihrem düsteren Retter? Als sich die nächsten Fensterläden schlossen, gab Amy sich endlich einen Ruck. Sie schüttelte die konfusen Gedankengänge ab, wanderte im Haus umher und schaltete das Licht ein. Als er zurückkam, war das unangenehme Gefühl, das sie beide so verunsichert hatte, verschwunden.

»Ich habe einen Riesenhunger. Soll ich uns etwas kochen?«, bot er Amy an, die ihn verblüfft ansah.

»Du kannst kochen?«

Keiner ihrer bisherigen männlichen Kontakte konnte auch nur ansatzweise etwas Essbares produzieren, wenn es nicht aus der Mikrowelle gezaubert kam. Bis auf ihren schwulen Kumpel Kevin, den sie noch von der Arbeit kannte, gab es keinen Mann, der nicht bereitwillig den Part der Essenszubereitung ihr überlassen hätte. Josh grinste über ihre Fassungslosigkeit. Ihr Gesichtsausdruck war einfach nur herrlich.

»Warum denn nicht? Meinst du, ich könnte dich vergiften?«, erwiderte er und konnte sich ein schelmisches Lachen nur mühevoll verkneifen. Erst zu spät wurde ihm klar, dass sie glauben könnte, dass das tatsächlich der Fall sein könnte. Doch zu seiner Erleichterung schien sie nicht davon auszugehen, denn auch auf ihren Lippen breitete sich ein amüsiertes Schmunzeln aus.

»Naja, nein, ich wundere mich nur. Gab es bei der Ausbildung zum Auftragskiller als Nebenfach auch einen Kochkurs?«

Jetzt lachte Josh wirklich los, auch wenn ihm bewusst war, dass sie ein trauriges und besorgniserregendes Bild von ihm haben könnte, wenn sie so etwas sagte. Aber in diesem Augenblick tat es gut. Doch er fing sich rasch und schüttelte den Kopf.

»Was hältst du von Pasta Tricolore? Und danach kannst du entscheiden, ob ich auch noch zu etwas anderem tauge.«

Amy schürzte die Lippen, als müsste sie gründlich darüber nachdenken. Doch dann nickte sie lächelnd. Die Stimmung zwischen ihnen blieb locker und beide entspannten sich langsam. Während Josh kochte, saß Amy auf der Küchenzeile, beobachtete ihn aufmerksam und streichelte gedankenverloren den Kater, der sich still neben sie auf die Anrichte gesetzt hatte. Sicher hantierte er in seiner Küche herum und schien völlig unbeeindruckt davon, dass nicht nur Charlie jeden Handgriff im Auge hatte. Plötzlich stand er vor ihr und sah sie fragend an.

»Und was sagst du?«

Amy war irritiert. Hatte er sie etwas gefragt, und sie war so in Gedanken gewesen, dass sie es überhört hatte? Oder war sie gerade nur schwer von Begriff?

»Ich weiß nicht, was du meinst.«

Josh machte eine unbestimmte Handbewegung in Richtung Herd.

»Ob ich etwas taugen könnte?«, witzelte er.

Jetzt endlich fiel der Groschen und Amy lächelte.

»Sagen wir so, in der Küche scheinst du erfolgreicher zu sein als in deinem Job.«

Josh war sprachlos und starrte sie fragend an. In seinem Magen bildete sich ein eisiger Klumpen.

»Naja, dafür, dass du ein Profikiller bist, der den Auftrag hatte, mich zu töten, fühle ich mich gerade erstaunlich lebendig«, erklärte sie und behielt ihr Lächeln bei. Es war ihr unbegreiflich, wie sie über diese Tatsache so locker Witze machen konnte, aber sie fühlte keinerlei Furcht mehr bei dem Gedanken daran, dass sie jetzt genauso gut tot und kalt sein konnte, statt ihm hier beim Kochen zuzusehen. Im Grunde genommen war ihr das mittlerweile egal, weil sie diese ›Was-wäre-wenn-Überlegungen‹ nicht weiterbrachten. Sie lebte, amüsierte sich jetzt ungeniert und genoss es, am Leben und frei zu sein. Doch Joshua wusste einen Moment lang nicht, wie er darauf reagieren sollte. In Anbetracht der Umstände war es ein makaberer Scherz, der ihm einen schmerzlichen Stich versetzte. Um Zeit zu schinden, bis ihm klar war, wie er sich verhalten sollte, wandte er sich zum Spülbecken, wusch sich die Hände und schwieg. Als er sich wieder zu ihr umdrehte, war Amy das Lachen vergangen. Der Stimmungswechsel war ihr nicht entgangen und sie sah ihn nun unsicher an, weil sie bereute; ihn offenkundig verletzt zu haben. Sie bedauerte ihren Witz, denn er wirkte deutlich bedrückter, als sie es erwartet hatte. Josh stellte sich vor sie und sah sie eindringlich an, sodass es Amy seltsam zumute wurde. Verschiedene Sorgen wirbelten durch ihren Verstand. War sie zu weit gegangen? Hatte sie die gute Stimmung jetzt gänzlich auf dem Gewissen? Plötzlich lächelte er ganz vorsichtig und sah ihr tief in die Augen. Ein Blick, bei dem es ihr heiß und kalt wurde, und sie ein Kribbeln in ihrer Seele verspürte, das alles andere als unangenehm war.

»Ich bin froh, dass ich mich so entschieden habe. Rückblickend könnte ich es mir nicht verzeihen, wenn ich den Auftrag erledigt hätte«, sagte er leise.

Amy starrte ihn aus großen Augen an. In dieser Sekunde war die Angst, die sie manchmal noch vor ihm empfunden hatte, wie weggewischt. Sie glaubte und vertraute ihm in diesem Moment, dass er sie nicht umbringen würde. Jetzt nicht und später auch nicht. Aber sie wusste nicht, wie sie ihm das sagen konnte, ohne wieder wie ein Trottel dazustehen. So nickte sie ihm nur stumm zu und er erwiderte die Geste. Mit einem Lächeln auf den Lippen machte er sich wieder an das Essen. Auch er fühlte sich jetzt leichter zumute. Es war ihm wichtig gewesen, ihr zu sagen, dass auch er ein Gewissen hatte und bedauern würde, wenn sie jetzt nicht hier zusammen sein konnten. Deutlich erleichtert werkelte er weiter. Ihm war es, als wäre ihm eine riesige Last genommen worden und das genoss er aus tiefster Seele. Amy schaute ihm schweigend zu. Er hatte ihr den Rücken zugedreht und sie betrachtete ihn nun mit anderen Augen. Sie sah seine breiten Schultern, den wohlgeformten Rücken, die muskulösen Arme, die unter dem Langarmshirt zu erahnen waren. In ihrem Kopf herrschte eine gewisse Ratlosigkeit. Ihr fehlte die Fähigkeit, die Situation in der sie sich befand, einzuschätzen, zu analysieren und klare Gedanken zu fassen. Amy fühlte sich, wie in einer Art geistigen Schwebezustand. Sie lebte von Augenblick zu Augenblick, ohne sich wirklich klar zu werden, was sie empfand oder was sie tun sollte. Die lähmende Unsicherheit blieb zwar aus, aber ein so planloses Leben war sie einfach nicht gewohnt. Dazu spürte sie, wie sich der Umgang mit Joshua langsam veränderte. Versucht, die Tatsache, dass er sie eigentlich töten sollte, hinter sich zu lassen, war sie mehr und mehr neugierig auf diesen, zugegebenermaßen sehr attraktiven Mann. Nachdem er die Pasta in das kochende Wasser gelegt und umgerührt hatte, ging er kurz zu seinem Laptop. Amy sah nur zufällig herüber und bemerkte, wie sich Joshuas Gesichtsausdruck verfinstert hatte. Ihr Magen zog sich unwillkürlich zusammen und ihr Herzschlag nahm ein wenig an Fahrt auf. Seine Miene konnte nichts Gutes bedeuten. Trotz des entspannten und beinah idyllischen Lebens hier, waren die Bedrohung und die Probleme doch nie weit weg.

Josh stand da und spürte, wie ihm vor Entsetzen und Wut der kalte Schweiß ausbrach. Er setzte sich an den Schreibtisch und tippte ernst vor sich hin. Nur mühsam kämpfte er innerlich um seine Beherrschung, denn sein erster Impuls war es, wütend auf den Tisch zu schlagen. Sebastian hatte geantwortet und ihm ein großes Paket an Informationen geschickt. Schon beim schnellen Überfliegen erkannte Josh, in welch ein schmutziges Spiel man ihn hineinziehen wollte. Alles war geplant gewesen. Die Entführungen, die sadistischen Orgien, die Details der Grausamkeiten, die man diesen Frauen angetan hatte. Alles war peinlich genau durchdacht. Das Einzige, was der systematischen Zerstörung von Amy Haven einen Strich durch die Rechnung gemacht hatte, war der unerwartete Tod von Dominic Flagg. Ohne diesen Umstand wäre sie jetzt das Spielzeug für reiche Perverse, die schon immer in den Genuss kommen wollten, eine junge, schöne Frau zu zerbrechen, zu erniedrigen und dann elendig sterben zu lassen. Es gab sogar einen ausgearbeiteten Plan, dass sie möglicherweise diese Monate überlebte und zur Verfügung stehen konnte. Als er den Plan sah und vor seinem inneren Auge die Bilder zum Leben erwachten, spürte er eine Welle aus Zorn durch seinen Verstand branden. Wütend ballte Joshua die Fäuste, bis die Knöchel weiß wurden. Sein Pulsschlag pochte in seinen Schläfen, sein ganzer Körper geriet in Alarmbereitschaft und machte sich fast im Reflex kampfbereit. Amy bekam Angst, als sie ihn betrachtete. Den Blick so dunkel, alle Muskeln unter Spannung. Er wirkte wie ein Krieger; voller Kraft und Aggression. In Sekunden hatte sich der lockere junge Mann in eine Kampfmaschine verwandelt. Ganz langsam ging sie zu ihm herüber. Obwohl sie sich fürchten sollte, war es ihr wichtiger, zu versuchen, diese Finsternis wieder von ihm zu vertreiben, auch wenn sie keinen Schimmer hatte, wie sie das anstellen könnte. Immerhin war es ihre Schuld, dass auch er nun in diesem Schlamassel steckte. Da war sie wohl

die Falsche, ihn jetzt wieder in die friedliche Stimmung zurückzuholen.
»Joshua? Was ist geschehen?«
Er drehte sich um und augenblicklich veränderte er sich. Seine Gesichtszüge glätteten sich ein wenig, die Hände entspannten sich. Dennoch atmete er tief durch, ehe er mit ihr sprach.
»Ein Freund hat mir einige Informationen zukommen lassen.«
»Über diesen Ort und mich?«
Josh nickte nur und wendete den Blick ab. Er konnte ihr unmöglich sagen, welch schrecklichem Schicksal sie nur knapp entkommen war, wie mächtig ihre Feinde waren und das er nur beten konnte, dass sie Amy für tot hielten. Das Klingeln des Küchenweckers rettete ihn aus der Verlegenheit, die richtigen Worte finden zu müssen. Er lief in die Küche, um sich mit dem Kochen abzulenken und wieder zu klarem Verstand zu kommen. Es war lange her, dass ihm die Welt so düster erschienen war, wie in diesen Momenten. Er glaubte immer, er würde schon die Abgründe der menschlichen Natur kennen, aber was er gelesen hatte, belehrte ihn bedauerlicherweise eines Besseren. Mühsam grübelte er, was er dagegen tun konnte. Mit einem Gefühl schrecklicher Hilflosigkeit sah Amy ihm hinterher. Was sollte sie auch sonst tun? Ihn aufhalten und zur Rede stellen? Aber wollte sie überhaupt wissen, was er über diesen Ort herausgefunden hatte und welche Rolle sie darin spielen sollte? Eigentlich hatte sie nur noch den Wunsch, das alles hinter sich zu lassen und wieder ein normales Leben zu führen. Doch in dieser Sekunde fühlte sie sich meilenweit entfernt von einem Alltag, wie sie ihn gern hätte.

Als das Essen fertig war, richtete er ihnen zwei Teller an und trug sie mit Besteck und Servietten zum Wohnzimmertisch herüber. Amy folgte ihm und sie nahmen wortlos nebeneinander auf dem Sofa Platz. Josh ließ sich nichts anmerken und aß, nachdem er ihr einen guten Appetit gewünscht hatte. Doch Amy war sein Gesichtsausdruck, als er vor dem Computer stand, auf den Magen geschlagen. Sie aß, weil sie nicht unhöflich sein wollte, aber Hunger hatte sie keinen mehr. Nachdenklich stocherte sie in der Mahlzeit herum, die an sich sehr lecker war.

»Ist es nicht gut?«, fragte er plötzlich, und holte sie aus ihren Gedanken.

Sie lächelte, aber es wirkte gequält und schwach.

»Doch es ist wirklich köstlich. Mir fehlt nur die rechte Lust.«

Josh nickte und schwieg einen Moment. Er sah zu seinem Laptop herüber. Seit er nach den neuen Informationen gesehen hatte, war die Stimmung zwischen ihnen beiden umgeschlagen. Er grübelte immer noch, wie er ihr gegenüber ansprechen sollte, was Sebastian herausgefunden hatte. Vielleicht musste er es einfach geradeheraus sagen. Amy war eine erwachsene und starke Frau. Es wäre kindisch, zu versuchen, es ihr schonend beizubringen. Trotzdem war ihm das Thema unangenehm und er versuchte alles, um es zu meiden. Andererseits war er kein guter Schauspieler und er wollte ihr mit seinem eingekehrten Verhalten nicht noch mehr Sorge bereiten. Er legte sein Besteck aus der Hand, schob den Teller von sich und setzte sich seitlich, um sie genau ansehen zu können. Amy tat es ihm gleich und spürte, wie es ihr unwohl wurde. Er sah sie so eindringlich an, dass es ihr den frisch gefüllten Magen sofort wieder umdrehte. Ihr Gefühl verriet ihr, dass Joshua jetzt zu dem Punkt kommen würde, den sie sich schon seit Stunden zu verdrängen bemühte.

»Amy, als du dort unten warst, hast du jemals etwas gehört oder gesehen? War niemand bei dir in dieser Zeit?«

Amys Augen weiteten sich. Dann schlug sie den Blick nieder und nickte vorsichtig. Ohne ihn anzusehen, begann sie zu berichten.

»In der ersten Woche kam jeden zweiten Tag ein Mann zu meiner Zelle. Er sagte nie etwas, schob mir nur wortlos etwas zu essen hinein und wechselte alle paar Tage den Wasserbehälter aus. Ich habe versucht mit ihm zu sprechen, aber er sah mich nicht einmal an.«

»Wie sah er aus?«

»Er war recht jung, vielleicht Mitte dreißig, schmächtig. Er trug immer teure Anzüge. Sein Gesicht war schmal, seine Augen kalt und das Haar immer so widerlich zurückgekämmt.«

Joshuas Blick wurde leer, so als würde er einen Augenblick durch sie hindurchsehen. Die Beschreibung passte perfekt auf den Anwalt des verstorbenen Flagg. Der Mistkerl hatte ihn beauftragt, Amy zu töten und ihre Leiche verschwinden zu lassen. Offensichtlich wusste er auch zu Flaggs Lebzeiten genau, was dort unten vor sich gegangen war. Eindringlich schaute er sie an.

»Hast du auch noch jemand anderen gesehen? Einen älteren Mann?«

Amy wurde aschfahl und ihr Blick hetzte unsicher hin und her. Zögerlich nickte sie.

»Er stand ein Mal dabei und starrte mich nur an. Er sagte kein Wort, sondern grinste nur, dass es mir kalt den Rücken herunterlief«, erzählte sie und zitterte ein wenig bei der Erinnerung an diesen Kerl.

»Dominic Flagg. Er hat das alles beauftragt. Sonst nichts?«

Sie sah ihn nur kurz an und schüttelte heftig den Kopf. Josh sah ihr an, dass sie wieder nicht alles sagte. Etwas verschwieg sie und er fragte sich, ob es nicht besser sei, darauf zu drängen, ihm alles zu berichten. Joshua rückte näher an sie heran.

»Amy, was ist noch da unten passiert?«

Seine Stimme hatte etwas Dunkles und Eindringliches angenommen. Sie schaute zur Seite und schüttelte nur immer wieder den Kopf. Sie wollte nie wieder daran denken, was sie gesehen, gehört und was man mit ihr gemacht hatte. Sie wollte das alles einfach nur vergessen, tief in ihrer Seele einschließen, den Schlüssel wegwerfen und mit niemandem jemals darüber sprechen. Sie faltete die Hände im Schoß. Josh packte sie unvermittelt an den Oberarmen und zog sie dicht an sich heran, damit sie ihm ins Gesicht sah. Sein Griff war fest aber nicht schmerzhaft. Mit weit geöffneten Augen starrte sie ihn an. Sein Blick war gnadenlos auf sie geheftet, die Miene ernst und streng.

»Sag es mir!«, drängte er nachdrücklich. Das Gefühl es wissen zu müssen, wurde in ihm unüberwindlich. Er wollte sie beschützen, aber dazu musste er so viel an Informationen wie möglich gewinnen. Den Luxus, einfach alles zu verdrängen, konnte er ihr einfach nicht gewähren. Amy sah ihn an, ihre Augen füllten sich mit Tränen und ihre Lippen zitterten. In ihrer Erinnerung stürzte alles wieder wie eine erdrückende Lawine über sie herein. Sie wollte sich losreißen, aufhören verhört zu werden, doch Josh hielt sie fest. Warum war er nur so stark und übermächtig in diesem Moment? Und mit einem Mal brach alles aus ihr heraus, als wäre ein Damm in ihrer Seele gebrochen, und all die Angst und das Leid ergossen sich wie eine riesige Sturzflut in Form von Tränen.

„Was willst du von mir wissen? Die Wahrheit? Willst du wissen, wie sie mich an diesen Stuhl gefesselt haben, um zu prüfen, was man wie und wo in mich hineinschieben kann? Ob ich begehbar bin, wie sie es nannten! Willst du hören, wie ich geweint habe, ich geknebelt und hilflos ihren Blicken ausgeliefert war? Ich saß in dieser Zelle, nackt und angekettet wie ein Tier, und ich habe diese Schreie im Gang gehört, wie aus einem schrecklichen Horrorfilm. Immer und immer wieder die gleichen Aufnahmen und ich konnte nur daran denken, dass sie mich bald holen würden!", schrie sie ihm entgegen.

Amy war der kalte Schweiß ausgebrochen. Sie bebte und schluchzte nur noch tränenüberströmt. Joshua lockerte seinen Griff, doch als sie versuchte sich loszureißen und aufzustehen, zog er sie dicht an sich heran und schloss seine Arme um ihren Körper. Innig drückte er sie an seine Brust. Wenige Augenblicke wehrte sie sich noch, doch dann drängte sie sich gegen ihn, schlang ihre Arme um ihn und ließ den Tränen freien Lauf. Diesen Ausbruch hatte er nicht erwartet und es tat ihm leid, was er da in ihr aufgewühlt hatte. Vielleicht war es ja nötig gewesen, um endlich Gewissheit zu erlangen, inwieweit Amy in die ganze Sache eingeweiht war. Dennoch war es bitter, sie so leiden zu sehen. Ob sie eine Ahnung hatte, was sich dort Schreckliches ereignet hatte? Sie war nicht dumm und hatte sicherlich einen Verdacht gehabt, was ihr da unten jeden Tag gedroht hatte. Nach ihrer Beschreibung musste sie gewusst haben, dass man ihr wohl kaum Schachunterricht geben wollte. Beruhigend strich er ihr über den Rücken und wartete ab, bis sie sich wieder gefangen hatte. Es dauerte einige Zeit, aber Josh wartete geduldig. Nach allem, was er ihr gerade zugemutet hatte, wollte er behutsamer sein. Mit einer Mischung aus Erschöpfung und Scham sah sie langsam zu ihm auf. Sein Blick war unglaublich sanft. Für sie ein unfassbarer Kontrast zu der Härte von vorhin. Sie gab es nur ungern zu, aber es hatte gut getan, sich ihm gegenüber zu öffnen. Und als er danach so schützend seine Arme um sie schlang, hatte sie sich geborgen gefühlt. Etwas, dass sie schon sehr lange nicht mehr empfunden hatte. Da er keine Andeutungen machte, dass es ihm unangenehm war, legte sie den Kopf wieder an seine muskulöse Brust und lauschte seinem ruhigen Herzschlag. Hier fühlte sie sich sicher.

»Was weißt du über all das?«, fragte sie plötzlich leise.

Hier im Schutz seiner Umarmung fühlte sie sich plötzlich bereit, sich der Wahrheit zu stellen.

»Ich habe einen Kontakt am MIT, der einiges herausgefunden hat. Und so manches habe ich mir inzwischen zusammengereimt.«

Amy richtete sich ein wenig auf und sah ihm entgegen. Ihre

Hände lagen immer noch an seinem Brustkorb und sie genoss die angenehme Wärme unter ihren Fingern.

»Bitte, sag mir, was du über all das weißt.«

Da die Tränen versiegt waren und sie auf Joshua wieder aufnahmefähig wirkte, fuhr er fort zu berichten, was er wusste.

»Als ich nach Kleidern für dich gestöbert habe, war ich da unten in verschiedenen Räumen. Im Ersten waren nur normale Gebrauchsmaterialien. Doch im Zweiten habe ich einiges an Vorrichtungen gesehen.«

Amys Augen wurden groß. Sie schwieg jedoch, nickte nur. Josh vermutete, dass sie ahnte, wovon er gesprochen hatte. Bei ihrem Ausbruch hatte sie von einem Stuhl mit Fesseln geredet und Joshua ging davon aus, dass sie einen gynäkologischen Untersuchungsstuhl gemeint hatte. Da brauchte es in dem Umfeld nur wenig Fantasie, um zu ahnen, von welchen Apparaturen er sprach. Er sparte sich deshalb die genaue Beschreibung und fuhr fort.

»Im letzten Zimmer fand ich dann deine Sachen. Und noch andere Dinge, die mir die Richtung gewiesen haben. Es waren Bilder von Frauen. Immer mehrere Aufnahmen von ein und derselben. Fein säuberlich untereinander an einer Pinnwand angebracht. Fast wie eine Trophäensammlung. Alle haben offenkundig gelitten, wurden gequält und vergewaltigt. Mein Freund am MIT hat mir einen Plan zukommen lassen, den man offensichtlich ausgearbeitet hatte, um auch dich durch diese wohlorganisierte Hölle gehen zu lassen.«

»Sind diese Frauen inzwischen wieder frei? Konnten sie entkommen, als man mit ihnen hier fertig war?«

Josh schüttelte den Kopf und sah mit leerem Blick in den Raum.

»Nein, es ist davon auszugehen, dass sie es nicht überlebt haben. Sie wären gefährliche Zeugen gewesen. So wie du. Ich schätze, sie kamen um bei diesen »Spielen« oder sie haben sie ermordet und dann verschwinden lassen. Ich fand hinter einem Regal da unten auch eine DVD. Ich habe nur ein paar Sekunden hingesehen, doch das reichte mir, um einen Eindruck des Grauens zu bekommen.«

Er sah sie wieder an.

»Darum haben sie dich geschickt. Du solltest mich töten und beseitigen, nachdem der alte Mann verstorben war.«

»Ja. Nachdem der Alte aus dem Weg war, wollte sein Anwalt wohl reinen Tisch machen. Vermutlich räumt er die Hütte noch aus oder brennt gleich alles nieder.«

Amy ließ den Blick ins Leere wandern. Langsam wurde ihr alles klar. Sie erkannte, wie viel Glück sie gehabt hatte und was ihr alles erspart geblieben war. Scheinbar war sie noch glimpflich davongekommen. Ganz gleich wie schrecklich sie die vergangenen Wochen empfunden hatte, es glich einem Wunder, dass sie noch am Leben und zumindest körperlich unversehrt war. Langsam aber sicher ließ sie die Informationen sacken und verknüpfte sie mit ihren Erinnerungen. Der Drang, wieder in seine Umarmung zu flüchten, war in diesem Augenblick fast übermächtig. Aber sie verharrte und konzentrierte sich auf ihre wirren Gedankengänge. Josh beobachtete sie nur stumm und ließ ihr Ruhe, alles zu verdauen.

Später am Abend brach dann das Gewitter los. Der Wind heulte laut um das Haus und rüttelte an den Fensterläden, während der Regen unablässig auf das Dach prasselte. Charlie lag in der Nähe des Kamins und hob manchmal horchend den Kopf, wenn der Donner krachte. Josh hatte ein gemütliches Feuer entfacht, das eine angenehme Wärme verbreitete. Amy hockte auf einem Teppich am Kamin und starrte nachdenklich in die Flammen. Joshua saß wieder am Laptop und ging systematisch die von Sebastian geschickten Daten durch. Er suchte nach Hinweisen, wie sie ausgerechnet auf Amy gekommen waren. War es alles nur ein Zufall? Hatten sie einfach mit Dartpfeilen auf ein Telefonbuch geworfen und Amy hatte nur das Pech, dass die Spitze in ihrem Namen stecken geblieben war? Immer wieder schaute er zu ihr herüber. Sie saß mit dem Rücken zu ihm und schwieg. Ihm wurde klar, wie gern er jetzt wüsste, woran sie dachte. Andererseits hatten sie heute genug Informationen überflutet. Er wollte nicht noch mehr Unglück heraufbeschwören indem er ihr weitere Fragen stellte.

»Ich bin gerade sehr froh, dass ich heute nicht einfach blindlings in die Wildnis gerannt bin«, sagte sie plötzlich in die Stille hinein und hob den Kopf, bis sie zum Dach herauf schaute. Joshua lächelte. Auch ihn erinnerte der Krach des Unwetters, das um das Haus herum tobte daran, dass sie ihr Leben riskiert hätte, wenn sie einfach allein weggelaufen wäre. Aber nicht nur das brachte ihm ein Lächeln auf die Lippen. Er hatte sie gern hier bei sich und immer wieder kehrte sein Denken zu den Momenten zurück, wo sie in seinen Armen gelegen hatte. Allein schon bei der Erinnerung, wie ihre Hände an seiner Brust geruht hatten, ging ein nervöses Ziehen durch seine Körpermitte, das ihn angenehm verwirrte. Ihm war nie bewusst gewesen, wie allein er hier draußen in den wenigen Monaten, die er arbeitete, gewesen war. Er hatte immer geglaubt, dass ein anderer Mensch in seinem Leben, seiner vertrauten Routine, eher lästig und störend war. Doch Amy hier zu haben, nicht allein zu essen und in ihr einen Gesprächspartner zu haben, wenn es etwas zu erzählen gäbe, war unerwartet angenehm.

»Das bin ich auch«, war aber alles, was er sagte.

Sie schaute zu ihm herüber und ihre Blicke begegneten sich. Das warme Licht des Feuers im Rücken ließ ihr Haar wie sanfte Flammen wirken, die ihr seidig über die Schultern flossen. Josh war fasziniert von ihrem Anblick und wusste nicht, was er sagen wollte. Am liebsten hätte er ihr gesagt, wie wunderschön sie gerade aussah und das alles gut werden würde. Doch er brachte es nicht über sich und schwieg lange nur. Er wusste nicht, ob alles wieder in Ordnung kam, sie in Sicherheit waren, und man ihm glaubte, dass er den Auftrag erledigt hatte. Er war immer noch in höchster Alarmbereitschaft und kaum optimistisch. Nichts hasste er so sehr, wie zum Warten verurteilt zu sein. Doch Sebastian wühlte sich durch ein dichtes Netz an Quellen und einem unerschöpflichen Fundus an Informationen. Er brauchte Zeit, und Josh wusste aus Erfahrung, dass es eher kontraproduktiv war, seinen Freund zu drängen. Solange hingen sie eben in der Schwebe, so sehr ihm das auch gegen den Strich ging. Amy lächelte ihm entgegen, aber sie wirkte müde und abgeschlagen.

»Du bist sicherlich ganz schön fertig. Ich schlage dir das Bett auf«, bot er an und stand vom Schreibtischstuhl auf. Doch Amy schüttelte den Kopf.

»Du brauchst dir keine Umstände zu machen. Mir reicht die Couch. Heute Mittag war es auch gemütlich.«

»Kommt nicht infrage. Du hast Wochen in einer kleinen Zelle auf einer Pritsche verbracht, da lasse ich dich jetzt nicht auf meiner schmalen Couch übernachten. Ich beziehe dir oben mein großes Bett.«

Entschlossen sah er sie an und sie gab sich lächelnd geschlagen. Es klang schon verlockend, sich zum Schlafen mal wieder richtig ausstrecken zu können. Also nickte sie nur. Immer zwei Stufen auf einmal nehmend, verschwand er die Treppe hoch auf der Galerie. Amy hörte Schranktüren klappern und Stoff, der geschüttelt wurde. Bei dem Gedanken daran, wie Joshua mit den Profikillerhänden gerade das Bett machte, musste sie grinsen. Schon lustig, sich das vorzustellen. Kochen ging ja noch, aber ansonsten war die Vorstellung einfach irrwitzig. Sie spürte in ihrem Inneren ein albernes Kichern aufsteigen, als sie sich vorstellte, wie dieser sportliche Mann mit einem Wischer seinen Fußboden putzte, am besten noch mit einer Haushaltsschürze um die Hüfte gebunden, ein Tuch um den Kopf geschlungen. Nur mit Mühe konnte sie sich beherrschen und das alberne Bild wieder aus ihren Gedanken verdrängen.

Sie stand auf und schüttelte stumm den Kopf. *Himmel, was muss ich müde sein, dass ich mir so einen Quatsch ausdenke.*

Während oben noch fleißig gewerkelt wurde, hielt sie es einfach nicht mehr aus. Sie wollte sehen, wie er sich so beim Bettenmachen schlug. Leise stand sie auf und schlich die Treppe hinauf. Josh war leider schon fast fertig und klopfte nur noch sorgfältig alles gerade, als sie oben ankam. Amy sah ihm zu und lächelte immer noch amüsiert vor sich hin. Es war süß ihn beobachten zu können, ohne dass er sie bemerkte. Doch er hatte sie kommen hören.

»Ich gebe dir eines meiner T-Shirts zum Schlafen. Ich habe leider nicht an Nachtwäsche für dich gedacht«, sagte er und sah sie an. Sein Blick verriet, dass es ihm wirklich peinlich war, dieses Detail vergessen zu haben. Als hätte er sie ertappt, wurde sie ein wenig rot und zuckte nur verlegen die Schultern. Ihr machte das nicht den geringsten Kummer, dass sie nicht in Pyjama oder Nachthemd schlafen konnte. Aber es war immer noch seltsam, dass dem Mann, der mal darüber gesprochen hatte, dass er sie hätte töten können, jetzt wegen dieser Kleinigkeit verlegen wirkte. Und ihr war unheimlich, dass er sie immer zu hören schien, auch wenn sie barfuß herumschlich. Wie machte er das nur immer? Als würde er ihre Anwesenheit spüren. Ganz gleich wie leise sie war, sie schaffte es einfach nicht, so lautlos zu sein wie er.

»Das ist nicht schlimm. Zu Hause habe ich auch immer in Shirts geschlafen«, erwiderte sie, um ihm seine Befangenheit zu nehmen.

Doch in dem Moment, in dem sie es aussprach, fiel das Heimweh in ihre Gedanken ein. Plötzlich wurde ihr bewusst, wie weit sie von zu Hause weg war und wie ungewiss ihre Zukunft aussah. Würde sie ihr kleines Haus jemals wiedersehen, ihren Rasen im Zickzack versuchen zu mähen oder mit den Schnecken um ihre spärlichen Blumen ringen? Ihr Lächeln verschwand und sie starrte nur ins Leere und dachte an

Seattle. Sie erinnerte sich an ihr Haus mit der Hausnummer 1701, was ihr von einem Kollegen immer Witzeleien eingebracht hatte, weil es anscheinend auch die Nummer von einem Science-Fiction-Erfinder war. Die große Eiche, die neben dem Haus stand und die sie jedes Jahr verfluchte, weil sie mit ihren Eicheln und den Unmengen an Laub immer so viel Dreck machte. Ihre Familie, ihre Kollegen, die Nachbarn. Würde sie einen davon jemals wiedersehen?

»Amy? Alles in Ordnung?«, fragte Josh besorgt.

Er hatte gesehen, wie ihr die Gesichtszüge völlig entglitten waren und sie nur noch mit leerem Blick vor sich hin starrte. Sie sah auf und bemerkte, dass er vor ihr stand und besorgt auf sie herunterschaute. Das brachte ihr Herz einen Augenblick lang zum Stolpern, denn allein sein wundervoller Duft, regte in ihrer Seele den Wunsch nach Nähe und mehr. Aber seine dunkelblauen Augen waren das, was sie in ihrem Innersten berührte und sie allen Kummer vergessen ließ. Um ihn zu beruhigen, nickte sie und versuchte sich an einem Lächeln, was allerdings misslang.

»Ich habe mich gerade gefragt, ob ich mein Zuhause jemals wiedersehen werde. Meine Fotos, all die Erinnerungsstücke, meinen kleinen Toyota, der immer noch vor der Tür steht.«

»Ich kann dir nichts versprechen. Mir ist erst einmal wichtig, dass du am Leben bleibst. Alles andere wird die Zeit zeigen müssen.«

Er konnte verstehen, dass ihr dies nun, wo sie nicht mehr in diesem Gefängnis saß, auch Sorgen machte. Sie wünschte sich vermutlich rasch wieder in ein normales Leben weit ab von diesem Chaos zurück. Aber in dem Fall blieb er realistisch. Amy ließ den Kopf hängen.

»Komm schlaf ein wenig. Morgen sieht alles schon anders aus.«

Sie nickte und ließ sich ein T-Shirt geben. Wie schon in ihrer Zelle bei ihrer ersten Begegnung drehte er sich um und ließ sie sich in Ruhe umziehen. Sein Shirt ging ihr bis zur Mitte der Oberschenkel. Das war nicht verwunderlich, wo sie knapp über einssiebzig groß war und er sie um mehr als einen Kopf überragte. Schüchtern ließ sie sich auf die Matratze sinken. Es fühlte sich seltsam an, in einem fremden Bett zu schlafen.

»Du kannst wieder hinschauen.«

Josh drehte sich um, trat ans Bett, beugte sich herab und legte ihr die Decke über. Er versuchte, nicht zu lange ihre schönen Beine anzustarren; aber es gelang ihm nicht. Ganz sanft strich er das Bettzeug glatt und Amy durchfuhr ein angenehmer Schauer. Nur ein wenig Stoff trennte ihren Körper von der Berührung seiner Hand. Die Vorstellung, wie sich ihrer beiden Finger annäherten, war so prickelnd, dass Amy kurz Gänsehaut an den Armen verspürte. Er kniete sich neben sie und betrachtete sie sanft. Amy spürte, wie sehr er ihr gefiel. Von der Härte, die er manches Mal zeigte, war in einem solch kostbaren Augenblick wie diesem nichts zu erahnen.

»Wenn du etwas brauchst, ruf mich einfach. Ich habe einen leichten Schlaf und bin schnell bei dir, wenn etwas ist.«

Amy hatte das Gefühl unter diesem liebevollen Blick zu erröten und so nickte sie nur und rang sich ein verlegenes Lächeln ab. Josh war ausreichend beruhigt, um sie allein zu lassen. Er stand auf und ging langsam die Stufen herab. Auch er war erschöpft und freute sich schlafen gehen zu können. Aber das war es nicht allein, was ihn zu einem solch raschen Rückzug bewegt hatte. Es war mehr das intensive Gefühl in seinem Brustkorb, dass sie mit ihrem engelsgleichen Gesicht auslöste. Es war ihm schwergefallen, seinen Blick von ihren schönen Lippen loszureißen. Sein erster Impuls war, sich vorzubeugen und sie zu küssen. Doch das wäre gegen alle Vernunft gewesen. Davon abgesehen, dass er sich nicht vorstellen konnte, dass sie das zugelassen hätte. Nach allem, was sie erlebt hatte, berührte körperliche Nähe in dieser Form vermutlich nur ein weiteres Trauma. Erschwerend kam hinzu, dass er immer noch nicht wusste, wie sie über ihn dachte. Er sah noch nach dem Feuer im Kamin. Es war fast komplett heruntergebrannt und würde in der nächsten halben Stunde gänzlich verlöschen. Charlie räkelte sich auf dem Teppich, wo Amy eben noch gesessen hatte. Schmunzelnd kniete er sich herab und streichelte seinem Kater sanft durch das lange Fell. Schnurrend streckte er sich jetzt zu einer erstaunlichen Länge und präsentierte seinem Herrchen sein gepunktetes Bäuchlein. Grinsend folgte Josh der Einladung, bis der Kleine sich wieder genüsslich zusammenrollte. Er stand auf und ging leise zum Sofa herüber. Entspannt legte er sich auf die Couch, drapierte die Wolldecke ein wenig über seinem Körper und machte es sich bequem. Ehe er sich versah, lag sein Kater auf seinen Knien. Charlie schlief nachts immer bei ihm, wenn er nicht im Sommer lieber draußen auf die Jagd ging. Josh lauschte noch einige Zeit den Geräuschen des Gewitters, das jenseits des Hauses über das Land fegte und dem beruhigenden Schnurren des Fellbündels. Nie hätte er gedacht, dass der Tag auf diese Weise zu Ende gehen würde. Er hatte seine Zielperson nicht getötet, sondern gerettet. Zumindest vorerst. Müde schloss er die Augen und schlief bald tief und fest.

Kapitel 4

Amy erwachte am nächsten Morgen zuerst und brauchte einige Zeit, um zu begreifen, wo sie war. Ein Gefühl von Ruhe durchströmte sie. Hier war sie in Sicherheit und das war eine Empfindung, die ihr die letzten Wochen völlig gefehlt hatte. Sie setzte sich auf die Bettkante und lauschte. Es war unheimlich still hier auf dem Land. Das kannte sie aus Seattle so nicht. Dort gab es immer eine Fülle an Geräuschen, die einen Tag und Nacht begleiteten, wenn man nur genau hinhörte. Der Holzboden war ein wenig kühl unter ihren bloßen Füßen. Trotzdem stand sie auf und tappte zum Rand der Galerie. Vorsichtig sah sie nach unten und sah Joshua noch fest schlafend auf der Couch liegen. Der Kater lag langgestreckt an seinen Beinen und schnarchte. Amy schlich so leise sie konnte die Treppe herab und ging zum Sofa hinüber. Nachdenklich schaute sie ihren Retter an. Sein Gesichtsausdruck war entspannt und es verdeutlichte seine angenehm männlichen Züge. Er war wirklich ein attraktiver Mann, und wenn er lächelte, selbst wenn es nur ein zurückhaltendes Lächeln war, spürte Amy ein Kribbeln in ihrer Körpermitte. Es war schon verblüffend, was in ihrer Gefühlswelt so vor sich ging. Innerlich schüttelte sie den Kopf über ihre Gedanken. Sie stand hier in einem Raum mit dem Kerl, der sie vor 24 Stunden noch hatte umbringen sollen. Und nun begann sie, sich zu ihm hingezogen zu fühlen. Sie musste verrückt sein. Vielleicht war es der Schock. Oder eine Art psychisches Trauma. So etwas wie das Stockholm-Syndrom, wo ein Entführungsopfer eine große Sympathie zu seinem Entführer aufbaut, um mit der erzwungenen Hilflosigkeit besser fertig zu werden und die eigenen Überlebenschancen zu erhöhen. Doch er hielt sie gar nicht gefangen. Es gab mehr als eine Gelegenheit zu fliehen. Sein Wagen parkte vor der Tür, die Schlüssel dazu lagen offen auf dem Schreibtisch. In seiner Nähe fürchtete sie nicht um ihr Leben, sondern vertraute es ihm bereitwillig an. War das alles nur mit den traumatischen Ereignissen zu erklären? Sie grübelte mühsam nach ähnlichen Empfindungen, als sie da unten, angekettet in der Zelle gesessen hatte. Der Anwalt und dieser alte Knacker waren ja auch einige Male dort bei ihr gewesen, jedoch hatte sie zu keinem Zeitpunkt das gefühlt, was sie jetzt gegenüber Joshua empfand. Vielleicht wollte sie sich das alles nur einreden, um sich diesen neuen Emotionen nicht auszusetzen. Lieber Gefühle für einen Mann von vornherein kaputtreden, als sich ihnen einfach zu stellen. Sie konnte leider nicht behaupten, dass ihr dieses Konzept fremd war. In der Vergangenheit hatte sie schon mehr als ein Mal auf solchem Wege eine mögliche Beziehung sabotiert, weil sie nicht gewagt hatte, sich ihren Empfindungen zu öffnen. Vermutlich einer der Gründe, warum sie Single war. Und dabei unglücklich. Nachdenklich starrte sie ins Leere und hing ihren wirren Gedanken nach. Sie bemerkte nicht, wie Joshua sie ansah. Aus einem antrainierten Instinkt heraus hatte er ihre Anwesenheit gespürt. Aber ihre Nähe war nicht bedrohlich und so hatte er nur die Augen geöffnet, statt gleich in die Höhe zu fahren. Heimlich musterte er sie. Sie stand reglos da, blickte ziellos vor sich hin. Er würde jede Summe zahlen, um zu wissen, was gerade in ihrem Kopf vorging. Lediglich mit seinem T-Shirt bekleidet, das nur den unteren Teil Ihrer schönen Beine freigab, sah sie dennoch wundervoll aus. Er ließ genussvoll den Blick über ihren Körper wandern. Und sie hatte tolle Beine. Doch er dachte nur kurz daran, wie es wäre sie zu berühren, ihre weiche, warme Haut unter seinen Händen zu fühlen. Gewaltsam verbot er sich selbst diese Überlegungen, denn für so etwas durfte er im Moment keine Aufmerksamkeit verschwenden. Solche Gedankengänge konnten sie beide das Leben kosten. Ohnehin ging er nicht davon aus, dass ausgerechnet er jemals in ihrer Vorstellung mehr war, als ein eiskalter Killer. Bisher hatte er nicht unbedingt mit guten Eindrücken geglänzt. Dennoch wuchs auch in ihm langsam die vage Hoffnung heran, dass sie ihm vertrauen könnte. Und er wünschte es sich immer stärker, dass es so sei. Es war eine kleine Stimme in seinem Herzen, die hartnäckig Zweifel darüber säte, dass er keinerlei Chancen bei ihr haben würde. Und diese Stimme stellte sehr verlockende Fragen. Umarmte Amy einen Mann, vor dem sie sich so sehr fürchtete oder den sie verachtete? Würde sie ihn anlächeln, nur weil er sie zudeckte? Waren da nicht wiederholt Momente gewesen, in denen sie sich unausgesprochen gern näher gekommen wären?

»Ich hoffe, du hast gut geschlafen«, raunte er plötzlich. Er klang noch etwas rau, aber für Amy nicht weniger angenehm. Erschrocken sah sie ihn an, lächelte aber sofort wieder.

»Ja, so gut wie seit Wochen nicht mehr.«

Und damit verschwand ihr Lächeln. Aber nicht aus dem Beweggrund, den Josh in diesem Augenblick vermutete. Nicht die Erinnerung an ihre Gefangenschaft und die ersten Stunden ihrer Bekanntschaft waren der Grund. Es war vielmehr ihre innere Stimme, die hässlich hinzufügte, dass sie schon seit Jahren nicht mehr so gut geschlafen hatte. Einsam schlief es sich halt nicht so gut.

»Hast du Hunger, ich kann uns Frühstück machen?«, versuchte er elegant das Thema zu wechseln. Der Tag war einfach noch zu jung für so schwierige Themen. Doch Amy schüttelte den Kopf. Er legte die Stirn in Falten. Sie kam mit erstaunlich wenig Nahrung aus und er fragte sich, ob er der Schuldige dafür war. Verschlug seine Anwesenheit ihr den Appetit?

»Ich frühstücke nie. So früh bekomme ich keinen Bissen herunter.«

»Wirklich? Ich kann dir machen, was du willst. Pfannkuchen, Rühreier, Frühstücksflocken.«

»Nein, bitte nicht. Dennoch danke. Mir wird immer übel, wenn ich morgens etwas esse. Ich warte lieber noch ein oder zwei Stunden.«

»Okay, aber sag Bescheid, wenn du etwas möchtest. Du kannst dich hier einfach bedienen.«

Amy lächelte ihn freudig an. »Danke, das werde ich machen.«

Joshua befreite sich aus der Decke. Sein dunkelbraunes Haar stand ein wenig wirr in verschiedene Richtungen, aber sonst sah er einschüchternd gut aus.

»Ich wasche mich schnell und ziehe mich um. Dann gehört das Bad ganz dir.«

Amy nickte. Inzwischen war auch Charlie aufgestanden und strich ihr ruhelos zwischen den Beinen her. Sie machte sich auf den Weg in die Küche, während Josh mit ein paar Schritten die Stufen genommen hatte und im Bad verschwunden war. Etwas unsicher durchsuchte Amy die Schränke nach Futternapf und Katzenfutter. Sie fand die Katzensachen und jetzt war der Kater vollends wach. Er brabbelte aufgeregt, stellte sich immer wieder auf die Hinterbeine und streckte die Vorderpfoten mühsam an die Anrichtekante. Er war ein richtiger Clown, der wunderbar die verhungernde Katze mimen konnte. Er krächzte, wanderte rastlos herum und rieb sich mit sanftem Druck an ihren nackten Waden. Er wirkte, als ginge es dabei um Leben und Tod. Schnell richtete sie einen Napf mit Nassfutter an und platzierte es an der Futterstelle neben der Wasserschale. Ab da galt alle Aufmerksamkeit des Kuscheltigers dem Frühstück vor der eigenen Nase. Lächelnd sah sie dem kleinen Kerl zu, wie er in Windeseile seine Mahlzeit verputzte. Scheinbar satt, setzte er sich aufrecht hin und putzte mit Hilfe seiner Vorderpfote und der Zunge sein Gesichtchen und den prächtigen Fellkragen, bis er zufrieden war. Er sah kurz zu ihr hoch und Amy hätte wetten können, dass er grinste. Das war natürlich Unsinn, aber er rieb sich noch einmal fest an ihren Beinen und wanderte durch seinen persönlichen Ausgang ins Freie. Sie sah noch, wie der buschige Schwanz des Katers hinter der Katzenklappe verschwand, schlenderte ins Wohnzimmer zurück und schaute sich um. Da die Fensterläden noch geschlossen waren, lag der große Raum in schummerigem Licht da. Oben hörte sie die Dusche rauschen und ein kleiner Teil ihres Verstandes bemühte sich vorzustellen, wie Josh nackt aussah. Aber sie schob die Vorstellungen, die ihr so ein unanständiges Pochen im Unterleib verursachten, schnell beiseite. Was war nur los mit ihr? Dies war weder der rechte Moment noch der richtige Ort für solche Gedanken. *Aber der passende Mann schon, nicht wahr?*, flüsterte ihre innere Stimme diebisch grinsend. Amy versuchte den Kopf zu schütteln, aber sie konnte nicht verhindern, dass ein schüchternes Lächeln unwillkürlich über die Lippen huschte. Ein bisschen hatte diese Stimme ja recht. Okay auch ein wenig mehr.

Sie hatte sich aus dem Kühlschrank ein Glas Blutorangensaft geholt und sich an die Frühstückstheke gesetzt, als Josh die Treppe herunterkam. Er trug Jeans, T-Shirt und eine Sweatjacke darüber. Frisch rasiert und geduscht lächelte er sie sanft an.

»Ich öffne schnell die Fensterläden, dann ist es hier drin nicht so düster«, sagte er und verschwand durch die Eingangstür.

Amy hörte es draußen leise rumpeln, als er den ersten Laden entriegelte und wieder an der Hauswand befestige. Strahlend helles Licht strömte durch das erste Fenster herein. Aufmerksam sah sie hinaus. Die Sonne schien wieder und nur die letzten Wolken trieben noch langsam über den Himmel. Alles schimmerte und glitzerte noch nass vom nächtlichen Regen. Nach zehn Minuten kam Josh zurück, schlüpfte aus den Schuhen und ging in die Küche, um Frühstück zu machen.

Er hantierte geschickt, bereitete Rührei mit Speck und Toast zu. Amy sah überrascht, wie er sich einen Tee aufbrühte.

»Keinen Kaffee?«

Sein Lächeln verschwand ein wenig, während er den Kopf schüttelte.

»Ich bevorzuge es im Moment ruhige Hände zu haben.«

Und Amy wusste, was er meinte. Sie sah ihn traurig an und nickte nur stumm. In der Zeit, die der Wasserkocher hochheizte, ging Joshua zum Schreibtisch. Er setzte sich kurz an den Laptop, gab ein Passwort ein und startete den Datendownload und das Dekodierprogramm. Sebastian war enorm paranoid und es würde sicherlich eine Viertelstunde dauern, bis er auch nur eine Datei öffnen konnte. Doch so wusste Josh, dass seine Daten bei seinem Hackerfreund hundertprozentig sicher waren. Immerhin war er ein Genie, das geradeso an der Kante des Wahnsinns balancierte. Nachdem das Programm anlief, ging er in die Küche zurück, goss das kochende Wasser in die Tasse mit dem Teebeutel und gab noch einen Löffel Zucker hinzu. Er nahm sein Frühstück zur Hand und ging mit Amy zum Wohnzimmertisch herüber. Stumm sah sie ihm zu und trank ihren Saft. Ihn überkam ein schlechtes Gewissen, weil er mit ordentlichem Hunger aß und sie nur an ihrem Glas nippte.

»Möchtest du mit Sicherheit nichts essen? Ich kann dir noch etwas machen. Auch etwas anderes, wenn dir das zu schwer ist«, meinte er und deutete auf seinen Teller.

»Nein, danke. Ich bringe morgens nichts runter.«

Nachdenklich sah er sie an. Das hereinfallende Sonnenlicht ließ ihr langes Haar in diesem lebendigen Kupferglanz schimmern. Ihre zarte Haut wirkte samtig wie ungebranntes Porzellan. Ihm fiel erneut auf, dass sie bildschön war. Ihm war gar nicht bewusst, dass er sie anstarrte. Amy wartete gespannt, ob er ihr etwas sagen wollte, doch er schwieg und musterte sie einfach nur.

»Ist es in Ordnung, wenn ich mal schnell dusche?«

Josh blinzelte und nickte eilig, als ihm klar wurde, dass er sie beobachtet hatte.

»Natürlich. Ich habe dir eigenes Duschzeug und ein frisches Handtuch aufs Bett gelegt.«

Joshua spürte, dass sie ihn nervös machte. Ein ungewohntes Gefühl, jedoch wusste er noch nicht, ob er das wirklich als unangenehm empfand.

»Gibt es etwas, an das du nicht gedacht hast?«, fragte sie spöttisch.

»An ein Nachthemd«, erwiderte er trocken.

Amy brach in herzliches Gelächter aus und auch ihm fiel es schwer, nicht mit einzufallen. Er grinste nur breit und sah rasch auf seine Mahlzeit herab, um die Fassung wieder zu gewinnen. Noch immer lachend ging Amy nach oben, um zu duschen. Er sah ihr noch lange nach. Sein Essen wurde kalt, aber es war ihm egal. Er hörte, wie im Bad das Wasser angemacht wurde, und schmunzelte. Jetzt scherzte sie schon mit ihm herum. Wo sollte das noch hinführen? Er schob sich eilig das restliche Frühstück in den Mund, brachte Teller und Besteck in die Küche und setzte sich an den Schreibtisch. Die Dateien waren inzwischen decodiert.

Nachdenklich betrachtete Josh jetzt schon seit fünfzehn Minuten die Daten. Ihm wurde immer mehr bewusst, dass die ganze Sache hässlich enden würde. Dass Dominic Flagg tot war, machte alles nicht weniger gefährlich. Sein junger Anwalt Grass war ehrgeizig und nicht minder soziopathisch. Vielleicht war dies noch viel unangenehmer. Flagg hatte so kurz vor seinem Lebensende nicht mehr viel zu befürchten gehabt. Ganz gleich, wessen man ihn überführt hätte, bis zu seinem Tod hätte er keinen Tag in einem Gerichtssaal verbringen müssen. Aufgrund seiner Position und der vielen Verbindungen, sowohl zum Militär als auch zum organisierten Verbrechen, war er quasi unantastbar gewesen. Andrew Grass dagegen hatte sein Leben noch vor sich. Er wollte sich mit der Regelung der Angelegenheiten vor seinem alten Boss sicherlich einen Namen machen. Wie er das Ganze handhabte, würde darüber entscheiden, welche Stellung er im Untergrund würde einnehmen können. Vermasselte er die Sache, würden ihn alle rasch fallen lassen und der Staatsanwaltschaft zum Fraß vorwerfen. Doch stellte er die Dinge geschickt an, würde er beweisen, dass auf ihn Verlass sei und man ihm etwas anvertrauen konnte. Das waren die besten Empfehlungen und damit ein echter Jobgarant.

Sebastian deutete an, dass er nicht darauf bauen würde, dass man Josh abnahm, dass er den Job erledigt hatte. Dafür tat sich wohl noch zu viel. Es gab eine neue Ausschreibung im Untergrundnetzwerk, die für Anzeichen sprach, dass es bald wieder Arbeit in Joshuas Branche geben würde. Im Grunde genommen war das nichts Besonderes, aber nach so kurzer Zeit ließ es nichts Gutes ahnen. Josh sah auf sein »Geschäftskonto« und bemerkte, dass die restliche Summe für den Auftrag gutgeschrieben worden war. Wenn etwas nicht stimmte oder sie dem Ergebnis seiner Arbeit nicht trauten, so gab es keine Hinweise darauf. Er hatte aber ein schlechtes Gefühl dabei. Er transferierte gleich das Geld weiter und leerte damit das Konto. Das war sein übliches Vorgehen und nichts Ungewöhnliches. Wenn jemand sein Verhalten beobachtete, würde er es nicht als seltsame Aktion beurteilen. Trotz allem fühlte er sich unwohl und nicht sicher hier. Er lehnte sich im Stuhl zurück, schloss die Augen und dachte nach, wie nun zu verfahren sei. Zuerst müsste er sich vorbereiten. Sowohl darauf, schnell von hier weg zu müssen als auch kämpfen zu können, wenn es für einen Rückzug keine Möglichkeit mehr gab. Aber ein Gedanke quälte ihn darüber hinaus. Konnte er Amy beschützen, wenn es hart auf hart kam?

»Gibt es schlechte Neuigkeiten?«, kam plötzlich Amys Stimme von hinten.

Er zuckte erschrocken zusammen. Noch nie hatte sie es geschafft, sich unbemerkt an ihn heranschleichen zu können. Ihre Anwesenheit machte ihn unkonzentriert. Das war das Letzte, was jetzt geschehen durfte.

»Es könnte Probleme geben. Sebastian hat da ein paar Hinweise gefunden, dass man mir nicht so recht glaubt, dass ich dich getötet habe. Ich werde einige Vorbereitungen treffen müssen.«

Josh erhob sich und wendete sich ihr zu. Sein Gesichtsausdruck war hart und dunkel, doch Amy schreckte nicht zurück. Fest sah sie ihn an und hielt mühelos seinem Blick stand.

»Wäre es besser, wenn ich einfach verschwände?«

Sie spürte seine Anspannung, wollte sich davon aber nicht verunsichern lassen. Wenn es ihm das Leben leichter machte, war sie bereit zu gehen und es auf eigene Faust zu versuchen. Die Kälte verschwand aus seinen Augen. Dieses Angebot erschreckte ihn. Ihm war deutlich bewusst, dass sie Amy binnen einer Woche finden und töten würden, wenn er sie gehen ließe. Im Gegensatz zu ihm kannte sie weder die Macht noch die Möglichkeiten der Leute, die sie aus dem Weg räumen wollten. Sie wäre eine leichte Beute und das wollte er keinesfalls zulassen.

»Nein. Aber du kannst mir helfen, wenn du willst.«

»Was soll ich tun?«, fragte sie und sah ihn aufmerksam an.

Josh dachte kurz nach. »Ich werde dir ein paar Besonderheiten im Haus zeigen. Wenn hier wirklich etwas passiert, musst du einen klaren Kopf bewahren und tun, was ich sage.«

Amy sah ihn ruhig an und nickte. Sie war entschlossen, sich von den Umständen nicht unterkriegen zu lassen. Was auch immer nötig war, damit sie heil aus dieser Sache herauskamen, würde sie tun. Zu ihrer Überraschung begann seine Einweisung für den Notfall vor dem Ersten der großen Bücherregale. Amy überflog die Buchrücken und fragte sich, was sie hier wollten. Josh griff zielsicher zu einem bestimmten

Buch und drückte es kurz und ruckartig tiefer in das Regal hinein. Amy betrachtete den Titel: »Das Spiel« von Stephen King. Fragend sah sie ihm nach, als er nun zum nächsten Regal ging, das um neunzig Grad versetzt zum Ersten stand. Er nahm sich zwei weitere Hardcover aus einem der niedrigeren Regalböden und zog daran. Doch sie rutschten nicht aus dem Regal heraus. Sie fungierten als Griffe und ein Teil der Rückwand schwang als kleine Tür auf und gab den Blick in einen dunklen, schmalen Tunnel frei. Darin glommen schemenhaft ein paar grüne Leuchten auf. Nur ganz schwach und kaum zu sehen. Ein Geheimgang.

»Dieser Schacht führt unterirdisch bis zum Bootshaus am Steg runter. Dort sollte man sicher sein. Sollte es hier je zu einem Angriff kommen, musst du versuchen, diesen Gang zu erreichen. Und du musst ihn hinter dir zumachen. Wenn du ihn von innen schließt, lässt sich die Tür nicht mehr öffnen. Das sollte dir die Möglichkeit geben, zu entkommen«, erklärte er ruhig.

»Du meinst uns, nicht wahr?«

Josh sah sie für einen Moment erstaunt an. Er betrachtete sie eingehend, versuchte, in ihrem schönen Gesicht zu lesen, warum sie diese Frage stellte. Wieso war es ihr wichtig, was aus ihm wurde? Die Antwort fand er nicht in ihren ebenmäßigen Zügen. Er nickte nur, da er nicht wusste, was er sonst machen sollte. Dann fuhr er fort.

»Ich zeige dir jetzt, wo man herauskommt, wenn man dem Tunnel nachgeht.«

Sie folgte ihm zur Eingangstür und bemühte sich den Eindruck abzuschütteln, wie bizarr das Ganze war. Doch mehr noch nagte der Gedanke an ihr, dass er sich selbst in seine Rettungs- und Fluchtpläne so gar nicht mit einbezogen hatte. Hatte er für sich andere Pläne? War er so lebensmüde, ihr im Falle eines Kampfes den Rücken zu decken und sein Leben vielleicht zu verlieren? Das bereitete ihr tatsächliches Kopfzerbrechen, denn ihr lag inzwischen eine Menge an ihm und die Vorstellung, er könnte wegen ihr verletzt oder getötet werden, war mehr und mehr unerträglich. In der vagen Hoffnung, dass es nicht dazu kommen würde, schob sie die Sorgen zur Seite. Beide zogen sie sich Schuhe an und gingen zum Bootshaus. Amy bemerkte, wie er sich vorher aufmerksam umsah, lauschte und alles musterte. Wie ein Jäger, der in voller Alarmbereitschaft ist. Unbehaglich ließ auch sie den Blick schweifen. Von dem Gefühl der Sicherheit, das sie heute Morgen noch empfunden hatte, war nichts mehr vorhanden. Joshuas Verhalten und dessen Führung hatten diese irrige Annahme der Gefahrlosigkeit schwinden lassen. Er marschierte los und sie folgte ihm dem Pfad aus platt getretener Erde entlang. Rechts und links von ihnen wuchs das Gras fast einen halben Meter hoch. Der Boden war noch durchnässt und ein wenig schlüpfrig. Amy machte kurze Schritte, um nicht auszurutschen. Sie wollte die neuen Sachen, die ihr Josh mitgebracht hatte nicht gleich einsauen. Sie war ohnehin von seinem guten Geschmack überrascht. Die Hose passte perfekt und die Pullover waren wunderschön. Alles in Pastellfarben. Hellblau, Flieder, Weiß oder Mint. Genau die Farben, die sie gut tragen konnte. Eine Killermaschine mit Modegeschmack. Ihre Mundwinkel verzogen sich zu einem Lächeln, aber es war bitter und nervös. Sie fand es unangebracht, ihn immer noch so zu betiteln. Vor allem vor dem Aspekt im Hintergrund, dass er auch sein Leben riskierte, nur um das ihrige zu schützen. Das war undankbar und alles andere als nett. Sie erreichten das Bootshaus und Amy kam unwillkürlich die Frage in den Sinn, wie denn dieser schmale Tunnel in diesem schlichten Holzhäuschen enden könnte. Aufmerksam sah sie sich weiter um. Vielleicht entdeckte sie ja doch noch einen Hinweis. Aber ein Stück vor ihnen wurde der Pfad, der sie an dem Bootshaus vorbeiführte, von hölzernen Planken abgelöst, die als Steg mehrere Meter in den See hineinragten und an deren Ende ein Boot mit Außenbordmotor vertäut war, dass sachte im Wasser schwankte. Josh öffnete den Eingang und ließ ihr den Vortritt ins Innere des Gebäudes. Hier drin gab es nur wenig Licht, da die kleinen Fenster von dieser Seite mit einer Farbe überzogen waren, die kaum Helligkeit hereinließ. Amy sah sich um. Sie sah ein paar Planen, Taue, eine Jolle, die umgedreht auf Ständern ruhte, zwei große Holzschränke, in denen sie Zubehör vermutete. An der Wand hingen weitere Seile und Paddel aus Holz. Nichts was man nicht an diesem Ort erwarten würde. Josh ging zu den Schränken und öffnete die Türen. Darin lagen nur zwei Sporttaschen. Etwas angestaubt, abgewetzt und im oberen Bereich waren Werkzeuge und allerhand Krimskrams untergebracht. Er deutete auf die Taschen.

»Da drin sind ein paar nützliche Dinge, die man mitnehmen sollte, wenn man sich zurückzieht. Selbstverständlich nur, wenn man Zeit und Kraft dazu hat. Viel wichtiger ist es natürlich, schnell und ungesehen zu verschwinden. Das hat Priorität«, betonte er.

Amy nickte, um zu signalisieren, dass sie verstanden hatte.

»Aber wohin soll man von hier aus gehen?«

»Das zeige ich dir gleich auch noch, keine Sorge.«

Er wendete sich dem nebenstehenden Schrank zu und öffnete die Türen. Hier gab es nichts zu sehen. Nur eine dicke Staubschicht. Fragend sah Amy Josh an.

»Hier kommt man heraus, wenn man den Tunnel ganz durchkrochen hat. Unter dem Boden endet der Gang in einer Leiter. Die Holzplatte lässt sich anheben und man kann leise hier herausklettern. Allerdings lässt sich der Ausgang nur von innen öffnen. Sollte dieser Moment kommen und du jemals hier stehen, dann verhalte dich still«, erklärte er sachlich.

Amy fühlte sich ein wenig überfordert. Was für ein Leben musste er geführt haben? Kein normaler Mensch machte sich solche Sorgen oder setzte derart ausgeklügelte Pläne um. Zumindest war ihr diese Welt, in der man immer darauf vorbereitet war, zu fliehen oder zu kämpfen, völlig fremd.

»Und wohin dann?«

In ihrem Kopf drehten sich die seltsamen Informationen unermüdlich im Kreis.

Sie begann einen Eindruck zu bekommen, wie sich Alice im Wunderland gefühlt haben musste, als sie in den Kaninchenbau gestürzt war. Das alles war so gar nicht ihre Welt und sie hätte sich niemals erträumen lassen, dass sie sich auf diese Weise einmal Gedanken machen müsste. Mit einem Nicken deutete er an, ihr zu folgen. Sie verließen die Hütte und gingen den Weg zum See herunter. Josh betrat den Steg und Amy folgte ihm unsicher. Sie sah das Boot am Ende sanft schaukeln und dachte nur, dass sie keinesfalls so etwas steuern konnte, wenn er das von ihr erwartete. Doch er blieb nur an der Kante stehen und drehte sich nach links um. Amy sah sich um und entdeckte in einiger Entfernung ein größeres Waldstück.

»Am Ufer führt ein kleiner Pfad um den See herum. Er ist im hohen Gras sehr gut verborgen. Im Norden ist der Wald. Dort sollten wir erst einmal sicher sein. Wenn sie dann hier suchen kommen, ist man schon längst außer Sichtweite«, war er sich sicher und deutete mit der Hand zu dem Waldstück hinüber. Amy folgte mit den Augen der Uferlinie, konnte aber beim besten Willen keinen Weg ausmachen. Der See endete in einer Schneise, die zwischen zwei Hügeln hindurchführte. Dahinter sah sie den Wald, von dem er gesprochen hatte, aber es sah alles andere als gut erreichbar aus. Doch vom Haus aus konnte man vermutlich noch weniger sehen, da es versetzt zum Hügel lag. Die Chancen standen mit Sicherheit gut, dass man ungesehen entkommen konnte. Zumindest bei Nacht. Tagsüber vermutete sie dafür weniger rosige Aussichten, aber sie schwieg. Es schien, als hätte er an alles gedacht und sie wusste nicht, was sie dazu sagen sollte.

»Wie weit ist es bis dorthin?«

»Etwas über eine Meile. Wenn man erst einmal um den

See herum und zwischen den Hügeln nicht mehr zu sehen ist, kann man zügig laufen.«

»Und dann versteckt man sich dort einfach?«

Josh schüttelte den Kopf.

»Im Wald ist man vorerst sicher, aber natürlich kann man dort nicht ewig bleiben. Es ist nur eine Möglichkeit aus der akuten Gefahrenzone zu kommen.«

Amy nickte nur. Dann überlegte sie, wie er sich das so einfach ausgedacht hatte.

»Wie oft hattest du diesen Fall schon?«

»Noch nie, aber ich habe es oft geprobt, weil ich immer mit diesem Ernstfall rechnen muss. Das ist in meinem Geschäft nun einmal so.«

Amys Gesichtsausdruck veränderte sich plötzlich und er sah Regungen, die er niemals erwartet hätte. Mitgefühl und Bedauern. Eine Sekunde lang war er ganz irritiert. Hatte er etwas Dummes gesagt?

»Du musst ein sehr einsames Leben geführt haben«, stellte sie fest und schaute dabei hinaus auf den See.

Josh wollte etwas erwidern, schwieg jedoch. Er wusste nicht, was er entgegnen sollte. Ja, er war hier immer allein gewesen in einem Zustand ständigen Misstrauens. Aber er hatte sich eigentlich nie wirklich vereinsamt gefühlt. Sein Kater war eine wunderbare Gesellschaft und eine Frau konnte er unmöglich in seinen Alltag einführen. Was sollte er denn sagen, wenn er fortging? *Ach Liebes, ich gehe eben einen Mafiaboss töten, aber ich bin am Wochenende wieder da und repariere den Schrank.* Das klang schon nur in Gedanken ausgesprochen, völlig absurd. Doch die Argumente, die er jahrelang dafür angeführt hatte, verloren ihren Sinn, wenn er Amy ansah. Warum fühlte er nun zum ersten Mal eine Leere in sich, wenn er versuchte sich ausmalen, dass sie fort war und er hier wieder sein normales Leben führen konnte? Eigentlich war die Sorge um sie doch nur eine Belastung. Wieso nahm er diese jetzt gern in

Kauf? Nur um morgens ihr Lächeln zu sehen und sich vorzustellen, wie sich ihre zarte Haut unter seinen Fingern anfühlte? Nachdenklich betrachtete er sie, um zu verstehen, was in ihm vorging. Sie krempelte seine ganze innere Einstellung völlig um, aber seltsamerweise gefiel ihm das, obwohl es ihn verwundbar machte. Und nicht nur das, es brachte sie beide in Gefahr, wenn er nicht mit absoluter Konzentration bei der Sache war. Doch er genoss diese Verwirrung, die ihn aufwühlte und alles infrage stellte, an das er immer geglaubt und das er sich mit Mühe erarbeitet hatte. Plötzlich sah Amy ihn besorgt an.

»Alles in Ordnung?«

»Ja natürlich. Wir sollten zurück ins Haus gehen. Ich wollte noch einige Dateien durchsehen und danach in die Stadt fahren und ein paar Besorgungen machen.«

Amy ging voraus, ohne etwas zu sagen. Aber sie wirkte auf Josh bedrückt und nachdenklich. Der Wunsch sie mal in den Arm zu nehmen war groß, doch er wusste nicht, was das noch anrichten würde. Vielleicht machte er ihr damit nur noch mehr Angst oder trat ihr zu nahe. Er wusste nicht, ob sie die gleiche Verwirrung spürte, wenn er sie ansah, sie sich berührten. Keinesfalls wollte er sie bedrängen, denn das wäre zu der Situation, in der sie sich jetzt befanden, noch eine weitere Erschwernis, die sie sich nicht leisten konnten. Zugegebenermaßen war er aber auch einfach noch unsicher, was sie in ihm sah. Ihren Retter, ihren Mörder? Obwohl ihm Letzteres eher wie eine Ausrede vorkam. Bisher hatte sie diese Sorge mit keinem Wort mehr erwähnt und ihr Verhalten wirkte auf ihn auch nicht, als wäre sie von seiner Anwesenheit eingeschüchtert.

Es war früher Mittag, als Josh sich von ihr verabschiedete, um in die Stadt zu fahren. Er prägte ihr noch einmal ein, dass sie niemandem aufmachen sollte. Und wenn jemand versuchte, gewaltsam hineinzugelangen, sollte sie nicht zögern, den kleinen Geheimgang zu wählen. Amy war entsetzlich unwohl bei der Vorstellung, aber sie nickte und bemühte sich die Nerven zu behalten. Sie wollte ihm nicht zeigen, wie viel Angst sie hatte. Das würde ihm nur unnötige Sorgen machen und sie wollte nicht mehr zu Last werden, als nötig. Zudem war das Letzte. was ihr jetzt helfen konnte, in Panik zu geraten. So lächelte sie und winkte, als er in den Geländewagen stieg und sie noch einmal grüßte. Dann wendete er den Wagen und machte sich schweren Herzens auf den Weg. Er gab tüchtig Gas, weil er so schnell wie er konnte, wieder hier sein wollte. Verschiedene Horrorszenarien wanderten durch seine Gedanken. Was, wenn sie Amy erwischten, während er Lebensmittel einkaufte? Käme er dann wieder und würde ihre blutverschmierte Leiche in seinem Wohnzimmer finden? Allein diese Vorstellung ließ ihm den kalten Schweiß ausbrechen. Es wurde so schlimm, das er an der Abzweigung zur Hauptstraße kurz erwog, umzudrehen. Mühevoll riss er sich zusammen. Er wollte nicht genauso paranoid wie Sebastian sein. Sie brauchten ein paar Dinge und die flogen nun einmal nicht von allein ins Haus. Niemand kannte sein Versteck und er vertraute Amy, dass sie weder Telefon noch Internet benutzte, wie er es ihr eingeprägt hatte. Als er sich beruhigt hatte, trat er das Gaspedal kräftig nach unten und beeilte sich die Besorgungen hinter sich zu bringen. Je schneller er fertig wurde, desto eher war er auch wieder hier.

Nachdenklich sah sie dem Ford Bronco noch hinterher, bis er über die Hügelkuppe aus ihrem Sichtfeld verschwand. Nervös schaute sie sich um, doch sie konnte nur die weite, hügelige Graslandschaft und die Inseln aus Wäldern entdecken. Keine Menschenseele war in Sichtweite. Sie hörte noch kurz die Motorengeräusche in der Ferne, bis auch dieser Ton von der Einöde verschluckt wurde. Amy ging hinein und schloss sorgfältig hinter sich die Tür. Traurig sah sie sich um. Sie nahm bewusst die Einsamkeit des Hauses wahr, registrierte jedes Knarren der Holzbalken mit Unruhe und überdeutlich. Auch Charlie hatte sich seit dem Frühstück nicht mehr blicken lassen. Sie war hier ganz allein. Und sie vermisste Josh und seine Anwesenheit. Nicht nur, weil er Schutz bedeutete, sondern, weil sie so gern in seiner Nähe war, seinen Blick spürte, oder seiner angenehmen Stimme lauschte. Besorgt sah sie immer wieder abwechselnd aus dem Fenster oder schlich rastlos umher wie eine Katze. Krampfhaft suchte sie eine Möglichkeit sich abzulenken. Obwohl Josh eine Spülmaschine hatte, wusch sie seine Frühstückssachen von Hand ab. Von der Spüle aus konnte sie gleich auf den Hügel hinausschauen, über den er vorhin verschwunden war. Mit den Fingern im warmen Wasser starrte sie manchmal geistesabwesend nach draußen. Regungslos blickte sie durch das Glas, erwartete immer einen Wagen den Kiesweg herunterkommen zu sehen. Aber dort war nichts als Gras, das im Wind sachte hin und her wogte. Als sie fertig war, trocknete sie alles ab und räumte das Geschirr so gut sie die richtigen Schränke fand, weg. Von Unruhe getrieben wanderte sie wieder durchs Haus. Die Zeit wollte einfach nicht vergehen, jede Minute zog sich wie Kaugummi in die Länge. Sie hasste es, so zur Untätigkeit verdammt zu sein. Es steigerte ihre Angst und die Nervosität, die in ihr wütete, wie ein wildes Tier. Sie ging zum Bücherregal, durchstöberte die Titel und ließ sie dann doch stehen. Es lag nicht daran, dass Joshua nichts Ansprechendes zu lesen hatte. Sie sah einige Bücher, die sie gern entspannt gelesen hätte. Doch dafür fehlte ihr einfach die innere Ruhe. Sie stieg die Treppe hoch, machte das Bett und schaute sich nach Arbeit um. Sie war es nicht gewohnt, so viel Zeit zum Nichtstun zu haben. Und in der angespannten Lage wünschte sie sich verzweifelt etwas Ablenkung. Aber er war sehr ordentlich. Nicht einmal etwas Staub konnte sie finden. Das war ihr ganz neu bei einem

Mann. Bisher hatte sie immer nur Chaoten gekannt, die der festen Überzeugung waren, dass eine Frau dazu da sei, den Haushalt alleine zu managen, auch wenn sie nebenbei Fulltime arbeitete. Sie schlenderte die Stufen wieder herunter und ging in die Küche. Vor dem Fenster setzte sie sich auf die Anrichte, um den Weg im Blick zu haben. Nachdenklich starrte sie hinaus und wartete darauf, das Josh zurück kam oder etwas anderes passierte.

Am Nachmittag kam der Geländewagen dann auf der Anhöhe wieder in Sicht. Joshua fuhr langsam den Weg runter, brachte den Wagen vor dem Haus zum Stehen, stieg aus und schaute sich aufmerksam um. Amy kam ins Freie und sah ihn erleichtert an. Für ihn war es ganz ungewohnt, dass er von jemand anderem als seinem Kater begrüßt wurde, wenn er zurückkam. Doch es war unerwartet angenehm und er freute sich aufrichtig, sie zu sehen. Er stieg aus, öffnete die hintere Tür und nahm sich zwei Tüten. Amy sah, dass das Fahrzeug gut gepackt war. Wortlos ging sie an ihm vorbei und griff sich ebenfalls zwei Einkaufstüten. Zusammen entluden sie den Wagen und stellten alles in der Küche ab. Amy hatte noch nie gesehen, dass jemand acht große Papiertüten voll einkaufte. Schon gar nicht für nur zwei Personen und eine Katze. Josh begann einzuräumen, während Amy sich nur an die Anrichte lehnte und ihm zusah. Da es heute Morgen schon eine fühlbare Ewigkeit gedauert hatte, bis sie ein Trinkglas fand, überließ sie es ihm bereitwillig, alles an den richtigen Plätzen zu verstauen.

»Du hast eingekauft, als wolltest du dich hier lange verbarrikadieren«, sagte sie, um der bedrückenden Stille ein Ende zu bereiten.

Er schob das Obst in ein Kühlschrankfach und sah sie an. Kurz erwägte er, ob er ihr die Wahrheit sagen sollte, dass sie sich wirklich eine Weile hier verstecken mussten. Doch da er sie nicht dauernd mit diesen beunruhigenden Details in Schrecken versetzen wollte, überlegte er sich rasch eine Ausrede, die er zum Besten geben konnte.

»Ich kaufe oft solche Mengen ein. Es ist fast eine Stunde Fahrt bis in den nächsten Ort, das spart einfach Zeit«, erwiderte er und war erstaunt, wie flüssig ihm die kleine Notlüge über die Lippen gekommen war.

Doch Amy sah, dass es nicht der wahre Grund war. Sie konnte es nicht genau begründen, aber sie sah etwas in seinem Gesicht, das diesen Eindruck nährte.

»Danke«, war alles, was sie sagte und sie lächelte dabei so sanft, wie man es bei einem Kind macht, wenn es einem ein schreckliches, aber selbstgemaltes Bild übergab.

»Wofür?«, fragte er irritiert und versuchte sein Pokerface beizubehalten. Er wusste, er war kein geschickter Lügner, doch in diesem Fall ging er davon aus, dass er es gut gemacht hatte.

»Dafür, dass du sogar versuchst zu lügen, um mich zu beruhigen. Ich weiß du meinst es gut.«

Josh fühlte sich ertappt und schmunzelte verlegen.

»Ist es so offensichtlich?«

»Naja, ich hatte da so eine Ahnung.«

Er grinste und machte sich daran, die restlichen Sachen in den Schränken unterzubringen. Amy sah ihm zu und rang innerlich mit sich. In den letzten Stunden, die sie allein in diesem Haus verbracht hatte, waren ihr immer wieder verschiedene Gedanken im Kopf umhergewandert, warum sie in diesem Verlies gelandet war. Nach einiger Zeit des Grübelns, in denen sie unterschiedliche Theorien fand und wieder verwarf, war sie zu einem Schluss gekommen, der ihr logisch erschien. Aber sie schämte sich dafür und war unentschlossen, ob sie mit Josh darüber reden sollte. Vielleicht würde er sie danach verachten oder schlecht über sie denken. Andererseits konnte ihm das möglicherweise bei seinen Ermittlungen helfen. Und alles was sie schneller aus dieser misslichen Lage herausbeförderte, konnte nur gut sein. Trotzdem kostete es sie eine ungeheure Überwindung, jetzt auch nur einen Ton herauszubringen.

»Ich glaube, ich weiß, warum sie mich gefangen haben«, flüsterte sie vorsichtig.

Josh drehte sich ihr zu, doch sie sah auf ihre Hände, die sie unruhig ineinander wrang. Er schwieg und wartete nur geduldig, ob sie weitersprechen würde. Nach seiner Erfahrung hatte es keinen Sinn, sie zu drängen. Ohne Eile räumte er ein paar Sachen fort, damit sie sich nicht zu sehr unter Druck gesetzt fühlte. Und es funktionierte. Nach einiger Zeit begann sie langsam und zögerlich zu erzählen.

»Ich habe vor einer Weile begonnen, mich mit gewissen Dingen zu beschäftigen. Meine letzte Beziehung war eine Katastrophe und ich vermutete, dass es auch an mir lag. In sexueller Hinsicht war ich immer unzufrieden, weil mich das Gefühl quälte, dass mir etwas fehlte. Ich hatte Vorstellungen, für die ich mich schämte. Aber das machte sie nicht weniger drängend. Ich konnte mich nicht überwinden, mit ihm darüber zu sprechen. Zu keinem Menschen habe ich je auch nur ein Wort gesagt.«

Amy unterbrach sich und sah vorsichtig zu ihm auf. Josh sah ihr ruhig entgegen und schwieg. Er ahnte, worauf sie hinaus wollte, vermied es aber sie mit Fragen zu bedrängen.

»Ich schaute mir also zu Hause heimlich Bilder an. Ich verfluchte mich dafür, welche Gefühle und Gedanken sie in mir auslösten und was es in mir zutage förderte. Ich löschte immer gleich die Chronik meines Browsers, wartete stets bis spät in die Nacht. Es war ein schreckliches Versteckspiel vor mir selbst. Ich glaubte manchmal, ich wäre nicht normal. Eher krank und seltsam. Es gab niemanden, dem ich mich anvertrauen konnte.«

Amy war ganz rot geworden; fast als hätte sie Fieber, glühten ihre Wangen und die Augen glänzten. Sie schwieg und begann unsicher die Hände zu bewegen. Sie erwartete jeden Moment zu hören, dass sie pervers sei und so ein Schicksal verdient hatte. Vielleicht war es die Strafe für sie gewesen, angekettet in diesem Verlies zu enden. Von all diesen Frauen hatte sie es vermutlich als Einzige nicht ohne Grund getroffen. Diese Gedanken waren so bitter, dass es ihr den Magen umdrehte und ihr Herz beinah schmerzlich in der Brust schlug. Sie verfluchte sich, auch nur ein Wort darüber verloren zu haben. Es war kindisch zu glauben, dass Josh diese Informationen helfen könnten. Wahrscheinlich war die einzige Konsequenz ihrer Aussprache, dass er seinen Auftrag nun doch noch vollendete und er dann wenigstens seinen Alltag in Frieden weiterleben konnte. Er ließ alles liegen und kam zu ihr um die Frühstückstheke herum. Sie sah immer noch zu Boden und wagte nicht den Blick zu heben. Er stand dicht vor ihr und sie sah, wie er seine Hand unter ihr Kinn legte und spürte, wie er langsam ihren Kopf hob, bis sie ihn wieder ansah. Er lächelte sanft, fast zärtlich. Amy war völlig perplex. Ihr drängte sich die Vermutung auf, dass er sie nun schlichtweg für verrückt hielt. Aber in seinen Augen fand sie keinen Hinweis darauf, dass er den Gedanken hegte, sie gleich in eine Irrenanstalt zu bringen. Eher sah er aus, als hätte er Verständnis dafür, was er da hörte. Aber was konnte das nur bedeuten?

»Du bist ganz in Ordnung so, wie du bist. Und da ist nichts, wofür du dich schämen müsstest.«

»Ich glaube, du verstehst das nicht, Josh. Ich bin nicht normal, nicht so wie du«, sagte sie und zuckte in einer etwas hilflosen Geste die Schultern. Er begriff nicht, was sie ihm sagen wollte und das machte ihr Angst, weil sie möglicherweise ins Detail gehen musste und das war eine zu große Herausforderung in diesem Moment.

»Empfindest du Lust bei der Vorstellung, dich einem Mann zu unterwerfen, dich vielleicht fesseln zu lassen, um die Kontrolle abzugeben?«, fragte er und sah sie dabei immer noch abwartend an. Amy starrte ihm mit weit aufgerissenen Augen entgegen. In ihrem Kopf rasten die Gedanken. Wie konnte dieser fast Fremde ihre geheimsten Wünsche in einem Satz zusammenfassen, obwohl sie selbst nicht einmal die geeigneten Worte finden konnte? Zugegeben, ihre Scham und das Gefühl, dass mit ihr etwas nicht stimmte, standen ihr dabei sicherlich im Weg, doch das Josh so zielsicher ins Schwarze traf, verunsicherte sie.

»Wie kannst du das wissen?« Amys Stimme war nur ein Flüstern.

»Ich sehe, wie groß deine Hemmungen sind, darüber zu sprechen. Als ich dann das Bild vor Augen hatte, wie du in dieser Zelle gesessen hast, habe ich mir den Rest zusammengereimt. Du scheinst zu denken, dass deine devote Natur dich zum perfekten Ziel für diese Verbrecher gemacht hat. Und anscheinend meinst du auch, dass darum mit dir etwas nicht richtig ist und es die gerechte Strafe für dich sei. Kommt das in etwa hin?«

Amy nickte nur. Ihre Wangen glühten und die Hände zitterten. Woher wusste er das alles nur? Sah er die Dinge ebenso und war es ihm ernst, wenn er sagte, dass dies völlig in Ordnung sei? Als Josh weitersprach, kam es ihr wie in einem verrückten Traum vor.

»Ich kann dich verstehen. Als mir zum ersten Mal meine dominante Neigung bewusst wurde, war ich auch besorgt und verunsichert. Doch mit der Zeit nahm ich diese Seite in mir an. Und da ist nichts Krankes oder Abartiges. Wir sind, wer wir nun einmal sind und daran ist nichts verkehrt«, erklärte er gelassen und lächelte sie sanft an.

Erwartungsvoll sah sie ihm entgegen. Konnte es wirklich sein, dass er sie verstand, nicht verurteilte? Amy spürte plötzlich in sich die Neugier, mehr darüber zu erfahren, endlich einen Menschen zu kennen, mit dem sie offen sprechen konnte.

»Würdest du mir mehr über diese Welt erzählen?«

»Sehr gern. Komm wir machen es uns bequem und dann kannst du mich alles fragen, was du möchtest.« Er deutete mit der Hand in Richtung Sofa.

Amy stand auf und zusammen gingen sie zu zur Couch herüber und nahmen Platz. Zu ihrer Überraschung begann er ganz gelöst und entspannt darüber zu berichten.

»Ich kann dir nicht genau sagen, wann diese Wünsche zu Bildern und Vorstellungen in meinem Kopf wurden. Vielleicht waren sie schon immer da und ich wurde einfach so geboren. Aber ich weiß, welche Fantasien mich erregten, die Lust auf mehr schürten. Ich las einige Bücher zu dem Thema. Ich dachte, wenn ich meine Beweggründe besser verstehen kann, hätte ich sie unter Kontrolle. Der Irrglaube über Wissen auch Macht zu erlangen über meine Begierden. Aber das war idiotisch. Naiv wie ein Kind, das glaubt fliegen zu können, wenn es vom Scheunendach springt. Bei einem Einsatz in Europa bekam ich zum ersten Mal die Gelegenheit meine Neigungen real auszuleben. Dort ist man nicht so prüde wie hier. Ich fand einen ganz besonderen Club. Dort traf ich eine Frau, eine Domina. Sie führte mich in den Bereich vom Dominanz und Unterwerfung ein. Mit einer hübschen devoten Sklavin für mich, lernte ich diese Seite immer mehr kennen. Ich hörte auf, mir über diese Fantasien Sorgen zu machen und nahm an, dass sie mir innigstes Vergnügen bescherten. Das ist Jahre her und ich habe all das völlig in den Hintergrund treten lassen.«

Amy sah ihn an. Sie saßen zusammen auf der Couch, wenige Zentimeter voneinander entfernt. Während er berichtete, hatte sie ihn die ganze Zeit aufmerksam gemustert, sich versucht, vorzustellen, wie es wäre, diesen Wünschen etwas Raum geben zu können. Und sie kam zu dem ehrlichen Schluss, dass sie ihn um diese Erfahrungen und seinen Mut beneidete. Im gleichen Augenblick kam ihr ein erschütternder Gedanke.

»Hat es dich angesprochen, als du mich in dieser Zelle gesehen hast? Hat dich das davon abgehalten mich zu töten?«, fragte sie und ihr Gesicht war traurig bei der Vorstellung; auch wenn sie natürlich froh war, am Leben zu sein und es ihr eigentlich egal sein konnte, was ihm in jenem Moment den Zeigefinger aufgehalten hatte.

Ein anderer Teil dieser Erkenntnis war jedoch ebenso bedrückend. Ihr selbst hatte es in keinster Weise gefallen, entführt, angekettet und fast vergewaltigt zu werden. Das war doch paradox, da es immer ihr Traum gewesen war, gefesselt zu werden. Doch alles, was ihr zugestoßen war, vermittelte ihr genau das gegenteilige Gefühl. Bildete sie sich ihre devote Natur nur ein oder schaffte sie es nicht, den Weg aus ihrer Fantasie in die Realität zu bewältigen? Joshua schüttelte den Kopf und sah sie eindringlich an.

»Nein. Ich habe Angst in deinen Augen gesehen. Todesangst. Du wolltest nicht da sein, nicht nackt und gefesselt wie ein Tier in einer Zelle. Daran war nichts Erregendes, weil du es nicht wolltest. Fandest du es denn zu irgendeinem Zeitpunkt ansprechend, was man mit dir machte?«

Amy sah ihn traurig an und schüttelte den Kopf.

»Nein. Ich dachte mir schon, dass ich mir diese Wünsche nur eingebildet hatte oder ich schlichtweg zu feige war«, erwiderte sie und es lag so viel Bitterkeit in ihrer zarten Stimme, dass es Josh kurz innerlich kalt wurde.

»Ich kann dir versichern, dass es nicht daran lag. Der ganze Bereich von Unterwerfung und Dominanz liegt gerade im Vertrauen, dem freien Willen und dem Respekt zueinander. Betäubt, verschleppt und vergewaltigt zu werden ist etwas gänzlich anderes. Und so ist es auch für mich. Rein von der Kraft her, könnte ich die meisten Frauen überwältigen, knebeln und fesseln und mir nehmen, was ich will. Aber das ist gar nicht der Reiz für mich und das würde ich auch nie wollen.«

Amy war unendlich erleichtert und lächelte. Es war so befreiend mit ihm über all das sprechen zu können. Niemandem hatte sie sich jemals anvertraut. Und jetzt saß sie mit ihm hier in diesem Haus und fühlte sich verstanden und akzeptiert. Und im gleichen Moment, da alle Befürchtungen über ihre Wünsche von ihr abfielen, keimte ein neuer Gedanke in ihr auf. War er vielleicht doch der perfekte Mann für sie? Aber gefiel sie ihm auch genug? Und gab es in diesem Augenblick nicht viel wichtigere Dinge, um die sich Sorgen machen sollte? Fragen über Fragen, die ihr plötzlich durch den Kopf wirbelten. Unsicher schwieg sie und sah ihn nur an. Josh spürte, dass die Stimmung umgeschlagen war und die Luft zwischen ihnen wie elektrisiert wirkte. Er erkannte, dass nun etwas geschehen musste. Leider geschah etwas, dass den Moment völlig entzauberte. Sein Magen meldete sich lautstark zu Wort. Amy sah auf seinen Bauch und lachte unvermittelt auf. Sie kicherte, hielt sich verlegen die Hand vors Gesicht und mühte sich, nicht erneut laut loszuprusten. Er wurde ein wenig rot, aber dieses Mal konnte auch er es sich nicht verkneifen, in ihr Lachen einzufallen.

»Ich glaube, ich mache uns mal etwas zu essen. Hast du auch Lust?«

Damit erhob er sich und ging in Richtung Küche. Kaum drei Schritte aus ihrer Nähe entfernt, fiel die Intensität des seltsamen Knisterns, das zwischen ihnen die Luft aufgeheizt hatte, langsam wieder ab.

»Was möchtest du denn kochen?«, fragte sie mit scheinbarer Gelassenheit, als sie ihm hinterher sah.

Amy war bewusst, dass sie reichlich kompliziert in Sachen Essen war. Das meiste mochte sie einfach nicht. Mit ihr essen zu gehen gestaltete sich in der Vergangenheit daher als recht schwierig. Selbst auf Firmenfeiern, fand sie an den reichhaltigen Büffets kaum etwas, das ihr zusagte und so verging sie sich meist am Dessert, bis sie satt war.

»Ich wollte ein Brathähnchen mit Reis und einen Salat machen«, kam die Antwort aus der Küche zurück. Josh hatte den Kopf schon im Kühlschrank stecken. Amy sah herüber und grinste.

»Sehr gerne. Kann ich dir helfen?«

Er kam mit einigen Zutaten bestückt vom Kühlschrank zurück und legte die Sachen auf der Anrichte ab.

»Nein, das schaffe ich schon. Mach es dir ruhig gemütlich.«

Amy sah sich unschlüssig um. So untätig herumzusitzen, während er vor sich hin köchelte, gefiel ihr gar nicht. Dafür war das Haus auch viel zu still, nach ihrem Geschmack.

»Gibt es die Möglichkeit ein wenig Musik zu hören.«

Josh sah zu ihr und deutete mit einer Gurke in der Hand in Richtung Laptop.

»Auf der Festplatte findest du etwas. Sonst habe ich hier leider nichts. Wie gesagt, ich wohne hier nur in der Zeit, in der ich arbeite, daher habe ich mich kaum häuslich eingerichtet.«

Amy ging zu seinem Schreibtisch und berührte das Mousepad. Ein blauer Bildschirm und ein Fenster, mit der Bitte um Eingabe des gültigen Passwortes, öffnete vor ihr. Ratlos starrte sie eine Sekunde den Monitor an. Sollte sie wild tippen oder einfach fragen? Sie kam zu dem Schluss, dass sie im Raten noch nie ein glückliches Händchen gehabt hatte.

»Ich muss hier ein Passwort eingeben.«

Josh sah auf und blickte sie einen Moment unentschlossen und ernst an. Amy glaubte schon, es gleich in seinem Gehirn rattern zu hören, ob er sich überwinden konnte, ihr diese vertrauliche Information mitzuteilen. Doch es herrschte nur einen Augenblick Stille, ehe er leise antwortete.

»CARAGIZMO. Alles großgeschrieben.«

Ihre Blicke begegneten sich. Sie wollte ihm für sein Vertrauen danken, brachte es aber einfach nicht über die Lippen. Vielleicht weil es so unerwartet kam. Also nickte sie nur, tippte es ein und sah vor sich den bekannten Bildschirm.

Sie durchstöberte mit einem mulmigen Gefühl den Desktop nach einem Musikordner und wurde bald fündig. Sie fand ein Potpourri an Alben und einzelnen Songs. Unterschiedliche Künstler und Stile. Sie wählte eine Zusammenstellung verschiedener Lieder aus und klickte die Wiedergabe an. Aus den Lautsprechern tönte leise ein Song von Queen. Eine Ballade. Amy drehte die Lautstärke so hoch es ging und die Töne von den kleinen Boxen noch sauber wiedergegeben wurden. Dann gesellte sie sich in der Küche zu Josh, der eifrig werkelte, Türen öffnete, Zutaten zielsicher griff, wieder schloss, um ihnen etwas Gutes zu kochen. Von der Ernsthaftigkeit war nichts mehr zu spüren.

»Das ist ein interessantes Passwort. Hat es etwas zu bedeuten?«, fragte sie vorsichtig.

Joshua schob das gewürzte Hähnchen in den Ofen und lächelte ihr entgegen.

»Das waren die ersten beiden eigenen Katzen in meinem Leben«, antwortete er und sein Blick wurde kurz verschleiert, als würde er sich an etwas erinnern. Sie beschloss, da nicht weiter zu bohren, als er aus seinen Gedanken auftauchte und sich wieder dem Kochen widmete. Sie setzte sich auf die Anrichte, wippte im Takt mit den Beinen und sah ihm zu. Während das Hähnchen im Backofen vor sich hin garte, erhitzte Josh das Reiswasser und gab zwei Tassen losen Reis hinein. Das Brathähnchen brauchte noch eine halbe Stunde, da konnte er noch ein paar Minuten warten, ehe er den Salat anmachte. Während er verräumte, schaute Amy ihn an. Es war aber nicht mehr der unbedarfte Blick, den sie immer hatte. Sie achtete nun auf andere Dinge, und ihre Vorstellungskraft ging ihre ganz eigenen Wege. Wie er wohl unter der Kleidung aussah, wie sich seine Hände auf ihrem Körper anfühlen könnten und ob seine Lippen weich und sinnlich waren. Sie bemerkte gar nicht, dass sie ihn anstarrte. Bis er plötzlich lächelnd nah vor ihr verharrte. Amy spürte, wie sie die Luft anhielt und ihr

Herz heftig zu klopfen begann. Das Knistern, das zwischen ihnen herrschte, war beinah greifbar. Wie sie so auf der Arbeitsplatte saß, waren sie fast auf Augenhöhe zueinander. Er stand dicht vor ihr, sein Becken berührte ihre Knie. Mit aufgerissenen Augen sah sie ihm entgegen. Im Hintergrund hörte sie einen romantischen Song. Ganz langsam, fast in Zeitlupe nahm er ihr Gesicht zwischen seine Hände und stockte. Amy glaubte zu vergehen, sie bekam eine Gänsehaut, die scheinbar eine direkte Leitung in ihre Seele hatte und alles darin freudig aufwühlte. Seine Hände waren groß, warm und weich. Zärtlich hielt er ihren Kopf, zögerte aber noch. Er wartete auf ein Signal, dass ihm sagte, dass sie einverstanden sei. Keinesfalls wollte er etwas tun, zu dem sie nicht bereit oder gewillt war. Aus dem Augenwinkel sah Josh, wie ihre Finger an seinen Körper wanderten. Allein in den wenigen Sekunden, die er ihren ersten Kontakt erwartete, bemerkte er, dass er sie begehrte. Amy legte ihre Hände an seinen Körper und strich sanft durch seine Taille. Sie schauten sich tief in die Augen und sie registrierte, wie seine Pupillen sich kurz weiteten und die Farbe seiner Iris dunkler und geheimnisvoller wirkte. Joshua lächelte, neigte sich langsam vor und küsste sie auf die Stirn. Amy schloss die Lider und spürte diese zarte Berührung wie einen Blitz durch ihren Geist gehen. In ihrem Magen flog eine Schar Schmetterlinge unkontrolliert auf und ihre Finger griffen fordernd in sein T-Shirt. Er lehnte sich weiter herab und küsste ihre Nase. Sie hielt die Augen geschlossen, ihr Mund öffnete sich ein wenig. Es war ein unglaublich sinnlicher Anblick. Vorsichtig beugte er sich noch ein Stück herunter, schloss die Augen und zum ersten Mal berührten sich ihre Lippen. Amy konnte nur mit Mühe ein leises Keuchen verhindern. Sie spürte, wie ein warmer Strom durch ihren ganzen Körper vibrierte und ihr völlig den Verstand rauben wollte. Wie eine Sucht überfiel sie das Verlangen nach mehr. Sie öffnete die Lippen noch ein wenig mehr, fühlte, wie Josh den Druck verstärkte und seine Zunge zärtlich, fast wie ein Hauch über ihre Lippe strich. Er ließ ihr Gesicht los, legte eine Hand um ihre Taille und zog sie näher an sich heran. Willig öffnete sie die Beine, damit er dichter an sie herantreten konnte. Seine Finger wühlten sich in ihr Haar. Beide schlugen wieder die Augen auf und sahen sich an. Einen elektrisierenden Augenblick lang starrten sie sich nur entgegen. Sekundenlang geschah nichts. Er nahm das tiefe Grün ihrer Iriden wahr, sah die durch die Erregung erweiterten Pupillen. Amy lächelte sanft und verführerisch. Er fühlte ihren straffen, schönen Körper, ihre seidige Mähne. Nichts würde er in diesem Moment lieber tun, als sich selbst und ihr die Kleider vom Leib zu zerren, um sie zu spüren, zu berühren, ihren Duft aufzunehmen. Doch die Küchenuhr bereitete all dem ein jähes Ende. Das widerliche Piepsen ging den beiden durch Mark und Bein. Sie schreckte zusammen und zog sich ein wenig zurück. Josh aber sah sie immer noch an. Nur widerwillig drehte er sich um, damit er das schreckliche Geräusch verstummen lassen konnte. Er drückte den Knopf am Ofen, brachte den Wecker zum Schweigen und schaltete den Herd aus und goss den Reis ab. Amy saß immer noch auf der Anrichte, aber sie wirkte nun unsicher, als wäre sie zu weit gegangen. Sie starrte das Brathähnchen durch die gläserne Ofentür an, aber in Gedanken war sie immer noch bei dem Moment, wo sich ihre Lippen gerade berührten. Joshua fing an, den Salat zuzubereiten und schien äußerlich völlig ruhig, fast so als wäre nichts passiert. Aber innerlich war er in Aufruhr, und Amys nachdenklicher, starrer Blick war ihm ebenfalls nicht entgangen. Es war ein grausamer Kampf zwischen seinem Verlangen und der Vernunft, die ihm riet, Abstand zu halten und sich nicht in seiner Aufmerksamkeit stören zu lassen. Wäre die Uhr nicht gewesen, wer weiß, was geschehen wäre. Nie hatte er eine Frau so sehr begehrt wie Amy in diesen Minuten. Jetzt versuchte er, seine Ruhe wiederzugewinnen und seine Emotionen und seinen Körper unter

Kontrolle zu bringen. Er flüchtete sich in die Aufgabe, ihnen ein gutes Essen zu zubereiten.

Er bestückte zwei Teller und trug sie zum Wohnzimmertisch. Amy setzte sich zu ihm und nahm ihre Portion entgegen. Zögerlich begann sie zu essen. Es war lecker, aber in ihrem Magen war ein seltsames Gefühl, das sich nicht verdrängen ließ. Aber sie aß, denn sie wusste, sie brauchte Energie, wenn sie nicht wollte, dass ihr Blutzucker in den Keller sackte und sie schlichtweg mal umkippte. Außer der Musik, die immer noch leise im Hintergrund spielte, war es totenstill. Jeder widmete seine ganze Aufmerksamkeit der Mahlzeit und schwieg. Plötzlich rumpelte es an der Katzenklappe und Charlie kam mit erhobenem Schwanz hereingetrabt. Offensichtlich wusste er, dass es Essen gab. Er strich den beiden um die Beine, rieb seine Wange immer wieder an der Couchtischkante. Amy sah lächelnd zu ihm herunter. Sie konnte nicht anders als die Gabel aus der Hand zu legen und ihn zu streicheln. Flehend sah er sie an.

»Gib ihm nichts. Er hört sonst nicht auf zu betteln«, warnte sie Josh schmunzelnd und warf Charlie einen tadelnden Blick zu, der aber nicht wirklich ernst gemeint war.

Amy nickte, ließ den Kater aber nicht aus den Augen. Er war einfach zu süß und es fiel ihr unendlich schwer, diesem Schauspiel zu widerstehen.

»Er schaut einen aber wirklich herzzerreißend an«, gab sie zu bedenken.

»Ja, wenn man seinem Theater glaubt, dann ruft er gleich Amnesty International, weil er nie Futter bekommt.«

Nachdem der Kater den beiden einige Minuten schnurrend und brabbelnd um die Füße gestrichen war, gab er fürs Erste auf. Er sprang auf das Sofa und kuschelte sich auf einem Kissen zusammen. Leidenschaftlich putze er sich und sah die beiden hin und wieder vorwurfsvoll an. Josh war zuerst mit essen fertig.

»Möchtest du noch etwas?«

Amy schüttelte den Kopf. Er erhob sich, nahm sein Geschirr und ging in die Küche. Charlie rannte sofort los, ihm zu folgen. Unruhig sah sie zu den beiden herüber und betrachtete dann lustlos den Rest auf ihrem Teller. Sie wollte ja alles aufessen, aber sie konnte einfach nicht. Sie stand auf und gesellte sich zu den beiden. Joshua präparierte etwas Fleisch vom restlichen Hähnchen, drapierte es in einer Schale und stellte es dem maunzenden Fellknäuel zu Boden. Gierig schlang der Kater die Fleischstücke herunter, während Josh begann, alles in Ordnung zu bringen.

»Kann ich dir helfen?«

»Nein es dauert nur eine Minute. Ich räume die Sachen in den Geschirrspüler und die Küche ist fertig.«

Flüchtig sah er sie an, wendete aber gleich wieder den Blick ab. Amy überlegte wiederholt, ob das vorhin ein Fehler gewesen war. Vielleicht war sie zu weit gegangen, hatte etwas provoziert, was nie hätte passieren dürfen. Aber sie hatte ihn begehrt und nach seinem Handeln, er auch sie. Was konnte daran falsch sein?

Den Abend verbrachte Joshua in der sicheren Nähe seines Schreibtischs. Er flüchtete sich in seine Aufgaben und versuchte alle Gedanken und Gefühle, die ihn so in Aufruhr versetzten, zu verdrängen. Amy hatte sich ein Buch aus seiner kleinen Sammlung gewählt. Sie saß nun völlig in die Story vertieft auf der Couch und streichelte gedankenverloren dem Kater durchs Fell, der sich dicht an ihr Bein gekuschelt hatte. Ein gemütliches Feuer brannte im Kamin und verbreitete eine angenehme Wärme. Ansonsten herrschte Stille im Haus. Langsam ging es auf Mitternacht zu und Amy bemerkte, wie sie wiederholt zurückblättern musste, da sie den Faden verloren hatte. Sie war schlichtweg zu müde um sich auf die Geschichte zu konzentrieren. Sie legte das Buch weg und sah zu Josh herüber. Er blickte konzentriert auf den Bildschirm, dessen Licht seinem Gesicht einen gespenstischen Schimmer gab. Ein bisschen unheimlich konnte man meinen, aber Amy dachte an ganz andere Dinge in diesem Moment. Ihre Erinnerung trieb sie immer wieder zu dem Augenblick zurück, als sich ihre Lippen das erste Mal berührt hatten. Diese Sekunden, die intensiven Gefühle, die sie dabei durchzogen hatten, ließen sie einfach nicht mehr los. Zu lesen hatte sie eine Zeit lang abgelenkt, aber das Verlangen nach einer Fortsetzung ihrer Zärtlichkeiten pochte immer noch fordernd in ihrem Herzen. Sie stand auf und ging zu ihm hinüber.

»Arbeitest du noch lange?«, fragte sie ihn, um ihn auf sich aufmerksam zu machen.

Doch Josh sah nur flüchtig in ihre Richtung und nickte.

»Ich habe noch ein wenig zu tun und bin auch nicht wirklich müde. Möchtest du schlafen gehen?«

»Ja, beim Lesen verliere ich immer wieder den Faden. Da ist ins Bett gehen, eine gute Alternative«, antwortete sie und sah ihn an.

Er starrte jedoch nur stur auf den Bildschirm. Sie hatte gehofft, er würde sie wenigstens kurz ansehen, damit sie vielleicht in seinen Augen ablesen konnte, in welcher Stimmung er war. Doch er vermied es konsequent, dass sie Blickkontakt bekamen.

»Ich hole mir noch schnell etwas zum Anziehen und schlage dein Bett auf.«

Ohne zu zögern, erhob er sich und eilte nach oben. Amy kam eine Idee, wie sie doch noch in Erfahrung bringen konnte, was in ihm vorging und folgte ihm. Mit jeder Treppenstufe, die sie überwand, erwachte wieder etwas in ihr. Das Verlangen, Josh zu berühren, seine starken Hände auf ihrem Körper zu fühlen. Jetzt konnte er sich nicht hinter seinem Laptop vor ihr verstecken. Ihr Herz begann kräftiger zu pochen und ihre erwartungsvolle Spannung kletterte mit ihr die Treppe herauf. Würde er sie zurückweisen? Sie folgte ihm in die nächste Etage und sah, wie er das Bettzeug aufschlug. Er hatte die Sweatjacke abgelegt und stand in T-Shirt, Jeans und barfuß da. Amy beobachtete ihn still. Doch nur sehr kurz. Wie von selbst wanderten ihre Finger zu dem Saum ihres Pullovers und sie zog ihn in einer flüssigen Bewegung leise über den Kopf. Ebenso lautlos öffnete sie die Knöpfe ihrer Hose, ließ sie ihre Beine herabgleiten und stieg heraus. Erst als er das Bett aufgeschlagen hatte und sich umdrehte, nahm er sie wirklich wahr. Und im gleichen Augenblick wurde ihm bewusst, dass sie nur in Slip und T-Shirt am Treppenabsatz dastand und ihn anschaute. In ihrem Gesichtsausdruck lag etwas Geheimnisvolles. Eine sinnliche Stärke, die ihm die Sprache verschlug. Mit fast tänzerisch anmutenden Schritten kam sie auf ihn zu, ließ ihn keine Sekunde aus den Augen. Sie lächelte verführerisch. In ihrem Blick lag ein erotischer Zauber, dem er sich hilflos ausgeliefert fühlte. Dicht trat sie an ihn heran, sah ihn von unten an. Josh spürte ihre Nähe, seine Hände nur wenige Zentimeter von ihrem Körper entfernt. Ohne ihn aus den Augen zu lassen, glitten ihre Finger ihren Oberkörper herunter und griffen den Saum ihres T-Shirts. Geduldig, immer noch mit diesem wissenden Lächeln auf den zarten Lippen, zog sie es langsam nach oben. Handbreite für Handbreite gab der dünne Stoff ihre schöne Figur frei. Ihm wurde heiß und kalt dabei. Er konnte und wollte sie nicht aufhalten, obwohl sein Verstand mit einem Megaphon schrie, er dürfe das nicht zulassen. Er sah ihren Slip, den flachen Bauch, die weibliche Taille und dann die Andeutung der Rippen unter der blassen Haut. Wieder ein Stückchen höher und er sah ihre Brüste. Straff, nicht zu groß, mit anregend aufgerichteten Nippeln. Sein Körper reagierte eindeutig. Er wollte es nicht, aber in seinem Schritt gab es nun einen ganz klaren, unmissverständlichen Befehl. Mit einem letzten intensiven Blick aus ihren grünen Augen zog sie das Shirt über den Kopf und ließ es achtlos zu Boden fallen. Nur im Höschen stand sie nun vor ihm. Stark, voller Selbstvertrauen für ihre Sinnlichkeit, blickte sie ihm entgegen. Sie griff an seinen Hosenbund, löste den Gürtel und öffnete die Knöpfe. Joshua bewegte sich kein Stück, verzog keine Miene. Außer der festen Beule zwischen seinen Beinen gab er keinen Hinweis darauf, was in seinem Inneren vor sich ging. Und da gab es einen ganzen Haufen von Gefühlen, die durch seinen Kopf fegten. Die Lust und das Verlangen in ihm schärften seine Sinne ganz auf Amy ein, während sein logischer Verstand dagegen ankämpfte, weil er in einem Zustand stetiger Gefahr und Vorsicht steckte. Die Jeans rutschte zu Boden und mit einem Klirren schlug die Gürtelschnalle auf der Holzoberfläche auf. Amy wurde ruckartig warm bei diesem Geräusch. Es geschah völlig unbewusst, dass ihr Gedanken und Bilder durch den Geist schossen und sie sich vorzustellen versuchte, wie sich das Leder auf ihrer Haut anfühlen würde. Vorstellungen, die sie unruhig werden ließen. Sie kniete sich unvermittelt vor ihm zu Boden und zog den breiten Ledergürtel aus dem Bund, legte ihn zusammen und hielt ihn Joshua hin. Der Teil in seinem Herzen und seiner Seele, den er so lange unterdrückt hatte, erschien plötzlich im Vordergrund. Fast wie ein Theaterstück. Alles, was Josh sonst im Leben war, trat zurück und machte diesem Part seines Selbst Platz. Und mit diesem Auftritt kehrte Ruhe, Beherrschung und eine unergründliche Stärke in ihm wieder zutage. Die Sorge um ihrer beider Sicherheit, die Paranoia, die immer Gefahr und Risiken witterte, versank in tiefem Schweigen. Wie im Traum nahm er den Gürtel entgegen und überlegte nur Sekunden, was er sich nun wünschte. Amy sah immer noch zu ihm auf, doch als sie seinen intensiven Blick erkannte und merkte, wie er sich aufrichtete und auf sie herabblickte, spürte sie, wie sie errötete, und senkte demütig das Kinn. Niemals hatte sie sich so gefühlt, wie in diesem Augenblick. In ihr war nur noch der Wunsch, sich diesem Mann unterzuordnen, sich seiner Führung anzuvertrauen und ihm Vergnügen zu bereiten. Nicht einmal in ihren feuchten Träumen hatte sie geglaubt, dass dieses Empfinden so berauschend sein könnte, so erfüllend und aufregend. Aus dem Augenwinkel sah sie, wie er ihr mit einer Handbewegung andeutete aufzustehen. So schnell sie konnte, stand sie auf, ließ den Blick aber gesenkt.

»Dreh dich mit dem Rücken zu mir und nimm die Arme nach hinten«, befahl er leise. Seine tiefe Stimme war so eindringlich und gebieterisch, dass Amy ein Schauer überlief. Genau davon hatte sie geträumt. Verdeckt, voller Scham und dennoch so lustvoll, dass es sie in den einsamen Nächten gequält hatte. Sie gehorchte und bemerkte, wie ihre Hände zitterten, als sie die Handgelenke überkreuz legte. Sie wurde plötzlich nervös, doch nicht, weil sie Josh nicht vertraute, sondern weil sie Angst hatte, zu versagen und seinen Ansprüchen nicht zu genügen. Immerhin wusste er, was er tat, was er wollte und wie dieses Spiel funktionierte. Sie selbst hatte nur ihre Fantasien, ein paar Bilder, die sie im Internet heimlich ergoogelt hatte und sonst konnte sie nichts bieten. Sie fürchtete, mit ihrer Unerfahrenheit unangenehm aufzufallen, und ihm die Freude an diesen Momenten zu nehmen. Vielleicht erging es ihm sonst mit ihr, wie sie es in ihren früheren Beziehungen empfunden hatte. Frustriert und genervt, weil es sich einfach nicht richtig anfühlen wollte. Mit sicheren Bewegungen schlang er ihr den Gürtel um die Handgelenke und band sie fest zusammen. Amy hielt unsicher den Atem an und war drauf und dran, das Ganze zu beenden, weil sie nicht wusste, ob sie ihm genügen konnte. Doch plötzlich spürte sie, wie sich seine warmen, großen Hände liebevoll um ihre Finger legten und er sie zärtlich streichelte. Er stand hinter ihr und beugte sich herab, sodass seine Lippen an ihrem Ohr lagen.

»Du brauchst keine Angst zu haben. Ich gebe auf dich acht und leite dich an. Du musst mir nur vertrauen und gehorchen. Und sollte ich etwas tun oder verlangen, was dir nicht gefällt, hast du jederzeit das Recht, dem hier ein Ende zu setzen«, raunte er eindringlich.

Allein seine verständnisvollen Worte wischten für den Moment alle Selbstzweifel in ihren Gedanken fort. Sie entschied sich, sich seiner Führung hinzugeben und zu versuchen, die Situation aus vollstem Herzen zu genießen. Sie erwiderte den Druck seiner Finger und nickte. Ihre Haltung straffte sich wieder und sie atmete merklich ruhiger. Joshua beschloss, dass sie jetzt bereit war, weiter zu gehen. Er trat von ihr zurück, zog sich komplett aus und ging um sie herum. Behände kletterte er auf das Bett, legte sich auf den Rücken und öffnete die Beine. Verstohlen bewunderte Amy seine prachtvolle Erektion und spürte ein forderndes Pochen zwischen ihren Schenkeln, als sie sich vorstellte, wie er sich in ihr anfühlen würde. Josh beobachtete sie intensiv, er bestaunte ihren schönen Körper und ganz langsam wanderte eine Hand an seinen Penis und begann, ihn auf und abzufahren. Er bemerkte, wie sie sich bei diesem Anblick mit der Zunge über die Lippen fuhr und ihre Augen glänzten, als würde sie Fieber bekommen.

»Komm zu mir, verwöhne mein bestes Stück mit deinem süßen Mund«, befahl er lächelnd.

Amy zögerte nicht, kniete sich ein wenig ungeschickt auf die Matratze und kam auf ihren Knien auf ihn zu. Mit den auf den Rücken fixierten Armen war es nicht so leicht für sie, das Gleichgewicht zu halten und sie konzentrierte sich mühsam darauf, nicht einfach zur Seite zu rollen. Joshua positionierte sein Bein so, dass es zwischen ihren geöffneten Schenkeln lag. Sie kam näher und öffnete die Oberschenkel noch weiter, damit sie ihn erreichen konnte. Vorsichtig beugte sie sich vor und streifte ganz zärtlich mit ihren Lippen seine pralle Eichel. Sie küsste und neckte ihn und bemerkte verzückt, wie seine Erektion noch härter wurde. Das Verlangen in ihr wurde immer drängender und sie gab alles, um ihn zu befriedigen.

»Öffne die Knie noch mehr und reib dich selbst an meinem Bein. Lass mich spüren, ob du schon schön feucht bist«, forderte er mit kehliger Stimme.

Sein Blick war vor Lust verschleiert und sein sexy Lächeln raubte ihr jeden klaren Gedanken. Sie gehorchte und stöhnte auf, als ihre empfindlichen Schamlippen seine leicht behaarte Haut berührten und sie der sanfte Reiz wie ein Blitz durchzuckte.

»Na los, zeig mir, wie nass du bist. Aber vergiss nicht deine Aufgabe zu erfüllen«, mahnte er.

Amy schloss die Lippen eng um seinen Schaft, fuhr auf und ab und nahm seinen Schwanz so weit wie möglich in ihrem Mund auf. Sie umspielte mit ihrer Zunge seine Erektion. Sie fand einen wechselnden Rhythmus, der ihn immer wieder aufkeuchen ließ. Doch Josh beherrschte sich mühsam und konzentrierte sich ganz auf diese schöne Frau, die ihn verwöhnte. Amy begann sich an seinem Bein selbst zu befriedigen und bemerkte, wie durchtränkt ihr Lustzentrum war und wie sie immer schneller und fester über seinen Oberschenkel rieb und ihre Lust sich dabei rasch in nicht gekannte Höhen trieb. Manchmal versuchte sie die Hände in der Fixierung zu bewegen, um noch deutlicher zu spüren, dass sie gefesselt war. Sie genoss den Druck um ihre Handgelenke, das Pochen an ihrer Klit, die mit jeder Sekunde empfindlicher zu werden schien und das Gefühl diesem wundervollen Mann zu gehorchen und ihm Freude zu bereiten. Diese Eindrücke wurden immer mehr zum Rausch, in dem all ihre Bedenken langsam untergingen. Wie durch einen Nebel drang plötzlich seine Stimme zu ihrem Verstand durch.

»Das sollte genügen, meine Kleine. Jetzt bist du bereit«, sagte er.

Nur widerwillig entließ sie seinen Penis aus ihrem Mund und sah keuchend auf. Er spannte seine Bauchmuskeln an und setzte sich auf. Bei dem Anblick seines Sixpacks wurde ihr Mund kurz trocken und sie starrte ihn schwer atmend an. Mühevoll richtete sie sich auf und drückte sich dabei wieder mit der Scham gegen sein Knie. Sie stöhnte auf und zuckte lustvoll zusammen. Josh nahm sie an den Schultern und dirigierte sie ein wenig zurück, damit er sein zweites Bein durch ihre geöffneten Oberschenkel schieben konnte. Dann legte er seine Hände an ihre Taille und hob sie auf seinen Schoß. Amy konnte es kaum erwarten, dass er endlich seine Erektion in ihrem erregten Körper tief versenkte, doch er hielt sie immer noch so angehoben, dass sie über ihm hing. Ungeduldig sah sie ihn an und in seinem Blick loderte blanke Lust und eine einschüchternde Dominanz. Bei diesem Ausdruck stockte ihr der Atem und sie senkte langsam demütig den Kopf und spannte die Beinmuskeln an, damit er sie nicht komplett halten musste, auch wenn seine straffen Armmuskeln ein heißer Anblick waren, der sie noch sehnsüchtiger werden ließ. Sie spürte instinktiv, dass er entscheiden würde, wann sie sich vereinigen würden und dass sie gehorchen sollte. Seine Hände lösten sich aus ihrer Taille und er legte sie an ihre Wangen. Er kam noch näher an sie heran und küsste sie zärtlich, dann inniger und leidenschaftlicher. Ihre Zungen wirbelten in einem wilden Tanz, der Amy vergessen ließ, dass sie sich konzentrieren musste. Unbewusst gaben die Muskeln in ihren Oberschenkeln nach und sie senkte sich auf seinen prallen Schwanz herab. Joshua stöhnte auf und nahm seine Finger von ihrem Gesicht. Er stellte die Beine an und stützte Amy im Rücken.

»Du böses, böses Mädchen«, knurrte er und sie öffnete die Augen und sah ihn verschleiert an.

Seine Mimik war ernst und hart, doch in seinem Blick bemerkte sie das gleiche glutheiße Verlangen, wie sie es in ihrer eigenen Seele brannte. Er vergrub eine Hand in ihrem Haar und zog langsam ihren Kopf nach hinten. Amy gab im Nacken nach, wagte es sich jedoch nicht sich weiter zu setzen, sondern sie wölbte sich ihm anbietend, in einem Hohlkreuz entgegen und präsentierte ihren nackten Körper. Einige Sekunden verharrte Josh. Ihr Anblick raubte ihm den Atem und er bemühte sich um Fassung. Sie war so unglaublich anregend, so sinnlich, dass es ihn innerlich zerriss. Ein letztes Mal hob die Vernunft den mahnenden Finger und beschwor ihn, den Verstand wieder einzuschalten und dieses Spiel zu beenden. Um ihrer beider Sicherheit willen. Doch sein Begehren war übermächtig, schob diese Gedanken beiseite und mit einem Ruck hob er das Becken und versenkte sich tief und innig in ihrer heißen Lustgrotte. Sie war so eng, dennoch glitt er mühelos hinein. Laut stöhnte sie auf, bog sich ihm noch weiter entgegen und zitterte vor Erregung. Auch er keuchte, von den eigenen Gefühlen überwältigt, in den Raum und hatte Mühe sich nicht sofort in sie zu ergießen. Er verharrte voller Genuss, doch Amy konnte sich jetzt nicht mehr beherrschen. Sie begann, sich langsam zu bewegen. Auf und ab, kreisend, sie spannte die Beine an, den Beckenboden und fühlte, wie er sie ausfüllte, dehnte und sie in einen wahren Rausch versetzte. Allein die Vorstellung, welches Bild ihr ausgelieferter Körper ihm bieten musste, war so heiß, dass sie alle Scham vergaß und sich ganz ihrem Verlangen hingab. Josh hielt sie nicht auf. Er schien unfähig zu sein diesen Tanz zu unterbinden, zu sehr faszinierte ihn, wie sie ihn ritt, sich ihm zur Verfügung stellte. Er beugte sich vor, kniff abwechselnd in ihre harten Nippel und hörte, wie sie scharf die Luft einsog und sich ihm noch mehr entgegenstreckte, als hieße sie den zarten Schmerz willkommen. Er ließ ihr Haar los, legte sich zurück und seine Hand glitt dabei ihre Bauchdecke herab zu ihrer Klit. Mit dem Daumen berührte er ihre Perle und sie stöhnte lustvoll auf. In ihrem Kopf schlug diese zärtliche Berührung wie ein Blitz ein und jagte sie dem Höhepunkt wieder ein Stück entgegen. Noch nie war sie so erregt, so voller ehrlicher Lust gewesen. Sie bewegte ihre Handgelenke in der Fesselung, kreiste in einem wilden Tanz auf seiner Erektion. Mit geschlossenen Augen wirbelte sie dem neuen Gefühl einer völligen Hingabe entgegen. Ein Ort ohne Moral, ohne lästige Bedenken, ein Platz, der nur dem Augenblick gehörte, in dem zwei Seelen zu einer werden konnten. Auch Josh bemerkte, dass er sich nicht länger zurückhalten wollte und konnte.

»Komm für mich, meine kleine Sklavin. Komm für deinen Herrn«, presste er mühsam hervor.

Das war zu viel für Amys Verstand und sie versank in einem alles verschlingenden Strudel der Emotionen. Unter einem lauten Keuchen, der eine entstellte Version seines Namens und einem innigen *Ja* schwankte, überrollte sie der Orgasmus wie ein Tsunami. Auch Joshua kam, spürte, wie er in ihrer engen Höhle zuckte und sich heiß in ihren erregten Leib ergoss. Er setzte sich auf, schloss intensiv seine Arme um ihren Oberkörper und drückte sie liebevoll an seine Brust, während sie beide immer noch nicht wieder im Hier und Jetzt waren. Ihre Herzen hämmerten immer noch wild, doch sie hörten nur ihren beschleunigten Atem. Amy fühlte sich leicht und dennoch völlig kraftlos. Sie lehnte keuchend an ihn, die Lider geschlossen und im Geist losgelöst aus dieser Welt. Josh hielt sie an sich, schlang eine Hand um ihren Brustkorb und befreite ihre Handgelenke aus der Fesselung. Achtlos warf er den Gürtel ins Zimmer. Vorsichtig hob er die junge Frau an und legte sie sanft auf der Matratze ab. Zärtlich zog er sie an sich und wiegte sie beschützend in den Armen. Amy kuschelte sich an seinen Körper, hörte nun auch seinen erhöhten Herzschlag durch die muskulöse Brust hämmern und öffnete lächelnd die Augen. Die Minuten verstrichen und ihr Verstand klarte auf. Immer noch war sie fasziniert von den zurückliegenden Eindrücken, doch in der Sicherheit seiner Umarmung, konnte sie sich dem Glück, das sie dabei durchströmte, völlig hingeben, ohne das störende Bedenken in dieses Gefühl einfielen.

»Glaubst du, es war ein Fehler?«, fragte er plötzlich und sah sie an.

Amy hob das Kinn und sah ihm in die Augen. Er hatte die Stirn in Falten gelegt und wirkte ernst und besorgt.

»Warst du in den letzten Momenten glücklich?«
Unwillkürlich musste er lächeln und seine Mimik entspannte sich.
»Ja, das war ich.«
»Dann kann es kein Fehler gewesen sein«, stellte sie ruhig fest und platzierte den Kopf wieder an seiner Brust. Eine Zeitlang herrschte Schweigen, und Josh kämpfte mit seinen Gewissensbissen.
»Aber ich will dich beschützen und das hier könnte meine Konzentration und Aufmerksamkeit empfindlich stören. Ich will nicht, dass dir etwas passiert, nur weil ich mit meinen Gedanken dabei bin, was ich gern mit dir tun würde.«
Und bei der Vorstellung daran, was er tun würde, wenn ihr etwas zustieße, legte er die Stirn in Falten.
Amy löste sich aus seiner Umarmung und setzte sich neben ihn. Er sah sie an und ihre Augen verrieten diesen unwiderstehlichen Starrsinn.
»Eines Tages sterben wir alle. Vielleicht stürze ich hier morgen auf der Treppe in den Tod, womöglich kommen in einer Woche Männer, die auch engagiert wurden, und beenden deinen Auftrag an mir. Ich weiß nicht, was geschehen wird und wie lange ich noch leben werde. Aber diesen Moment, den lasse ich mir von ihnen nicht nehmen«, entgegnete sie und wirkte dabei absolut entschlossen. Ihre Augen blitzten bockig und aufgebracht. Josh lächelte sie an. Es war entwaffnend, wenn er sie so ansah und ihre Stirn glättete sich wieder. Er setzte sich auf und nahm sie liebevoll in den Arm.
»Okay, dann leben wir eben.«
Amy erwiderte seine Umarmung und genoss, wie seine Finger über ihren Rücken streichelten.
Diese Nacht war die Erste seit Jahren, die Amy nicht allein verbrachte. Joshua lag hinter ihr, hatte seinen starken Arm um sie gelegt und schlief. Sie lauschte noch seinem ruhigen Atem. Es war so ein wundervolles, warmes Gefühl, das ihre Seele

durchströmte. Seit Langem fühlte sie sich lebendig, hungrig auf das, was sie noch erwartete. In der Dunkelheit strich sie verträumt über ihre Handgelenke. Natürlich gab es keine Spuren, dass vor Kurzem noch Leder darum gelegen hatte. Doch die Erinnerung und die Regungen, die es in ihr ausgelöst hatte, waren noch frisch und intensiv. Sie dachte gern daran, spürte, wie eine Lust nach mehr in ihr erwachte. Sie wollte erleben, was in ihr steckte und welche Emotionen diese neue Welt hervorbringen könnte. Dieser kleine geheime Kosmos, in den sie nur in ihrer Fantasie einen vorsichtigen Schritt gewagt hatte. Lächelnd schloss sie die Lider und schlief schließlich ein.

Kapitel 5

Als Amy am nächsten Tag die Augen öffnete, war sie allein. Sie tastete hinter sich, aber das Bett war verlassen und kalt. Sie war immer noch nackt und zog sich von der sie umgebenden Kühle schaudernd, die Bettdecke um ihren Körper.

»Joshua?«, fragte sie in den Raum hinein, aber es gab keine Antwort. Sie wickelte sich die Decke noch fester um und stand auf. Vorsichtig schaute sie über die Kante der Empore ins Wohnzimmer hinunter, doch die Etage war verwaist. Nicht einmal der Kater war da. Ob Josh noch einmal in die Stadt gefahren war? Sie machte sich auf den Weg ins Bad und versuchte bei einer heißen Dusche ihre Unruhe zu vertreiben. Obwohl man bei dem lauten Rauschen des Wassers bestimmt nichts hören konnte, hielt sie wiederholt inne und lauschte. Als sie aus dem Badezimmer kam, war es immer noch still. Rasch zog sie sich an und machte sich auf den Weg nach unten. Auch hier war alles unverändert. Plötzlich hörte sie draußen einen harten Schlag und einen dumpfen Aufprall. Sie bekam einen schrecklichen Verdacht, schlüpfte eilig in die Schuhe und rannte ein wenig kopflos ins Freie. Das Geräusch kam von der linken Seite und sie lief einfach drauflos. Als sie um die Ecke bog, löste sich die Anspannung. Josh stand halb mit dem Rücken zu ihr gewandt in einem langarmigen Shirt dort. Er war völlig verschwitzt und ließ immer wieder die Axt auf ein Stück Holz niedersausen. Mit einem Gefühl, als würde eine große Last von ihrer Brust genommen, lehnte sie sich an die Hauswand und beobachtete ihn. Seine Bewegungen waren geschmeidig und voller Kraft. Amy sah ihm gern zu. Als er sie bemerkte, unterbrach er seine Arbeit und schaute sie an.

»Alles in Ordnung?«

Seine Miene war undurchdringlich und er schien deutlich distanzierter als am vorigen Abend.

Amy blickte ihn prüfend an. Die Frage war so seltsam gestellt. Sein Gesichtsausdruck war ihr rätselhaft. So verunsichert. Ob er bereute, was letzte Nacht passiert war?

»Natürlich. Und was ist mit dir?«

Er nickte nur und wollte sich umgehend dem nächsten Stück Holz zuwenden, als ihr die Sorge, ob jetzt schon wieder alles vorbei war, den Magen umdrehte.

»Bedauerst du, was gestern geschehen ist?«, fragte sie und war verwundert, wie sehr sie sich vor der Wahrheit fürchtete.

Sollte dieser verheißungsvolle Beginn auch gleichzeitig das bittersüße Ende sein? Josh hob den Blick und sah nachdenklich über die Wiesen. Für sie war das schon die Antwort und in ihr zog sich alles schmerzlich zusammen. Er wirkte, als würde er sich gerade die Worte zurechtlegen, um ihr klarzumachen, dass dies ein einmaliger Ausrutscher gewesen sei. Plötzlich fühlte sie sich leer und benutzt, auch wenn es albern war. Sie hatten beide bekommen, was sie in dem Moment wollten. Dennoch tat ihr der Gedanke, dass ihre Lust nur ein lästiges Hindernis, ein Zeitvertreib war, weh. Lange Zeit herrschte Schweigen, und als sie sich enttäuscht abwenden wollte, hörte sie seine Stimme so leise und durchdringend, dass sie erstarrte.

»Niemals werde ich auch nur eine Sekunde der gestrigen Nacht bereuen, Amy.«

Wie in Zeitlupe drehte sie sich ihm zu und er sah sie ernst an. Sein Gesicht bekam etwas Hartes, Entschlossenes.

»Bitte, zweifle nie daran, dass es für mich wunderschön war und ich mir nichts mehr wünsche, als mit dir gemeinsam zu entdecken, wohin dieser Weg führen kann. Natürlich nur, wenn du es auch möchtest.«

»Aber ... aber heute Morgen bist du wortlos verschwunden. Und du wirkst so in dich gekehrt ... da dachte ich ... Ach, ich weiß nicht, was ich dachte.«

Amy wendete sich ab und starrte nun ihrerseits über die Landschaft. Sie wusste gar nichts mehr mit Sicherheit. Ihre Gefühle trieben sie umher, wie ein Blatt im Wind. Manchmal hoch in die Glückseligkeit, um sie dann wieder hinunter in den Kummer zu stürzen. Josh stellte die Axt gegen den Hauklotz und ging zu ihr. Er sah ihre Unruhe und es tat ihm leid, dass sie so verunsichert war. Er hatte einfach vergessen, wie wenig sie die Eigenarten des anderen kannten. Daraus ergaben sich schnell solche Missverständnisse. Er trat an sie heran und legte ihr die Hände um die Taille. Sanft sah er auf sie herab.

»Ich bin ein schwieriger Mensch und du musst geduldig mit mir sein. Ich habe die letzte Nacht genossen und gleichzeitig ein schlechtes Gewissen, weil ich die Befürchtung habe, vielleicht nicht mehr gut genug auf dich aufzupassen. Ich konnte heute Morgen nicht mehr schlafen, aber ich wollte dich auch nicht wecken. Du sahst so friedlich aus. Ich dachte, ich mache etwas Nützliches, um wieder klar zu werden, und körperliche Arbeit hilft mir dabei.«

Amy sah ihn zweifelnd an, aber dennoch regte sich in ihr Hoffnung und das Gefühl der Leere verblasste langsam.

»Wir wissen einfach noch zu wenig voneinander. Aber du kannst mir vertrauen und ich werde dir vertrauen«, sagte er sanft, beugte sie vor und küsste sie zärtlich auf die Stirn.

Amy fand ihr Lächeln wieder und sah zu ihm auf.

»Was hältst du davon, wenn ich dir etwas zum Frühstück mache, während du dafür sorgst, dass heute Abend genug Holz da ist?«

Er zog fragend die Augenbrauen hoch. Ein seltsamer Gesichtsausdruck, der Amy in ein unkontrollierbares Kichern verfallen ließ.

»Hey, großer Mann ich kann auch etwas tun«, sagte sie mit

gespielter Empörung, knuffte ihn an den muskulösen Oberarm und machte sich auf den Weg ins Haus zurück.

Eine halbe Stunde später kam er verschwitzt durch die Tür und hatte sofort den köstlichen Duft in der Nase, der ihm entgegenschlug. Amy hatte Speck gebraten, ein paar Eier wurden zu leckerem Rührei verzaubert, sie schnitt Obst und drapierte alles auf zwei Tellern. Mit einem siegessicheren Grinsen servierte sie das kleine Menü, stellte noch Milch und Orangensaft dazu und setzte sich. Die Arme vor der Brust verschränkt, saß sie da und schaute ihn herausfordernd an. Joshua befreite sich aus den Schuhen und hielt in der Küche kurz den Kopf unter den Wasserhahn. Er nahm sich ein Handtuch, das eigentlich nur für die Hände war, und trocknete sich grob ab. Erfrischt platzierte er sich bei ihr und sah sie sanft an.

»Ich habe meinen Teil erledigt und wie ich sehe, du deinen auch. Sind wir quitt?«, fragte er mit einem schiefen Lächeln.

»Naja ich wollte dich noch nie umbringen, also warten wir es ab.«

Er öffnete den Mund und sah sie verblüfft an. Dann klappte er die Kiefer wieder zusammen und nickte nur.

»Vielleicht hast du ja noch einen solchen Gedanken«, erwiderte er ernst.

Amy zog die Augenbrauen hoch und knuffte ihn erneut gegen den Arm.

»Das wirst du nicht erleben. Aber danke für das Angebot.«

Damit stand sie auf und ging in die Küche um das Chaos, das sie angerichtet hatte, zu beseitigen.

Josh sah ihr noch einen Augenblick zu, aber der Duft, den die Leckereien auf seinem Teller verströmten, war einfach unwiderstehlich. Er probierte und musste zugeben, dass es sehr gut war. Mit ordentlichem Hunger verspeiste er rasch das Frühstück und ließ sich satt und zufrieden nach hinten sinken. Amy hatte inzwischen alles gereinigt und setzte sich zu ihm.

»Wie wird es jetzt weitergehen?«, fragte sie vorsichtig. Sie wollte nicht wieder die Stimmung auf dem Gewissen haben, doch sie verspürte den Drang, im Bilde zu sein über das, was auf sie zukam. Er seufzte und dachte kurz nach.

»Ich denke, es wird das Beste sein, wenn wir dir eine andere Identität beschaffen. Ein neuer Name mit einem passenden Lebenslauf sind schon einmal ein Anfang, um die Spuren deiner Existenz zu verwischen. Dann muss ich darauf warten, was Sebastian so ans Licht fördert. Danach kann ich entscheiden, wie ich dem Ganzen ein Ende bereiten kann.«

»Wir!«, warf sie energisch ein.

Josh sah sie fragend an.

»Du redest immer nur von dir. Ich werde dir helfen, wo ich kann. Immerhin geht es um mein Leben und meinen Schlamassel, in den ich dich hineingezogen habe.«.

»Du hast mich in nichts hineingezogen. Es war ein Job. Ich habe entschieden einen Auftrag anzunehmen, über den ich nichts wusste. Das war ein dummer Fehler, der fast eine Unschuldige, dich, den Kopf gekostet hätte. Wenn mir etwas zustößt, ist das ganz allein meine Schuld.«

Amy sah ihn entrüstet an.

»Sprich nicht so. Gar nichts ist hier einfach schwarz-weiß zu sehen. Wenn du nicht an diesem Abend vor meiner Zelle gestanden hättest, wäre ich mit ziemlicher Sicherheit jetzt tot. Verscharrt im Wald. Und ich will nicht, dass dir etwas geschieht.«

Überrascht sah er sie lange an. Sie hielt seinem Blick mühelos stand. Wie schon in den ersten entscheidenden Sekunden ihrer Begegnung, war er davon fasziniert. Ihre dunkelgrünen Augen funkelten voller Temperament und Leidenschaft. Wie schön es sein musste, wenn er sie wirklich kennen würde. Was für ein Genuss es sein könnte, mit ihrer Lust und ihrem Körper zu spielen, wie mit einem feinabgestimmten Instrument.

»Ich werde tun, was ich kann, damit wir beide heil aus dieser Sache herauskommen. Ich gebe dir mein Wort.«

Amy sah ihn noch eine Zeit lang prüfend an. Dann löste sich ihr angespannter Gesichtsausdruck langsam.

»Ich werde mal eben duschen gehen, bevor ich anfange zu riechen.«

Damit erhob er sich und verschwand lächelnd die Stufen nach oben, um im Bad zu verschwinden. Amy blieb nachdenklich sitzen. Sie begriff weder diesen Mann noch sich selbst. Aber sie wollte versuchen, ihn zu verstehen. Vielleicht war sie auch, wie so oft im Leben, nur ungeduldig. Warum konnte sie niemals Dinge einfach auf sich zukommen lassen? Ihre Gedanken wanderten wieder zu seiner Planung zurück. Eine neue Identität. Sie musste ein wenig lächeln bei der Vorstellung. Sie kam sich fast vor wie in einem Spionagethriller. Fehlte nur noch, dass ihr Held zur guten Seite gehörte, sie rettete, den Schurken erlegte und sie glücklich und in Frieden bis ans Ende aller Zeiten lebten. Ein modernes Märchen voller irrationaler Zufälle und begeisterndem Zauber. Sie schüttelte den Kopf, überrascht von ihrer eigenen naiven Dummheit. Die Realität funktionierte nun einmal nicht so wie in Filmen oder Büchern. Sie fühlte sich weder stark noch schwach, heldenhaft oder feige. Sie war einfach nur ein Mensch, der versuchte, mit dieser seltsamen Situation fertig zu werden. Sollte jemals jemand von dieser Geschichte, die sie ihr Leben nannte, erfahren, würde er sie vermutlich nicht gut beurteilen. Aber was wusste schon ein Außenstehender.

Josh verbrachte den größten Teil des Tages vor dem Laptop, während Amy las oder ein wenig am See spazierte. Es war ihm klar, dass er sie eigentlich nicht so sehr sich selbst überlassen wollte. Er wollte sich viel lieber mit ihr unterhalten, sie kennenlernen und vielleicht sie ihn auch. Aber der Drang, der Sache eine sichere Richtung zu geben, war einfach übermächtig. Sebastian war fleißig gewesen und hatte einiges ans Licht gebracht. Und es sah übel aus. Ein weiterer Auftrag war im Netzwerk unterwegs und anscheinend auch angenommen worden. Sie beide waren vermutlich nur noch eine gewisse Zeit sicher hier. Er bat seinen Freund um Hilfe bei der Beschaffung sauberer Papiere für sie beide. Etwas Unauffälliges mit dem sie ruhiger schlafen konnten. Josh glaubte nicht, dass sie ihn hier sofort aufspüren würden. Er war sehr vorsichtig, hatte nicht einmal ein Mobiltelefon und niemand kannte ihn in der Gegend mit Namen. Die meisten Menschen wussten nicht, dass man auch ein ausgeschaltetes Handy orten konnte. Nur SIM-Karte und der Akku mussten drin sein, selbst wenn er leer war, genügte das. Es war nicht so einfach, wie über die Funkzellen die Position zu triangulieren und so annähernd den Aufenthaltsort zu erfahren, aber es war möglich. Und wenn wirklich dieser Anwalt hinter all dem steckte, dann wären auch die finanziellen Mittel kein Hinderungsgrund. Leider ahnte er in diesem Moment nichts davon, dass Amy sich ihr Handy in die Hosentasche gesteckt und dann selbst nicht mehr daran gedacht hatte. Joshua betrachtete die Informationen, die Sebastian über Dominic Flagg und sein Unternehmen zusammengetragen hatte. Flagg hatte schon in den sechziger Jahren sehr jung eine gut gehende Rüstungsfirma von seinem Vater übernommen. Seitdem hatte es keinen Krieg oder bedeutenden Konflikt mehr gegeben, in denen er nicht mit seinen Waffen eine Rolle gespielt hatte. Das brachte nicht nur Geld, sondern auch die wichtigen Verbindungen und eine nicht zu unterschätzende Macht. Er hatte die einflussreichen Freunde und die richtigen Feinde. Von seiner Warte aus gesehen gab es keinen, der es wagen würde, gegen ihn tätig zu werden. Zu viele Regierungen, Diktatoren und Warlords waren mit ihm in wirtschaftlichen Netzen verstrickt. Wenn er fiel, würden sie alle dumm aussehen. Und auch nach seinem Tod waren diese Beziehungen nicht verschwunden. Die geschäftlichen Strukturen hatten eine Art Eigenleben entwickelt und das Bestreben, den Status quo aufrechtzuerhalten, keine Details an die Öffentlichkeit dringen zu lassen, war nach wie vor aktuell. Sicherlich hatte Flagg dafür gesorgt, dass niemand den Mund aufmachte, weil sonst der ganze Dreck an die Oberfläche käme und sie dann alle dran wären. Keiner wollte das riskieren. Sebastian hatte inzwischen auch mehr über diesen Anwalt erfahren, der ihn beauftragt hatte. Andrew Grass. Eine linke, karrieregeile Ratte ohne Gewissen oder Moral. Nicht das Josh jemals einen guten Anwalt gekannt hätte, aber selbst unter den miesen, war dieser doch der Skrupelloseste. Mit Mitte dreißig war er noch sehr jung, doch was ihm an Lebensjahren fehlte, hatte er schnell durch Ehrgeiz wettgemacht. Von verschiedenen Gangs und Organisationen war er über die Triaden zu Flagg gelangt. Dieser schätzte das »Talent« des Burschen, förderte ihn und ließ ihn schließlich für sich arbeiten. Seit fast drei Jahren managte dieser Grass alles für den alten Mann. Es gab einige Hinweise darauf, dass er derjenige war, der Flagg sein perverses Vergnügen organisierte. Er beauftrage die Kerle, die die Opfer verschleppten, und veranstaltete die Termine für die sadistischen Partys. Am Ende ließen sie die Leichen der Frauen verschwinden. Wie, das hatte Sebastian noch nicht herausfinden können. Offensichtlich ein hervorragend gehütetes Geheimnis. Josh überlegte, wie lange sie wohl vor diesem Netzwerk fliehen konnten. Zwölf Monate, vielleicht länger. Aber früher oder später würden sie Amy finden. Er wünschte sich in solchen Momenten einfach zu wissen, was er tun sollte. Ein klares Ziel vor Augen, mit dem alles erledigt sein würde. Hier gab es ein Monster mit mehreren Köpfen. Eine Hydra. Wenn er ein Haupt abschlug, würden drei neue nachwachsen. Er musste der Bestie ins Herz treffen. Aber wie konnte er das allein schaffen? Grübelnd saß er am Schreibtisch, als Amy von ihrem Spaziergang zurückkam. Es war schon fast Abend und sie merkte, dass die frische Luft ihren Appetit steigerte.

»Soll ich uns etwas kochen?«, fragte sie und ging in die Küche.

Josh sah auf. Er wirkte blass und nachdenklich. Als wälze er eine unglaubliche Last in seinem Kopf hin und her. Wieder überkam sie ein schlechtes Gewissen. Sie wusste, dass sie mit ihrer Existenz der Grund für seine Probleme war. Ob er sich manchmal nicht im Geheimen doch wünschte, dass er einfach abgedrückt und sich damit den Kummer erspart hätte.

»Wir können zusammen kochen«, erwiderte er und stand auf.

»Ich wollte dich nicht stören …«

Sie wollte ihm doch Arbeit abnehmen und nicht noch mehr Umstände machen. Er schüttelte lächelnd den Kopf.

»Nein, das wird mir gut tun. Ich brauche einen Moment Pause und ich koche gern.«

Er ging zu ihr und sie stöberte bereits im Kühlschrank herum.

»Ich könnte uns einen Reistopf mit Hähnchenfleisch machen, wenn du so etwas magst.«

»Gern. Was kann ich dir helfen?«

»Du kannst schon einmal das Reiswasser vorbereiten. Ich schnippel das Gemüse und du könntest das Fleisch schneiden.«

Josh nickte und war froh, seinem Kopf eine Auszeit zu gönnen. Er war zu sehr fixiert auf das Problem und das war nicht optimal. Vielleicht vergaß er sonst etwas oder ihm entging ein entscheidender Hinweis, wenn er zu erschöpft war. Hier mit Amy ein wenig in der Küche zu hantieren und danach in Ruhe zu essen, würde ihm gut tun. Davon abgesehen, dass er diese gemeinsame Zeit sehr genoss und sie einem Teil seiner Seele, die lange vernachlässigt worden war, etwas Gutes tat. Schweigend kochten sie zusammen und es duftete rasch sehr lecker und einladend. Auch die Katzenklappe rumpelte wieder pünktlich und Charlie sah ihnen vom Boden aus zu. Amy beobachtete Josh heimlich. Er wirkte jetzt deutlich unbeschwerter, aber dennoch bemerkte sie auch, dass die Anspannung nicht komplett gelöst war. Sie erinnerte sich daran, dass er auf Kaffee verzichtete, weil er ruhige Hände bräuchte. Das machte ihr die Gefahr, die immer noch so nah und lebendig war, stets bewusst. Vermutlich konnte auch er all das nie vollständig ausblenden. Sie fragte sich nicht zum ersten Mal, wie lange er das durchhalten würde, bis er es satt hätte. Sie vertrieb den Gedanken und widmete sich der Wokpfanne vor sich. Sie gab das Gemüse zu dem Fleisch und rührte tüchtig um. Wenn der Reis fertig war, konnten sie auch schon essen.

Nach dem gemeinsamen Essen fühlte sich Joshua merklich besser. Entspannt lehnte er sich auf der Couch zurück und schloss die Augen. Amy betrachtete ihn. Auch sie war satt und zufrieden. Trotz aller Gemütlichkeit warf sie einen unruhigen Blick in Richtung Küche. Sie wollte gerade aufspringen als Josh sie an der Hand nahm und auf das Sofa zurückzog.

»Was hast du vor?«

»Ich wollte nur schnell alles in Ordnung bringen.«

»Du bist doch nicht meine Haushälterin.«

Nachdenklich musterte er sie. Sie schien verwirrt und schwieg. Josh stand auf und half ihr auf die Beine.

»Wir machen das zusammen. Es macht mich ganz nervös, wenn ich so bedient werde.«

Er löste seinen Griff und ging grinsend in die Küche zurück. Amy war ziemlich verdutzt. Sie zuckte nur die Schultern und folgte ihm. Noch nie war ihr ein Mann begegnet, der sich nicht gern wie zu Hause bei Muttern rundherum bedienen ließ. Obwohl sie arbeitete, war es in ihren Beziehungen zusätzlich ihr Teil gewesen, den kompletten Haushalt zu organisieren. Eine altertümliche Arbeitsteilung, die ihr wohl von Kindesbeinen an eingeprägt worden war und sich nicht so leicht abschütteln ließ. Ihre Eltern hatten ihr dieses System vorgelebt und ihr immer eingeimpft, dass die Frau die Hausarbeit zu machen hätte und der Mann in der Familie das Sagen hatte. Eine Vorstellung, gegen die sich Amy immer aufgelehnt hatte. Trotzdem hatte sie sich oft in diese Rolle drängen lassen, auch wenn sie sie hasste. Das Josh jetzt wie selbstverständlich mit anpackte und auch bereitwillig alles machte, war ihr ein wenig unheimlich. Außer seinem Job, wo war der Haken bei diesem Traummann? Gemeinsam war es ein Kinderspiel wieder alles sauber zu bekommen. Zudem bekam der Kater endlich sein Abendessen und unterließ den ›Ich-sterbe-elend-vor-Hunger-Blick‹. Nachdem alles gereinigt und aufgeräumt war, setzte sich Joshua wortlos an seinen Laptop. Amy stellte sich hinter ihn und sah ihm schweigend über die Schulter. Sie sah ein Foto von dem Mann, der sie auf diesem gynäkologischen Stuhl festgebunden hatte. Instinktiv schlang sie die Arme um den Körper. Bei dem Ausdruck aus diesem feindseligen Gesicht mit dem schmierigen Lächeln und den zurückgegelten Haaren wurde ihr ganz anders. Josh las den Lebenslauf und die persönlichen Daten zu Andrew Grass. Er bemühte sich eine Schwachstelle zu finden, aber da war nichts. Er war wohl schon immer ein Einzelgänger und Karrieretyp gewesen. So jemanden konnte man schwer unter Druck setzen, denn ihm war nur er selbst wichtig. Nachdenklich betrachtete Joshua das Bild. Eine gewöhnliche Aufnahme, wie man es seiner Bewerbung hinzufügte. Dennoch überkam ihn ein unangenehmes Gefühl, wenn er es ansah. Fast als wären diese dunkelbraunen, kalten Augen lebendig und würde ihn anstarren. Aber er verwarf diesen beunruhigenden Gedanken und sah sich das nächste Dokument an. Amy überflog die Zeilen, verstand aber kein Wort. Es sah ganz nach Dokumenten aus der Buchhaltung aus. Fast wie Abrechnungen, aber die Posten und Zahlenschlüssel die verwendet wurden, sagten ihr nicht das Geringste. Solch Papierkram war aber noch nie ihre Stärke gewesen. Sanft legte sie ihre Hand auf Joshuas Schulter.

»Ich werde mich schon einmal schlafen legen.«

Er drehte sich zu ihr um und sah sie eingehend an. Sie wirkte müde und traurig, als würde es ihr alle Kraft rauben, sich die Unterlagen auszusehen. In diesem Moment wünschte er sich nichts sehnlicher, als das sie es endlich überstanden hätte und er ihr Sicherheit und Geborgenheit geben konnte.

»Ich bringe dich nach oben«, sagte er sanft und bemerkte, wie sie den Kopf schüttelte.

»Du musst nicht meinetwegen aufstehen …«, begann sie, doch Joshs ernster Gesichtsausdruck ließ sie sofort verstummen.

»Ich weiß, dass ich es nicht muss, aber ich möchte es.«

Sie nickte und ließ sich von ihm begleiten. Es war rührend, wie er sich um sie sorgte. Dennoch wünschte sie sich, dass sie ihm nicht so viele Unannehmlichkeiten machen würde. Während sie sich bis auf Slip und T-Shirt von den Sachen befreite, schlug er das Bett auf. Sie schlüpfte unter die Decke und er setzte sich zu ihr.

»Ist alles in Ordnung, Amy?«

Sie nickte schwach, aber er sah auch wieder das unruhige Flackern in ihren Augen. Ein untrügliches Zeichen, das sie log.

»Du bist eine grauenhafte Lügnerin. Ich sehe es dir schon an der Nase an. Bitte sei aufrichtig zu mir.«

Amy kämpfte einen Moment mit sich, ehe sie leise antwortete.

»Ich hatte ein ganz mulmiges Gefühl, als ich das Bild gesehen habe. Es machte mir Angst und ich habe so einen Verdacht, als ob der eigentliche Alptraum erst noch anfangen könnte.«

Josh strich ihr eine Strähne aus der Stirn und sah sie ernst an. Sollte er jetzt lügen, um sie in einer trügerischen Sicherheit zu wiegen? Er kam zu dem Schluss, dass er nur Ehrlichkeit erwarten konnte, wenn auch er aufrichtig ihr gegenüber war.

»Du könntest recht haben mit deiner Ahnung. Aber für heute solltest du versuchen, das beiseite zu schieben. Schlaf ein wenig.«

»Was ist mit dir?«

Innig sehnte sie sich nach seiner tröstenden Nähe, seinen starken Armen, die ihr so viel Schutz spendeten. Josh lächelte und zeichnete mit seinem Zeigefinger zärtlich ihr Kinn nach. Sein Blick war dabei so liebevoll, dass es in ihrem Herzen wieder dieses Leuchten gab. Sie empfand jetzt schon mehr für ihn, als nur die bloße körperliche Anziehungskraft. Aber damit wollte sie ihn jetzt nicht noch zusätzlich belasten. Zudem wusste sie nicht, ob er auch etwas Ähnliches fühlte. Sie wollte abwarten, ob er eines Tages die gleichen Gefühle hatte, wie sie selbst und diese dann auch gestand.

»Ich komme in spätestens einer Stunde zu dir, wenn dir das recht ist. Ich werde leise sein«, unterbrach er ihre Gedankengänge.

Sie zwinkerte verwirrt und nickte dann zustimmend, auch wenn es ihr lieber gewesen wäre, wenn er bei ihr geblieben wäre. Doch sie wollte nicht jammern und ihm auf den Wecker gehen. So rollte sie sich auf der Seite zusammen und schloss die Augen. Er verschwand nach unten. Sie hörte noch, wie er ins Freie ging, um rundherum die Fensterläden zu schließen, doch als er rein kam, war sie schon eingeschlafen. Als Josh sich später zu ihr legte, wachte Amy kurz auf. Er nahm sie sanft in den Arm und strich ihr liebevoll über die Wange. Lächelnd ließ sie sich wieder in den Schlaf hinübergleiten. Zärtlich küsste er sie auf den Scheitel und roch den Duft ihres seidigen Haares. Entspannt schloss er die Augen und schlief auch rasch ein.

Kapitel 6

Ein leichtes Schütteln an ihrer Schulter holte Amy aus ihren Träumen. Sie fühlte eine große Hand über ihrem Mund und glaubte sie wäre in einen Alptraum geschleudert worden. Panisch riss sie in der Dunkelheit die Augen auf und packte den Arm, der sie knebelte. Doch bevor sie sich losriss, hörte sie Joshuas Stimme flüsternd an ihrem Ohr.

»Pst, Kleines ich bin es nur. Bitte sei ganz leise. Jemand ist am Haus«, flüsterte er.

Amys Herz raste und ihr Atem kam stoßweise, dennoch beruhigte sich ein wenig. Er nahm die Hand weg und hoffte sie würde keinen Ton von sich geben. Sie blieb still und lag reglos da, während er sich mit langsamen Bewegungen erhob. Er griff unter das Bett und ertastete einen großen Rucksack. Er tastete auf der Matratze herum und seine Finger befühlten am äußersten Fußende weiches Fell. Charlie hatte sich zu ihnen gekuschelt und Josh dankte dem Schicksal stumm dafür. Er hob den völlig verschlafenden Kater hoch und setzte ihn in die Tasche. Der Kater kannte das. Joshua hatte es jahrelang mit ihm geübt. Für den kleinen Tiger bedeutete dieses Behältnis Leckerlis. Er schnupperte auf dem Boden herum und fand seine Lieblingsleckerlis. Jetzt war alles Okay. Still verleibte er sich die Leckerchen ein und machte auch keinen Ton, als sein Herrchen den Reißverschluss zuzog. Amy hörte das Prozedere nur, da sie immer noch bewegungslos auf der Seite lag und in den Raum starrte. Die Töne verwirrten sie und machten sie nervös. In ihrem Kopf drehten sich immer noch seine Worte wie ein gruseliges Karussell. Ihr lief ein kalter Schauer über den Rücken und ihr Herz machte ordentlich Tempo. Sie versuchte vernünftig zu sein und sich stetig zu sagen, dass sie Joshua nur helfen konnte, wenn sie genau tat, was er sagte. Er berührte sie wieder und sie zuckte erschrocken zusammen.

»Komm mit. Versuch kein Geräusch zu machen. Findest du dich in diesem Licht zurecht?«

Amy setzte sich auf. Ihre Bewegungen waren ungewohnt steif, beinah wie die einer Puppe, die ungelenk an Fäden hing. Sie schaute sich mit aufgerissenen Augen um. Die Möbel, das Bett und Josh waren Schatten in verschiedenen Grautönen, so als wäre die Welt zu einem Negativ verwandelt. Doch sie konnte genug sehen. Sie nickte stumm. Offensichtlich sah er auch das.

»Gut, dann folge mir jetzt.«

So gut wie geräuschlos stand er auf und lief mit dem Rucksack in der Hand, in leicht gebückter Haltung zur Treppe. Amy fragte sich, wie ein so großer Mann nur so geschickt und leise sein konnte. Sie selbst kam sich schrecklich laut vor, als sie sich erhob und ihm möglichst unauffällig nachschlich. Mit klopfendem Herzen folgte sie ihm die Stufen hinunter und lauschte dabei ununterbrochen. Doch das Rauschen ihres Blutes in den Ohren machte es ihr unmöglich, etwas zu hören. Unten angekommen duckte sich Josh beim Gehen, so tief es möglich war, herab. Vorsichtig, fast auf allen Vieren, ging sie ihm nach. Nervös schaute sie sich um, doch die Fensterläden waren verschlossen. Sie registrierte aber den unruhigen Schein von Taschenlampen, die immer wieder den Schlitz unter der Tür schwach beleuchteten. Und jetzt vernahm sie die Schritte. Oder fühlte sie sie nur? Sie erkannte, dass die Panik von ihr Besitz ergreifen wollte. Ängstlich sah sie sich nach Joshua um. Dieser hatte seinen Schreibtisch erreicht, klappte den Laptop zu, öffnete eine Schublade, nahm einen großen Umschlag heraus und steckte alles in eines der hinteren Fächer des Rucksacks. Sie bemerkte wie ruhig und kontrolliert seine Bewegungen waren und wie leise er agierte. Sie selbst hörte ihren Herzschlag in den Ohren dröhnen, wie eine riesige Maschine. Bedächtig bewegte er sich auf das Bücherregal zu. Amy machte den ersten zaghaften Schritt, ihm zu folgen, doch ein Rumpler hinter ihr ließ sie starr werden. Das Geräusch kam von der Eingangstür her. Langsam, als wäre ihr Kopf auf einem Scharnier mit dem Körper verbunden, drehte sie sich zur Tür und starrte mit weit aufgerissenen Augen zum Eingang. Jemand prüfte, ob der Zugang verriegelt war. Vorsichtig, aber bestimmt. Amy schnappte nach Luft und wollte in blinder Angst losrennen. Sie wendete sich hektisch um und sah in Joshuas abgeklärtes Gesicht. Sein Kopf war nur wenige Zentimeter vor ihrem und er legte eine Hand an ihre Wange.

»Ganz ruhig. Folge mir und keine Panik, wir haben es ja gleich geschafft.«

Sie schluckte hart, nickte und atmete tiefer durch. Geduckt schlich sie hinter ihm her, als er sich wieder auf den Weg machte. Sie kamen am Schreibtisch vorbei und Josh deutete ihr mit Handzeichen an, weiter zu der verborgenen Tür zu gehen, während er den Mechanismus betätigte. Sie gehorchte und kauerte zitternd vor Furcht vor dem Regal und wartete. Plötzlich kam von der Eingangstür ein plätscherndes Geräusch her und Benzingeruch strömte hinein.

Oh Gott, sie wollen uns hier drin lebendig verbrennen lassen!, schoss es Amy durch den Kopf, und erneut überspülte sie eine Welle des Horrors. Nur mit Mühe konnte sie verhindern, dass die Angst sie laut aufschreien ließ. Sie zitterte noch heftiger und ihr Herz wollte ihr scheinbar aus der Brust springen. Die Sekunden bis Josh den Gang entriegelt hatte, schienen sich ewig hinzuziehen. Er war unheimlich ruhig, und dieser Umstand zerrte an ihren Nerven. Er zog an dem Buchrücken und kam zu ihr herüber. Mit angespanntem Gesicht nahm er die Bücher, die als Griffe dienten, und öffnete langsam die Tür. Er bemerkte Amys Panik, ihren unruhig umherhastenden Blick und er hoffte, sie würde es noch ein paar Augenblicke aushalten. Mit einem Nicken deutete er ihr an, hineinzukriechen. Sie kniete sich hin und robbte hinein. Immerhin hörte sie auf ihn und das war das Beste, was sie in diesen Minuten tun konnte. Er folgte ihr und drehte sich umständlich um. Bei seiner Körpergröße war das Ganze ein Stück schwieriger, aber er klopfte sich selbst auf die Schulter, dass er den Tunnel etwas großzügiger ausgestattet hatte. Mit mühsam unterdrückter Wut starrte er noch einmal in seinen Wohnraum und verschloss dann sorgfältig den Eingang hinter sich. Er vernahm, wie die Tür einrastete und wusste, jetzt gab es kein Zurück mehr. Amy hockte im grünlich erhellten Gang und sah ihn an. Sie wirkte total verängstigt und das schwache Licht gab ihr ein ausgezehrtes Aussehen. Am liebsten hätte er sie in den Arm genommen, um ihr die Panik ein wenig zu erleichtern. Doch sie waren immer noch in der Gefahrenzone und er musste sie erst einmal hier herausbringen, ehe er Zeit hatte, sie zu trösten. Also nickte er nur, zwängte sich an ihr vorbei und kroch dann voraus. Amy folgte auf Händen und Knien. Plötzlich hörte sie ein lautes Krachen aus der Richtung, aus der sie gekommen waren.

Das Benzin hatte sich mit einer riesigen Stichflamme entzündet und fraß sich nun rasend schnell seinen Weg in das Haus hinein. Die Außentür war sorgfältig verbarrikadiert und auch die Fensterläden waren verschlossen. Aber im Grunde machte das den Männern auch keine Sorge, wenn sie vergessen hätten, ein Fenster zu kontrollieren. Wenn sich ein Ausgang öffnete, und die beiden probierten zu fliehen, würden sie sie erschießen. Sie waren so oder so erledigt. Vielleicht schliefen sie so fest, dass sie erstickten oder sie verbrannten elend bei lebendigem Leibe. Einer der Kerle, die so üppig den Brandbeschleuniger verteilt hatten, versuchte sich vorzustellen, was er an der Stelle des Typen täte. Wenn die Frau hübsch wäre, würde er sie schnell töten. Möglicherweise mit einem

Genickbruch, um ihr das Leiden zu ersparen. Dann würde er versuchen einen Ausweg zu finden, und wenn das nicht möglich wäre, sich eine Kugel durch den Kopf jagen. Keinesfalls würde er sich die grässlichen Qualen zumuten, zu verbrennen. Er stellte sich das neben dem Ertrinken und Ersticken bei vollem Bewusstsein, als schrecklichsten aller Tode vor. Nachdenklich beobachtete er, wie das Feuer rasch um sich griff. Durch das Dach stieg schon Qualm in den Nachthimmel und das Prasseln und Krachen im Haus war ohrenbetäubend. In wenigen Minuten war die Hütte ein einziges Inferno. Die Hitze ließ seine Gesichtshaut jetzt schon spannen. Seine Männer traten mit den Waffen im Anschlag ein paar Schritte zurück. Auch er gewann etwas Abstand zu dem Brand, denn die Luft wurde unerträglich heiß. Im Inneren mussten jetzt beide Personen tot sein oder im Sterben liegen. Große Erleichterung durchströmte den Kerl, der sich Sorgen gemacht hatte, ob sie mit diesem Auftragskiller ohne Weiteres fertig werden würden. Grass hatte sie gewarnt, dass der Typ echt gefährlich sei. Doch so hatten sie das Ganze sicher erledigen können und dabei gleichzeitig die Frau getötet und beide Leichen entsorgt, wenn sie wirklich noch am Leben geblieben war.

Doch entgegen der Erwartungen dieses Mannes, würden weder Amy noch Joshua so aus dieser Welt scheiden. Sie waren nur wenige Meter gekommen, als Amy Josh am Bein packte. Er hielt an und sah sie an.
»Charlie! Wir haben deinen Kater vergessen. Wir müssen noch einmal zurück«, krächzte sie und er sah, wie sehr sie in Panik geriet. Ihre Augen waren weit aufgerissen und Tränen glänzten darin.
»Keine Sorge. Er ist hier. Der Rucksack hat ein extragroßes Fach. Bestimmt döst der Kleine schon. Wenn wir uns beeilen, kann er bald wieder heraus, aber er übersteht auch eine Stunde da drin ohne Probleme.«

Amy sah sich die Tasche an und fragte sich, wie sie diese ungewöhnlichen Maße übersehen konnte. Für einen Laptop und einen Umschlag war das Ding zu groß und zu gut gefüllt. Josh wandte sich um und kroch vorwärts. Amy folgte schweigend. Sie schnupperte immer wieder ängstlich, ob es nach Rauch roch. Immerhin konnte sich dieser enge Tunnel schnell mit Qualm füllen und sie würden hier ersticken wie Ratten. Aber sie konnte nichts wahrnehmen außer dem feuchtmodrigen Duft nach Erde. Nach einer gefühlten Ewigkeit hielt er an. Im grünlichen Schein sah Amy, wie er sein Ohr an die Tür legte und lauschte. Die Zeit verging. Doch offensichtlich war nichts zu hören. Er betätigte einen Hebel und die Tür ließ sich leise öffnen. In den Gang spülte ein Schwall kühler, klarer Nachtluft herein. Amy glaubte nicht, dass es jemals wieder so gut tun würde, frische Luft zu riechen. Josh dagegen war wie ein Räuber. Immer auf der Hut. Er nahm auch schwach den Geruch nach brennendem Holz wahr. Mühsam kletterte er hinaus und sah sich alarmiert um, doch das Bootshaus lag verlassen da. Nur in Boxershorts und T-Shirt, ohne weitere Waffen als seine Hände, kam er sich hoffnungslos unterlegen vor. Ein Gefühl, das er hasste. Noch mehr, weil er Amy so kaum ausreichend schützen konnte, wenn es hart auf hart ging. Er lauschte aufmerksam und sondierte mit den Augen die Räumlichkeit, ob hier schon jemand nachgesehen hatte. Amy stieg aus und stellte sich aufrecht hin. Rastlos sah sie sich um. Alles war still, aber auch sie roch bald den Brandgeruch. Josh holte aus der anderen Seite des Schrankes die zwei Taschen und marschierte los. Amy folgte ihm schweigend. Sie traten aus einer Seitentür heraus und in der Dunkelheit ließ sich ein schmaler Pfad erahnen. Er führte ganz dicht am Ufer entlang. Eigentlich war es eine bewölkte, dunkle Nacht. Aber die wütenden Flammen tauchten die Umgebung in ein lebhaftes, orangerotes Licht. Amy hörte das laute Prasseln des Feuers, immer wieder zersprangen Glasscheiben in kleinen

Explosionen. Fassungslos starrte sie auf das Gebäude, das nun lichterloh brannte. Funken stoben in den Himmel wie wilde Glühwürmchen. Rauch bildete eine traurige, unruhige Zipfelmütze über dem, was einmal Joshuas gemütliches Haus gewesen war.

»Komm jetzt. Schnell!«, raunte Josh ihr plötzlich ins Ohr.

Im Laufschritt, die beiden Taschen in der Hand, trabte er los. Geduckt lief sie hinter ihm her, um den See herum. Hier war das Gras deutlich höher. In leicht gebückter Haltung kamen sie schleunigst voran. Amy war barfuß, aber der Boden war weich und ohne Steine. Der Pfad führte in einem Bogen um den See und dann zwischen zwei Hügeln entlang. Er bewegte sich rasch und sicher vorwärts, sah immer wieder zu Amy nach hinten, die gut Schritt hielt. Bevor sie völlig außer Sichtweite verschwanden, blieb er stehen und sah zu der brennenden Hütte zurück. Er entdeckte drei Männer, die mit den Waffen im Anschlag um das Haus herumgingen. Offensichtlich warteten sie noch, ob sie beide versuchten, herauszukommen. Er knirschte zornig mit den Zähnen. Diese feigen Schweine hatten immerhin an alles gedacht. Zum Glück nur an fast alles, sonst wäre Amy verloren gewesen. Er schaute zu ihr und bemerkte, dass ihr die Tränen die Wangen hinunterliefen. Sie schluchzte nicht und gab keinen Ton von sich. Sie weinte nur still und sah traurig zu dem Feuer.

»Komm, wir bringen uns in Sicherheit, bevor sie auf die Idee kommen, uns hier draußen zu suchen.«

Amy nickte, ohne ihn anzusehen. Sie wollte die verständliche Wut nicht in seinem Gesicht sehen. Sie fühlte sich schuldig und versuchte nur zu funktionieren, um ihm nicht noch mehr Schwierigkeiten zu machen oder ihn gar weiter in Gefahr zu bringen. Mühsam schluckte sie ihren Kummer herunter. Sie machten sich wieder auf den Weg. Zielsicher ging er voraus auf ein Waldstück zu. In der Finsternis wirkte es nah, aber Josh wusste, dass es eine beträchtliche Strecke war.

Er hoffte, Amy würde durchhalten und war erleichtert, dass sie fit war. Während sie durch die Dunkelheit stapften und das klamme, lange Gras ihre Beine kalt und feucht benetzte, erarbeitete er in Gedanken einen Plan, was sie als Nächstes tun mussten. Jetzt, wo die unmittelbare Bedrohung langsam hinter ihnen zurückblieb, war er schon etwas beruhigter. Ihm war zwar schleierhaft, wie die Schweine sie so rasch gefunden hatten. Doch er war froh, dass die Männer die sie gesandt hatten, keine Profis gewesen waren. Hätte sie jemanden von seinem Kaliber geschickt, wären sie beide mit Sicherheit tot. So hatten sie eine Chance, wenn sie es schafften, zu Sebastian zu gelangen.

Nach einer Viertelstunde Marsch begann es zu regnen. Amy zog die Schultern hoch und blickte nur zu Boden. Sie fühlte sich unglaublich schuldig und es wurde mit jedem Schritt, den sie machten, schlimmer. Josh hatte allen Grund sie zu hassen. Er hatte alles verloren und das nur, weil er sie am Leben gelassen hatte. Schweigend hatte sie immer wieder zurückgeschaut, aber der Anblick seiner brennenden Hütte hatte ihr jedes Mal tief ins Herz geschnitten. Er hätte getötet werden können und das wäre allein ihre Schuld gewesen. Der Gedanke war ihr unerträglich. Joshua ging voraus und war entgegen ihrer Vermutungen nur besorgt und nicht auf sie sauer. Das Feuer würde vielleicht recht schnell verloschen sein, und wenn die Männer keine kompletten Idioten waren, würden sie in den Trümmern nach zwei Leichen schauen. Da sollten sie beide besser bereits auf dem Weg in den nächsten Bundesstaat sein. Völlig durchnässt erreichten sie endlich den Wald. Amy stand zitternd hinter ihm, während Josh sich kurz orientierte. Aufmerksam drehte er sich um die eigene Achse und ließ den Blick über die Umgebung schweifen. Das Problem am Wald war, das er sich so rasch und manchmal radikal veränderte. Vor dem Sturm hatte es gänzlich anders ausgesehen. Er brauchte einen Moment, um den Baum mit seiner Markierung zu finden. Es war eine kleine unauffällige Kerbe. Die Fichte war ein wenig windschief, daher hatte er ihn nicht gleich entdeckt. Langsam und vorsichtig ging er den überwachsenen Pfad ins Dickicht hinein. Hier war es sehr dunkel und er tastete umsichtig vor sich, um nicht über einen Ast zu stolpern. Barfuß und ohne lange Hose war das alles doppelt schwierig und er war froh, dass es kaum Unterholz und keine stacheligen Gewächse gab. Dafür war es deutlich dunkler und er musste sich konzentrieren, um auf dem richtigen Weg zu bleiben. Amy folgte dicht hinter ihm und schwieg immer noch. Sie erinnerte sich, wie sie ihm vor einigen Tagen durch einen anderen Wald gefolgt war. Damals hatte sie sich vor ihm fast zu Tode gefürchtet. Jetzt würde sie alles tun, um ihn in Sicherheit zu wissen. Nach einer gefühlten Unendlichkeit erreichten sie einen großen Haufen Tannenzweige. Amy konnte nichts Genaues erkennen. Doch Joshua ging lächelnd darauf zu und begann die ersten Zweige achtlos zur Seite zu werfen. Plötzlich erkannte Amy Scheinwerfer. Ein alter Chevrolet Tahoe. Ein rüstiger Geländewagen in unauffälliger Lackierung kam zum Vorschein. Josh entfernte das platzierte Grünzeug und schloss auf. Während er eine Katzentransportbox hervorzauberte und Charlie aus dem Rucksack geschickt dort hineinbugsierte, stand Amy nur da und sah ihm schweigend zu. Sie zitterte vor Kälte und ihre Zähne schlugen merklich aufeinander. Aber das war nicht das Einzige, was sie frösteln ließ. Sie wappnete sich gegen seinen Zorn, den er vermutlich bald auf sie, die sie ihn ja in diesen Mist hineingeritten hatte, richten würde.

»Kletter hinein. Auf dem Rücksitz liegen ein paar Decken, dann kannst du dich aufwärmen«, sagte er unerwartet sanft.

Sie blieb reglos stehen und sah ihn elend an. Er hielt kurz inne.

»Amy, was ist los, bist du verletzt?«

Sie schüttelte den Kopf und wich einen Schritt vor ihm zurück. Sie konnte den betroffenen Ausdruck in seinem Gesicht kaum ertragen. Sie verdiente seine Besorgnis nicht, nur ihretwegen war das ganze Unglück eben geschehen. Allein bei der Vorstellung er hätte bei diesem Brand umkommen können, drehte sich ihr der Magen um.

»Das alles ist nur passiert, weil du mich am Leben gelassen hast. Du hättest den Job erledigen oder mich dort zurücklassen sollen. Aber du hast mich befreit und nun haben sie dein Haus abgebrannt. Sie wollten dich töten! Alles nur meinetwegen«, stieß sie fassungslos hervor.

Zitternd hockte sie sich hin, schlang die Arme um den ausgekühlten Körper und weinte nur noch. Josh war völlig perplex von ihrem Gefühlsausbruch. Der Kummer, den sie ihm mit jeder Silbe entgegenschleuderte, schnitt ihm tief ins Herz. Er versuchte sich als Erstes darauf zu konzentrieren, dass sie nicht noch mehr litt. Bis dahin hatte er vielleicht ihren Vorschlag, sie diesen Kerlen auszuliefern, ein wenig verdaut. Er marschierte auf den Wagen zu und Amy ging davon aus, dass er jetzt einstieg und sie hier zurückließ. Das wäre in Anbetracht der Umstände nur verständlich. Sie war ein gefährlicher Klotz am Bein. Doch er holte eine Decke aus dem Fahrzeug und kniete sich neben sie. Sorgsam wickelte er ihr die Wolldecke um die Schultern. Er wollte nicht, dass sie krank wurde.

»Amy, komm jetzt. Wir müssen hier weg.«

»Lass mich einfach zurück. Ich stelle mich und du kannst in Ruhe neu anfangen«, bot sie an.

Josh stellten sich die Nackenhaare auf bei dem Gedanken. Mit festem Griff zog er sie auf die Beine und schloss sie innig in die Arme. Zu Beginn wehrte sie sich noch, konnte nicht zulassen, dass er sie nicht verstieß. Aber dann legte sie ihren Kopf an seine Brust und vergoss nur still ihre Tränen.

»Hey, beruhige dich Kleines. Es war nur ein Haus und wir sind heil herausgekommen. Das ist das Wichtigste.«

Seine Stimme war sanft und seine Hand strich zärtlich über ihren Rücken.

»Und nun komm, steig ein, bevor du noch krank wirst.«

Sie nickte nur und ließ sich widerstandslos zum Wagen führen. Seine Berührungen waren so tröstlich gewesen, dass sie aus den Gefühlen von Schuld und Hoffnungslosigkeit wieder herausfand. Sie kletterte nach hinten, wo Charlie sie aus seiner großen Transportbox freudig ansah. Anscheinend war er nicht so verstört, wie sie es erwartet hätte. Wärmend zog sie die Decke nah an den Körper. Sie fühlte sich so schrecklich müde mit einem Mal. Das war typisch für sie. Wenn ihr die Welt zu viel wurde, zog sie sich gern in den Schlaf zurück.

»Leg dich hin und ruh dich noch etwas aus. Wir haben eine lange Fahrt vor uns.«

Amy überkam ein Déja-vu Gefühl. War es nicht genauso gewesen, als er sie befreit hatte?

»Wohin geht es denn?«

Ihre Blicke begegneten sich im Rückspiegel. Wieder dieser ernste, fast prüfende Gesichtsausdruck von ihm. Eine Miene, die ihr den Hinweis gab, dass er überlegte, ob er ein wohlgehütetes Geheimnis mit ihr teilen sollte.

»Nach Delaware. Sebastian wird mich hassen, aber es ist die sicherste Möglichkeit an neue Papiere zu kommen. Er lebt in der Nähe von Newark. Von da aus können wir zu meinem Haus in Maine fahren. Das hier in Vermont war nur ein Unterschlupf, den ich in der Zeit nutze, in der ich arbeite. Das hier war nie ein Heim für mich.«

Joshuas Stimme war sanft und gab keinen Anlass dafür, an seinen Worten zu zweifeln. Amy fühlte sich verwirrt und nickte nur. Er startete den Wagen und machte sich, ohne das Licht einzuschalten, auf den Weg. Hinter ihnen lag ein kleiner Pfad, der quer durch den Wald führte, um dann in einem sonst unbenutzten Weg zu enden. Von da waren es zwanzig Meilen bis zur Interstate 91, die sie nach Süden bringen würde. Ein paar Mal probierte sie durch die Baumreihen noch einen Blick zu dem brennenden Haus zu erhaschen. Aber zu ihrem Glück war das Geäst zu dicht. Das machte es auch wahrscheinlich, dass die Brandstifter, die versucht hatten, sie beide umzubringen, nichts davon mitbekamen, wenn sie jetzt von hier verschwanden. Und zwar nicht tot und verkohlt, sondern frierend und müde, aber unverletzt. Am letzten Waldstück bevor sie zur großen Straße fuhren, hielt Josh an und weckte Amy. Aus einer der Taschen holte er Kleidung für sie beide heraus. Er klopfte sich gedanklich selbst auf die Schulter, dass er gestern noch an Sachen für sie beide gedacht hatte. Er reichte ihr etwas zum Anziehen und schlüpfte selbst in Jeans, Schuhe und einen Sweater. So fielen sie viel weniger auf, als wenn sie halbnackt bei einer Polizeikontrolle aufgegriffen wurden. Jetzt hatten sie endlich Zeit dafür, da sie aus dem unmittelbaren Gefahrenbereich raus waren. Er atmete tief durch und spürte, wie ein Großteil seiner Anspannung allmählich von ihm abfiel. Amy kletterte zu ihm nach vorn und wickelte sich in die Decke ein. Sie fror immer noch, obwohl sie nicht sagen konnte, ob die Kälte womöglich aus ihrer Seele kam. Im Wagen war es jetzt angenehm warm, doch wiederholt durchfuhr sie ein Frösteln, das sie zittern ließ. Sie führte es auf den Schock zurück, den ihre Flucht und der Anschlag in ihr hinterlassen hatten. Erneut wurden ihr die Lider schwer und sie lehnte ihren Kopf gegen die kühle Seitenscheibe. Traurig starrte sie in die Dunkelheit hinaus, doch außer den Regentropfen, die am Glas herabrannen, konnte sie nichts erkennen. Langsam schloss sie die Augen und döste bald darauf weg. Kurz danach befuhr Joshua die erste geteerte Straße seit sie aufgebrochen waren, und erreichte die Interstate. Amy schlief inzwischen. Das alles hatte sie offensichtlich sehr mitgenommen und Schlaf half ihr hoffentlich, das alles zu verarbeiten. Josh beachtete die Geschwindigkeitsbegrenzungen und fuhr die restliche Nacht durch. Er war besorgt und ihre Worte hallten stetig durch sein Bewusstsein. Er hatte nicht gelogen, als er ihr sagte, dass dies kein Zuhause für ihn war und darum sein Verlust sich eher in Grenzen hielt.

Er war nur zornig gewesen, dass man es geschafft hatte, ihn aufzuspüren und das sie versucht hatten, Amy zu töten. Die Hütte zu verlieren kam ihm dagegen fast banal vor. Aber bei dem Gedanken, dass ihr etwas zustoßen könnte, zog sich in seiner Körpermitte alles schmerzlich zusammen. Bemüht diese bedrückende Vorstellung zu verarbeiten oder sie zumindest aus seinem Kopf zu verbannen, fuhr er schweigend die einsame Straße entlang. Immer wieder sah er zu ihr herüber und spürte einen Schwall von Zärtlichkeit und Zuneigung durch sein Herz schwemmen. So intensiv hatte er schon seit Ewigkeiten nicht mehr empfunden. Und er konnte nicht behaupten, dass es unangenehm war. Vielleich unpassend in ihrer Situation, aber zu schön, um es unterdrücken zu wollen.

Erst am frühen Mittag war er zu erschöpft zum Weiterfahren. Zum Glück war Amy wieder wach und fühlte sich auch in der Lage, dieses Ungetüm von Geländewagen zu steuern. Er sagte ihr, wie sie fahren musste, und machte es sich auf dem Beifahrersitz gemütlich. Eine Zeitlang schaute er noch hinaus auf die nun deutlich belebtere Straße. Inzwischen hatte es aufgehört zu regnen und die Sonne stand hoch am Himmel. Das Brummen des starken Motors in seinen Ohren wirkte beruhigend und so schlief er rasch ein. Amy sah sich nervös um, aber es blieb alles ruhig. Um sie herum sah sie nur den normalen Verkehr. Familien mit bepackten Kombis oder in Minivans gepresst. Ein paar Teenager, die mit alten Kisten, aber scheinbar ausgelassener Stimmung an ihnen vorbeizogen. Das übliche Bild, das man immer sah, wenn man eine längere Strecke fuhr. Ein Potpourri an Menschen und Autos. Niemand schien sie zu verfolgen und sie kamen gut vorwärts. Die Panik ließ mit jeder Meile langsam nach. Charlie wurde es allerdings allmählich zu doof in dieser Transportbox. Er wollte laufen, toben und anderes Futter. Unwillig maunzte er laut vernehmlich und scharrte in seinem Gefängnis herum.

Mit kurzen Pausen hatten sie es zum Glück nach fast neun Stunden Fahrt erst einmal hinter sich. Als der Abend anbrach, durchquerten sie das Randgebiet von Newark. Vor einem kleinen Haus, das heruntergekommen und eher unbewohnt aussah, parkte Joshua den Wagen auf der gegenüberliegenden Straßenseite und sondierte aufmerksam die Umgebung.

»Und du sagst, hier wohnt dein Freund? Sieht eher aus als würde hier schon lange niemand mehr wohnen.«

Zweifelnd sah Amy das Gebäude mit dem ungepflegten Rasen an. Josh schmunzelte.

»Genau das soll man auch denken. Sebastian ist etwas von Verfolgungswahn und Verschwörungswut getrieben. Ich glaube nicht, dass außer mir noch jemand weiß, dass er hier lebt.«

Amy betrachtete den heruntergekommenen Bau noch einmal, schüttelte den Kopf und gab sich geschlagen. Er stieg aus, packte sich Charlies Box und sah sich aufmerksam um. Ihm wurde bewusst, dass auch er selbst von Paranoia nicht so weit entfernt war. Allerdings konnte man das bei seinem Job und dem Leben, das er führte, auch nachvollziehen. Er fühlte sich nur selten sicher und nach den Ereignissen der letzten Stunden, war die alte Vorsicht auch wieder mit voller Kraft zurückgekehrt. Doch die Straße war wie ausgestorben. Ein sehr verwahrloster Teil der Stadt mit vielen Häusern, die offensichtlich schon lange nicht mehr bewohnt waren. Sebastians Anwesen passte sich perfekt ein. Vernagelte Fenster, ungepflegter Garten und nicht einmal ein Wagen in der Auffahrt. Das Gebäude war dunkel und schien völlig verwaist. Amy betrachtete es mit einem unwirklichen Gefühl. Auf sie wirkte das Ganze eher wie der Ort, wo zwielichtige Gestalten Drogen kochen, als ein sicherer Unterschlupf, wo ein begabter Hacker wohnte. Josh ging wie selbstverständlich über den Rasen auf die kleine Veranda zu und sie folgte ihm. Der Gedanke ihn nicht in ihrer Nähe zu haben, ließ sofort die alte Angst in ihre Seele zurückkriechen und der fühlte sie sich noch nicht gewachsen. Nach drei Stufen stand er auf dem schäbigen Vorbau und stieß einfach die unverschlossene Tür auf. Auch hier drin sah es nicht besser aus. Das schwache rötliche Licht des Abends schien durch Ritzen in den Latten vor den vergilbten Fenstern hinein und gab dem ganzen die unheimliche Stimmung, wie einem Stephen King Buch entsprungen. Charlie kratzte unruhig in seiner Box herum. Das Geräusch war schrecklich in dieser Leere. Amy zog die Schultern hoch und sah sich unsicher um. Die Tapeten lösten sich von den mit Graffiti verschmierten Wänden und der Linoleumboden hatte seine beste Zeit vor einem guten Jahrzehnt schon hinter sich gelassen. Sie sah keine Möbel oder sonst etwas, das darauf schließen ließ, dass hier höchstens ein Paar Kids mit Bier oder mal ein Junkie zu Gast gewesen war. Plötzlich ging eine Stimme durch den Raum, die von allen Seiten zu kommen schien.

»Oh, Joshua, was machst du denn hier? Hast du denn alles aus deinem Training beim Militär verlernt?«

Amy fuhr zusammen und sah sich panisch um. Doch Josh stand da und grinste nur.

»Hey, Sebastian. Du hast zum ersten Mal seit hundert Jahren eine schöne Frau in diesem Haus. Also vermassel es nicht und zeig dich.«

Unter der Treppe öffnete sich eine kleine Tür. Eigentlich befand sich an solchen Stellen nur ein Stauraum oder eine Vorratskammer. Ein Mann Ende zwanzig trat heraus. Er wirkte fast wie eine Karikatur. Groß, wenn auch nicht so groß wie Joshua, aber hager, mit riesig wirkenden Augen, blass mit unsicheren Gesichtszügen und langen schlanken Fingern. Der perfekte Stubenhocker. Er blieb im offenen Eingang stehen und sah sich nervös um.

»Braucht ihr eine Extraeinladung? Nun kommt schon herein. Dich hat doch niemand verfolgt?«

Unruhig blickte er zur Eingangstür, als erwarte er jeden Moment, das SWAT-Team von Newark durch die Tür brechen zu sehen. Doch draußen ging nur einfach still und unspektakulär die Sonne unter. So wie jeden Abend. Amy schritt durch die niedrige Tür und war völlig verdutzt. Sie stand nicht in einem Abstellraum, sondern am obersten Absatz einer schmalen Treppe, die eine Etage in die Tiefe führte. Josh marschierte wie selbstverständlich runter und sie folgte ihm. Hier war es, als betrete sie eine andere Welt. Glatte Wände aus Beton und alles so steril und gepflegt, als wäre dies eine moderne Laboreinrichtung. Unten angekommen sah sie einen langen Flur, von dem mehrere Räume abgingen. Sie liefen den Gang entlang und Amy warf einen flüchtigen Blick in die Zimmer, die nur durch Milchglasscheiben getrennt zu sein schienen. Sie sah eine kleine Küche mit Sitzecke, einen Schlafraum mit angrenzendem Bad. Der größte Bereich war aber offensichtlich ein Arbeitszimmer. Hier standen schrankgroße Kästen, voll mit Serverblades. Amy verstand nichts von Computern, aber dass dies eine enorme Speicherkapazität bedeutete, begriff sogar sie. Ansonsten war die Räumlichkeit vollgestopft mit Monitoren auf denen verschiedene Programme, Fernsehsender oder anderes, für Amy unverständliches Zeugs lief. Josh ging gerade durch in das »Computerzimmer« und suchte mal wieder vergeblich nach einem weiteren Stuhl. Da Sebastian inzwischen überzeugt war, dass sie allein gekommen waren, holte er bald zu ihnen auf. In der Tür blieb er wie vom Donner gerührt stehen und sah Amy mit großen Augen an, als hätte er noch nie ein weibliches Wesen in seinem Leben gesehen.

»Sebastian, Charlie würde gern mal aus seiner Box heraus.«

Der junge Mann blickte verständnislos auf die Katzenbox. Dann verdrehte er die Augen.

»Warum hast du diesen Flohzirkus auch mitgeschleppt? Ach egal, komm mit. Ich hoffe, der Kater kennt den Weg noch.«

Damit ging er in die Küche zurück, griff zielsicher in einen niedrigen Schrank und holte ein Katzenklo, Futternäpfe und ein kleines Körbchen hervor. Charlie kannte das offensichtlich und begann ungeduldig an der Gittertür zu zerren. Als alles stand, machte Josh das Türchen auf. Der kleine Kerl rannte erst einmal zu Sebastian und rieb sich laut schnurrend an seinen Beinen. Endlich lächelte der Bursche ein wenig. Er bückte sich herunter und strich durch das lange Fell. Joshua füllte einen Napf mit Trockenfutter und einen mit frischem Wasser und stellte sie in eine andere Ecke des Zimmers, möglichst weit weg von der Toilette.

»Na du Streuner. Ja, ich habe dich auch vermisst. Aber denkt dran Klo, essen und schlafen. Aber mein Bett wird nicht wieder als Kratzbaum missbraucht«, mahnte Sebastian und hob tadelnd eine Augenbraue. Charlie verschwand dann eilig auf die Katzentoilette. Genüsslich scharrte er sich mit den Vorderpfoten eine kleine Grube und brachte sich in Position. Das war für die beiden Männer der beste Grund, um zu Amy zurückzugehen. Wieder blieb der Computerfreak kurz in der Tür stehen und starrte sie an. Langsam wurde ihr das unheimlich.

»Nimm es nicht persönlich. Er bekommt selten Besuch hier und dazu noch weiblichen«, sagte Josh entschuldigend, als er Amys irritierten Blick bemerkte. Er wusste, dass sein Freund auf Menschen oft verstörend wirkte. Seine sozialen und zwischenmenschlichen Fähigkeiten waren eingeschränkt. Er hatte sich auch nie die Mühe gemacht, das zu ändern. Seine Welt waren Terrabites, Netzwerke, Daten und Technik.

»Kann ja nicht jeder so einen aufregenden Job haben, wie du. Also, sehe ich das richtig, dass du auch deswegen hier bist?«

Sebastian lief zielstrebig zu dem einzigen Stuhl im Zimmer und setzte sich. Mit der Tastatur in Reichweite fühlte er sich sichtlich wohler und sicherer. Er konnte nicht gut mit Fremden. Josh war eine Ausnahme, aber Amy verunsicherte ihn. Das merkte man auch daran, dass er die simpelsten Regeln der Höflichkeit schlicht und ergreifend nicht bedachte. Wenn er mal aus dem Haus ging, sah er den Menschen nie ins Gesicht, reichte ihnen nicht die Hand oder bedankte sich. Er nickte meist, murmelte vor sich hin und schwieg ansonsten. Hier in seinem kleinen Reich war das anders. Nicht, dass er jemals von alleine auf die Idee kommen würde, den beiden einen Stuhl anzubieten. Aber immerhin sprach er in ganzen Sätzen und sah seine Überraschungsgäste dabei auch an. Joshua kannte das alles und blieb ohnehin nach der langen Fahrt gern mal einige Minuten stehen. Amy setzte sich einfach auf den Boden, winkelte die Beine an und lehnte sich gegen eine Wand.

»Also, was ist geschehen?«, fragte Sebastian und sah ihn erwartungsvoll an.

Josh wurde ein wenig ernster.

»Sie haben uns gefunden. Ein paar bewaffnete Typen. Sie kamen in der Nacht und haben mir das Haus angesteckt.«

Sebastian verzog das Gesicht zu einem traurigen Lächeln.

»Hm, ich hätte nicht gedacht, dass sie euch so schnell finden. Ihr seid ja alle mit heiler Haut davongekommen. Naja, jetzt ist es passiert. Was brauchst du also?«

Amy starrte ihn entgeistert an. Die lockere Art, wie Joshs Freund diesen Anschlag, die Gefahr und die Zerstörung abtat und zum nächsten Punkt überging, überforderten sie schlichtweg. Dass schon Joshua so gleichmütig darüber berichtet hatte, fand sie seltsam. Doch das Verhalten dieses Nerds war wirklich sonderlich.

»Saubere Identitäten mit den kompletten Papieren. Hast du schon etwas fertig von den Sachen?«

»Hey, wie lange kennen wir uns jetzt? Habe ich dich jemals hängen lassen?«, fragte Sebastian zurück und kramte in einer der Schubladen herum, bis er einen großen, braunen Umschlag hervorbrachte.

Er leerte ihn quer über seinen Schreibtisch aus und sortierte den Inhalt schnell ein wenig. Dann reichte er an ihn einen Stapel Ausweise und Dokumente.

»Willkommen in Delaware, Mr Eric Cale«

Mit einem schiefen Grinsen nahm Josh alles entgegen und schaute sich die Unterlagen an. Alle Sachen waren erste Sahne. Ausweis, Pass, Sozialversicherungskarte, Geburtsurkunde und sogar eine Krankenversicherungskarte. Der Junge hatte an alles gedacht. Und damit wandte sich Sebastian auch Amy zu. Er stand auf, packte einen weiteren Stoß Urkunden und brachte ihn zu ihr. Amy nahm alles gehorsam an und durchblätterte die Sachen mit einem Gefühl von Unwirklichkeit. Sie sah immer wieder das Foto mit ihrem Gesicht, aber der Name war ein anderer. Angespannt sah sie zu den Männern auf, die sie aufmerksam ansahen.

»Mrs Sarah Cale?«, fragte sie und sah zu Joshua herüber.

Jetzt sah dieser seinen Freund fragend an.

»Es ist am unauffälligsten, wenn ihr beide als Eheleute auftretet, großer Krieger. Das fällt am wenigsten auf; und seien wir ehrlich, ihr gebt ein nettes Paar ab«, erwiderte Sebastian und schmunzelte dabei schelmisch, als wäre das ein witziger Streich, der ihm gelungen war.

Josh grinste nur, aber Amy wurde rot und sah wieder auf die Papiere in ihren Händen.

»So ihr Turteltäubchen. Wisst ihr schon, wie es jetzt weitergeht?«

Joshua grübelte kurz.

»Ich denke, in Maine werden wir sicher sein. Dann muss ich mir etwas einfallen lassen, wie ich das Spiel ein für alle Mal beende.«

Sein Kumpel nickte nachdenklich. Seine gute Laune war mit einem Schlag verflogen.

»Du weißt, dass sie bald feststellen werden, dass ihr beide nicht in dem Haus gewesen seid. Und dann werden sie auf die Suche gehen. Ich bezweifle, dass Grass noch einmal auf solche Amateure zurückgreifen wird. Ich habe aufgeschnappt, das Martin Neesa wieder in der Gegend ist. Er treibt sich in New York rum und ich glaube, er wäre ganz wild auf diesen Auftrag.«

Und damit sah er besorgt zu Amy, die immer noch zerstreut in den Papieren herumstöberte. Joshua folgte Sebastians Blick und er fühlte einen schrecklichen Stich in seiner Magengegend. Bei dem Gedanken, was Neesa mit Amy anstellen wollen würde, wurde ihm übel. Seine Mimik verdunkelte sich.

»Vielleicht solltest du darüber nachdenken, der Schlange den Kopf zuerst abzuschlagen, bevor sie wieder zustößt.«

Er sah ihn an.

»Du meinst Grass? Weißt du denn, wo er sich aufhält?«

Amy betrachtete die beiden Männer mit einem gewissen Unbehagen. Sie verstand, worauf diese Unterhaltung hinauslief und es machte ihr Angst.

»Im Moment ist er noch in China, aber er kommt in ein paar Tagen in die Staaten zurück. Ich könnte dir Bescheid geben, wenn ich Genaues weiß.«

Joshua nickte nur. Er wollte vor Amy jetzt nicht mit seinem Freund ins Detail gehen. Ihre schockierte Miene war ihm nicht entgangen. Dies war eine düstere Welt und das wollte er ihr ersparen, so weit, wie es in seiner Macht stand. Er bezweifelte, dass sie bisher mit Mord und Totschlag so viel in Berührung gekommen war. Gerade er mit seiner brutalen Vergangenheit, wollte sie nicht in diesen Bereich einführen.

»Bist du gerüstet dafür?«, fragte Sebastian, der ausnahmsweise mal den wortlosen Hinweis seines Freundes verstanden hatte und darum nicht mit konkreten Begriffen um sich warf.

»Ja, in Maine ist alles, was ich benötige. Mit den Papieren ist das kein Problem mehr.«

Sebastian nickte nur. Sie kannten sich lange genug und er ging davon aus, dass sein Kumpel wusste, was er tat.

»Wenn du etwas brauchst, gib Bescheid.«

Er sah ihn an, nickte zustimmend und schaute dann zu Amy herab.

»Wollt ihr euch ein paar Stunden ausruhen oder willst du noch in der Nacht weiter?«

Joshua überlegte einen Augenblick und warf einen prüfenden Blick auf Amy. Sein Instinkt riet ihm, sofort aufzubrechen. Das wäre für alle Beteiligten das Sicherste.

»Amy, hältst du noch ein wenig durch?«

Er wollte ihr nicht zu viel zumuten, auch wenn das in Anbetracht der Situation leicht gesagt war. Überrascht sah sie ihn an.

»Natürlich.«

Konzentriert sah er in ihre großen, grünen Augen, unter denen sich verräterische dunkle Schatten zeigten. Sie wirkte blass, erschöpft, aber trotz allem wunderschön und gefasster, als er es erwartet hatte. Sie steckte das Chaos unerwartet gut weg, was die Sache ungemein erleichterte.

»Gut, dann brechen wir heute Nacht noch auf.«

Sebastian nickte und sah in Richtung Flur.

»Was ist mit Charlie? Soll ich den kleinen Racker hier behalten, bis das Ganze ausgestanden ist?«

Josh warf nachdenklich die Stirn in Falten. Vor ihnen lagen elf Stunden Fahrt, ohne Pausen gerechnet. Und sie hatten gerade fast 10 hinter sich. Der Kater würde sich dieses Mal nicht mehr so leicht in seiner Box verstauen lassen. Die Geduld von Katzen war begrenzt, auch wenn Charlie da schon sehr tolerant war. Andererseits würde sich das Fellknäuel in Maine wohl fühlen, so wie jeden Sommer.

»Ich nehme ihn mit. Er wird mir die nächsten Stunden immer wieder dafür die Hölle heißmachen, aber im Haus kann er dann seinen Frust abbauen. Ich würde ihn noch fressen lassen und warten, bis er tief schläft«, sagte Josh.

Sebastian erhob sich.

»Dann mache ich euch einen starken Kaffee und etwas zu essen. Geld hast du genug bei dir?«

»Ja, Mom«, erwiderte Joshua und musste lachen. Sein Freund führte sich auf wie eine Glucke.

»Idiot. Wird Zeit, dass du wieder verschwindest.«

Amy sah ihm nach. Und all das nur wegen ihr. Sie legte die Stirn in Falten und grübelte vor sich hin. Nachdenklich betrachtete sie ihren neuen Ausweis. Mrs Sarah Cale. Es klang so unwirklich.

Um zwei Uhr morgens brachen sie auf. Charlie hatte sich nur wenig gewehrt, als Josh ihn wieder in die Box verfrachtete. Sebastian hatte ihm noch eine Tasche mit Lebensmitteln, eine Thermoskanne starken Kaffee und ein paar Unterlagen in die Hand gedrückt. Dazu noch eine Kiste aus Metall, so groß wie ein Schuhkarton, mit einem USB Kabel am Ende. Amy hatte so etwas noch nie gesehen, aber Josh hatte nur stumm genickt und es im Fahrzeug verstaut. Als alles eingeladen war, brachten sie noch die gefälschten Kennzeichen am Wagen an. Ab jetzt war der Wagen auf einen Eric Cale aus Maine zugelassen. Sebastian dachte einfach an alles. Während Josh sich von ihm mit einem Händedruck verabschiedete, ging Amy auf ihn zu und nahm ihn fest in die Arme. Der junge Mann war völlig perplex und starr vor Berührungsangst. Joshua wägte schmunzelnd ab, das sein Freund entweder gleich einen Herzinfarkt oder eine nie enden wollende Serie von Orgasmen erleben würde. Aber er hielt nur den Atem an und ließ es über sich ergehen. Rot angelaufen wie eine reife Tomate, löste er sich von ihr. Sie bemerkte, dass sie ihn in Verlegenheit gebracht hatte, aber nach allem, was er für sie beide getan hatte, konnte sie nicht anders. Sie hatte das Gefühl mit Worten nicht ausdrücken zu können, wie dankbar sie ihm war. Joshua stieg ein und Amy setzte sich wieder auf den Beifahrersitz. Der Motor sprang gehorsam und laut vernehmlich an. Nach einem kurzen Abschiedsgruß fuhren sie die ausgestorben wirkende Straße herunter.

Scheinbar ewig zog sich in der Dunkelheit die Interstate dahin. Josh steuerte konzentriert und sah immer mal wieder zu Amy herüber, die ihren Ausweis pausenlos zwischen den Fingern drehte und still aus dem Wagenfenster in den hereinbrechenden Morgen blickte. Er war besorgt, weil sie so schweigsam war.

»Amy, ist alles okay?«

Sie sah ihm entgegen. Er registrierte einen Ausdruck in den schönen Augen, den er einfach nicht zu deuten wusste. Sie war sehr ernst und in sich gekehrt, seit sie Sebastian verlassen hatten.

»Ich versuche, das Ganze irgendwie zu begreifen. Vor ein paar Wochen habe ich meinen Alltag gelebt, als Single, allein in Seattle. Ich hatte einen Job, einen Rhythmus und ein Zuhause. Dann wurde ich entführt, sollte zu einer Sexsklavin gemacht werden und jemand wurde beauftragt, mich zu töten. Ich wurde jedoch befreit, bekam eine neue Identität und fahre jetzt mit dem Mann, der meinem Leben ein Ende bereiten sollte, über eine leergefegte Straße. Das klingt alles so surreal. Fast wie ein Film, über den man den Kopf schüttelt, weil er so unwirklich und konstruiert wirkt. Aber es ist die Realität, es ist mir passiert und es geschieht noch immer. Ich glaube, ich bin ein wenig überfordert.«

»Das würde wohl jeden überfordern. Ich finde, du schlägst dich ganz gut.«

Sie lächelte ihn müde an.

»Danke, aber ich fühle mich nicht wirklich so. Ich habe das Gefühl in einem Stummfilm zu sitzen, in dem alles im Zeitraffer verläuft. Ich kann da nicht Schritt halten«, erwiderte sie im Flüsterton und blickte wieder aus dem Fenster.

Die Dämmerung kroch gerade über den Horizont und tauchte alles in ein orangerotes Licht. Es war ein wunderschöner Morgen.

»Wenn wir in Maine sind, kannst du zur Ruhe kommen. Ich habe ein großes Haus am Meer. Normalerweise verbringe ich jeden Sommer dort. Es ist idyllisch um diese Jahreszeit. Da sind wir sicher«, sagte er sanft und hoffte ihr damit ein wenig Hoffnung vermitteln zu können.

Als er zu ihr herübersah, bemerkte er, wie sie nur hinausschaute. Er wusste nicht, ob sie ihm glauben konnte, dass sie an diesem Ort sicher waren. Immerhin hatte er das von der Hütte in Vermont auch gedacht und sie waren auf grausame Weise eines Besseren belehrt worden. Josh konnte sich immer noch nicht erklären, wie sie sie so schnell gefunden hatten. Aber das war jetzt auch unwichtig.

»Wirst du diesen Anwalt wirklich töten?«, fragte sie plötzlich mit zitternder Stimme.

Er sah kurz zu ihr rüber. Sie starrte nach wie vor aus der Seitenscheibe und er richtete den Blick wieder nach vorne. Er beschloss ehrlich zu sein, auch wenn er sich fürchtete, dass er so das Bild des Killers nie von sich lösen könnte. Jedenfalls nicht in Amys Vorstellung.

»Ja, das werde ich müssen, wenn du je wieder ganz in Sicherheit sein willst. Und ich auch.« Er sah dabei aus dem Augenwinkel, dass sie ihn aufmerksam musterte.

»Ist es für dich einfach, jemanden umzubringen?«

Josh zog die Stirn in Falten und sein Gesicht wurde ernst und dunkel. Die Frage war ihm unangenehm, denn er wollte nicht, dass sie ein Monster wie Neesa in ihm sah. Denn auch wenn er schon einige Leben beendet hatte, sah er doch erhebliche Unterschiede zwischen sich und diesem Irren. Nur, wie sollte er das Amy erklären und das so, dass sie ihm glaubte.

»Nein, das ist mir noch nie leicht gefallen.«

Sie bemerkte, dass er immer noch größtenteils ein Rätsel für sie war. Er wusste so gut wie alles über sie, aber sie kannte nur dass, was sie in den letzten zwei Tagen über ihn erfahren hatte.

»Darf ich dich um etwas bitten?«, fragte sie und er spannte sich unweigerlich an. Doch er nickte.

»Erzähl mir etwas von dir. Mir fällt gerade auf, dass ich nicht das Geringste über dich weiß.«

Josh sah sie wieder kurz an. Fast dachte Amy, dass er nun innerlich die Türen schließen würde; aber er lächelte.

»Du hast recht. Ich habe einige Informationen über dich gelesen, aber du weißt so gut wie nichts über mein Leben. Und da wir noch eine lange Fahrt haben, wird es wohl Zeit das zu ändern.«

Erleichtert, dass sie das Thema Töten fallen gelassen hatte, fing er an zu berichten.

»Ich komme ursprünglich aus einem kleinen Nest in Iowa. Ein richtiges Landei also. Ich war immer gut in Sport, und als meine Eltern nach Europa auswanderten, war ich gerade mit dem College fertig. Ich wusste damals nicht wohin und bin zum Militär gegangen. Ich war gut, wurde zum Scharfschützen ausgebildet und nach einigen Einsätzen in eine Spezialeinheit versetzt. Aber auch wenn ich es gut konnte, fühlte ich mich bald nicht mehr wohl in diesem Job. Ich stieg aus, als ich konnte. Eher aus einem Zufall heraus bekam ich meinen ersten Job in diesem Metier.«

Josh unterbrach sich und sah sie kurz unsicher an. Jetzt war er doch wieder dem Thema Tod angekommen und er fürchtete, dass sie ihn jetzt verachtete. Aber Amy schien das nicht zu werten oder zu verurteilen. Ihr schönes Gesicht blieb unbewegt, so als wartete sie nur darauf, wie es weiterging. Er sah nach vorn und berichtete weiter.

»Mein Auftrag war ein großer Drogenbaron aus einem kolumbianischen Kartell. Danach folgten weitere Missionen in dieser Art. Ich legte meine Provisionen immer gut zurück, wählte meine Pflichten sorgfältig aus. Du warst der erste Job, bei dem ich nicht wusste, wer das Ziel ist und warum derjenige sterben sollte.«

Er blickte sie wieder flüchtig an und schwieg. Seine Geschichte war grob erzählt und dennoch schaute sie ihn immer noch gelassen an. Keine Spur von Furcht oder Abscheu.

»Und wie ist es einen Menschen zu töten?«

»Es ist nie gut. Bei jedem, den ich getötet habe, starb auch ein kleiner Teil in mir. Ganz egal ob im Krieg oder bei meinen Aufträgen; völlig belanglos, ob es ein Gangster oder ein Terrorrist war. Es ist immer absolute Scheiße.«

Er war selbst überrascht, wie unbefangen er mit Amy darüber sprach. Vielleicht weil er das Gefühl hatte, dass er es ihr schuldig war.

»Warum hast du mich in jener Nacht verschont?«, bohrte sie nach.

Josh lief es eiskalt den Rücken herunter bei dieser Frage, die auch das Bild, wie er auf sie gezielt hatte, wieder in seiner Erinnerung lebendig werden ließ. Niemals würde er ihren verängstigten Blick vergessen können.

»Ich hatte eine Eingebung, ein Bauchgefühl, das mir sagte, dass du unschuldig bist und ich kein Recht hatte, dich zu töten.«

Amy nickte nur und ließ es dabei bewenden. Schweigend setzten sie die Fahrt fort.

Die Meilen strichen vorbei. Amy und Joshua wechselten sich immer wieder ab und vermieden, Charlie zuliebe lange Pausen zu machen. Am frühen Nachmittag waren sie endlich da. Nachdem sie die letzten zwei Stunden nur noch über kleine Landstraßen und durch unbedeutende Käffer gefahren waren, fuhren sie jetzt eine schmale Straße in Küstennähe entlang. Josh saß am Steuer. Sie waren beide sichtlich erschöpft, aber irgendwie freute sich Amy auch auf ihr neues Domizil. Sie öffnete das Fenster und roch die herb-salzige Luft, die vom Meer her herübergeweht kam. Abwechselnd durchquerten sie dichte Wälder mit riesigen Pinien und ausgedehnte Wiesenflächen. Hier und da stand immer mal ein einzelnes Haus. Es gab kaum Verkehr und sie sah in einer ganzen Zeit nur eine Handvoll Menschen. Die Sonne schien, aber durch den kühlen Wind war es nicht unangenehm warm. In einem großen

Waldstück reduzierte er plötzlich das Tempo und beugte sich aufmerksam vor. Von der asphaltierten Straße ging ein enger Kiesweg mitten in das Dickicht ab. Langsam bog er ab und bewegte den Wagen, rechts und links flankiert durch undurchdringliche Baumreihen, dem geschotterten Pfad entlang. Hier war es merklich dunkler und ein wenig unheimlich. Josh hoffte, dass der Weg noch frei war. Als er im letzten Jahr hier zu seinem Haus fahren wollte, hatte unverhofft mittendrin ein umgestürzter Baum gelegen. Da dies der einzige gute Zugang zu seinem Grundstück war, machte es die Sache natürlich unendlich kompliziert. Damals hatte er noch keine Winde am Wagen gehabt. Er musste den ganzen, engen Weg rückwärtsfahren. Dann fuhr er in die nächste Stadt, um sich eine Ladewinde und eine Kettensäge zu holen. Damit bestückt, war er wieder zurückgefahren und hatte sich selbst in einer einstündigen Aktion den Weg freigemacht.

Jetzt aber war alles in Ordnung. Der Wald endete vor ihnen und gab den Blick auf eine sattgrüne, sanft abfallende, sonnenbeschienene Wiesenfläche frei. Vereinzelt standen dort kleine Baumgruppen mit Buchen und Birken. Joshua folgte dem Pfad durch die Wiesen und Bauminseln und dann konnte Amy auch schon das Meer erkennen. Nur etwa fünfzig Meter vom Wasser entfernt befand sich ein wunderschönes, großes Haus. Weißes Holz mit einem grauen Dach, so wie es hier in Maine ganz oft zu finden war. Je näher sie kamen, desto mehr Details waren zu sehen. Es wirkte gepflegt und einladend. Er fuhr in einem Bogen um das Gebäude herum und parkte rückwärts in den Carport ein. Amy stieg aus und ging aus dem Unterstand heraus in die Sonne. Sie musste geblendet die Hand über die Augen halten, um etwas erkennen zu können. Josh holte sofort die Katzenbox vom Rücksitz, stellte sie auf den Boden und öffnete die Gittertür. Charlie flitzte brabbelnd heraus und wanderte erst einmal überall hin, um zu schnuppern und sich zu reiben. Das war seine Art anzukommen und alles als »seins« zu markieren. Joshua sah zu Amy, wie sie langsam über die Wiese auf die Küste zuging. Der Rasen endete abrupt an einer steinigen Kante, die felsig fast fünf Meter ins Wasser abfiel. Amy trat vorsichtig an den Rand, wo das Land abbrach und das Meer sich ins Land fraß. Der Wind wehte ihr entgegen, bewegte ihr langes Haar und trocknete den Schweißfilm auf ihrer Stirn. Das Rauschen der Brandung war beruhigend und kraftvoll. Genüsslich schloss sie die Augen und ließ die Eindrücke auf sich wirken. Sie bemerkte, dass sie sich schon ewig nicht mehr so lebendig gefühlt hatte und wie glücklich sie war, am Leben zu sein.

Joshua betrat schon einmal das Haus, öffnete die Fenster und kontrollierte die Vorräte. Das meiste waren Konserven, Nudeln und Dinge, die nicht so schnell verdarben. Er machte jeden Wasserhahn mal ein paar Minuten auf, um die Leitungen zu spülen. Dann ging er ins obere Stockwerk, wo sich das Schlafzimmer und ein Gästezimmer befanden. Er lüftete gründlich und nahm die großen Tücher von den Möbeln, die alles vor dem Einstauben bewahrt hatten. Er trat ans offene Fenster und sah zu der Küste herüber. Amy verharrte reglos an der Klippe und schaute aufs Meer hinaus. Selbst aus dieser Entfernung sah er das flammende Rot ihrer Haare, die sich im Wind hoben und senkten. Sie stand nur da und bewegte sich nicht. In diesem Augenblick würde er eine Million Dollar geben, nur um zu wissen, was in ihrem Kopf vor sich ging. War sie zufrieden, gefiel ihr das Haus und das Stückchen Land, das ihm gehörte? Er wünschte sich sehr, dass es ihr hier besser erging. Und das sie hier wirklich in Sicherheit waren. Bisher hatte er das immer gedacht, aber der Angriff auf seine Hütte hatte ihm klar gemacht, dass er verwundbar war.

Als Amy durch die Tür trat, war es bereits Nachmittag. Sie hatte fast eine ganze Stunde nur so dagestanden, auf die See hinausgestarrt und ihre innere Ruhe wieder gefunden. Josh hatte inzwischen alles wohnlich hergerichtet. Amy ging herum und schaute sich alles aufmerksam an. Die Einrichtung war auch hier einfach gehalten, aber dennoch war sie liebevoller und persönlicher als in dem Blockhaus am See, das nun in Schutt und Asche lag. Sie sah eine gemütlich eingerichtete Küche. Groß und hell. Einen Fernseher, eine Musikanlage, jede Menge Bücher in verschiedenen Regalen und Schränken, CDs mit unterschiedlicher Musik. Sie sah sich ganz langsam um und nahm jedes Detail wahr. Es war hier viel schöner und menschlicher, als sie es je erwartet hatte.

»Das sieht mehr wie ein Zuhause aus, Josh.«

Joshua sah sie an und nickte lächelnd.

»Ja, hier lebe ich. Das andere war eher ein Unterschlupf. Gefällt es dir?«, fragte er und sein Gesicht hellte sich hoffnungsvoll auf.

Er hoffte, dass sie jetzt auch verstand, dass ihm der Verlust der Hütte kaum zu schaffen machte.

»Es ist wundervoll, ein echter Urlaubstraum. Doch sind wir hier sicher?«

»Ja sind wir. Du kannst dich entspannen«, sagte er sanft und betete, dass es der Wahrheit entsprach.

Ein Rest Sorge blieb für ihn stets im Hinterkopf, solange Grass noch lebte. Er war das Herz des Monsters, das ausgeschaltet werden musste, damit der Spuk endlich ein Ende haben konnte. Erst wenn er das erledigt hatte, würde er gänzlich zur Ruhe kommen.

Abends kochte Josh ihnen schlichte Spaghetti Pomodoro. Bis er erneut zum Einkaufen kam, konnte er hier nichts Besonderes machen. Er nahm sich vor, gleich am nächsten Morgen in die nahe gelegene Stadt zu fahren, und sich gut mit Lebensmitteln einzudecken. Amy schien ganz gelassen mit allem. Nach dem Essen hörte sie Musik, stöberte durchs Haus und schaute wiederholt aus dem Fenster. Sie lächelte zufrieden, summte schon mal die Melodie mit und tanzte ein paar Takte durch die Zimmer. Sie war wie verwandelt und Joshua kam kaum zu den Dingen, die er sich vornahm, da er ihr ohne Unterbrechung nur zuschauen wollte. Sie war jetzt so lebendig, voller Bewegungsdrang und Energie.

Abends wurde es langsam kühler. Vom Meer her wehte immer noch ein frischer Wind. Amy hatte ja keine eigene Kleidung mehr, also schlüpfte sie in Joshs Shirts, die ihr zu weit und zu lang waren. Auch da nahm er sich vor, morgen Abhilfe zu schaffen, obwohl er so gern ihre tollen Beine betrachtete, wenn sie durchs Wohnzimmer fegte. Am besten wäre es natürlich, wenn er sie einfach auf einen Einkaufsbummel mitnehmen würde, doch das war ihm dann doch zu riskant. Amy war eine auffallend schöne Frau, die vielen, vor allem Männern, sicherlich ins Auge sprang. Für den unwahrscheinlichen Fall, das Grass hier nach ihr suchte, würde er bald erfahren, wo sie sich versteckt hielten.

Gegen zehn Uhr saß er mit dem Laptop auf dem Schoß auf der großen Couch und versuchte sich auf ein paar Zeilen zu konzentrieren. Amy hatte bis vor wenigen Momenten noch still in einem Buch gelesen. Charlie lag auf einem gemütlichen Sessel und schlief tief und fest. Auch er war inzwischen ganz angekommen und fühlte sich offenkundig wohl. Über den Buchrand sah Amy zu ihm herüber. Jetzt, da sie sich in Sicherheit wähnte, erwachte die Lust das dunkle Begehren in sich weiter zu erforschen erneut zum Leben. Ob sie Josh von seiner Beschäftigung ablenken konnte? Während sie vorgab wieder zu lesen, arbeitete ihr Kopf in einem gänzlich anderen Bereich auf Hochtouren. Ihre intensivste Vorstellung drehte sich darum, wie sie in ihm das Feuer entfachen konnte, das in ihr bereits lichterloh brannte. Im Moment war es ihr nicht wichtig, *was* er mit ihr tat, solange er nur *etwas* mit ihr machte. Sie wollte seine Haut an ihrer spüren, seine starken Arme, seinen heißen Atem. Das Verlangen wurde langsam quälend und das erleichterte ihrem Verstand nicht unbedingt die Lösung dieser Aufgabe. Frustriert erkannte sie, dass sie improvisieren musste, da ihre Gedanken sich nur noch um seine weichen Lippen und seine Hände an ihrem Körper drehten. Sie schlug das Buch zu, legte es auf dem Tisch ab und schaute ihn an. Doch er war offensichtlich in seine Arbeit vertieft und reagierte nicht. Sie ging zu ihm, packte schweigend den Laptop vom Schoß und stellte ihn auf den Couchtisch. Er öffnete den Mund, wollte scheinbar etwas erwidern, eventuell sogar Einspruch erheben, aber als sich ihre Blicke trafen, verstummten alle Einwände und er klappte den Mund wortlos wieder zu. In ihren Augen brannte etwas. Ein heißes Verlangen, das sie mit jeder Geste und jeder Faser signalisierte. Sie brauchte nichts zu sagen, ihre Miene allein sprach schon Bände, die ganze Regale hätte füllen können. Er erhob sich und in seinem Kopf galoppierten die Gedanken nur so dahin. Er nahm sie am Handgelenk und führte sie auf direktem Wege die Treppe hinauf ins Schlafzimmer. Rasch zündete er eine Kerze auf dem Nachttisch an. Die kleine Flamme flackerte, spendete kaum Helligkeit, sondern tauchte das Zimmer in ein lebendiges Gemälde aus Licht und Dunkelheit. Amy stand vor dem großen französischen Bett, entledigte sich der wenigen Kleidungsstücke, die sie am Leib trug, während Joshua in dem Kleiderschrank herumsuchte, bis er fand, was er suchte. Mit zwei Schals in den Händen trat er lächelnd zu ihr. Im schwachen Kerzenschein waren sie beide nur Schatten in einem Raum. Er trat hinter sie und legte sachte den Schal über ihre Augen. Amy lächelte, als er ihr die Sicht nahm und an ihrem Hinterkopf einen sorgfältigen Knoten band. Josh stellte sich dicht an sie heran und strich mit den Fingern entlang ihrer Arme sanft auf und ab und legte sein Kinn auf ihren Kopf. Amys Nacken überzog eine angenehme Gänsehaut, sie drückte sich liebevoll an ihn heran und fühlte durch die Jeans die verräterische Beule in seinem Schritt. Sein Körper gab eine wohlige Wärme ab und allein seine physische Präsenz ließ sie sich beschützt vorkommen. Sie konzentrierte sich ganz auf die Stellen, an denen sie sich berührten. Bewusst nahm sie Joshuas Atemrhythmus wahr und genoss die erwartungsvolle Spannung, die mit jedem Augenblick stieg.

»Nimm deine Arme zurück und lege die Handgelenke über Kreuz«, raunte er.

Bei jeder Schwingung seiner Stimme, die sie durchdrang wie ein greifbarer Gedanke, spürte sie, wie es zwischen ihren Schenkeln feucht wurde und ihre Erregung zunahm. Sie gehorchte, ließ ihre Finger dabei liebevoll über seine Taille streichen. Ohne Eile fesselte er sie mit dem zweiten Schal. Wieder durchlief sie ein Kribbeln, als würde sie spüren, wie sich jedes noch so feine Härchen am Körper aufrichtete. Ihre Brutwarzen wurden hart, sodass es fast ein wenig schmerzte.

»Wann immer dir etwas unangenehm ist oder ich an eine Grenze stoße, bitte ich dich, mir das zu sagen. Das Letzte, was ich will, ist, dir Schaden zuzufügen. Ich möchte, dass du absolut ehrlich bist. Du sollst nichts aushalten, weil du glaubst, dass ich es von dir erwarte.«

Amy nickte, lächelte und drückte den Kopf vorsichtig gegen seinen. Dass er so besorgt war, empfand sie als kostbares Geschenk. Die meisten ihrer früheren Partner hatte es nicht geschert, wie es ihr ging. Aber Josh war auf angenehme Weise anders und sie fühlte sich bei ihm behütet und geschätzt. Sanft ließ Joshua die Fingerspitzen über ihre Haut gleiten. Ganz langsam, als wäre er ein Echolot, das jede Höhe und Tiefe in sich speichern wollte, um die Details ihres schönen Körpers nie wieder zu vergessen. Er bemerkte ihre erwartungsvoll aufgerichteten Brustwarzen, als sie sich stärker gegen ihn lehnte und mit ihren gefesselten Händen die wenigen Stückchen Bewegungsspielraum nutze, um ihn zu berühren. Nur schweren Herzens löste er sich kurz von ihr, um seine Sachen abzustreifen und ihre Hitze und ihre Nähe ohne Barrieren zu erfahren. Er drückte sich erneut an ihre Rückseite, schloss sie in die Arme und setzte seine Reise langsam fort. Er hatte keine Eile, genoss jeden einzelnen Moment und kostete es aus: dieses erste wirkliche Erleben. Sie hatten Zeit und was konnte es Schöneres geben, als diese Augenblicke miteinander auszukosten und zu genießen. Amy legte den Kopf zurück, bis sie sich an Joshuas Schulter lehnen konnte. Sie nahm seine warme Haut unter ihren Fingern wahr und stellte sich vor, welches Bild sie gerade abgaben. Wie klein sie vor ihm stehend wirken musste und wie er schützend seine starken Hände über ihren Körper wandern ließ. Sie lächelte bei dem Gedanken und drückte sich ein klein wenig fester gegen ihn. Josh verbarg sein Gesicht an ihrem Hals und atmete durch die Nase den Duft ihres weichen Haares ein. Er spürte die Energie, die sie verströmte und von der er sich freudig mitreißen lassen wollte.

»Amy?«

»Ja, Joshua.«

»Ich möchte dich heute einfach so erleben. Aber morgen würde ich mit Freude mit dir über deine Wünsche, deine Grenzen und Fantasien sprechen. Es ist mir sehr wichtig zu sehen, wo die Übereinstimmungen und die Unterschiede sind. Ich will dich fordern aber nicht überfordern, dich genießen, aber nicht ausnutzen. Verstehst du, was ich meine?«

Amys Finger glitten unaufhörlich über seine Bauchdecke, wurden noch eine Spur liebevoller, während sie antwortete.

»Sehr gern. Lass uns jetzt den Moment genießen und dann zeichnen wir die Route für eine gemeinsame Reise.«

Er lächelte, schloss sie fest in seine Arme. Seine Lust wurde wieder pochender, fordernder. Sein Verstand wurde zur Souffleuse, die nur im Notfall noch eingriff und sonst nicht im Weg stehen sollte. Er zog sich zurück und führte Amy zum Bett.

»Leg dich hin. Auf den Rücken.«

Der Klang war jetzt anders. Dunkler, aber nicht kalt, sondern warm und gebieterisch. Ein wohliger Schauer durchfuhr sie und ihre Erregung nahm deutlich zu. Mit der ungewohnten Einschränkung hinter dem Rücken gefesselter Hände, bewegte sich Amy nach ihrem Empfinden ein wenig ungeschickt, um seiner Forderung nachzukommen. Sie fühlte das kühle glatte Bettzeug unter sich und rutschte hin und her, bis sie bequem lag. Josh legte sich zu ihr und half ihr, sich auf die Seite zu drehen, sodass sie mit der Rückseite zu ihm gewandt lag. Er presste seinen Körper gegen ihren und ließ sie seine Erektion spüren. Amy hob das oben liegende Bein an. Er ergriff ihren Schenkel und zog ihn abspreizend zu sich. Seine Hand hielt ihr Bein abgewinkelt und strich spürbar an der Innenseite entlang. Die Haut war so weich und zart. Genüsslich schloss er die Augen. Vorsichtig fuhr er zwischen ihre gespreizten Oberschenkel und ein Finger tauchte mitten zwischen ihre geschwollenen Schamlippen ein. Amy keuchte begeistert auf. Joshua rieb über ihren feuchten Schritt, drückte mal intensiver, mal zärtlicher. Sein Daumen bewegte sich sanft über ihren Kitzler und brachte sie wiederholt nahe an den Punkt, von dem es kein Zurück mehr gab. Aber dieses Mal ließ er sich Zeit, wollte mit ihrer Lust spielen; kontrollieren, wann sie ihren Höhepunkt erlebte. Er ertastete ihre nasse Lustöffnung und stieß mit seinem harten Schwanz ganz langsam hinein. Sie war so eng, dass er sie mit seiner Größe komplett ausfüllte. Amy war kaum noch zu halten, sie stöhnte, presste sich an ihn, versuchte sich zu bewegen. Aber sein Arm lag immer noch fest um ihr Bein geschlungen. Mit der anderen glitt er über ihren samtig schimmernden Körper. Ihr Atem ging heftig und sie regte sich lustvoll unter jedem noch so zarten Kontakt.

»Na, wirst du wohl geduldig sein, meine Kleine!«, ermahnte er sie.

Amy keuchte ein wenig unwirsch, aber sie bemühte sich, zu gehorchen. Josh küsste sie zur Belohnung an ihrem Hals herab. Jede Berührung seines Mundes hallte in ihrer Seele wider. Langsam begann er, sie zu nehmen. Seine Stöße waren genüsslich, vorsichtig. Amy kämpfte mit ihrer Lust, die wie ein

Rennpferd ungeduldig an den Zügeln zerrte. Er bewegte sich zu sachte, zu ruhig in ihr. Sie gierte nach der rohen Energie, mit der er zuletzt in sie hineingestoßen war. Sie dachte an seinen durchtrainierten, muskulösen Körper, die Überlegenheit an Kraft ihr gegenüber. Innerlich bettelte sie danach, dass er dieses wilde Begehren an ihr ausließ und sie es einfach genießen konnte. Seine Lippen legten sich an ihr Ohr.

»Weißt du, wie du schmeckst?«, flüsterte er sinnlich.

Seine Worte schossen wie ein Pfeil in ihre Erregung. Was für eine Frage! Sie versuchte zu ergründen, was er genau wissen wollte, aber in ihrem Geist herrschte das Klima einer Sauna. Kein klarer Gedanke formte sich in dieser feuchten Hitze. Sie spürte, wie er sich weiter ganz vorsichtig in ihr bewegte und ihr Verlangen am Leben erhielt. Wie sollte sie da verstehen, was er wollte?

Amy schüttelte nur den Kopf. Ehrlich zu sein war leichter als zu lügen. Für diesen kreativen Prozess fehlte ihrem erregungsdurchfluteten Gehirn nun schlichtweg die Kapazität.

»Das werde ich gern bei der nächsten Gelegenheit ändern«, raunte er ihr zu und stieß mit mehr Nachdruck in ihre nasse Lusthöhle.

»Ja«, keuchte Amy atemlos. Vermutlich war sie in diesem Zustand mit fast allem einverstanden.

»Du bist wirklich gelehrig«, stellte er sanft fest und schob sich wieder hart in sie hinein.

Aus dem Herzen heraus verstand Amy plötzlich das Spiel, das sie genossen. Sie nickte eifrig und schwieg.

»Na, ob du dir so einen raschen Orgasmus schon verdient hast?«

Im Amys Kopf rasten die Gefühle wild umher. War es eine Frage, eine Falle oder eine Aufforderung? Was sollte sie tun und wie reagieren?

»Ich weiß es nicht. Bitte entscheide das für mich«, hauchte sie leise.

Seine von ihrem Saft benetzte Hand berührte ihre Lippen und sie öffnete bereitwillig den Mund. Es war das erste Mal, dass sie sich selbst schmeckte. Und sie konnte nicht sagen, dass es unangenehm war. Allein der Gedanke daran, was sie tat, erregte sie nur noch mehr. Mit geschickter Zunge umspielte sie seine Finger, leckte und lutschte leidenschaftlich daran. Joshua schloss die Augen und stellte sich vor, sie würde auf diese Weise gerade seinen Schwanz verwöhnen. Ein inniges Keuchen entwich ihm. Amy lächelte, mit der Gewissheit nun die Oberhand zu haben. Sie bemühte sich noch weiter, um nun mit seiner Lust zu spielen. Eine süße Rache für seine Folter. Mal sehen, wer zuerst aufgab. Er hielt die Spannung kaum noch aus. Die Finger verschwanden von ihren Lippen und seine Hand legte sich über ihren Mund. Sorgfältig achtete er auf ihre Reaktion. Er wollte ihr keinesfalls Angst oder Unbehagen bereiten. Doch sie drückte angeregt ihren Arsch gegen ihn und signalisierte ihm, wie sehr sie es genoss. Erleichtert konnte Josh sich ein zufriedenes Grinsen nicht verkneifen. Er stieß sie wieder fester und rascher, und auch seine geschickten Finger vollführten auf ihrer Klit einen heißen Tanz. Amy glaubte den Verstand zu verlieren. Ihr gedämpftes Stöhnen zu hören war wie Benzin in ein Grillfeuer zu gießen. Sie öffnete die Beine noch mehr, schob ihr Becken abwechselnd seiner Hand und seinem Schwanz entgegen. Ihr Kopf legte sich weit zurück, ihre Handgelenke in den Fesseln bewegten sich immer ungeduldiger. Ihr Keuchen wurde stetig mehr, die Bewegungen ungestümer. Plötzlich wurde alles Denken von einem heftigen Orgasmus mitgerissen. Hilflos zuckte sie in seiner Umarmung und keuchte innig gegen seine Hand. Er gab ihre Lippen frei, damit sie wieder durchatmen konnte. Er glitt weiterhin schnell und hart in sie hinein; knapp an der Grenze zur totalen Reizüberflutung, doch es war so konzentriert und köstlich, dass Amy sich in diesem Wust an Eindrücken einfach treiben ließ. Dann fühlte sie, wie sein Griff sich festigte und sie intensiv an seine Brust zog. Auch er kam zum Höhepunkt und entlud sich unter einem Aufbäumen in ihr. Amy konnte es spüren, tief in sich, so sehr, dass es den Rausch, in dem sie sich noch befand, erneut anspornte. Josh umarmte sie so innig, als wollte er mit ihr verschmelzen und für eine Sekunde fühlte es sich an, als wären zumindest ihre Seelen zu einer Einzigen verbunden. Nur langsam ebbte die Erregung in ihnen ab. Er befreite ihre Handgelenke und nahm ihr die Augenbinde ab. Achtlos schmiss er die Schals zu Boden. Amy ließ die Lider geschlossen und klammerte sich innerlich an diesen wundervollen Moment. Liebevoll schmiegte Joshua sich an Amys erhitzten Körper und hielt sie in seinen Armen. Noch nie in ihrem Leben hatte sie sich so zufrieden und beschützt gefühlt. Josh löste sich kurz von ihr und warf ihnen beiden eine Wolldecke über, die am Fußende lag. Dann war seine erhitzte Haut erneut dicht an ihrer. Noch immer herrschte dieses wunderbar leichte Empfinden in ihrem Kopf. Eine Emotion, die jegliche andere Gedanken und Bedenken auf weite Distanz hielt. Langsam schlug sie die Augen auf und bemerkte seine Hand auf ihrer. Es war ein schönes Bild und ein gutes Gefühl, das sie hierbei empfand. Aber dabei kehrten auch die Sorgen und Beklommenheit wieder zurück. Die grausame Realität brach mit aller Macht über sie herein. Die Zeit der Verdrängung und der Leichtigkeit war mit einem Mal verschwunden.

»Josh?«, fragte sie mit zitternder Stimme.

Ihm stellten sich die Nackenhaare auf, als er ihr Beben in seinen Armen spürte. Etwas stimmte nicht. Er richtete sich auf und schaute besorgt auf sie herab. Das schwache Licht der Kerze gab ihr ein geheimnisvolles Aussehen, das ihn faszinierte. Immer lagen einige Details ihrer Gesichtszüge im Schatten, wurden erhellt und verdunkelten sich wieder. Doch der Ausdruck in ihren Augen bereitete ihm Sorge. War er vorhin zu weit gegangen?

»Alles in Ordnung?«

Sie nickte, aber er fühlte, dass da noch etwas war, und wartete geduldig. Sie rang offensichtlich mit sich und senkte unentschlossen den Blick.

»Wirst du diesen Anwalt, Grass, wirst du ihn wirklich töten?«, flüsterte sie und hob vorsichtig das Kinn, um in seiner Miene abzulesen, ob sie mit dieser Frage eine unsichtbare Grenze überschritt.

»Ja, vermutlich.«

»Der Gedanke, dass du ein Leben nur meinetwegen beendest, bereitet mir Kopfzerbrechen.«

Josh nickte, weil er wusste, dass diese Art von Plänen bestimmt nicht in ihre Welt, wie Amy sie gekannt hatte, passen wollte. Im Gegensatz zu ihm war sie rein und ohne Blut an ihren Händen. Aber ihm war klar, dass es sein musste. Und da Amy kurz schwieg, ging er davon aus, dass es auch ihr bewusst war.

»Wer war dieser Neesa, von dem du und Sebastian gesprochen habt?«

Joshua lief ein unangenehmer Schauer über den Rücken, als er den Namen aus ihrem Mund hörte. Der Gedanke an Amy, zusammen mit den Kenntnissen über Martin Neesa und seine Methoden, war schlichtweg nur grauenhaft.

»Sagen wir so: Er und ich sind in der gleichen Branche. Doch ansonsten könnten wir unterschiedlicher nicht sein. Er nimmt jeden Auftrag an. Nicht des Geldes wegen, sondern weil er eine unheimliche Freude am Töten hat. Und das ist nicht einmal das Schlimmste.«

Amy drehte sich unter seinem Arm und sah ihn nun an. Sie war ernst und gefasst, als sich ihre Blicke begegneten. Joshua erkannte, dass sie es wirklich wissen wollte.

»Er tötet seine Opfer nicht einfach nur. Kinder, Frauen, unschuldige Menschen. Er foltert sie gern. Lange und ausgiebig. Und er genießt ihre Qualen.«.

Seine Stimme war dabei tief und erzeugte eine unangenehme Gänsehaut, die in Wellen über ihren Rücken lief.

Amy sah ihn groß an.

»Was glaubst du, würde er mit mir machen?«, fragte sie und registrierte gleich, wie sich seine Pupillen weiteten und seine Miene sich verfinsterte. Josh wurde es kalt und er schüttelte unwillig den Kopf. Er packte sie an den Schultern und schob sie ein wenig von sich, damit sie ihn ansah.

»Nein, so etwas darfst du nicht einmal denken. Ich werde nicht zulassen, dass du ihm in die Fänge gerätst!", stieß er hervor und seine Finger drückten noch fester zu, sodass er an die Schmerzgrenze geriet. Er bemerkte die hilflose Wut, die durch ihn hindurchrauschte und in ihm den Wunsch weckte, sofort loszustürmen, um das Problem zu lösen, damit es niemals so weit kam. Sein Blick wurde starr und ging ins Leere, als seine Vorstellung nicht aufhören wollte, ihm die grausamsten Bilder vor seinem inneren Auge zu produzieren. Mitten in diese verzweifelte Wut legte Amy eine angenehm kühle Hand an seine Wange und sah ihn an. Er riss sich aus seinen Vorstellungskräften los und lockerte umgehend den Griff an ihren Schultern. Nur langsam beruhigte er sich wieder ein wenig, aber sie fühlte, dass sein Körper noch immer unter Spannung stand.

»Ich frage mich immer noch, wie aus meinem Killer mein Beschützer geworden ist?«

Ein zurückhaltendes Lächeln umspielte ihre Mundwinkel, erreichte aber dabei nicht ihre Augen. Joshua sah beklommen auf sie herab und strich ihr liebevoll eine Strähne aus ihrer Stirn.

»Vielleicht weil du so schön bist.«

»Du veralberst mich.«

Er nahm ihr Kinn und zwang sie sanft, ihn anzusehen. Er lächelte und das verunsicherte Amy nur noch weiter.

»Nein, ich meine es ernst.«

Amy starrte ihn wie gebannt an. Sie erwartete jeden Moment, dass er in schallendes Gelächter ausbrach. Aber er sah sie nur weiterhin an. Ein verlegenes Schweigen breitete sich zwischen ihnen aus wie ein gähnender Abgrund.

»Gibt es jemanden Besonderes für dich?«, fragte er plötzlich.

Joshua wurde bewusst, dass er sich mit diesen Aspekten ihres Lebens noch gar nicht auseinandergesetzt hatte. Vielleicht hatte er diese Möglichkeit verdrängt, weil er es nicht wissen wollte. Zu seinem Glück schüttelte sie den Kopf.

»Nein. Die rothaarige Hexe aus Seattle möchte keiner gern dauerhaft um sich haben.«

Nachdenklich betrachtete sie die kleine Kerze, die immer noch ihren flackernden Schein spendete. Sie dachte an ihre gescheiterten Beziehungen und die zum Teil katastrophalen Dates, die sie in den letzten Jahren gehabt hatte. Josh sagte einen Moment lang nichts. Er beobachtete sie nur. Niemals konnte er sich vorstellen, dass diese junge, schöne Frau nicht reichlich Verehrer um sich scharen konnte – wenn sie wollte.

»Was ist mit dir? Gibt es niemanden in deinem Leben?«

»Oh, doch natürlich.«

Reflexartig sah sie ihn an. Er lächelte, während es Amy nur den Magen umdrehte und sie von ihm abrücken wollte. Hatte sie sich zur Mitschuldigen daran gemacht, dass er eine andere Frau betrog? Ein grauenvoller Gedanke, der ihr den kalten Schweiß im Nacken ausbrechen ließ.

»Nun, Charlie hat auf jeden Fall einen Platz in meinem Herzen«, erwiderte er plötzlich und schmunzelte über ihr entgleistes Gesicht.

»Du Idiot!«, grummelte sie und knuffte ihn in die Rippen. Vernichtend musterte sie ihn. Ihre dunkelgrünen Augen funkelten wütend. Josh wurde ein wenig ernster.

»Im Grunde genommen betrüge ich diesen kleinen Kater, der mir bisher als Einziger wirklich wichtig war. Mit dir.«

Überrascht starrte sie ihn nur an. Den Mund geöffnet, aber

kein Ton kam heraus. Er war amüsiert über ihre Reaktion, aber dieses Mal beherrschte er sich mühsam, weil er sie nicht weiter verärgern wollte. Nicht, dass sie nicht auch sauer wunderschön gewesen wäre, aber er mochte ihr Lächeln schlichtweg noch mehr.

»Hast du gedacht, ich schlafe mit dir, weil ich meine rechte Hand mal schonen möchte?«, fragte er und konnte jetzt ein Schmunzeln nicht mehr unterdrücken. Amy spürte den Drang ihm wieder den Ellenbogen in die Rippen zu stoßen, aber sie war zu verblüfft, um sich zu bewegen. Außerdem war dieser verspielte Zug unheimlich sexy. Josh wirkte nicht so tiefernst und hart, sondern frech und jugendlich. Das stand ihm hervorragend und sie zuckte nur die Schultern.

»Ich war nicht ganz sicher«, gab sie überraschenderweise zu und sah beschämt weg.

Jetzt war Joshua völlig perplex. Sie war heiß, und nach ihrer Art sich zu präsentieren, war ihr das durchaus bewusst. Ganz überrumpelt, nun einen Hauch Unsicherheit zu sehen, strich er ihr eine Strähne aus den Augen.

»Bin ich denn für dich nur ein Ersatz für Batterien und einen Vibrator?«

Jetzt knuffte sie ihn in die Rippen.

»Natürlich nicht!«

»Aber zu Beginn warst du so distanziert und unnahbar.«

Josh löste sich ein wenig von ihr und betrachtete sie eingehend.

Amy wurde es ganz anders unter diesem Blick. Sie lag auf dem Rücken und wartete. Würde er jetzt gleich gehen oder noch etwas sagen? Innerlich ging sie davon aus, dass sie ihn heute genug gezickt hatte. Plötzlich nahm er ihre Handgelenke, führte sie über ihrem Kopf zusammen und hielt sie mit seinen großen Händen fest, dass sie sich nicht rühren konnte. Fragend sah sie ihn an. Eine zweite Runde, statt einer Antwort? Oder nur keine Rippenstöße mehr? Mit der freien Hand strich er ihr so zärtlich über die Wange, dass sie glaubte zu vergehen. Sanft blickte er auf sie herab und lächelte langsam.

»Ich begann schon früh, etwas für dich zu empfinden. Erst war ich nur fasziniert, dann bezaubert, schließlich angeregt und nun ... Tja, mehr auf jeden Fall. Und mit jedem Tag wird es ein wenig intensiver. Aber das macht mich unaufmerksam. Das Letzte was wir gebrauchen können, ist, dass ich mich gehen lasse, denn ich könnte mir niemals vergeben, wenn dir deshalb etwas Schreckliches geschieht. Darum fällt es mir so schwer, mich gänzlich auf dich und meine Gefühle für dich einzulassen.«

Amy schwieg. Sie wusste nicht, was mit ihr passierte und fühlte sich überfordert. Sie spürte seinen festen, unnachgiebigen Griff um ihre Handgelenke. Ein toller Eindruck. Sie vertraute ihm, ließ sich bereitwillig fallen und ja, sie fühlte immer deutlicher, wie sich etwas in ihrem Herzen regte. Das war nicht nur Lust und Verlangen. Aber was geschah, wenn sie es ihm gegenüber und damit auch sich selbst eingestand? Er hatte es versucht, zu verhindern, weil er sie beschützen wollte. Würde sie ihm das Leben nicht nur unnötig schwer machen, wenn sie ihm jetzt gestand, dass auch sie immer mehr für ihn empfand?

»Was ist mit dir?«

Sie wendete wieder den Blick ab, doch Josh nahm ihr Kinn und zwang sie erneut, ihn anzusehen. Er bemerkte in ihrer Miene eine gewaltige Unsicherheit. Was machte ihr jetzt solche Angst? Natürlich wäre es bitter, wenn sie beide unterschiedliche Ansichten hätten. Aber noch schlimmer wäre es, wenn sie sich nun etwas vormachten.

»Bitte, sei ganz ehrlich. Und keine Sorge, ich kann mit der Wahrheit durchaus umgehen.«

Amy kämpfte noch einige bange Augenblicke mit sich, bis sie antwortete. Und die Worte kamen nur langsam und zögerlich, als müsste sie genau überlegen, was sie erwiderte.

»Ich bin dabei, mich Hals über Kopf in dich zu verlieben. Wie ein Teenager. Aber wenn es dir dein Leben schwer macht, und dich oder mich in Gefahr bringt, werde ich versuchen es abzustellen.«

Es bereitete ihr sichtlich Mühe offen zu sein, aber sie konnte einfach nicht anders. Josh beugte sich vor und küsste sie lang und innig, ehe er antwortete. Und er sah ihr dabei tief und fest in die Augen, die Nasenspitze nur Millimeter voneinander entfernt.

»Ich will nicht, dass du es abstellst. Ich werde nicht zulassen, dass mir diese Chance entgeht und ich werde alles, wirklich alles daran setzen, dass du bald für immer in Sicherheit sein kannst. Das schwöre ich dir.«

Amy fühlte, wie ihr Herz einen gewaltigen Sprung machte. Wer hätte gedacht, dass sich ihr Dasein einmal so entwickeln würde. Aber eine neue Sorge eröffnete sich bei seinem Versprechen. Intensiv heftete sie ihren Blick auf ihn.

»Aber ich möchte, dass du mir etwas versprichst«, sagte sie und er bemerkte sofort, wie ernst es ihr war.

Seine Brauen hoben sich und er sah sie fragend an.

»Bitte stell niemals mein Leben über das Deinige. Ich habe gar nichts davon, wenn du dich heldenhaft umbringen lässt, nur um mich zu beschützen.«

Sein Gesichtsausdruck verriet Verwirrung und Weigerung.

»Bitte!«, drängte sie.

Josh nickte widerwillig und küsste sie dann kurz auf die Nase. Er war ernst, doch innerlich hatte er die Finger gekreuzt, als er zustimmte. Es blieb ihm nur zu hoffen, dass es nicht dazu kam, dass er dieses Versprechen für sie brechen müsste. Aber bereit dazu fühlte er sich, nach wie vor. Für ihn gab es keine Grenzen, wenn es darum ging, ihr Leben zu schützen. Aber er wollte sie nicht beunruhigen, also schwieg er und hoffte das Beste. Amy ahnte nicht, was in seinem Kopf vor sich ging. Sie wünschte sich in diesem Moment nur, ihre

Hände lägen nicht unter seinen gefangen. Dann würde sie ihn umarmen, um seine tröstliche Nähe in sich aufzusaugen. Aber andererseits war es so wunderschön, dass sie stumm blieb und nur lächeln konnte. Ein ehrliches und verliebtes Lächeln.

Kapitel 7

Amy erwachte am nächsten Morgen allein im Bett. Warmes Sonnenlicht strömte durch die Fenster herein. Sie tastete hinter sich, doch die Bettseite war kalt und leer. Sie drehte sich um und ihre Augen bestätigten den ersten Eindruck. Sie setzte sich auf, streckte sich und stand auf. Auf einer niedrigen Kommode fand sie ein frisches T-Shirt und zog es sich über. Amy griff ihren Slip und schlüpfte hinein. Sie hörte es unten Rumpeln und ging davon aus, dass Joshua schon am Werkeln sei. Doch als sie die Treppe herabstieg, entdeckte sie niemanden.

»Josh?«, rief sie zaghaft.

Als keiner antwortete, rutschte ihr das Herz langsam eine Etage tiefer. Nervosität kroch in ihr hoch. Stetig vernahm sie nur das leise Rascheln aus Richtung Küche kommend. Unsicher schlich sie auf die Quelle des Geräusches zu. Vor dem Eingang hielt sie kurz inne und versuchte ihre Angst herunterzukämpfen. Rasch lugte sie in das Zimmer und Erleichterung machte sich in ihr breit. In der Küche fand sie dann die Ursache der Laute. Charlie hatte sich an einer Schranktür zu schaffen gemacht und eine Tüte Leckerli ein Stück herausgezerrt. Nun zupfte er daran herum, um seinen Fang gänzlich zu befreien. Amy grinste nur. Die Tür war zu schwer und so bekam er immer nur einen Zipfel der Tüte zu fassen. Aber er machte dabei ordentlich Krach.

»Hey, du Lauser. Du hast mir einen ganz schönen Schrecken eingejagt. Schäm dich.«

Charlie sah sie an, brabbelte und wollte sich dann wieder seiner Beute widmen. Doch Amy kam ihm zuvor, öffnete die

Tür und verstaute alles sicher im Schrank. Entrüstet blickte sie der Kater an, überlegte kurz und kuschelte dann doch liebevoll mit ihr. Sanft strich sie ihm durch das dichte Fell. Eine kleine Entschädigung dafür, dass sie der Spielverderber gewesen war. Danach machte sie sich erneut auf die Suche nach Joshua. Vielleicht erwischte sie ihn wieder beim Holzhacken. Sie schlenderte durch das komplette Erdgeschoss, doch sie schien allein zu sein. Mit einem Schulterzucken verschwand sie ins Badezimmer. Am Spiegel klebte ein Zettel.

Guten Morgen, Kleines!

Da ich kaum noch etwas im Haus habe, bin ich eben in die Stadt gefahren. Ich bringe dir auch etwas zum Anziehen mit. Gegen Mittag werde ich wohl wieder da sein. Fühl dich wie zu Hause.

Joshua

Amy lächelte beruhigt. Heute hatte er immerhin nicht auf wehrloses Holz einschlagen müssen, um eine leidenschaftliche Nacht und das folgende Gespräch mit ihr zu verdauen. Das konnte man durchaus als Fortschritt betrachten. Das Duschwasser wurde rasch warm, sie zog sich aus und sprang unter den heißen, harten Strahl. Es tat gut und weckte effektiv ihre Lebensgeister. Verträumt strich sie über ihre Handgelenke und spürte, wie die Erinnerung lustvoll in ihr aufflackerte. Immer noch ein wenig irritiert, wie das alles so schnell mit ihr geschehen konnte, dachte sie an seine Augen. Dieses faszinierende tiefe Blau, das ungehemmt in ihre Seele zu schauen schien. Sie seufzte, weil ihr bewusst wurde, dass sie sich wirklich wie ein verknalltes Mädchen verhielt. Unvernünftig und scheinbar von Gelüsten und Verliebtheit geschlagen. Sie schüttelte den Kopf und grinste weiter. Es war kaum abzustellen.

Joshua kam gegen zwölf Uhr zurück. Der große SUV brummelte, als er rückwärts in den Carport fuhr. Josh stieg aus und sah sich aufmerksam um. Eine Angewohnheit, die er wohl niemals mehr würde ablegen können. Alles war ruhig, es war ein wunderschöner, sonniger Tag. Der Wind bewegte die Bäume in den nahegelegenen Waldstücken, das Meer brandete an Land. Er war fast überzeugt, dass sie hier sicher waren. Er griff sich einige Tüten und steuerte auf die Eingangstür zu. Amy öffnete ihm und lächelte ihn an.

»Na Langschläfer.«

»Guten Morgen Rumtreiber.«

Er drückte ihr eine große Tüte in die Hand und küsste sie sanft auf die Stirn.

»Das ist für dich, dann musst du es auch tragen.«

Amy schaute umständlich von oben hinein und entdeckte Kleidung und Duschsachen. Sie folgte ihm in die Küche, doch er kam ihr schon wieder entgegen, um die nächste Fuhre zu holen.

»Wie viele Taschen sind es noch?«, rief sie ihm nach.

»Ein paar.«

Amy schüttelte amüsiert den Kopf und stellte ihre Sachen erst einmal auf der Anrichte ab. Warum mussten Männer immer so seltsame Angaben machen? Wo war da der Drang nach einer präzisen Aussage geblieben, der dieses Geschlecht sonst so auszeichnete? Sie eilte ihm entgegen und ging nur in T-Shirt und Slip frech lächelnd an ihm vorbei zum Wagen.

»Hm, luftig!«, kommentierte er schmunzelnd. Gern hätte er ihr einen Klaps gegeben, doch er hatte die Hände voll.

Über die Schulter warf sie einen verführerischen Blick zu und lief dann betont die Hüften schwingend zum Kofferraum. Josh hatte Mühe, sein Pokerface zu bewahren, denn sie war mehr als anregend. Am liebsten hätte er alles stehen und liegen gelassen, sie gepackt und ihr mehr als nur auf den Hintern geklapst. Aber er spielte den Uninteressierten. Er stellte die Tüten auf der Anrichte ab und marschierte zuerst in sein Arbeitszimmer. Er hatte sich seit gestern nicht bei Sebastian gemeldet und der wurde leicht panisch bei der momentanen Situation. Den Laptop hochzufahren und die Verschlüsslungen zu aktivieren, war bestimmt so schnell erledigt, dass er dann mehr Zeit für das sexy Sahnestückchen hatte, dass ihm eben fast eine Beule im Schritt verpasst hätte.

Amy griff sich inzwischen zwei weitere Einkaufstaschen und machte sich wieder auf den Weg hinein. Von Josh war noch nichts zu sehen und sie vermutete, dass er schon angefangen, hatte alles zu wegzuräumen. Sie steuerte auf die Küche zu und machte einen Schlenker um Charlie, der sich mitten in den Weg gelegt hatte, sich ganz unbeeindruckt putzte und ihr kaum einen Blick zuwarf. In der Küche blieb sie verdutzt stehen, denn alles stand noch unberührt da. Amy dachte sich nichts dabei und schlenderte zum Wagen zurück, an dem nun ausgestreckten Kater vorbei und holte die letzten Einkäufe rein. Mit dem Becken stieß sie die Tür zu und ging in die Küche, die sie immer noch verlassen vorfand. Unsicher verharrte sie einen Moment. Ob etwas passiert war? Doch dann schüttelte sie den Kopf. Josh hatte gesagt, sie wären hier sicher und sie wollte ihre frisch angewöhnte Paranoia wieder rasch loswerden und nicht durch solche Gedanken kultivieren. Um sich abzulenken, begann sie alles auszupacken und so gut wie möglich in den verschiedenen Schränken zu verstauen. Doch selbst als dies erledigt war, stand sie immer noch allein da. Unruhig und von Neugier getrieben, machte sie sich auf die Suche nach dem Mann, der sie eben noch mit den Augen ausgezogen hatte. Sie fand ihn in dem kleinen Arbeitszimmer vor. Reglos starrte er auf den Bildschirm seines Laptops. Er war ganz starr, seine Hände zu Fäusten geballt. Amy konnte nur seinen Rücken sehen. Aber ein ungutes Gefühl überkam sie bei diesem Anblick.

»Joshua?«, fragte sie und bemerkte, wie er zusammenzuckte. Sekundenlang geschah nichts, als wäre die Welt einfach stehen geblieben. Ihr Herz pochte plötzlich schneller und sie hielt den Atem an. Unvermittelt schlug er mit einer kraftvollen Bewegung das Gerät zu. Bei dem Knall zuckte sie zusammen und ging davon aus, dass der Laptop diesen Kraftakt nicht heil überstehen konnte. Sie war schockiert und einen Moment lang wie gelähmt. Die Starre löste sich erst, als er aufsprang, sich umdrehte und sie hasserfüllt anblickte. Unwillkürlich wich sie zurück und starrte ihn an, wie ein Reh im Scheinwerferlicht den Wagen, der es töten würde. Ohne einen Ton zu sagen, stürmte er an ihr vorbei. Sein Gesichtsausdruck verschlossen, die Lippen aufeinandergepresst und den Blick verdunkelt, dass sie ihn kaum wiedererkannte. Selbst ohne sie zu berühren, nahm sie deutlich die Anspannung wahr, die er mit jeder Pore verströmte. Amy atmete tief durch und lief ihm hinterher.

»Josh, was ist passiert?«, rief sie ihm nach. Doch weil er so schnell gewesen war, stand sie jetzt perplex im leeren Flur. Statt einer Antwort hörte sie lautes Rumpeln und Poltern und bemerkte, dass die Kellertür offen war und unten Licht brannte. Unsicher tappte sie darauf zu und blieb doch plötzlich unentschlossen oben stehen. Der Krach, der von unten heraufdrang, war beängstigend und sie zuckte bei jedem Knall merklich zusammen. Wie eine Naturgewalt kam Joshua mit einer großen, gepackten Tasche in der Hand wieder hochgerannt. Amy wich erschrocken aus, als er an ihr vorbeipreschte. Er verlor immer noch kein Wort und schien völlig außer sich vor Wut zu sein. Verzweifelt überlegte sie, wie sie ihn aus diesem Berserkermodus herausholen konnte, damit er mit ihr sprach und sie verstehen konnte, was hier los war. Doch wie sollte sie diesen Tornado in Form eines ehemaligen Elitesoldaten mit reichlich Kampferprobung aufhalten? Ihr fiel nur noch eine Möglichkeit ein. Sie lief zur Eingangstür und stellte sich davor. Er kam aus der Küche und stopfte ein undefinierbares Paket in eine der Seitentaschen. Offenkundig hatte er sie nicht einmal bemerkt, bis er den Kopf hob und sie sich geradewegs in die Augen sahen. Er stockte und stand nun vor ihr. Die Fäuste geballt, der ganze Körper auf Hochspannung, die Muskeln traten unter dem Langarmshirt sichtlich hervor. Er wirkte wie ein kampfbereiter Soldat, der in eine aussichtslose Schlacht ziehen will. Ihr wurde wieder bewusst, wie klein sie mit ihren einssiebzig gegen seine über einsneunzig Körpergröße war, und wie wenig sie ihm entgegensetzen könnte, wenn er sie nun packen würde. Resolut schluckte sie das Gefühl der Machtlosigkeit und Unterlegenheit herunter. Ihr schlug das Herz bis zum Hals, aber ihr Blick war fest. Mit der Tür im Rücken versuchte sie die Stellung zu halten und nicht zu zeigen, wie sehr er ihr in diesem Augenblick Angst machte.

»Amy, lass mich vorbei«, grollte er und eine gemeine Gänsehaut zog sich wie ein Schleier über ihre Arme.

»Nein! Nicht ehe du mir gesagt hast, was hier los ist«, entgegnete sie und war entsetzt, wie schwach und zittrig ihre Stimme dabei war.

»Bitte, geh zur Seite.«

Er klang so düster, dass es sie tief in ihrer Seele schmerzte. Aber es machte sie auch wütend, dass er sie so ausschloss und sich wie ein Irrer aufführte. Dass sie sich jetzt von ihm eingeschüchtert fühlte, war nach dem ganzen Terror der letzten Wochen einfach zu viel.

»Sonst was? Willst du mich schlagen? Komm mach schon, wenn du dann wieder zu dir kommst, ist es mir das wert!«, fauchte sie ihn mit einer Mischung aus Wut und Verzweiflung an.

Wie konnte das alles nur in diesen wenigen Augenblicken geschehen? Eben noch hatten sie neckisch geflirtet und jetzt standen sie voreinander wie Kontrahenten. Josh sah zu Boden und schüttelte nur unwirsch den Kopf. Die Sekunden verstrichen, ohne dass etwas passierte. Dann entspannte er sich allmählich. Wie eine Marionette die an unsichtbaren Fäden hing, und die man nun einen nach dem anderen zerschnitt, schien alle Spannung aus seinem Körper zu entweichen. Er setzte die Tasche ab und hob das Kinn, bis sie ihm in die Augen sehen konnte. Doch er hielt ihrem Blick nicht stand.

»Ich könnte dich niemals schlagen. Allein der Gedanke dich zu verletzen, ist mir unerträglich.« Er sprach jetzt ganz leise, alle Aggressivität war anscheinend verschwunden. Langsam und ein wenig unsicher ging sie auf ihn zu. Er wich nicht zurück, sah sie aber auch nicht länger an. Sie hob eine Hand und bemerkte das Zittern, bevor sie seine Brust berührte. Traurig registrierte sie, wie er zusammenzuckte, als hätte er einen elektrischen Schlag erhalten. Doch das war nur für den Bruchteil einer Sekunde, ehe er sich merklich an ihre Handfläche drückte. Sie spürte seinen immer noch kräftigen Pulsschlag, der durch seinen Brustkorb und die Muskulatur hallte.

»Bitte verzeih mir. Ich hatte kein Recht so mit dir umzugehen.«

Amy erkannte, dass er jetzt wieder ganz bei ihr war. Sie trat nah an ihn heran und schlang wortlos ihre Arme um seinen Körper. Nachdem er kurz gezögert hatte, erwiderte er es. Aber nicht zaghaft, sondern fest, als hätte er Angst sie zu verlieren.

»Sprich einfach mit mir. Bitte!«

Er legte sein Kinn auf ihrem Kopf ab und nickte. Doch seine Arme lagen eng um sie geschlungen und sie verharrten noch Minuten in dieser Stellung. Josh beruhigte weiter seinen Puls und versuchte die Scham über sein Auftreten ihr gegenüber zu verarbeiten. Er war noch nie gewalttätig oder laut bei einer Frau geworden. Dass er sich jetzt so einen Ausraster geleistet hatte, schmerzte ihn zutiefst Er hatte nicht das Recht sich so aufzuführen.

Nach geraumer Zeit lösten sich voneinander, gingen in die Küche und Amy kochte ihnen einen Tee. Joshua stand ruhig da und starrte aus dem Fenster. Er schwieg eisern und ordnete seine Gedanken. Ihm war bewusst, dass er ihr erklären musste, was ihn vom netten Kerl zu einem Irren hatte mutieren lassen. Die angespannte Stille, die zwischen ihnen herrschte, war nur eine Schonfrist, die langsam ablief. Amy beobachtete ihn bekümmert. Was war nur plötzlich in ihn gefahren? Sie bereitete ihnen beiden eine große Tasse Pfefferminztee und gab etwas Zucker dazu. Ihre Finger hatten inzwischen aufgehört zu zittern. Wartend, ob er von alleine anfangen würde zu sprechen, richtete sie alles her und reichte ihm dann den Tee an. Jetzt sah er sie das erste Mal wieder lange an. Sein Blick war traurig und besorgt. Sanft strich er ihr eine Strähne ihres Haares hinter ein Ohr und betrachtete sie eingehend.

»Was ist passiert? Und bitte sei ehrlich, ich verspreche dir, ich werde es aushalten, auch wenn es hart ist«, versicherte sie ihm. Vielleicht gab ihm das endlich den Mut, den Mund aufzumachen.

»Andrew Grass, der Anwalt, ist früher aus China zurück als erwartet. Und er ist anscheinend überzeugt, dass du noch lebst und ich versagt habe«, begann er, unterbrach sich aber sofort und überlegte, wie weit er sie einweihen sollte. Schweren Herzens entschied er, ihr die Wahrheit zu sagen.

Amy nickte nur und wartete. Sie war sich sicher, dass dies nicht der alleinige Grund für seinen kleinen Ausraster gewesen sein konnte. Dass es so kommen würde, hatten sie beide geahnt. Schweigend nahm sie einen Schluck Tee, ohne ihn eine Sekunde aus den Augen zu lassen. Josh sah wieder aus dem Fenster und sprach weiter.

»Der Auftrag ist nun offiziell. Dich und mich töten. Neesa freut sich schon, kann ich mir denken. Sebastian sagte, dass er den Job machen wird. Das heißt, du bist in großer Gefahr.«

Amy sah ihn an und hob eine Augenbraue.

»Du doch ebenfalls«, warf sie ein.

Seine einzige Reaktion auf ihren Einwand war ein leichtes Nicken, als wäre ihm dieser Protest völlig unwichtig.

»Was hattest du eben vor und was hast du da alles in die Tasche gepackt?«

»Ich weiß jetzt, wo Grass ist. Ich wollte zu ihm, alles daran setzen, dass er den Job zurücknimmt und Neesa vielleicht damit aufhält. Dann muss ich sichergehen, dass es keinen weiteren Auftrag mehr gibt, der dich als Ziel beinhalten könnte.«

Amy schwieg und folgte seinem Blick aus dem Fenster. Sie hatte eine düstere Ahnung, wovon er gerade sprach. Aber sie verspürte den Drang, endgültige Gewissheit über seine Pläne zu haben.

»Wirst du ihn umbringen, auch wenn er sich bereit erklärt, das Vorhaben aufzugeben?«, fragte sie und der Griff um ihre Tasse festigte sich unwillkürlich.

Der Gedanke, dass ein Leben ausgelöscht wurde, nur um das ihre zu retten, erschien ihr immer noch völlig absurd. Klebte damit nicht auch Blut an ihren Händen?

»Ja, ich werde ihn töten. Es gibt keinen anderen Weg. Du könntest nie sicher sein, dass er sich nicht in ein paar Tagen anders entscheidet, und dann das ganze Spiel wieder in Gang setzt.«

Er wirkte nüchtern, auch wenn sich sein Blick erneut verdunkelte und ihr damit unwillkürlich eine Gänsehaut über den Rücken jagte.

»Außerdem hat er es verdient«, ergänzte er.

Amy stellte die Tasse ab und ging zu ihm. Sie umarmte ihn von hinten, legte ihren Kopf zwischen seinen Schulterblättern ab und fühlte die wohltuende Wärme, die von seinem Körper ausging. Vermutlich hatte er recht; trotz allem durchdrang sie eine nicht von der Hand zu weisende Sorge. Ein Typ wie Grass war bestimmt gut bewacht, hatte Sicherheitspersonal und war stets auf der Hut. Was sollte sie nur machen, wenn Josh etwas passierte? Ein Gedanke, der ihr schmerzlich ins Bewusstsein drang. Die Vorstellung, diesen besonderen Mann genommen zu bekommen, war so furchtbar, dass es ihr Tränen in die Augen trieb. Mühsam unterdrückte sie ein Schluchzen. Sie wollte nicht, dass er sie weinen sah. Sie wollte stark sein. Für ihn und für sich selbst. Keinem war geholfen, wenn sie jetzt flennte und ihm damit das Leben noch schwerer machte.

»Bitte pass gut auf dich auf und geh keine unnötigen Risiken ein. Du hast mir dein Wort gegeben, dass du vorsichtig sein wirst. Gib mir dein Ehrenwort, dass ich dich nicht verlieren werde«, mahnte sie leise und spürte, wie ihre Kehle vor Kummer wie zugeschnürt war.

Josh strich liebevoll über ihre Hand. Ihre Besorgnis rührte ihn und gab ihm das Gefühl, das sie ebenso viel für ihn empfand, wie er für sie. Sie wollte, dass er heil zurückkehrte, weil er ihr etwas bedeutete und nicht nur, weil er der beste Garant für sie war, unversehrt zu bleiben. Diese Erkenntnis war ihm in diesem Moment so klar, dass es ihn fast überforderte. Am liebsten würde er bei hier verweilen, sie beschützen und für sie sorgen. Doch dieser Wunsch war ein Luxus, den er sich nicht leisten konnte. Er musste dem Ganzen ein Ende setzen, damit sie endlich in Frieden leben konnten. Trotzdem nahm er sich vor, wenn möglich, sich nicht zu opfern, um wieder zu ihr zurückzukommen und ihre Nähe zu spüren.

»Ich werde wieder hierherkommen.«

Er stellte die Tasse ab und drehte sich um, damit er sie umarmen konnte. Amy kuschelte sich an seine Brust, fühlte die straffe Muskulatur unter der Kleidung und schloss die Augen. Obwohl sie versuchte, es zu verhindern, liefen ihr ein paar Tränen über die Wangen und benetzten sein Shirt. Als er es merkte, spürte er eine Mischung aus Freude und Bedauern durch seine Seele schwappen. Es tat ihm leid, dass er ihr Kummer machte, aber er war froh zu sehen, dass er ihr so viel bedeutete; selbst jetzt, nachdem er angekündigt hatte, wieder einen Menschen zu töten. Ihm war ihr entgleister Gesichtsausdruck nicht entgangen, als er ihr sagte, er würde den Anwalt umbringen. Für sie war das eine schreckliche Vorstellung, ein Leben auszulöschen. Für ihn war es in diesem Fall ein notwendiges Übel. Doch was würde sie von ihm denken, und wie reagieren, wenn er zurückkam, erneut mit Blut, das an seinen Händen klebte? Konnte sie ihn dann noch so ansehen, wie sie es jetzt tat, oder würde sie vor dem Mörder, der er war, zurückweichen? Vielleicht zementierte er so das Bild eines eiskalten Killers in ihren Augen. Ein Gedanke, der zu schmerzlich war, um ihn bis zum Ende durchzuspielen.

»Wie lange wirst du fort sein?«, fragte sie und holte ihn damit aus seinen unerfreulichen Bedenken.

Josh überlegte kurz. Grass war in New York City. Selbst mit dem Flugzeug dauerte es eine gewisse Zeit, dazu kamen die umfangreichen Vorbereitungen, die es womöglich erforderte. Nachdenklich überschlug er rasch den Zeitrahmen.

»In drei bis vier Tagen bin ich zurück. Ich habe dir genug Lebensmittel für zwei Wochen eingekauft. Du musst also nicht aus dem Haus.«

Amy hob den Blick und sah ihn an. Sie hatte erwartet, dass er sie nüchtern, vielleicht sogar wieder mit dieser kühlen Härte ansehen würde. Doch in seinen Augen sah sie Wärme und Zuneigung. Dennoch entging ihr nicht der bittere Zug, der um seine Lippen lag.

»Bitte nimm mit niemandem Kontakt auf und versteck dich hier, bis ich wieder da bin. Erst dann ist hoffentlich das Schlimmste überstanden«, mahnte er und hoffte gleichzeitig, dass er Recht hatte.

Amy nickte zustimmend und versuchte ruhig und gefasst zu wirken, auch wenn sie am liebsten vor ihm auf die Knie gefallen wäre, um ihn anzuflehen, nicht wegzugehen.

»Ich werde mich unauffällig verhalten und tun, was du sagst.«

Joshua umarmte sie plötzlich stürmisch und drückte sie ein letztes Mal fest an sich. Der Gedanke, dass er sie nie wiedersah, war das Einzige, was ihn noch hier hielt.

Eine Stunde später brach er auf. Er stieg in den Tahoe, winkte Amy noch einmal zu und fuhr dann fort. Sie verfolgte, wie der Wagen scheinbar vom Wald verschluckt wurde, und ging dann hinein. Mit einem Mal fühlte sie sich schutzlos und einsam in diesem großen, leeren Haus. Josh fehlte ihr jetzt schon und sie hatte keine Ahnung, wie sie diese Zeit der Ungewissheit und des Wartens aushalten sollte. Sie versuchte sich damit zu beruhigen, dass es nur für ein paar Tage sein würde. In Seattle war sie eigentlich seit Jahren alleine gewesen. Sie hatte zwar Kollegen, ihre Familie und hin und wieder ein Date, dennoch verbrachte sie die Nächte und die spärliche Freizeit meist auf sich gestellt. Das Konzept sollte ihr doch also vertraut sein. Sie beschloss, sich nicht wie ein kleines Mädchen anzustellen. Sie würde sich um Charlie kümmern, lesen und ansonsten abwarten, bis Joshua wieder zurück sein würde.

Kapitel 8

Andrew Grass saß auf dem Bett seines teuren Hotelzimmers. Er lehnte gegen einen Stapel Kissen, starrte auf den Fernseher und nippte an seinem Brandy. Es war nicht sein erster Drink, und, wie er geplant hatte, nicht sein Letzter. Im Moment fühlte er sich angenehm beschwipst und das brauchte er auch, wenn er die schlechte Laune der zurückliegenden Stunden vertreiben wollte. Die vergangenen Tage waren nicht nach Plan gelaufen, aber im Großen und Ganzen war er davon überzeugt, alles unter Kontrolle zu haben. Allerdings konnte es sein, dass diese letzte Frau, deren Namen er sich nicht einmal eingeprägt hatte, noch lebte. Sicher war er sich nicht, denn alle Indizien könnte man auch anders interpretieren. Die Zelle war leer gewesen, das hatte er persönlich überprüft. Ihre Tasche war weg. Kein Blut, keine Spuren. Er hatte das Handy der Kleinen angepeilt, weil er sichergehen wollte, ob es zusammen mit dem Weib und ihren Sachen vernichtet worden war. Doch zu seiner Überraschung gab es ein Signal und dieser Hinweis endete vor dieser Hütte in Vermont. Das konnte bedeuten, dass dieser Kerl sie herausgelockt, getötet, verscharrt und nur ihren Kram mitgenommen hatte, um keinerlei Rückschlüsse auf ihre Existenz zurückzulassen. Konsequent und logisch. Es würde zu dem Leumund dieses Auftragskillers passen. Er war in der Branche dafür bekannt, dass er gründlich und durchdacht vorging. Zudem konnte man von ihm unbedingte Diskretion und Perfektion erwarten. Allerdings hatte er auch diesen lächerlichen Moralkodex, der es so schwer gemacht hatte, ihn davon zu überzeugen, den Job zu akzeptieren. Lustigerweise war es genau dieses deplatzierte

Gewissen, das ihn dann schließlich doch überzeugt hatte, den Auftrag anzunehmen. Es hatte gereicht. ihm mit Martin Neesa zu drohen und schon war er angesprungen. Praktisch und unkompliziert. Dennoch war jetzt im Nachhinein noch eine andere Möglichkeit wahrscheinlich geworden. Und auch das passte sowohl zu den Indizien, als auch, zu dem Typ, der trotz seines dunklen Gewerbes, versuchte, sich einen Rest Anstand und Moral zu erhalten. Es wäre durchaus denkbar, dass er sie am Leben gelassen, befreit und mit sich genommen hatte. Auch in diesem Fall hätte es keine Hinweise gegeben und es erklärte ebenfalls, wieso er ein Handysignal aufspüren konnte. Das erschien Andrew allerdings als nachlässig und schlampig, denn ein Mann von Reynolds Kaliber sollte wissen, dass man ein Mobiltelefon orten konnte, wenn der Akku und die SIM-Karte noch eingelegt waren. Die Frage war jetzt, welches Szenario zu den Spuren passte. Ein Dilemma, das ihm einige Stunden unangenehmes Sodbrennen beschert hatte, während er in China ein paar Unterlagen für bedeutende Mitglieder der Triaden vorbereitete. Das hatte seine Konzentration erheblich beeinflusst. Nichts hasste er so sehr, wie unvorhergesehene Zwischenfälle. Das Ableben seines ehemaligen Bosses Dominic Flagg hatte er in den vergangenen Monaten absehen können. Das war auch nicht kompliziert gewesen, da der alte Mann physisch immer mehr verfiel und sein krebszerfressener Körper verriet, dass er sich mit raschen Schritten dem Ende näherte. Glücklicherweise war Flagg gerissen genug gewesen, alles entsprechend vorzubereiten. Er hatte dafür gesorgt, dass Andrew abgesichert war, man ihn auch nach Flaggs Tod nicht den Behörden opfern würde und es für ihn stets offene Türen in der Unterwelt gäbe. All das war perfekt gelaufen, und als der Tag kam, an dem der Alte seinen finalen Atemzug tat, hatte er gewusst, dass es für ihn problemlos weiterlaufen würde. Die einzige Sache, die ihm das Leben schwer gemacht hatte, war, dass Dominic am Schluss ein neues »Spielzeug«

haben wollte. Obwohl er schon seit Wochen nur noch voll mit Schmerzmitteln und Potenzpillen überhaupt einen Gedanken an Sex haben konnte, hatte er darauf bestanden, dieses Mädchen besorgt zu bekommen.

Andrew erinnerte sich an den Moment, als der Kerl seine Wahl traf, noch genau. Sie waren in Seattle gewesen, weil Flagg dort einen letzten Versuch unternommen hatte, sein Dasein noch einmal zu verlängern. Eine illegal beschaffte Leber sollte ihm noch einmal einige Monate erkaufen. Doch selbst dieser kriminelle Kurpfuscher mit dem Porsche hatte ihm nach der Untersuchung sagen müssen, dass die Sache keine Aussicht auf Erfolg hatte. Flaggs körperlicher Verfall war einfach schon zu weit fortgeschritten gewesen und die Chance, dass er auch nur die Operation überleben würde, stand fast bei null. Auf der Rückfahrt in der gepanzerten Limousine hatte sein Boss trübsinnig aus dem Fenster gestarrt und geschwiegen. Andrew ging davon aus, dass der Kerl jetzt einsehen musste, dass er den Tod nicht mehr betrügen konnte. Er selbst brütete über ein paar Unterlagen, als Flagg plötzlich im Sitz hochgefahren war und dem Fahrer zubrüllte, er solle anhalten. Neugierig und ein wenig entnervt war er dem Blick des alten Mannes nach draußen gefolgt. Sofort fiel ihm die hübsche Frau ins Auge. Ihr flammend rotes Haar glänzte in der Sonne und in dem hellblauen Sommerkleid hatte er ihre tolle Figur auch nicht übersehen können. Mittlerweile kannte er den Geschmack seines Chefs ja und für ihn, war das Beste und Schönste gerade gut genug. Jedes seiner Opfer war ansehnlich gewesen. Zumindest, bis sie mit ihnen fertig waren. Dann waren sie körperlich und seelisch so zerstört, dass er schätzte, dass der Gedanke an ihren Tod, den Schrecken für die Frauen fast verloren hatte.

Ungeachtet dessen, war dieses Mädchen etwas Besonderes. Ohne den Blick abzuwenden, sagte Flagg, dass er sie haben müsse. Noch heute Abend solle er die Kleine für ihn entführen. Grass hatte den Eindruck, dass sie sein persönlicher Triumph sein sollte. Obwohl er sich überlegt hatte, seinen Boss von dieser Idee abzubringen, hatte er am Ende geschwiegen und gemacht, was man ihm befahl. So wie er es immer getan hatte. Selbst Andrew musste zugeben, dass sie eine wirkliche Schönheit gewesen war. Wehrhafter, lebendiger als ihre Vorgängerinnen und mit einem echten Traumkörper ausgestattet. Er erinnerte sich noch genau, wie sie sie in dem Park betäubt und in den Van gezerrt hatten. Als er ihr die Kleider vom Leib schnitt und sie nackt und bewusstlos vor ihm auf dem Boden des Fahrzeugs gelegen hatte, war es sogar in seiner Hose eng im Schritt geworden. Ohne Umwege waren sie zu dem Privatflugplatz gefahren. Unbekleidet, gefesselt und in eine Kiste verpackt, hatten sie die Kleine in den Lear Jet verfrachtet und sich sofort auf den Weg zu dem alten Haus in den Wäldern gemacht. Sie hatten sie besinnungslos gehalten, sie in der Zelle angekettet und Dominic hatte sie lange angesehen. Dann war er vor Schmerz zusammengefahren und Grass hatte ihn nach oben in eines der prachtvoll ausgestatteten Zimmer gebracht, damit sein Boss sich ausruhen konnte. Er erinnerte sich noch genau, wie er später noch einmal zu ihr herunter gegangen war, um sie ein wenig zu beobachten. Er hatte sich vorgestellt, wie es sein würde, wenn sie untersucht war und der Tanz losgehen konnte. Es hätte bestimmt viel Vergnügen gemacht zu sehen, wie drei oder vier von Flaggs Freunden über sie herfielen, demütigten und benutzten. Auch wenn er sich selbst nie aktiv daran beteiligte, was mit diesen Frauen angestellt wurde, hatte er doch am Zusehen und Filmen eine enorme Freude gehabt. Es hatte ihn erregt. Sexuell und intellektuell. Immer wieder hatte er gute Vorschläge eingebracht, Möglichkeiten aufgezeigt und mit seinen Recherchen für eine Verlängerung des Lebens der Opfer und damit der Befriedigung der männlichen Beteiligten gesorgt. Das war nicht spurlos an ihm vorbei gegangen, wie er am Ende des Monats immer bei einem Blick aufs Konto feststellen konnte. Bei der Vorstellung lächelte er zufrieden. Wenn ihm sein Job nicht so viel Befriedigung schenken würde, könnte er sich jetzt, jung und als vermögender Mann, zur Ruhe setzen. Er hatte immer noch zu den richtigen Leuten die entsprechenden Drähte offen. Eine Tatsache, die ihm die ganze Welt eröffnete. Langsam kehrten seine Gedanken zu dem unerledigten Problem zurück. Dieser Reynolds musste beseitigt werden. Und natürlich auch die Frau, wenn sie noch leben sollte. Er überlegte, ob dieser Auftragskiller nun womöglich einfach noch seinen persönlichen Spaß mit ihr haben wollte und sie deshalb vielleicht mit sich genommen hatte. Das wäre ein Umstand, für den er durchaus Verständnis hätte, auch wenn es an dem Todesurteil nichts ändern würde. Das Vergnügen, das er zwischenzeitlich mit dem Mädchen hatte, gönnte er dem Mann allerdings. Sie war jung, schön, das lange, kupferrote Haar, die dunkelgrünen, großen Augen und ein heißer Körper. Er wusste noch schemenhaft, dass sie mal getanzt oder geturnt hatte. Eine Tatsache, die die wildesten Fantasien in ihm geweckt hatte. Gelenkig und begehbar hatte Flagg damals grinsend gesagt, als er die ersten Hintergrundinformationen von ihm erhielt.

Es war fast ein klein wenig schade um sie. Doch jetzt dachte er nur daran, welchen Ärger ihm die ganze Sache einbrachte und wie lästig es ihm war, dass er sich mit einem Problem beschäftigen musste, dass er längst gelöst zu haben glaubte. Immerhin wusste er seit einer Stunde, dass in der Hütte, die die Amateure, die er beauftragt hatte, niedergebrannt hatten, niemand drin gewesen war. Keine Leichen, nichts. Das Handy war seitdem auch verschwunden und das legte den Schluss nahe, dass es in dem Haus verbrannt war. Im Nachhinein ärgerte er sich immer noch über diese Idioten. Sie hätten die Blockhütte observieren müssen bevor sie einfach Türen und Fenster verschlossen und alles in ein Flammenmeer verwandelt hatten. So wusste nun keiner, wie der Stand der Dinge genau war. Neesa wäre so ein Fehler nicht passiert. Doch bei dem Gedanken an diesen Kerl bekam sogar Grass kurz eine Gänsehaut. Er leerte sein Glas mit einem Zug, um die beunruhigen Erinnerungen zu dämpfen. Heiß brannte der Alkohol in seinem Hals und vertrieb die Kälte aus seinem Inneren. Martin war ein Mann, mit dem selbst er nicht verfeindet sein wollte. Er war überzeugt, der Typ würde seine eigenen Jungen fressen, wenn er einfach Lust darauf hätte und danach noch einen Nachtisch verlangen. Immerhin war es nicht schwer gewesen, ihn für diesen Job zu gewinnen. Ein Foto der Frau und der Name Reynolds hatten für großen Anklang gesorgt. Das würde also mit Sicherheit ausgeführt werden. Dieses Mal wollte Andrew Fotos der Leichen sehen, um einen Beweis zu haben. Der Profikiller hatte nur lachend erwidert, dass er ihm ein besonders schönes Album erstellen würde, wenn er die beiden erledigt hatte. Und an dieser Aussage zweifelte er keine Sekunde lang. Zum Glück war damit das Gespräch mittels Skype auch vorbei gewesen. Er hatte alle verfügbaren Informationen geschickt. Das hatte er gestern geschafft und sich dann dieses Zimmer hier gemietet. Nachdenklich sah er aus dem Fenster. Eigentlich mochte er keine Großstädte, aber New York hatte einen Charme, dem selbst er sich nicht entziehen konnte. Am meisten liebte er es, nach Las Vegas zu kommen. Die Stadt der Spieler und der Sünde, deren Leben hauptsächlich in der Nacht so wirklich erblühte. Obwohl er aus Washington stammte, fühlte er sich nur hier zu Hause. Er schätzte die düstere Geschichte der Metropole und stellte sich gern vor, wie es sein würde im »alten« Vegas zu leben, mit der Mafia, den skrupellosen Kasinobossen und den Stars und den hübschen Showgirls. Damals hatten noch andere Regeln geherrscht. Die bedeutenden Bosse waren keine Politiker, sondern die Familien mit dem großen Geld und die Polizei war gut käuflich und korrupt. Die Geschäfte liefen und wenn jemand einen betrog, zertrümmerte man ihm die Finger mit einem Hammer oder ließ ihn in der Wüste, die die Stadt umgab, einfach verschwinden. Er wandte den Blick wieder ab und starrte in sein leeres Glas. Der Wunsch nach einem weiteren Drink, um den Jetlag und den Stress der letzten Tage zu verdauen, war immer noch da. Er griff zum Telefon, wählte die Nummer des Zimmerservice und bestellte sich eine Flasche des besten Tropfens auf sein Zimmer. Vermutlich würde er noch zwei oder drei davon herunterkippen und dann einschlafen können. Doch die Idioten vom Hotel füllten die Gläser immer so sparsam. Mit einer Flasche konnte er das jetzt selbst schneller erledigen. Fünf Minuten später gab ein junger Hotelpage die Flasche ab, bekam zehn Dollar Trinkgeld und Grass verschloss sorgfältig die Tür. Nach einem kurzen Abstecher in die Toilette lümmelte er sich schwungvoll ins Bett zurück. Er goss sich einen üppigen Drink ein und machte es sich mit den zahlreichen Kissen im Rücken bequem. Im Fernsehen lief eine Bierwerbung und Andrew prostete der grinsenden Werbefigur albern zu. Seine Laune hob sich noch mehr. Er nahm einen guten Schluck Brandy, der wirklich gut schmeckte, und ließ sich tiefer in die Kissen sinken. Andrew fand, dass ein Tag so durchaus standesgemäß zu Ende gehen konnte. Entspannt folgte er dem sinnlosen Geplapper in der Flimmerkiste und nach einer halben Stunde war er friedlich weggedöst. Leise schnarchte er vor sich hin und bemerkte nicht, wie Josh so gut wie geräuschlos das Türschloss öffnete und hineinkam. Es war nach Mitternacht und das Zimmer lag nur im Schein des Fernsehers, auf dem immer noch ein hirnloses Programm lief. Joshua ging lautlos zu ihm, setzte sich auf einen Stuhl, der am Fenster stand. Der Laptop des Anwalts lag zugeklappt auf der Kommode, wo auch der Fernseher seinen Platz hatte. Stumm beobachtete er diesen schnarchenden Drecksack und spürte, wie ein kaum zu kontrollierender Hass durch sein Innerstes flutete. Die Vorstellung seine Hände um den Hals des Kerls zu schlingen und ihn von Angesicht zu Angesicht zu erwürgen, hatte einen eigenen Charme. Aber diese Gedanken halfen ihm nicht weiter und sein primäres Ziel war es, den Mordauftrag abzublasen, damit Amy und er wieder in Sicherheit leben konnten. Sein Blick fiel auf die Flasche Brandy, aus der ein ordentlicher Schluck fehlte. Joshua schmunzelte düster vor sich hin. Alles lief hervorragend. Es wurde Zeit weiter zu machen, denn er wollte das Schicksal nicht herausfordern. Er stand auf, öffnete den Laptop des Anwalts und hörte das vertraute Startgeräusch des Macbooks. Grass grunzte kurz und kam langsam zu sich. Josh setzte sich wieder, legte seine Waffe neben sich bereit und lächelte. Andrew wurde kreidebleich, als er erkannte, wer ihm da gegenübersaß und mit welcher Miene er ihn anstarrte. Er kannte nur ein Foto dieses Typen. Selbst auf diesem Bild, das noch aus seiner Dienstzeit beim Militär stammen musste, hatte er vor dem durchtrainierten Mann mit dem harten Gesichtsausdruck, Respekt gehabt. Aber noch besser kannte er seine Qualitäten als Killer und das bescherte ihm einen Schwall Adrenalin, das jetzt durch seine Adern rauschte. Ruckartig setzte er sich auf und verspürte einen unangenehmen Schwindel. Einen kurzen Moment wünschte er sich, dass er die letzten beiden Drinks ausgelassen hätte.

»Guten Abend, Herr Anwalt.« Joshuas Stimme war tief und düster, der Blick kalt und durchdringend.

Andrew Grass lief es eiskalt den Rücken herunter.

»Ich habe gehört, Sie suchen mich. Und das Sie mich töten lassen wollen.«

Die Worte hingen einfach so im Raum. Der Rechtsanwalt war immer noch bleich. Er setzte sich weiter auf und suchte in seinem vernebelten Verstand nach einer Erwiderung. Es dauerte, aber dieser Reynolds schien es auch nicht eilig zu haben. Er wartete geduldig, ließ ihn jedoch nicht eine Sekunde aus den Augen.

»Solche Sachen sprechen sich anscheinend schnell herum. Es ist auch nichts Persönliches …«, begann er, verstummte aber rasch, als er begriff, was er da Unsinniges vor sich hinplapperte. Jemanden umbringen lassen zu wollen, hatte immer etwas Persönliches an sich. Sein Blick wanderte hin und her, während Joshua sich nicht rührte und keine Miene verzog. Die Stille hing zentnerschwer im Raum.

»Ich mache Ihnen nun ein ganz schlichtes Angebot. Sie ziehen diesen Auftrag zurück und bleiben dafür am Leben.«

Er wollte dem Schwein Zeit geben, sich seinen nächsten Schritt gut zu überlegen. Es sollte so wirken, als könne dieser heil aus der Sache herauskommen, wenn er nur kooperativ war. Das war der beste Weg, den Kerl dazu zu bringen, mitzuspielen. Grass lächelte gequält und versuchte nachzudenken, was er nun machen sollte. Schreien, versuchen diesem Mann zu entkommen, ihn bestechen oder einfach nachgeben? Viele Optionen standen zur Verfügung. Die Minuten verstrichen, ohne dass auch nur ein Wort fiel. Der Anwalt war inzwischen durch das Adrenalin ganz wach, aber trotzdem fiel ihm das klare Denken sehr schwer. Er kam zu dem Schluss, dass er keine Wahl hatte. Nicht, wenn er nicht ein Opfer auf der Liste dieses Profikillers sein wollte.

»Ist gut. Aber dafür brauche ich meinen Laptop.«

Josh griff, ohne den Blick von Grass abzuwenden, neben sich und reichte dem miesen Sack das Macbook herüber. Andrews Hände waren schweißnass und fast wäre ihm das Gerät entglitten. Er setzte sich zurück und begann nervös auf die Tastatur einzuhämmern. Eine Sekunde überlegte er, ob es möglich sei über das Internet die Polizei zu informieren, aber diesen Gedanken verwarf er sofort darauf wieder. Davon abgesehen, dass es alles zu lange dauerte, Reynolds bestimmt seine Tätigkeiten überwachen ließ und er damit, das ungeschriebene Gesetz der Unterwelt brach, die Behörden rauszuhalten, würde das alles auch wenig Sinn haben. Wenn er ihn umbringen wollte, dann würde ihn keiner aufhalten können.

»Versuchen Sie besser keine Tricks. Es wäre nicht gut, mir meine Laune noch mehr zu versauen«, warnte Josh gelassen.

Grass schüttelte eilig den Kopf. Sein Unbehagen stieg, weil er sich durchschaut fühlte. Das war natürlich Unsinn, aber es verstärkte die unheimliche Aura dieses Typen enorm. Fleißig machte er noch ein paar Eingaben und sah dann lächelnd auf, wie ein Kind das gerade artig seine Aufgaben gelöst hatte.

»Fertig«, verkündete er in der Hoffnung, dass es die Situation ein wenig entspannte.

Obwohl Reynolds nie die Stimme gehoben hatte, bemerkte er doch die angespannte Haltung in dem muskulösen Körper und die verspannten Kiefermuskeln, die immer wieder vor unterdrückter Wut arbeiteten. Joshua machte eine Handbewegung und Grass drehte den Laptop und ließ ihn die Angaben auf dem Monitor lesen. Er erfasste, dass alles so war, wie es sein sollte.

»Das haben Sie gut gemacht. Kluge Entscheidung. Ich habe da allerdings noch ein paar Fragen.«

Grass klappte das Gerät zu und sah ihn nur stumm an. Er hatte ein ungutes Gefühl, weil er gehofft hatte, sich mit dieser Aktion ganz einfach komplett aus der Affäre zu ziehen und den Kerl dazu zu bringen ihn wieder allein zu lassen. Aber so leicht wollte es ihm der Typ wohl nicht machen.

»Wie viele Frauen haben Sie und Ihr feiner Boss auf diese Weise getötet? Wo sind die Leichen und wer steckte noch dahinter oder mit drin?«

Nervös leckte sich der Anwalt über die Lippen. Er sehnte sich nach einem Drink und starrte kurz zur Flasche herüber. Josh lächelte, aber es erreichte nicht seine Augen.

»Nehmen Sie ruhig einen – wenn Ihnen das hilft.«

Dafür bedürfte es keiner zweiten Aufforderung. Andrew öffnete schnell den Verschluss und goss sich beherzt ein. Nach einem gewaltigen Schluck, den sein Magen nur auf Probe zu akzeptieren schien, fühlte er sich schon merklich lockerer. Reynolds wollte Details haben? Die sollte er haben. Jetzt, wo er aus dem Schneider war, fühlte er sich sicher, heil aus der

Sache herauszukommen. Dieser Mann war bekannt dafür, dass er in einem gewissen Maß Anstand und Ehre hatte. Er stand zu seinem Wort und das vermittelte ihm ein Gefühl von Sicherheit.

»Es begann vor drei Jahren. Mr Flagg hatte schon immer spezielle Vorlieben und Fantasien. Eines Tages vertraute er sich mir an. Und er bat mich, ihm das zu ermöglichen. Die Frauen, Geräte und alles andere zu besorgen war kein Problem. Mit so viel Geld ist man unantastbar. Dazu hatte er einige sehr einflussreiche Freunde. Militär, Finanzwelt, Klerus. Es gab kaum einen, der nicht entweder mit ihm darin einig war, oder aber so viel zu befürchten hatte, dass er es niemals weitergeben würde. Ihr Auftrag war das letzte Opfer, Reynolds. Dominic wusste, dass er sterben würde und dieses Mädchen sollte ihm seinen krönenden Abschluss bescheren. Ich glaube sogar, sie wollte er eigenhändig töten. Zumindest deutete er mal so etwas an. Wie schön er es sich vorstellte, ihr ein Messer ins Herz zu rammen, während er sie benutzte. Er war am Ende ein wenig verrückt, aber er hatte immer noch Bedürfnisse«, berichtete der Anwalt unbedarft. Er fühlte sich plötzlich beschwingt und erzählte gern die Ereignisse, die in ihm so wohlige Erinnerungen weckten. Joshs Blick verfinsterte sich. Er musste an Amy denken und die Bilder, die ihm bei diesen Worten durch den Kopf geisterten, drehten ihm den Magen um. Er knirschte mit den Zähnen, während Grass fortfuhr. Er wusste nicht, ob es am Alkohol oder an der Erleichterung lag, die nun die Zunge des Schweins gelöst hatte. Es spielte auch keine Rolle. Er redete und nur das war ihm wichtig.

»Als Flagg dann eher als erwartet das Zeitliche segnete, ging es nur noch darum, den Ruf zu schützen. Und natürlich all die alten Freunde, die mit drinsteckten. Die anderen Opfer würde ohnehin niemand mehr finden. Es waren bestimmt zwanzig oder mehr Frauen. Ich habe es nie gezählt. Wir begannen mit Prostituierten, weil die oft keiner vermisste. Doch die Ansprüche des Alten wuchsen und er wählte sich stilvollere Alternativen. Meist junge Dinger, die bei kleinen Modellagenturen unter Vertrag standen oder davon träumten, Schauspielerinnen zu werden. Die waren hübsch und naiv. Wir haben sie in dem riesigen Kamin verbrannt und ich habe die Asche im Wald ausgeschüttet. Die findet kein Mensch jemals wieder. Ich dachte, diese Vorgehensweise wäre die Beste. Nur bei dieser Rothaarigen hatte ich keine Zeit. Ich hatte viele Sachen zu regeln und daher schien es mir am einfachsten, Sie zu engagieren.«

Damit begegneten sich die Blicke der Männer wieder. Joshua sah in Grass Gesicht eine schlichte Frage stehen.

»Nein, sie lebt. Und ich werde alles daran setzen, dass es auch so bleibt«, sagte er und versuchte seinen rasenden Puls, der durch seine Schläfen pochte, zu beruhigen. Der erste Impuls, der durch seine Gedanken rauschte, war, aufzuspringen und diesem Schwein das Lachen aus dem Leib zu prügeln. Es kostete ihn alle Willenskraft, jetzt nicht diesem Wunsch nachzugeben.

»Vielleicht hatte Neesa doch recht mit Ihnen«, kommentierte der Anwalt leicht säuselnd.

Josh sah ihn abwartend an.

»Ihnen fehlt der hinreichende Biss. Kaum ist es eine schöne Frau, werden Sie schwach. Und jetzt verschonen Sie auch mich, obwohl ich in Ihrem Gesicht sehe, wie sehr Sie mich hassen.«

Andrew lachte verächtlich, trank noch einen Schluck Brandy und stellte das Glas auf dem Nachttisch ab. Er fühlte sich heiter und seltsam benebelt. Seine Bewegungen fielen ihm ein wenig schwerer und er versuchte, sich mehr aufzurichten. Doch seine Bemühungen waren merklich ungelenk. Jetzt lächelte Joshua und stand auf. Grass sah ihn an und ihn überkam ein mulmiges Gefühl. Seine Arme gehorchten kaum noch und die Heiterkeit verflog. Josh zog sein Handy aus der

Hosentasche und warf einen Blick darauf. Eine Kurznachricht von Sebastian bestätigte, dass der Mordauftrag wirklich abgeblasen war. Er steckte es wieder zurück und sah auf. Immer noch mit diesem unheimlichen Lächeln auf den Lippen starrte er den Anwalt eindringlich an. Langsam schien auch er zu bemerken, dass etwas mit ihm nicht stimmte.

»Ich habe Sie nicht verschont, Andrew. Sie sind schon längst tot. Ihr Körper hat sich nur noch nicht hingelegt, um kalt zu werden«, sagte er ruhig und sein Blick verdunkelte sich noch weiter.

Jetzt war Andrews gute Laune gänzlich verflogen. Seine Augen weiteten sich vor Entsetzen.

»Aber wie …?«, keuchte er nur.

Er fühlte, dass ihm das Atmen und Bewegungen immer mehr Probleme bereiteten. Er lag nur noch von den Kissen gestützt da und konnte lediglich den Kopf mühevoll rühren. Panisch versuchte er zu begreifen, was vorging.

»Ein Neurotoxin, das Ihre motorischen Endplatten allmählich entkoppelt. Sie haben es mit jedem Glas aufgenommen, seit Sie sich hier hingelegt haben. Das bedeutet im Klartext, dass sie gerade langsam sterben. Ganz langsam«, raunte Josh.

Er sah, wie Grass den Mund öffnete und schloss wie ein Fisch, der sich bemüht Luft zu holen. Jetzt sickerte die Erkenntnis durch, dass dies hier schief lief.

»Aber Sie quälen Ihre Opfer nicht …«, keuchte er mühsam. Die Angst tröpfelte stetig auf allen Kanälen in sein Bewusstsein hinein.

»Nein, das ist eigentlich nicht meine Art. Aber bei Ihnen mache ich eine Ausnahme. Sie werden dafür büßen, was Sie diesen Frauen und auch Amy angetan haben. Denken Sie daran, wenn Ihnen gleich die Kraft fehlt zu atmen.«

Grass war aschfahl und sein Brustkorb bewegte sich nur langsam und flach. Die Augen waren weit aufgerissen und voller Panik. Joshua wusste, dass der Verstand des Mannes bis zu seinem finalen Atemzug klar genug bleiben würde, um zu begreifen, was mit seinem Körper geschah und dass er im Begriff war, elendig zu sterben. Ein grausamer Gedanke, der ihn in diesem Fall aber nicht wirklich berührte. Zumindest jetzt noch nicht. Das schlechte Gefühl nach einer Tötung stellte sich meist erst später ein. Er ging jedoch davon aus, dass es sich dieses Mal in Grenzen halten würde. Angewidert wendete Josh sich ab und verschwand ebenso leise, wie er gekommen war, während die letzten Minuten von Andrew Grass vergingen. Und für den Anwalt wurde es zu einer qualvollen Ewigkeit.

Kapitel 9

Amy stand in der Küche und versuchte sich abzulenken. Sie hatte Muffins gebacken und zog sie gerade aus dem Ofen, als sie zufällig den Tahoe aus dem Wald fahren sah. Ihr Herz blieb fast stehen, bevor es wie wild losgaloppierte. Sie zog die dicken Handschuhe aus und eilte aus der Küche in Richtung Haustür. Sie war so unglaublich erleichtert, dass sie Tränen in ihren Augen spürte. Sie lief an Charlie vorbei, der verschlafen zu ihr hochblinzelte, als sie die Tür aufriss und in den bewölkten Tag hinausrannte. Joshua war noch gute hundert Meter entfernt, aber kaum, dass er sie sah, besserte sich seine Stimmung. Er parkte den SUV neben ihr und sprang aus dem Wagen. Amy bemerkte seinen ernsten Gesichtsausdruck und stockte kurz. Doch er ging weiter auf sie zu und schloss sie fest in die Arme. Sie schmiegte sich ganz eng an ihn, nahm seinen Duft wahr und wollte nie mehr aus dieser Position befreit werden.

»Oh Josh, ich bin so froh, dass du wieder heil zu mir zurückgekehrt bist«, sagte sie mit tränenerstickter Stimme.

Liebevoll drückte er sie an sich, legte seinen Kopf auf ihrem ab und kniff die Augen zu.

»Ich bin auch glücklich, wieder bei dir sein zu können. Und ab jetzt sind wir in Sicherheit.«

Amy nickte nur, bohrte aber nicht nach, auch wenn sie spürte, wie ihr verschiedene Fragen durch den Kopf gingen. Im Moment war nur wichtig, dass er unverletzt war und sie nun endlich in Sicherheit waren. Alles andere hatte noch Zeit. Als sie sich voneinander lösten, waren die Tränen getrocknet. Sie lächelte erleichtert und seinen Arm um ihre Schultern gelegt, gingen sie zusammen ins Haus. Charlie sah seinem Herrchen entgegen, machte aber keine Anstalten aufzustehen.

»Du treulose Katze. Komm her, sonst lege ich mir einen Hund zu.«

Charlie sprang brabbelnd auf ihn zu und beschnupperte prüfend seine Beine. Dann rieb er sich intensiv daran, um ihn als »Zuhause« zu markieren. Er strich langsam durch das Fell und schmunzelte schwach. Amy spürte, dass er nicht so gelassen war, wie er wirken wollte. Da war etwas Dunkles in ihm, dass ihn belastete.

»Du siehst erschöpft aus.«

Er nickte nur, schaffte es aber nicht, ihr in die Augen zu sehen.

»Ich werde schnell duschen und mich umziehen.«

Besorgt sah sie ihm hinterher. Er war sehr ruhig und ernst. Sie dachte daran, dass er gesagt hatte, dass ihm das Töten nicht so leicht fiel, wie sie vielleicht glaubte. Obwohl er so überzeugt gewesen war, damit das Richtige zu tun, schien er verwirrt und in sich gekehrt. Amy hoffte, dass er hier endlich innerlich ein wenig zur Ruhe kommen konnte. Es war vorbei, niemand hatte mehr die Absicht sie umzubringen. Sie hörte das Rauschen des Wassers und ging in die Küche zurück. Sie arrangierte die warmen Muffins auf einem großen Teller und schaffte rasch Ordnung.

Ganz in Gedanken vertieft, hatte sie Josh nicht einmal in der Tür stehen sehen. Er hatte sich nur eine Trainingshose und ein Shirt übergezogen und stand mit feuchtem Haar im Eingang und schaute ihr stumm zu. Es tat ihm in der Seele unheimlich gut, wieder hier zu sein. Amy in seiner Nähe und zu wissen, dass alles langsam ruhiger werden würde, war wohltuend. Natürlich musste er noch eine Zeitlang aufpassen und aufmerksam sein, aber im Grunde könnten sie jetzt anfangen, über ein normales Leben nachzudenken. Amy setzte Teewasser auf und grübelte vor sich hin. Er beschloss, sich bemerkbar zu machen.

»Hier duftet es aber wunderbar.«

Amy schreckte zusammen, aber gleich darauf lächelte sie wieder.

»Ich hoffe, du magst Schokoladenmuffins.«

Josh nickte.

»Ja, sehr gerne.«

Prüfend betrachtete sie ihn. Er war einsilbig und zurückhaltend. Sie überlegte, ob er jetzt, wo sie kein Opfer mehr war, das er beschützen wollte, vielleicht ihre Anziehungskraft auf ihn verloren hatte. Ob sein Beschützerinstinkt ein wichtiger Teil seines Wunsches nach Nähe gewesen war?

»Ich mache uns einen Tee dazu. Setz dich doch auf die Couch und entspann dich. Ich bringe gleich alles mit.«

Josh kam zu ihr, küsste sie sanft auf die Stirn und sah sie an.

»Du bist doch nicht meine Hausfee.«

Aber Amy lächelte nicht, wie er es erwartet hatte. Sie presste kurz die Lippen aufeinander und schlug traurig den Blick nieder. Verschiedene Sorgen wirbelten durch ihren Verstand und sie fühlte sich unerwartet verunsichert. Es war, als wären sie sich in den wenigen Tagen fremd geworden. Womöglich mussten sie jetzt unter den anderen Voraussetzungen auch neu anfangen und sie fürchtete, dass er das möglicherweise weder konnte noch wollte. Selbst sein Kuss war züchtig gewesen und hatte in ihr ein schmerzliches Zusammenziehen und nicht das schöne Prickeln erzeugt, dass sie sonst immer empfunden hatte. Sie hatten sich beide verändert und die Frage war, ob es wieder werden würde wie zuvor, oder ob sie keinen Weg mehr zueinander finden konnten. Doch sie wollte erst einmal versuchen, dass er sich etwas entspannte. Der besorgte Zug um seine Augen sollte verschwinden, vielleicht konnte er sich danach endlich ein wenig öffnen und mit ihr sprechen.

»Du siehst erschöpft aus. Mach es dir gemütlich und lass dich von mir verwöhnen.«

Joshua fühlte sich durchschaut. Trotzdem nickte er und

verschwand in das große Wohnzimmer. Amy richtete inzwischen alles auf einem Tablett her und ging vorsichtig balancierend zu ihm. Sie setzte sich auf das Sofa und reichte ihm einen Muffin. Auch wenn er keinen Appetit hatte, probierte er das Gebäckstück. Es war wirklich köstlich. Sogar noch leckerer, als die, die er als Kind immer bei seinen Großeltern bekommen hatte. Dennoch zeigte er kaum eine Reaktion.

»Bitte erzähl mir, was geschehen ist. Vielleicht geht es dir dann ein wenig besser.«

Doch Josh schüttelte den Kopf. Bei der Vorstellung, was sie von ihm denken würde, wenn er ihr berichtete, was er mit Grass gemacht hatte, wurde es ihm elend. Nach diesen aufreibenden Tagen glaubte er nicht, dass er das unabänderliche Urteil in ihren Augen ertragen würde können, was ihm klarmachte, dass er nur unbedeutend besser war, als Neesa und andere Mörder.

»Lieber nicht. Ich möchte dir das nicht zumuten.«

Aber Amy ließ sich nicht abhalten. Sie spürte sofort, dass dies nur zum Teil der Grund für sein Schweigen war. Ihr schien es, als wollte er sie immer noch beschützen und sei es nur vor der Wahrheit. Aber sie wollte kein zerbrechliches Kind sein, das man vor der Grausamkeit des Lebens stets bewahren musste.

»Ich werde das schon aushalten. Na los.«

Er fuhr sich unschlüssig durch das dichte Haar und grübelte einen Moment, wie er anfangen sollte. Dann berichtete er mit monotoner Stimme, was sich in dem Hotelzimmer zugetragen hatte. Als er geendet hatte, verstummte er und starrte in seinen Tee. Es hatte tatsächlich gut getan, es auszusprechen. Nur wagte er es nun nicht mehr, ihr ins Gesicht zu schauen. Wortlos erhob sie sich und Josh sah unsicher zu ihr auf. Sie nahm ihm die Tasse aus der Hand und stellte sie auf dem niedrigen Tisch ab. Dann drückte sie ihn bestimmt gegen die Lehne zurück und setzte sich rittlings auf seinen Schoß. Seine

Verunsicherung stieg an und sein Herz schlug fast schmerzlich in der Brust. Er konnte überhaupt nicht einschätzen, was sie dachte oder jetzt tun würde. Sanft legte sie die Hände an seine Wangen und zwang ihn, ihr in die Augen zu sehen. Ruhig und fest schaute sie ihn an. Kein Hinweis darauf, dass sie von ihm angewidert war oder ihn verurteilte.

»Danke, dass du das auf dein Gewissen genommen hast. Ich weiß, es war schwer für dich.«

Josh sah sie überrascht an. Von dieser Seite hatte er alles noch gar nicht betrachtet. Trotzdem kam er mit seinem unguten Gefühl nicht einfach so leicht ins Reine.

»Ich bin nur froh, dass du zuletzt in Sicherheit bist.«

»Wir, du Sturkopf!«, erwiderte sie streng und zauberte endlich ein Lächeln auf seine Lippen.

Er legte seine Hände an ihre Taille und richtete sich auf, um ihr näher zu kommen. Ihre Nasenspitzen berührten sich und sie schauten sich tief in die Augen.

»Wir«, bestätigte er und küsste sie dann liebevoll. Amy schlang ihre Arme um seinen Nacken und zog sich fest an ihn heran. Schließlich wichen die Sorgen dem Erleben des Augenblicks. Die Küsse wurden inniger, leidenschaftlicher. Ungeduldig schob er ihr Top über den Kopf und strich entlang ihres nackten Rückens mit den Fingerspitzen auf und ab. Amy schloss genüsslich die Lider, nahm jeden Millimeter wahr, den seine Finger über ihre weiche, erhitzte Haut glitten. Sie löste sich keuchend von ihm, stand auf und hielt ihm die Hand hin. Joshua tat nichts lieber, als ihr jetzt zu folgen. Mit freiem Oberkörper, nur das lange Haar, das ihr über die Schultern fiel, lief sie eilig voraus und schaute immer wieder lächelnd zu ihm zurück.

Ihr Blick war so verheißungsvoll, das er schon beim Gehen begann, sich seiner Kleidung zu entledigen – weder geschickt noch elegant; aber er wollte sie mit jedem Schritt, den sie in Richtung Schlafzimmer machten, mehr fühlen und erleben.

Dafür wollte er keine Hindernisse haben. Die Treppe ging Amy rückwärts hinauf, um ihn pausenlos ansehen zu können. Der Anblick seiner glatten Brust, den Muskeln unter der Haut und dem zarten Duft, der von ihm ausging. Nicht einen dieser zahlreichen Aspekte wollte sie missen. Er lächelte sanft, dunkel und voller Lust. Nur noch in Boxershorts folgte er ihr. Mit eleganten Bewegungen wie eine Raubkatze auf der Pirsch. Aber Amy hatte keinerlei Angst. Sie wollte seine Beute sein, die Kraft spüren, die ihn körperlich so überlegen machte. Das Herz schlug vor Erregung bis zum Hals, als sie oben voreinander verharrten. Sie zog langsam ihre Hose mitsamt Slip herunter und stand nun nackt vor ihm. Joshua trat dicht an sie heran und beobachtete, wie sie vor ihm auf die Knie ging, und dabei wie beiläufig seine Shorts herunterstreifte. Lächelnd sah sie zu ihm auf. Die Lippen leicht befeuchtet, in den schönen Augen ein Glitzern, das ihn ganz verrückt machte. Niemals hatte er eine Frau so sehr begehrt wie sie. Er berührte ihren Kopf, fuhr zärtlich über das Haar und sah liebevoll auf sie herab. Amy legte eine Hand um seine muskulösen Oberschenkel und strich an ihnen sanft herauf. Josh ahnte, was sie vorhatte. Fasziniert registrierte er, wie sich ihr Mund seiner harten Erektion näherte, ihre Finger sich zu seinem Schaft gesellten. Allein die Vorfreude und ihr Anblick brachten ihn nahe daran, den Verstand zu verlieren.

»Oh, das ist gefährlich, was du da vorhast«, warnte er sie lächelnd.

Amy setzte ein unschuldiges Gesicht auf, während ihre zarten Lippen über seine Eichel glitten und ihm damit die Luft aus den Lungen zu pressen schienen. Sie bemerkte, wie seine Bauchmuskeln sich anspannten und ein wohlgeformtes Sixpack zeigten. Liebevoll nahm sie seinen Schwanz in sich auf, spielt mit dem Druck der Zunge an seinem Bändchen. Schon bald kamen ihre Finger zärtlich dazu, verwöhnten ihn mit weiteren Berührungen und führten ihn schnell an den Punkt, von dem es nur noch einen Weg gab. Joshua hatte längst die Augen geschlossen und konzentrierte sich ganz auf das Feuerwerk, das von ihr in seinem Inneren entfacht wurde. Doch bevor es zum großen Finale kam, wurde sie vorsichtiger, zaghafter. Schwer atmend schaute er sie wieder an. Mit einem perfekten Augenaufschlag sah sie zu ihm auf. Er machte einen Schritt zurück, entzog sich ihrem Zauber und grinste nur.

»Oh, meine Kleine. Dafür werde ich mich revanchieren«, drohte er spielerisch.

Amy senkte das Kinn, als schämte sie sich, aber in ihrem Blick lag immer noch dieser freche Glanz. Joshua zog sie sanft auf die Füße, nahm sie in seinem Arm mühelos hoch und ging zum Bett herüber. Er warf sie auf die weiche Unterlage und legte sich sofort über sie. Amy lachte begeistert und schlang ihre Arme um ihn. Seine Bauchdecke lag an ihrer. So dicht, dass sie glaubte, seinen Pulsschlag an ihrer Haut fühlen zu können. Oder war es ihr eigenes Herz? Josh wühlte die Finger in ihr seidiges Haar, ließ seine Lippen küssend ihren Hals herabgleiten und berührte mit seinem Schwanz ganz vorsichtig ihre Scham. Amy keuchte ungeduldig und öffnete noch ein bisschen weiter die Schenkel.

»Hm, das ist aber jemand sehr beweglich.«

Rasch richtete er sich auf und hob ihre Beine gestreckt an, spreizte sie und sah, wie er sie mühelos dirigieren konnte. Amy bewegte sich und legte sie mit einer tänzerischen Leichtigkeit auf seinen Schultern ab. Der Anblick in dieser Pose war so erregend, dass er es nicht mehr länger aushielt. Mit einem leidenschaftlichen Ruck stieß er hart in sie hinein und sah, wie sie lustvoll in die Gitterstäbe des Kopfteils griff. Ein inniges *Ja* entrang sich ihrem Brustkorb. Er zog sich langsam zurück, schaute ihr herausfordernd in die Augen und verharrte. Amys Gesicht veränderte sich. Es wurde flehend.

»Bitte hör nicht auf!«, bettelte sie ungeduldig.

Wieder drang er tief in sie ein und dieses Mal ließ er sie nicht warten. Die Stöße kamen fest, schnell und brachten sie beide schier um den Verstand. Er griff in ihre Taille, presste sie gegen seinen Rhythmus an sich heran. Amy stöhnte immer ungestümer, warf den Kopf auf dem Kissen hin und her, ihre Haut glänzte verschwitzt. Plötzlich fühlte Joshua einen Druck auf seinen Schultern. Amy bäumte sich auf, hob das Becken seinem Schwanz entgegen und spannte den ganzen Körper an, während ihr Denken den kleinen Tod starb. Allein ihr lustvoller Aufschrei und dieser Anblick völliger Hingabe, ließen auch in Josh alle Bedenken fallen. Eng an sie gepresst, entlud er sich unter lautem Keuchen tief in sie und sank dann über ihr zusammen. Ihre Beine immer noch auf seinen Schultern, die jetzt ohne Mühe fast bis zu ihren eigenen Oberarmen bewegt wurden. Besorgt sah er sie an. Amy lächelte verzückt. Glücklich schaute sie ihn nun an. Den Blick noch verschleiert vom zurückliegenden Orgasmus.

»Unbequem?«, fragte er nach, um sicherzugehen, dass sie keine Schmerzen hatte und ausreichend Luft bekam. Sie schüttelte nur den Kopf, statt zu antworten. Amy war noch völlig außer Atem und mit ihren Gedanken nicht wirklich in dieser Welt. Langsam zog er sich aus ihr zurück, erhob sich und legte ihre Beine ab. Dann kuschelte er sich neben sie und strich ihr über den nackten Körper. Beide kamen zur Ruhe und eine angenehme Stille senkte sich über sie herab.

»Woran denkst du gerade?«, fragte sie plötzlich.

Er schmunzelte verlegen, was ihre Neugier weckte. Diese schamvolle Geste war ungewöhnlich für den sonst so unbedarften Mann, den sie kannte.

»Daran, dass ich gern ein wenig Spielzeug mit dir kaufen würde. Und das ich mich sehr darauf freue, mich mit dir über deine Wünsche auszutauschen.«

Amy lächelte strahlend.

»Ich würde sagen, nach dem Abendessen wirst du das Internetverbot mal für uns beide aufheben und dann sehen wir, was so passiert.«

Joshua nahm sie in den Arm und drückte sich an sie. Amy strich über seinen Kopf, wuschelte sein Haar. Niemals hatte sie sich so glücklich gefühlt. Das Gefühl, dass jetzt alles wieder in Ordnung kommen würde und sie den Mann, für den ihr Herz so leidenschaftlich schlug, nicht verloren hatte, war so stark, dass es fast schmerzte.

Die Sonne ging schon unter, als Amy in der Küche stand und ihnen beiden Maccaroni mit Käse zubereitete. Josh saß in seinem Arbeitszimmer und kommunizierte mit Sebastian. Doch das machte Amy im Angesicht des letzten Vorfalls dennoch keine Sorgen. Andrew Grass war tot. Ein Teil von ihr bedauerte das. Aber nicht der Part, der ihr sagte, das Töten falsch war und das sein Leben nur ihretwegen beendet worden war. Es war mehr ein Stück ihrer Seele, dem bewusst war, das Joshua es für sie getan hatte und dafür in seinem Inneren einen Preis zahlte. Das tat ihr wirklich leid. Während sie das Geschirr in die Spülmaschine räumte, kam Charlie zu ihr, sprang wie selbstverständlich auf die Anrichte und setzte sich keckernd ans Küchenfenster. Amy wusste nicht, warum er nicht einfach nach draußen ging, wenn er doch so gerne den Wald im Blick hatte. Aber ihr war aufgefallen, dass er in den letzten Tagen ohnehin viel im Haus gewesen war. Nachts hatte er bei ihr geschlafen und tagsüber nur kurze Streifgänge durch die Umgebung unternommen. Sonst hatte er im Wohnzimmer gelegen und gedöst. Fast so, als wollte er bei ihr sein, solange Josh nicht da war. Jetzt schien er zu genießen sein Herrchen im Revier zu haben. Vermutlich würden seine Ausflüge bald wieder zunehmen und im Sommer sähen sie ihn nur zu seinen Mahlzeiten. Irritiert darüber, dass sie ihre Planung für den Sommer automatisch mit diesem Ort verband, streichelte sie ihm über den kleinen Kopf und wischte dann über die Arbeitsfläche. Ihre Gedanken waren in den letzten Tagen oft wirre Wege gegangen und so schob sie die Zukunft zunächst beiseite und konzentrierte sich auf den Augenblick. Wie hatte ihr Großvater immer so gern gesagt: *Mache nie den zweiten Schritt vor dem Ersten, sonst überholst du dich selbst.* Während der Auflauf im Ofen vor sich hin garte, ging sie zu Josh. Die Tür zum Arbeitszimmer stand offen und er tippte munter auf seiner Tastatur herum.

»Und wie geht es Sebastian?«

Lächelnd drehte er sich um. Amy fiel auf, dass er ganz verändert war, seit sie miteinander geredet hatten. Naja, und der befreiende Sex war auch nicht zu verachten gewesen. Er fuhr nicht immer zusammen, wenn sie es schaffte, ihn zu überraschen und er hatte endlich sein sexy Lächeln wiedergefunden. Ein Gesichtsausdruck, der in ihrem Herzen immer diese Wärme erzeugte, für die sie über Glasscherben gehen würde.

»Ich weiß nicht, ob er deine Umarmung schon so recht verkraftet hat, aber ansonsten geht es ihm gut.«

»Wie kommst du zu dieser Vermutung und was meinst du denn mit verkraftet?«

Sie war irritiert von der Formulierung. Was hatte sie denn Seltsames getan, in den wenigen Stunden, die sie bei dem jungen Einsiedler zu Gast gewesen waren?

»Nun, er hat nach dir gefragt und ob es dir gut geht. Für ihn ist das ein sehr abnormes Verhalten. Eigentlich sieht er die meisten Menschen, als potentielle Verräter und vergisst sie sonst schnell wieder.«

Sie ging zu ihm und wuschelte durch sein Haar.

»Ach, du bist vielleicht ein Freund. Grüß ihn schön von mir«, erwiderte sie und betrachtete beiläufig die „Unterhaltung", die die beiden per Chat geführt hatten. Und was sie da beim Überfliegen las, war wirklich ermutigend.

»Ich soll dich ganz lieb von Amy grüßen«, tippte er gerade ein.

Nur Sekunden später folgte die Erwiderung.

»Ja, okay«, kam die Antwort prompt.

Dann kam nichts mehr. Amy war sichtlich verwirrt.

»Das ist der Sebastian, wie ich ihn kenne.« Seine Finger glitten wieder rasch über die Tasten.

»Ich melde mich, wenn ich etwas Neues weiß. Machs gut.« Kurze Pause.

»Du auch!«, kam die knappe Reaktion zurück.

Damit war das Gespräch beendet. Josh schloss das Chatprogramm, löste den Stecker des Netzgerätes ab und klappte den Laptop zu. Dann nahm er das Gerät unter den Arm und zwinkerte Amy frech zu. Sie hatte die Geste genau verstanden. Aber bevor sie sich ihrem Appetit aufeinander widmen konnten, wurde gegessen. Er streckte ihr die Hand hin und zusammen verließen sie das Arbeitszimmer und schlenderten in die Küche. Er stellte den Laptop achtlos auf die Anrichte und begann, den Tisch zu decken, während Amy ihnen noch rasch einen Salat zubereitete. Joshuas Hunger war wieder da und Amy war eine sehr gute Köchin. Gemeinsam saßen sie am Esstisch, genossen den Abend und schwiegen. Charlie hatte sich inzwischen nach draußen verkrümelt. Nachdem er sein Futter verschlungen hatte, war er durch das offene Fenster verschwunden. Als sie fertig waren, wollte Amy aufspringen und das Geschirr abräumen. Doch als sie aufstand, bemerkte sie seinen ernsten Blick und hielt inne.

»Na, was wird denn das? Du hast doch wohl nicht vor, mir jetzt den Hintern hinterher zu tragen?«

Amy schürzte die Lippen und nickte herausfordernd. Er stand auf, nahm seinen Teller und kam zu ihr. Ganz dicht stellte er sich neben sie. Amy liebte es, so zu ihm hochblicken zu müssen. Sie hatte ein Faible für große Männer. Doch Josh war in vielerlei Hinsicht ein echter Traummann. Er beugte sich ein wenig vor und küsste sie liebevoll, während er ihr das Gedeck aus der Hand nahm, sich dann lächelnd von ihr löste und schnell in die Küche verschwand. Amy blieb im Wohnzimmer zurück und schüttelte nur den Kopf. Sie folgte ihm, verharrte in der Tür und sah zu, wie er alles wegräumte, die gebrauchten Servietten entsorgte und ihnen zwei Muffins als Dessert drapierte.

»Vielleicht sollte ich dich mal an den Stuhl fesseln, damit ich auch dazu komme, etwas zu tun«, gab sie mit gespielter Entrüstung bekannt.

Josh sah mit diesem dunklen Flackern in den Augen zu ihr hinunter und lächelte.

»Nicht meine Baustelle, Kleines. Den Gedanken an sich finde ich gut, mir wäre es nur lieber, wenn wir dabei die Rollen tauschen würden.«

Amy wurde es heiß in diesem Moment und in ihrem Körper zogen sich unanständig die Muskeln zusammen. Mit nur einem Blick hatte er es geschafft, sie zu erregen. Mit langsamen Bewegungen kam er auf die zu, ließ sie keine Sekunde aus den tiefblauen Augen. Er hatte immer noch dieses lustvolle Lächeln auf den Lippen. Amy fühlte sich gejagt. Sie grinste, drehte sich dann ruckartig um und rannte los. Doch Josh war schnell und hatte sie vor dem Esstisch schon wieder eingeholt. Ein Arm um ihre Taille beendete ihren »Fluchtversuch« rasch. Fest schloss er sie in die Arme, ihren Rücken gegen seine Brust gepresst.

»Meins«, raunte er sanft in ihr Ohr und sie erschauderte wohlig.

Amy drückte sich ihm entgegen, legte den Kopf nach hinten und sah ihn an. Das Grün ihrer Augen war noch dunkler geworden, die Pupillen weit und der liebliche Mund leicht geöffnet.

»Ja, nur deins.«

Joshua starrte sie reglos an. Sein erster Impuls war, sie auf dem Esstisch zu legen und ihr das zu geben, was sie begehrte. Aber er beherrschte sich mühevoll. Langsam löste sich sein Griff, und statt sie über die Schulter zu werfen und auf die Holzplatte appetitlich hinzulegen, griff er ihre Hand und führte sie zum Sofa. Amy schnaufte unwirsch und erntete dafür ein schiefes Grinsen. Sie setzten sich nebeneinander und er nahm den Laptop auf den Schoß. Jetzt wird es ernst, dachte sie nur. Ihr war mulmig zumute und ihr Herz fing wieder an, fleißig zu klopfen. Die Vorstellung mit ihm »Spielzeug« auszuwählen war erregend, aber es bedeutete auch, dass sie ehrlich sagen musste, was ihr gefiel und welche Fantasien sie anmachten. Das fiel ihr nicht leicht, obwohl sie sich von Josh verstanden und akzeptiert fühlte. Sie freute sich natürlich, aber ein Rest Scham war immer noch da und sie war besorgt, dass sie und er vielleicht doch unterschiedlicher waren, als sie es hoffte. Blass saß sie neben ihm und sagte kein Wort. Zuerst einmal stellte er eine sichere Internetverbindung her. Sebastian hatte ihm da vor Jahren etwas eingerichtet. Dann öffnete er eine Suchmaschine und sah Amy lächelnd an. Sie schien verlegen und unsicher.

»Keine Sorge, mein Engel. Wir werden viel Spaß haben. Du kannst ganz offen sein, ich bestehe sogar darauf, dass du ehrlich bist. Mit welchem Begriff möchtest du anfangen?«

Sie betrachtete den Bildschirm und presste die Lippen aufeinander. Ein Schulterzucken war alles, was sie zustande brachte. Josh blieb ruhig und gab die ersten Schlagwörter ein. BDSM, Bondage. Das Display füllte sich mit Bildern, die in Amy ein Gedankenfeuerwerk entfachten. Fasziniert starrte sie auf den Monitor. Wow, das war wirklich heiß und ihr Unterleib zog sich heftig zusammen.

»Sag mir, was dich anspricht, was eher abstoßend ist oder was dir so einfällt. Sprich einfach mit mir.«

Amy zeigte auf einige Aufnahmen und allmählich löste sich ihre Zunge. Langsam arbeiteten sich die beiden durch verschiedene Begriffe, Fotos und Ideen. Amy sprach immer freier und sie erfuhren, dass sie anscheinend weitestgehend auf einer übereinstimmenden Wellenlänge lagen. Ihr fehlte natürlich die praktische Erfahrung, aber er beruhigte sie und gab ihr Vertrauen, dass sie eine Menge Spaß würden haben können. Ihre Wangen glühten rot, aber ihre Augen strahlten lebendig. Sie sammelten reichlich wichtige Eckdaten. Joshua war dominant, aber nicht sadistisch veranlagt. Amy fühlte sich auch nur devot und dabei kaum masochistisch. Schmerz würde also keine bedeutende Rolle spielen. Bei vielen Vorstellungen waren sie vollkommen gleicher Meinung. Kein Natursekt, Kaviar, keine Nadeln, Blut, Verletzungen, nicht Kitzeln, keine Schläge ins Gesicht. Bei Dingen wie Analsex und Wachs wusste Amy nicht, ob es ihr gefallen würde oder nicht. Sie war aber bereit es auszuprobieren, wenn sie behutsam vorgingen. Er nickte zustimmend. Beim Bereich Fesseln leuchteten Amys Augen wieder auf. Nur bei Mumifizierung und anderen Techniken wie Eingipsen, Vakuumlaken sträubte sich alles in ihr. Auch der Gedanke nur durch zwei Strohhalme, die in ihrer Nase steckten, Luft zu bekommen behagte ihr nicht. Josh war da komplett bei ihr, also war das Thema schnell vom Tisch.

»Was du noch brauchst, ist ein Safeword.«

Fragend sah sie ihn an.

»Sagen wir, ich stoße an eine Grenze. Egal ob absichtlich oder zufällig. Wenn du dann fühlst, dass es zu intensiv wird, du nicht mehr kannst oder etwas anderes nicht stimmt, kannst du das ganze Spiel abbrechen. Das ist ein sehr wichtiger Aspekt. Es sollte nicht leichtfertig verwendet werden, sondern ist ein echter Notausgang«, erläuterte er eindringlich.

»Du würdest dich dann zwingend daran halten?«

»Ja, unbedingt. In allem was wir erleben und ich mit dir anstelle, hast du das letzte Wort und die uneingeschränkte Macht, es zu beenden«, betonte er ernst.

Amy nickte. Es stellte zwar ihre bisherige Vorstellung von Unterwerfung und Dominanz ein wenig auf den Kopf, erschien aber jetzt, wo er es ihr erklärt hatte, einleuchtend. Sie kramte in ihren Gedanken nach einem passenden Begriff.

»Gut. Glühwürmchen.«

Jetzt da sie eine grobe Richtung hatten, öffnete er verschiedenen Seiten von Online-Shops. Amy war erstaunt über die Vielfalt an Spielzeugen. Diese Art von Shopping war ihr neu. Doch es machte ihr viel mehr Spaß als jede andere Art des Einkaufens. Und mit jedem Artikel, der in den Warenkorb einzog, wuchs ihre Fantasie, ihre Neugier und die Gier auf das Ausleben derselben mit diesem besonderen Mann, der neben ihr saß und seine »Begeisterung« nicht wirklich verbergen konnte. Lächelnd wanderten ihre Finger wie zufällig zu der enormen Beule in seinem Schritt. Josh zuckte nicht und blieb scheinbar unbewegt. Aber hinter seiner Stirn kämpfte er wie ein mythologischer Held mit seiner Lust. Er fuhr mit seinem Bestellvorgang fort und presste nur fest die Kiefer aufeinander. Amy sah nur auf den Monitor und streichelte zärtlich weiter. So als würde sie nur über seinen Arm streichen. Unschuldig und brav. Als er alles verschickt hatte, klappte er wortlos den Laptop zu und stellte ihn auf den Couchtisch. Ohne Vorwarnung griff er sanft mit beiden Händen in ihre Haare und zog den Kopf ganz langsam zurück. Amy gab willig nach, schloss die Augen. Er beugte sich vor, bedeckte ihren dargebotenen Hals mit liebevollen Küssen. Amy erschauderte wohlig und sie fühlte, wie es zwischen ihren Schenkeln merklich feucht wurde. Ihre Bummeltour hatte ihre Lust schon angefacht, und seine Lippen an ihrer Haut zu spüren, war wie Benzin, das in glimmendes Reisig geschüttet wird.

»Meine kleine Hexe«, flüsterte er mit seiner dunklen Stimme, die Amy eine angenehme Gänsehaut über den Rücken laufen ließ.

»Was mache ich nur mit dir?«, neckte er sie.

Amy tastete nach seinen Armen und fuhr unerträglich zärtlich darüber.

»Was immer du willst, mein Herr«, raunte sie leise.

Ein Lächeln umspielte ihre Mundwinkel. Er ließ ihr Haar

los und erhob sich. Sie beobachtete überrascht, wie er im Badezimmer verschwand. Damit hatte sie nicht gerechnet. Doch ehe sie ihm nachrufen konnte, ob etwas nicht in Ordnung sei, kehrte er mit dem Badmantelgürtel in seinen Händen zurück. Er stand nur da und schwieg. Aber seine Augen sprachen Bände. Mit eleganten, langsamen Bewegungen stieg Amy aus ihrer Kleidung, setzte sich nackt auf die Sofakante und strich zart über ihren Körper. Joshs Kiefer pressten sich fest aufeinander. Sie spielte das schönste aller Spiele mit ihm. Ein Teil in ihm war verführt, sich dem einfach so hinzugeben. Aber er wollte sie auch fesseln, ausliefern, mit ihrer Lust jonglieren, bis sie um Erlösung bettelte. Doch jetzt konnte er sich nicht zügeln. Mit drei großen Schritten stand er vor ihr. Sie lehnte sich nach hinten, die Knie geöffnet und präsentierte sich ihm in ihrer ganzen weiblichen Schönheit. Ihre Brüste reckten sich ihm wunderschön entgegen, die Nippel hoch aufgerichtet. Amy bewegte sich wie eine Tänzerin zu einer unhörbaren Musik. Sie positionierte die Handflächen gegeneinander und hielt ihm lächelnd die Handgelenke hin. Ohne einen weiteren Gedanken zu verschwenden, fesselte er sie zusammen, führte ihre Arme über ihren Kopf nach oben und hielt sie so fixiert. Josh legte ihr eine Hand zwischen ihre Beine, tauchte unumwunden in diese heiße Nässe ein und erntete dafür ein lautes Stöhnen. Er zog sich zurück, packte sie, zog sie vom Sofa und warf sie sich über die Schulter, wie eine kostbare Beute. Amy lachte verblüfft auf und ließ sich von ihm entführen. Sie betrachtete seinen knackigen Po und griff probeweise hinein. Ein herrliches Muskelspiel. Das brachte ihr einen Klaps ein, der sie wieder überrascht auflachen ließ. Er trug sie die Treppe hinauf und sie war fasziniert, wie mühelos ihm das gelang. So als wäre sie keine erwachsene Frau, sondern nur ein großes Paket Federn. Im Schlafzimmer angekommen stellte er sie auf die Füße. Sie beobachtete ihn aufmerksam, als er herumging, und verschiedene Kerzen anzündete, die im Raum verteilt waren.

Die Sonne war schon untergegangen und im Zimmer herrschte jetzt ein mystisch wirkendes Wechselspiel aus Licht und Schatten. Nackt stand sie da und wartete voller Ungeduld, was er mit ihr nun vorhatte. Ihr Herz pochte heftig in der Brust, denn sie hatte ganz bewusst mit dem Feuer gespielt, ihn provoziert und in dieses Spiel gelockt. Sie wollte die Beute sein, ein williges Opfer, das ihm diente und Freude bereitete. Bei ihm fühlte sie sich verstanden und akzeptiert. Und so scheute sie die Vorstellung, seine Lustsklavin zu sein, die sich seinem Willen unterwarf, nicht im Geringsten. Im Gegenteil; es erregte sie bis aufs Äußerste, wenn sie sich ausmalte, wie er ihren Körper benutzte und auf ihm spielte, als wäre sie ein Instrument, dem nur er die schönsten Melodien entlocken konnte. Joshua stellte sich vor sie und deutete auf ihre gefesselten Hände. Sie hielt sie ihm hin und zu ihrer Verwirrung löste er die Bindung an einem Handgelenk wieder. Fragend sah sie zu ihm auf, doch in seinem ruhigen Gesicht konnte sie keine Antwort darauf finden, warum er sie befreite. Schweigend lenkte er sie durch den Raum und sie folgte ihm gehorsam zu einem senkrechten Holzbalken, der vom Boden bis zur Decke reichte. Amy vermutete, dass dieses Haus einmal nur aus Erdgeschoss und einem Dachboden bestanden haben musste und dieser Träger ein Überbleibsel sei, als eine Etage aufgestockt wurde. Josh dirigierte sie mit dem Po an den Balken und stellte sie mit dem Rücken dicht an das weißlackierte Holz. Lächelnd ging er um sie herum und nahm dabei das noch in der Schlinge steckende Handgelenk mit zurück. Jetzt verstand sie, was er vorhatte und führte, ohne dass er einen Ton sagen musste, auch den anderen Arm nach hinten. Sie spürte, wie er ihre Hand ergriff und seine Lippen kurz ihre Fingerspitzen liebkosten. Eine kleine Belohnung für die Art, wie sie sich ihm anbot und bereitwillig auslieferte. Nachdem er ihre Handgelenke wieder verschnürt hatte, trat er um sie herum und betrachtete sie eingehend. Er hob eine Hand und streichelte zärtlich über ihre Wange.

»Wenn du wüsstest, wie bildschön du gerade bist«, sagte er sanft und sein Blick war voller Liebe und Bewunderung.

Er strich mit dem Daumen über ihre Lippen und sie öffnete den Mund und küsste seinen Finger. Josh ließ sie gewähren, als sie ihn mit den Zähnen neckte und spielerisch saugte. Doch er gab sich dem Genuss nur kurz hin und entzog ihr die Hand wieder.

»Knie dich zu Boden meine kleine freche Sklavin. Die Beine schön geöffnet und die Fußgelenke hinter dem Balken gekreuzt«, sagte er ruhig und beobachtete das Flackern in ihren Augen, als seine Stimmlage wieder jenen tiefen gebieterischen Klang annahm, den sie so sehr liebte. Nicht so geschickt, wie sie es sich wünschte, aber sie kam seinem Befehl nach und spreizte dabei aufreizend die Oberschenkel. Der Untergrund unter ihren Gelenken war hart, aber sie ignorierte es. Josh nickte zustimmend und ging zum Kleiderschrank. Er öffnete die Türen, zog eine Schublade heraus und kam mit einem Schal und zwei Gürteln zu ihr zurück. Amy spürte, wie es zwischen ihren Schenkeln merklich feuchter wurde und es in ihrer Lusthöhle pochte. Ihr Herz klopfte wie wild, als er hinter sie trat und auch um ihre Fußgelenke einen Stoffgürtel schlang und sie so in dieser Haltung fixierte. Sie zog die Schultern nach hinten und präsentierte sich ihm in ihrer ganzen Schönheit, als er wieder in ihr Blickfeld trat. Lächelnd hockte er sich zu ihr zu Boden und betrachtete sie aufmerksam.

»Hm, ich kann mich nur schwer festlegen. Mit dem Schal werde ich dir auf jeden Fall deine Augen verbinden, doch was mache ich mit dem Gürtel? Soll ich dich damit knebeln oder ihn dir lieber um den Hals legen, damit du mir noch besser dienen kannst?«, zählte er die Optionen auf und legte den Kopf schief, als müsse er darüber gründlich nachdenken. In Wirklichkeit wollte er sehen, welche Vorstellung ihr dabei am meisten zusagte. Amy wusste nichts zu antworten. Beide Fantasien waren so unglaublich erregend und dennoch neu, dass sie lieber Joshua die Entscheidung überlassen wollte. Da sie nichts sagte und ihn immer noch aus ihren großen, lebendig glänzenden Augen ansah, nahm er an, dass sie mit beidem einverstanden sei. Er entschied sich ihr die Augen zu verbinden und den Gürtel locker um ihren Hals zu legen, und sie so noch mehr an den Balken zu fixieren. So konnte sie sich jederzeit melden, wenn es ihr unangenehm wurde.

»Ich denke, ich werde beides tun. Nacheinander. Zuerst möchte ich mich von dir verwöhnen lassen und dafür brauche ich deinen sinnlichen Mund frei und uneingeschränkt«, meinte er und lächelte sie schief an, als sie eifrig nickte und sich mit der Zunge über die Lippen fuhr, als wolle sie sich für ihn fertig machen.

Vorsichtig stand er auf, verband ihr mit dem weichen Schal die Augen und schlang den Gürtel auf Halshöhe um den Träger und verschloss ihn so, dass sie sich nun noch weniger bewegen konnte. Sorgsam kontrollierte er, dass sie ausreichend Luft bekam. Erst dann trat er zurück und entledigte sich seiner Kleidung, ließ sie jedoch keine Sekunde aus den Augen. Er registrierte lächelnd, dass sie langsam zappelig wurde, sich in ihren Bindungen bewegte und immer wieder voller Vorfreude auf die Unterlippe biss.

»Ist meine Sklavin bereit mir zu dienen?«, raunte er leise und sie nickte eifrig.

»Ja mein Herr. Bitte lass mich dir eine Freude machen«, flehte sie.

Joshua kam nah an sie heran und seine Eichel berührte ihre Wange. Gierig wendete sie sich ihm zu und stülpte ihre Lippen über seine Erektion. Ungeduldig wollte sie ihn sogleich ganz in ihrer Mundhöhle aufnehmen, doch als sie den Kopf vorschieben wollte, spürte sie den breiten Gürtel über ihrer Kehle, der sie zügelte. Nur schweren Herzens beherrschte sie sich und verwöhnte ihn nur in den ihr auferlegten Grenze. Josh sah auf sie herab und fuhr ihr liebevoll über den Scheitel.

Vorsichtig stieß er tiefer in ihren Mund und ließ sich von ihrer geschickten Zunge verwöhnen. Immer wieder spielte sie mit seinem Bändchen, knabberte mit den Zähnen an seiner Eichel und strich mit den Lippen seinen harten Schaft auf und ab. Sie wechselte das Tempo, den Druck, sie trieb ihn oft bis kurz vor den Höhepunkt und ließ in richtigen Moment wieder mit ihren Bemühungen nach, als könnte sie genau spüren, was in seinem Körper vor sich ging. Jetzt zerrte Joshuas Geduld langsam an den Zügeln und er war amüsiert und irritiert, wie sie es schaffte, das Spiel so leicht umzudrehen und ihn damit beinah willenlos seiner eigenen Lust auszuliefern. Ihre entwaffnende Geschicklichkeit und Hingabe war eine echte Herausforderung an seine Beherrschung und er war verführt, sein Sperma tief in ihren Mund zu ergießen, und sich der unerträglichen Bedrängnis zu entledigen. Aber sie sollte nicht wissen, dass sie diese Runde gewonnen hatte.

»Bist du bereit, den Saft deines Herrn zu schlucken, meine Kleine?«

Er versuchte es klingen zu lassen, als wäre nur das sein Grund gewesen, warum er sich noch nicht in sie entladen hatte. Sie sollte nicht merken, wie groß ihre Macht über ihn war.

Amy zitterte vor Erregung bei dem Klang seiner Stimme. Ihre Knie begannen wehzutun, doch sie hieß den Schmerz demütig willkommen und genoss, wie Joshua sich von ihr verwöhnen ließ, sie benutzte.

»Ja, mein Herr. Bitte!«, presste sie begeistert hervor und nickte heftig, obwohl sich der Druck um ihren Hals dabei merklich verstärkte. Auch dieser neue Sinneseindruck steigerte ihre Geilheit in nie gekannte Ausmaße. Niemals hatte sie erwartet, dass ihre devote Neigung so stark und erfüllend sein würde. Josh trat näher und Amy öffnete willig den Mund und nahm seine Erektion gierig in sich auf. Fast war es zu viel, ein Übermaß an Reizen, das auf seinen Körper einprasselte, als sie fortfuhr, ihn den Berg des Verlangens erneut hinaufzuscheuchen. Er keuchte, legte seine Hände an ihren Kopf und zog sie tief und rasch auf seinen harten Schaft. Amy konzentrierte sich nun ganz auf die verbliebenen Sinne. Der immer heiser klingendere Atem, sein heftiges Stöhnen und das verräterische Zucken, das seinen Schwanz immer wieder praller werden ließ. Doch dieses Mal gab sie nicht nach, sondern verstärkte den Druck ihrer Lippen und den Tanz ihrer Zunge um seine Äderung und die glatte Eichel. Plötzlich hielt er die Luft an und zog sie bis zum Anschlag auf seine Erektion, die sich mit einem Mal zuckend entlud. Er rief ihren Namen und ließ sich vom Rausch der Erlösung einfach mitreißen. Amy schluckte seinen Saft rasch herunter und verharrte kurz, um ihren Herrn nicht mit der Reizüberflutung zu quälen. Erst als sie spürte, dass er sich zu entspannen begann, leckte sie ganz sachte seinen Schaft sauber, nahm auch den letzten Tropfen in sich auf und liebkoste ihn zärtlich. Josh sah zu ihr hinunter und sie wirkte ruhig und selig, als wäre es für sie ein ebenso intensives Vergnügen, wie für ihn selbst gewesen. Doch ihm war auch bewusst, dass sie schon sehr lange für ihn in dieser krafttraubenden Position ausharrte und ihre Gelenke bestimmt bereits schmerzten. Dass sie sich nicht beklagte und für ihn aushielt, war eine große Ehre und er war so voll tiefer Liebe, dass es ihn fast überforderte. Er trat von ihr zurück, umrundete den Balken und befreite rasch ihre Fußgelenke. Er griff in ihre Taille und hob sie hoch, damit sie ihre Knie erleichtern konnte.

»Setz dich langsam zu Boden, meine Kleine«, raunte er sanft und stützte sie, als sie sich hinsetzte und vorsichtig die Gliedmaßen ausstreckte. Amy gehorchte und hieß die Entlastung ihrer Beine dankbar willkommen. Josh ließ sie kurz pausieren, ging hinter die Säule und löste den Verschluss des Gürtels, der um ihren Hals lag. Doch er entfernte ihn nicht, sondern brachte ihn nur in eine andere Position.

»Öffne den Mund, damit ich dich knebeln kann«, sagte er

und sie lehnte den Hinterkopf an das Holz und kam seinem Befehl nach. Sie konnte es jetzt nicht mehr erwarten, auch von der brennenden Lust in ihrem Inneren erlöst zu werden. Das Ganze war so aufregend, dass sie das Gefühl hatte, kaum noch bei klarem Verstand zu sein. Zwischen ihren Schenkeln pochte es und sie bemerkte deutlich, dass der Lustsaft aus ihr herausrann und den glatten Holzboden benetzte. Josh führte den Gürtel zwischen ihre Lippen und zog ihn eng, bis er ihren Kopf fest an den Balken presste und sie wirksam knebelte. Amy spürte das Leder auf ihrer Zunge und schmeckte den Geschmack des Naturmaterials. Sie biss drauf und fühlte eine neuerliche Welle der Erregung durch ihren Geist schwappen. Sie schnaufte und gab sich ganz diesem Eindruck hin, der ihr Begehren noch steigerte. Jetzt konnte sie ihn nicht einmal mehr anflehen, sie endlich zu erlösen. Sie war ganz seinem Willen ausgeliefert und diese Erkenntnis war so antörnend, dass sie überzeugt war, dass es nicht viel fehlte, um sie dem ersehnten Orgasmus auszuliefern.

»Stell die Beine auf und spreize sie. Ich will meiner Sklavin ihre Belohnung zukommen lassen«, sagte er und seine tiefe Stimme hallte durch ihren leergefegten Verstand. Sie kam umgehend seinem Befehl nach und keuchte leise, weil sie es kaum noch erwarten konnte, dass er sie berührte. Joshua kniete sich zwischen ihre geöffneten Schenkel und begann mit den Fingerspitzen über ihren erhitzen Körper zu streicheln. Er fuhr über ihren Brustkorb, der sich im Takt ihrer raschen Atmung hob und senkte. Stöhnend wölbte sie sich seinen Zärtlichkeiten entgegen, hob das Becken ein wenig an, um ihn stumm anzubetteln, sie endlich zu erlösen. Josh grinste schelmisch, griff sich ihre Brüste, spielte mit ihren harten Brustwarzen. Amy wand sich voller Lust unter dieser groben Behandlung und biss fest auf den Gürtel.

»Meine Kleine will schon wieder das Tempo bestimmen«, neckte er sie und sie konnte nichts tun, als sich unter seiner

Bearbeitung zu winden und zu warten. Sie war seiner Gnade ganz und gar ausgeliefert und das war ebenso erregend wie quälend.

»Doch da du mir bisher so viel Vergnügen bereitet hast, werde ich dich jetzt auch kommen lassen«, fuhr er fort und sah, wie sie erneut fordernd das Becken hob.

Dieses Mal folgte er der Einladung, legte eine Hand zwischen ihre Schenkel, spreizte ihre geschwollenen Schamlippen und tauchte mit zwei Fingern tief in ihre heiße Lusthöhle ein. Amy keuchte vernehmlich auf und war kurz davor, innerlich zu explodieren. Josh ließ sie jetzt auch nicht länger leiden. Er bewegte die Finger in ihrer engen Öffnung und rieb gleichzeitig ihre pralle Klitoris mit dem Daumen. Mal langsamer und zärtlicher, dann schnell und fest. Amy ruckte und zerrte in der Fesselung, ihr Atem kam nur noch stoßweise und sie nahm wahr, wie sich in ihrem Inneren etwas zusammenbraute, als wäre in ihrem Körper ein Vulkan kurz vor dem Ausbruch. Plötzlich stockte ihr der Atem, ihre Füße wurden ganz gefühllos und sie bäumte sich heftig in den Fixierungen auf. Sie stöhnte laut in den Raum und zuckte nur noch hilflos, als sie der Orgasmus durchflutete und ihr Denken in Millionen Teile zerriss. Josh ließ sofort von ihr ab, sprang auf die Beine und eilte hinter die Säule, um sie von allen Fesseln zu befreien. Er setzte sich neben sie und zog ihren bebenden Leib auf seinen Schoß. Beruhigend wiegte er sie in seinen Armen, küsste sie sanft auf den Scheitel und wartete, dass sie wieder in diese Welt zurückkehrte.

Amy hielt die Augen geschlossen, lauschte Joshuas Herzschlag und ließ sich mit diesen wundervollen Eindrücken einfach in einen ruhigen Schlaf begleiten. Sie war so erschöpft, so glücklich, dass sie in diesem Glücksgefühl einfach versank. Joshua bemerkte es erst später, dass sie eingeschlafen war. Vorsichtig erhob er sich mit ihr in den Armen und trug sie zum Bett herüber. Rasch löschte er alle Kerzen, legte sich zu ihr und deckte sie beide zu. Amy war nicht erwacht, als er sie in seine Umarmung zog. Sie murmelte kurz etwas vor sich hin und kuschelte sich dann lächelnd an seine Brust.

Kapitel 10

Nachts kam sie kurz zu sich. Sie lag immer noch in seiner Umarmung. Behutsam drehte sie den Kopf und betrachtete ihn im Schein des Mondes, der durch das Fenster fiel. Tief in sich spürte sie ein Gefühl, das erfüllender war, als alles was sie je empfunden hatte. So intensiv und verschlingend, dass sie immer noch versuchte, es zu beherrschen. Aber diese Emotion ließ sich nicht länger bändigen. Sie liebte ihn bedingungslos. Eine Erkenntnis, die so schlicht klang, aber ihr ganzes Denken dabei völlig aus der Bahn warf. Liebevoll beobachtete sie sein schönes Gesicht in der milden Helligkeit des Zimmers. Josh war einfach neben ihr eingeschlafen und hatte die Vorhänge nicht mehr geschlossen, sodass der Raum im fahlen Licht des Vollmondes lag. Im Schlaf wirkte er so jugendlich und friedlich. Seine Lippen luden ein, geküsst zu werden. Wie gern würde sie jetzt ihre Finger in seinem dichten Haar vergraben. Aber sie begnügte sich damit, ihn anzusehen, seinen warmen Atem zu spüren und seine Nähe zu genießen. Jetzt konnten sie beginnen zu entdecken, wohin ihre Reise ging. Und für Amy war es nicht mehr nur das Abenteuer ihrer Begierde, sondern auch der Anfang einer Liebe, die sie so noch nicht gekannt hatte. Langsam schloss sie die Lider und glitt wieder in einen tiefen Schlaf hinüber.

Am nächsten Morgen wachte sie immer noch an Joshuas Brustkorb gekuschelt auf. Sie schaute auf und erkannte, dass er anscheinend bereits länger wach war, denn er sah mit wachsamen Augen auf sie herab. Ein leichtes, seliges Lächeln auf den Lippen.

»Guten Morgen, kleine Schönheit.«

Amy starrte ihn an und bemerkte einen neuen Ausdruck in seinem attraktiven Gesicht. Wie viele Facetten hatte dieser Mann nur?

»Guten Morgen. Bist du schon lange wach?«

Josh zuckte die Schultern.

»Zeit ist relativ.«

Sie konnte nicht anders als zu grinsen.

»Du bist aber schon sehr früh philosophisch veranlagt.«

Er tippte ihr strafend auf die Nasenspitze und lächelte.

»Ich habe dir beim Schlafen zugesehen, und es war sehr schön. Jetzt bist du wach und ich könnte dich immer noch stundenlang anstarren.«

Amy errötete, drehte sich ihm zu und verbarg das Gesicht an seiner Brust. Josh schloss sie noch inniger in die Arme.

»Hm, das hat natürlich auch etwas.«

Er überlegte, ob er sie fragen sollte, ob es für sie gestern Abend ebenso wundervoll gewesen war, wie für ihn, aber er hatte das starke Gefühl die Antwort schon in ihren Augen gelesen zu haben, die ihm geradezu entgegenstrahlten.

Amy lächelte, genoss die Nähe und zog seinen Duft tief durch die Nase ein. Sie fühlte sich so geborgen, wie sie es nicht mehr für möglich gehalten hatte.

»Wann ist es eigentlich sicher genug, dass ich wieder Kontakt mit der Außenwelt aufnehmen kann? Wenigstens mit meiner Familie oder meinem Arbeitgeber.«

Josh runzelte die Stirn und sein Körper verspannte sich. Darüber hatte er sich noch kaum Gedanken gemacht. Aber es war nur natürlich, dass sie wieder nach Hause wollte. Hatte er wirklich gedacht, sie würde bei ihm bleiben, nachdem das alles durchgestanden war? Diese Vorstellung tat unerwartet weh. Zu sehr hatte er die Zweisamkeit bisher genossen und sich darauf gefreut, dass sie endlich Zeit nur füreinander hatten. Dabei hatte er die Frage, ob sie vielleicht einfach in ihr altes

Leben zurückkehren wollte, weit von sich geschoben. Er legte sein Kinn auf ihrem Kopf ab und nahm den Duft ihres Haares wahr. Und zum ersten Mal war das schmerzlich. Etwas in ihm wollte nun Gewissheit haben, wie sie für ihn empfand und wie sie sich vorstellte, dass es weitergehen würde. Aber der Teil, der es gerade so sehr genoss, dass sie bei ihm war, ihm gehörte, wollte den Moment nicht zerstören. Lieber noch ein wenig in der Illusion schwelgen, dass sie ebenso fühlte wie er.

»Ich werde mit Sebastian sprechen. Er kann am unauffälligsten sondieren, wie die Situation ist«, erklärte er und Amy bemerkte, wie nüchtern seine Stimme plötzlich klang.

Sie wollte zu ihm hochsehen, um in seinen Augen zu lesen, was in ihm vorging. Aber sein Kopf lag auf ihrem und sie wollte sich aus dieser innigen Geborgenheit einfach nicht lösen. Sie nickte nur still und kuschelte sich noch fester an seinen warmen Körper. Charlie beendete kurz darauf die zweisame Ruhe. Brabbelnd sprang er zu ihnen ins Bett und quetschte seinen flauschigen Körper zwischen sie. Amy und Joshua lösten sich ein wenig voneinander und streichelten zusammen das schnurrende Fellknäuel.

»Guten Morgen Charlie. Können wir dir zu Diensten sein?«, witzelte Amy.

Wie auf Kommando gab der Kater ein paar krächzende Laute von sich, seine Art des Maunzens, und arbeitete sich unter den Händen wieder hervor. Josh grinste nur.

»Okay, wir haben verstanden«, meinte er, schwang sich aus dem Bett und schlüpfte in Shorts, T-Shirt und Jogginghose.

»Ich werde das kleine Monster mal füttern.«

»Ja, er bekommt ja nie etwas zu essen. Armes Kätzchen«, sagte Amy theatralisch und Charlie unterstrich es mit einem weiteren seiner interessanten Töne.

»Armer, verhungerter Kater«, stimmte Joshua zu.

Damit verschwanden das Fellknäuel und sein Herrchen in Richtung Treppe. Amy blieb zurück und sah ihnen grübelnd nach. Warum war er so reserviert geworden, nachdem sie gefragt hatte, wann sie mit ihrem ursprünglichen Leben wieder Kontakt haben konnte? Machte er sich immer noch Sorgen um ihre Sicherheit? Oder gab es einen anderen Grund? Sie beschloss, das Thema in einer ruhigen Minute noch einmal anzusprechen. Ihre seltsamen Theorien halfen nichts. Sie stand auf, schlüpfte in ein paar bequeme Sachen und ging dann zu den beiden „Herren" des Hauses nach unten. Die Aufmerksamkeit der kleinen Fusselbürste lag schon komplett auf seinem Napf und dessen Inhalt. Josh machte sich einen Kaffee und sah Amy fragend an.

»Ich nehme mir einen Saft.«

»Möchtest du etwas Frühstücken? Ich kann uns Pancakes machen.«

Doch Amy schüttelte den Kopf.

»Nein, ich und morgens etwas essen. Da führt kein Weg zueinander«, erwiderte sie und öffnete den Kühlschrank. Ein Glas Multivitaminsaft war alles, was sie um diese Zeit vertrug. Während er seinen Kaffee aufbrühte, fiel ihr auf, dass er das erste Mal keinen Tee trank.

»Schön, dich Kaffee machen zu sehen«, kommentierte sie kryptisch.

Fragend sah er sie an. Ein Ausdruck, der ihn viel jünger wirken ließ. Amy konnte ein Kichern nur mit Mühe unterdrücken.

»Ich kann mit einer Küche umgehen«, gab er verwirrt zurück.

Amy wurde ernster. Es war unpassend Witze darüber zu machen, warum er sich in den letzten Tagen vom Koffein ferngehalten hatte. Immerhin verdankte sie auch dieser Tatsache ihr Leben.

»An dem Morgen, als ich dir Frühstück gemacht habe, fragte ich dich, ob du einen Kaffee willst. Du hast erwidert, dass du lieber darauf verzichtest, weil du in nächster Zeit eine ruhige Hand brauchst. Es ist eine Wohltat zu sehen, dass auch du dich sicher fühlst.«

Joshuas Lächeln wurde unsicher. Er nickte nur und goss sich eine Tasse ein. Amys schlechtes Gewissen verstärkte sich. Es war schon das zweite Mal heute, dass sie das Gefühl hatte, die gute Stimmung ruiniert zu haben.

»Bitte entschuldige, ich wollte dich nicht verärgern.«

Josh sah sie an und er wirkte wieder freundlich und gelöster.

»Ich bin nicht verärgert. Ich überlege gerade, was wir aus dieser Sicherheit machen können. Hättest du Lust mit mir mal hier herauszukommen? Vielleicht mal mit einem Boot über eine kleine Bucht tuckern? In der Nähe gibt es eine tolle Stelle. Wenn die Sonne scheint, ist es ein herrliches Fleckchen Erde. Ich nehme uns was zu essen mit und wir fahren mal ein wenig raus«, schlug er vor.

Amys Züge hellten sich merklich auf. Sie nickte, leerte ihr Glas und lief eilig unter die Dusche. Josh blieb zurück und sah ihr nach. Es würde ihnen wirklich guttun, das Haus mal zu verlassen. Und der Ort, von dem er sprach, war ganz einsam. Er hatte dort früher gern geangelt. Er konnte beruhigt sein, auch wenn ein Teil von ihm ihn immer noch warnte, wachsam und vorsichtig zu bleiben.

Während Amy duschte, wanderte er mit seinem Kaffee ins Arbeitszimmer und schrieb Sebastian eine Nachricht. Er sollte sich mal umhören, wie es in Seattle aussah und ob es sonst noch wichtige Neuigkeiten gab. Er schickte alles ab, klappte das Gerät zu und ging in die Küche. Nachdem er kurz durch den Kühlschrank und die Schränke gestöbert hatte, machte er sich Gedanken, was sie so mitnehmen würden. Nach einem Blick zum Fenster hinaus entschied er sich für Sachen, die nicht so leicht schlecht wurden. Sicherlich würden sie heute mehr als zwanzig Grad bekommen und da wollte er keine Lebensmittelvergiftung riskieren. Er packte ihnen einen Korb mit Obst, Keksen, Crackern, Marmelade und Getränken zusammen. Pünktlich, als er den Proviant im Wagen verstaut hatte, war auch Amy fertig. Ihr Haar hatte sie mit einer Klammer zu einem üppigen Knoten gebändigt, sie trug Jeans, Turnschuhe und ein mintfarbenes, trägerloses Top mit einer dünnen, weißen Jacke darüber. Josh starrte sie an. Ihr Lächeln war einfach bezaubernd und er freute sich so sehr, sie an diesem Nachmittag für sich zu haben. Innerlich betete eine kleine, hässliche Stimme, sie müsste noch länger bei ihm sein. Joshua hoffte, diese Seite an ihm würde einen raschen Tod sterben und aufhören solche Wünsche zu streuen. Er wollte diese wundervolle Frau bei sich haben, aber nicht, da sie sonst in großer Gefahr war, sondern weil sie bei ihm sein wollte. Er schüttelte den Kopf und vertrieb die Gedanken.

»Ich habe uns schon alles gepackt und im Wagen verstaut. Ich bin nur rasch duschen, dann können wir los«, verkündete er fröhlich.

Amy nickte und sah ihm noch nach, wie er ins Bad verschwand. Da er immer schnell war, trank sie nur noch etwas und sah aus dem Fenster. Wie immer stand er plötzlich hinter ihr in der Tür, ohne dass sie ihn bemerkt hatte. Diese Fähigkeit würde er wohl nie mehr aufgeben können. Still schaute er sie noch einen Moment lang an, ehe er sich räusperte.

»Ich bin so weit«, sagte er.

Amy stellte nur ihr Glas in die Spüle, kam zu ihm und nahm ihn kurz in den Arm. Dann machten sie sich auf den Weg.

Nach einer halben Stunde, während der sie einer Küstenstraße gefolgt waren, bog Josh in einen kaum erkennbaren Weg ab. Sie fuhren durch ein kleines Wäldchen und Amy sah aufgeregt aus dem Fenster. Die Landschaft war so wundervoll und ihr schien es, als habe sie in Seattle niemals ein Auge für etwas anderes als die Stadt und die Arbeit gehabt. Jetzt nahm sie all diese Eindrücke wie ein Schwamm auf und freute sich mehr denn je, wieder frei und am Leben zu sein. Am Waldrand brachte Joshua den Wagen zum Stehen und stieg aus. Amy folgte ihm und roch gleich den Duft von Holz und Meer. Eine würzige Mischung, die sie tief einatmete. Sie hörte Möwen kreischen, doch noch sah sie nichts außer Bäume. Er nahm die Decken und den Lunchkorb zur Hand und marschierte los. Die Bepflanzung endete nur wenige Meter vor dem Wasser. Amy verharrte und betrachtete die ruhige Bucht, die von Wald gesäumt war. An einem Steg lag ein Boot befestigt und er ging zielstrebig darauf zu. Es hatte nur einen kleinen Außenbordmotor und war mit einer Plane abgedeckt. Er entfernte den Schutz, kontrollierte den Motor und den Zustand und war anscheinend zufrieden. Decken, Paddel und Lebensmittel wurden ordentlich verstaut und dann sah er zu ihr hinüber.

»Möchtest du lieber schwimmen?«, witzelte er.

Amy grinste, schüttelte den Kopf und gesellte sich zu ihm. Vorsichtig stieg sie in das wackelige Boot und suchte sich mittig einen Platz. Ein bisschen seltsam war ihr schon zumute. Dennoch vertraute sie auf Josh und im Notfall war sie eine sehr gute Schwimmerin. Die Leinen wurden gelöst, er stieß sie mit einem Ruder ein wenig vom Steg ab und brachte nach zwei Versuchen den Außenborder ans Laufen. Leise tuckernd ließen sie das Ufer hinter sich und steuerten über das Wasser. Im ersten Moment dachte Amy, das es keine Bucht, sondern ein See sei, denn sie entdeckte ringsherum immer nur Wald, der das Ufer säumte. Doch es war alles einfach viel größer als sie erwartet hatte. Gemütlich tuckerten sie durch die Abzweigungen, bis sie endlich die Stelle erreichten, von der aus sie den Ozean sehen konnte. Amys Augen weiteten sich. Der Übergang von der ruhigen Meerenge in die offene, kobaltblaue See war ein atemberaubender Anblick. Er machte den Motor aus und sie trieben still dahin.

»Es ist wunderschön hier, Josh.«

Er lächelte und folgte ihrem Blick. Einen Moment lang herrschte entspanntes Schweigen.

»Mein Großvater hat schon das Meer geliebt. Ich denke, er hat mich damit angesteckt.«

Er betrachtete sie und schwieg. Es war das erste Mal, dass sie einfach so vor sich hin etwas von sich preisgab. Geduldig wartete er ab, ob sie weitersprechen würde.

»Er kam aus Kanada und hat mir immer von der blauen See vorgeschwärmt. Ich kannte nur die trübe Brühe von Seattle und dachte nicht, dass ich das einmal schön finden würde. Aber jetzt kann ich ihn und seine Begeisterung verstehen.«

Lächelnd sah sie ihn an.

»Danke«, sagte sie feierlich.

»Ich habe nichts getan, wofür du mir danken müsstest«, gab er zurück und bemerkte, wie sie die Augenbrauen zusammenzog und ihn tadelnd betrachtete.

»Du hast mir das Leben gerettet, mich aus diesem Kerker befreit, beschützt und mir all das hier ermöglicht. Wenn das keine Gründe für ein simples Dankeschön sind, frage ich mich, was es dann sein könnte«, grummelte sie.

Josh gab nach, auch wenn es ihm nicht so leicht fiel. Er nickte schließlich nur und sie sah wieder aufs Meer hinaus.

»Vermisst du dein Zuhause sehr?«, fragte er unvermittelt.

Amy sah ihn an und er spürte plötzlich deutlich, wie sehr er sich vor der Antwort fürchtete. Er rätselte in den Sekunden, ehe sie etwas erwiderte, hin und her, warum er ausgerechnet jetzt diese Frage gestellt hatte. Doch nun war es zu spät. Die Worte waren heraus.

»Du meinst mein früheres Leben?«

Joshua nickte nur. Er wünschte, er könnte es zurücknehmen. Einfach einen Scherz reißen und alles ungeschehen machen. Doch er spannte nur die Kiefermuskeln an und blieb stumm. Amy blickte wieder aufs Meer hinaus und lächelte schwach. Dann schüttelte sie ganz langsam den Kopf und erzeugte in Joshs Gefühlswelt einen Taumel, den er jedoch mit keinerlei Regung verriet.

»Ich denke nicht. Mein Alltag in Seattle war recht einsam und trostlos. Ich hatte nur meine Arbeit und das Haus. Die Stadt war nie so meins, und wenn man nicht auf Shoppen und Partys steht, hat man auch einen kleinen Freundeskreis. In meinem Fall fast nur Kollegen. Mit der Familie hatte ich auch nur spärlich Kontakt. Meine Mom lebt in Florida mit ihrem Freund und mein Dad ist schon lange tot. Ich habe ihn kaum gekannt. Sonst ist da vermutlich niemand, dem auch nur aufgefallen sein könnte, dass ich weg bin«, antwortete sie traurig.

Trübsinnig starrte sie auf das Wasser und hing einen Moment ihren Gedanken nach. Die Offenheit tat gut und sie hatte das Gefühl, mit ihm über alles reden zu können. Dennoch war es eine bittere Erkenntnis zu wissen, dass sie niemand wirklich vermisste. Joshua fühlte immer noch ein gewisses Hochgefühl in seiner Seele und so stellte er die entscheidende Frage, die ihn schon einige Zeit bedrückte.

»Bist du hier glücklich? Mit mir?«

Amy sah ihn an und ihr Blick war fest und stark. Doch sie war ernst und das verunsicherte ihn zutiefst. Innerlich wappnete er sich für eine Enttäuschung, die dem Moment den Zauber nehmen würde.

»Ja, das bin ich«, erwiderte sie und noch immer blieben ihre Gesichtszüge ruhig und unbewegt. Er starrte sie nur an und überlegte, was er nun tun oder sagen sollte. Da er jetzt schon den ersten Schritt gemacht hatte, beschloss er diesem Weg einfach zu folgen. Zurück ging es nun ohnehin nicht mehr. Nur wenn einer von ihnen aus dem Boot fiel, wäre es genug Ablenkung gewesen.

»Ich habe mich gefragt, wie es nun weitergehen wird?«

»Was wünscht du dir denn?«

Josh unterbrach den Blickkontakt und sah hinaus aufs Meer. Er stellte sich die Frage, wie weit er nun gehen wollte. Ob er ihr alles sagen würde und was das für sie beide bedeuten konnte.

»Ich würde gern mein bisheriges Leben hinter mir lassen und mit dir zusammen ein neues beginnen«, gestand er unerwartet offen.

Doch ihm fehlte der Mut, ihr dabei in die Augen zu sehen. Er war nicht sicher, ob er es ertragen konnte, wenn sie ihn nun ablehnte, ihm sagte, dass er mit seiner Vergangenheit niemals für sie infrage käme. Die Frau, an deren Hände keinerlei Blut klebte.

»Ich habe mich in dich verliebt, Joshua. Und ich würde mir nichts mehr wünschen, als bei dir zu bleiben«, flüsterte sie plötzlich.

Er sah sie an, denn er konnte nicht glauben, was er da hörte. Er suchte in ihrem Gesicht intensiv nach Indizien für einen grausamen Scherz, aber er fand keine Hinweise. Sie lächelte vorsichtig, vielleicht ein wenig verunsichert. Aber ihre Augen strahlten. Langsam beugte er sich zu ihr vor und nahm sie liebevoll in die Arme. Ein Gefühl von Wärme und Liebe strömte durch sein Innerstes. Er war noch nie so glücklich gewesen, wie in diesem Moment. Der Eindruck, dass er die Chance auf einen echten Neuanfang mit dieser wundervollen Frau haben könnte, war berauschend. Niemals hätte er gedacht, solch ein Glück haben zu dürfen. Schweigend genossen sie beide den Augenblick.

Eine halbe Stunde später warf Joshua den Motor an und steuerte zielgerichtet auf eine Stelle am Ufer zu. Hier hatte sich Sand angelagert und so einen vier Meter breiten Strand angelegt. Er fuhr so dicht wie möglich ans Land und sprang dann in das kniehohe Wasser. Mit einem Seil sicherte er das Boot an einem Baumstamm. Er wollte gerade Amy anbieten sie rüberzutragen, als auch sie einfach hüpfte. Auch wenn es kalt war, so würde die Sonne doch bald wieder die Kleider trocknen. Josh zog das Boot näher heran und holte ihre Sachen aus dem Bug, während sie sich umsah und ein wenig verträumt ihre Umgebung beobachtete. Er breitete ihnen eine große Decke aus und suchte im Picknickkorb nach Bechern und etwas zu trinken. Amy hatte ihre Hose ausgezogen und mit der dünnen Jacke über einen umgestürzten Stamm zum trocknen gelegt. Nur in Slip und Top schlenderte sie zu ihm herüber und machte es sich auf der Unterlage gemütlich.

»Und, bist du mit diesem Platz einverstanden?«

Amy lächelte und nickte.

»Es ist genehm, der Herr«, antwortete sie gestelzt.

Sie hob anmutig das Kinn, was ihr ein hochnäsiges Aussehen geben sollte. Doch als sie loslachte, war es damit vorbei. Joshua fiel mit ein und reichte ihr ein Glas.

»Darf ich Mylady etwas zu trinken reichen?«, witzelte jetzt auch er.

Sie setzte sich auf, nahm einen Schluck Saft und tat so, als würde sie den Geschmack fachmännisch prüfen.

»Ein guter Jahrgang. Danke.«

Er grinste sie nur an. Seit er gehört hatte, dass sie gar nicht von ihm weg wollte, ging es ihm erheblich besser. Endlich konnten sie wieder miteinander lachen und scherzen.

»Wie alt bist du eigentlich, Josh?«

»Ich werde im Oktober 36. Und du?«

Sie schlug in seine Richtung und lächelte.

»Hat dir noch niemand gesagt, dass man das eine Frau nie fragen darf. Zwei Regeln, mein Lieber. Niemals nach Gewicht und Alter fragen.«

Joch richtete sich auf, drückte sie auf die Decke und küsste sie. Gemimt prüfend sah er immer wieder an ihr herab und bedachte ihre Haut dabei spielerisch mit federleichten Küssen.

»Hm, lass mich mal überlegen. Gewicht? Sagen wir 4 bis 5 Kilo zu wenig. Alter? Zu jung, um so kess zu sein«, sagte er mit gespieltem Ernst und sah sie mit einem neckischen Glitzern in den Augen an. Amy schüttelte nur den Kopf.

»Zu wenige Kilos gibt es nicht bei Frauen. Und zu jung.

Nein. Mit fast 29, kann ich so frech sein, wie ich will«, erwiderte sie und wurde kühler.

Josh erkannte, dass diese Themen ein heikles Terrain waren. Rückblickend hatte er nie eine Frau gekannt, die bei dem Thema Körpergewicht nicht empfindlich gewesen war. Er hatte es schon lange als etwas Weibliches abgetan, sich wegen einer Zahl, die einem die Waage anzeigte, solche Gedanken zu machen. Er küsste Amy lang und innig, um sich endlich wieder aus der Gefahrenzone zu bewegen. Zu seiner Erleichterung schlang sie ihre Arme um seinen Nacken und zog ihn dichter an sich heran. Als sich ihre Lippen voneinander lösten, bemerkte sie seinen tiefen, eindringlichen Blick.

»Du bist perfekt, genauso wie du bist«, stellte er fest.

Doch sie schüttelte den Kopf. Mit einem energischen Kuss beendete er ihren Widerstand und ließ alle Zweifel in ihr verschwinden. Er rückte etwas ab und sah ihr intensiv in die Augen.

»Du kleine bockige Maid, was mach ich nur mit dir?«, murmelte er und seine Pupillen weiteten sich merklich. Amy spürte, wie sich die Luft zwischen ihnen scheinbar auflud. Es war nicht mehr das leichte Geplänkel, sondern etwas Brennendes, dass sie beide in ihren Bann zog.

»Ich denke, ich werde dir den Starrsinn nun austreiben«, drohte er spielerisch. Amy wurde es seltsam zumute bei dem Gedanken, sich hier im Freien miteinander auf diese Weise zu amüsieren. Was, wenn ein Angler vorbeikam und vielleicht noch ein Handyfoto schoss?

Josh bemerkte, wie sie sich ein wenig verkrampft hatte und ahnte, warum ihr jetzt das Lachen in der Kehle steckengeblieben war. Natürlich konnte er ihr sagen, dass er es schon ausreichend diskret handhaben würde und er keinesfalls zuließe, dass ihr Vergnügen einem Dritten zugänglich würde. Doch er nahm diese Gelegenheit wahr, um ihre Ergebenheit und ihr Vertrauen in seine Führung auf eine harte Probe zu stellen.

»Wirst du jetzt gehorsam sein?«, fragte er eindringlich und nach kurzem Zögern nickte sie zustimmend, auch wenn ihr das Herz bis zum Hals schlug und sie unwillkürlich errötete.

»Ja, mein Herr«, flüsterte sie.

Joshua beugte sich vor und küsste sie noch einmal liebevoll, ehe er sich löste und aufstand. Er griff in eine Jeanstasche und holte ein Tuch hervor. Mit einer Handbewegung deutete er ihr an, sich aufzusetzen. Amy atmete tief ein und gehorchte. Dennoch huschte ihr Blick unsicher durch die Umgebung, bevor er sich hinter sie hockte und ihr die Augen verband. Jetzt musste sie ihm vertrauen oder das Spiel beenden. Aber die Spannung, das Herzklopfen, all das wollte sie gerade nicht missen und so schwieg sie und versuchte sich stattdessen in ihre devote Rolle einzufinden, bei der er führte und sie folgte.

»Bleib brav hier sitzen, meine Kleine«, befahl er und sie nickte fast automatisch.

Josh ging zum Boot herüber, holte es näher heran und beugte sich in den Rumpf hinein. In einem Holzverschlag fand er einige Seile, ordentlich aufgerollt und sauber. Er nahm sie lächelnd heraus und kehrte zu Amy zurück, die merklich angespannt auf der Decke saß und immer wieder unsicher den Kopf hin und her bewegte, um zu lauschen, ob sich nicht doch jemand anderes als er näherte. Es machte ihn stolz, dass sie sich weitestgehend seiner Führung anvertraute und nicht gleich das Tuch herunterzerrte, um der Ungewissheit ein Ende zu bereiten. Sie vertraute sich ihm damit auf eine sehr intensive Art an. Auch wenn es in diesem Fall nicht um Leben und Tod ging, so war es doch ein Kampf mit der Scham und der Verwundbarkeit der eigenen Intimität. Er kniete sich vor sie und bemerkte, wie sie sich ein wenig entspannte, als sie seine Nähe wahrnahm.

»Leg die Handgelenke vor dem Körper über Kreuz zusammen«, wies er sie an und sie kam seinem Befehl nach einem kurzen Zögern nach. Josh ließ ihr die Weile, sich in diese

Herausforderung einzufinden und drängte auch nicht streng, als sie deutlich zurückhaltender war, als er es bisher in vier Wänden erlebt hatte. Sie brauchte Zeit, und die gestand er ihr auch bereitwillig zu. Mit sicheren Handgriffen fesselte er ihre Handgelenke mit einem der Stricke, kontrollierte, dass er nichts abschnürte, und stand dann auf. Mit einem stetigen, aber sachten Zug des Seiles, das noch übrig war, brachte er sie dazu, aufzustehen. Am liebsten hätte er sie jetzt wie an einer Leine damit zu der angestrebten Stelle geführt, aber barfuß und ohne zu sehen, wohin sie auf dem unebenen Untergrund trat, riskierte er, dass sie umknickte oder sich sonst wie verletzte. Das wäre in seinen Augen ein klarer Vertrauensmissbrauch. So griff er sich ihre Arme und legte ihre gefesselten Hände um seinen Nacken und hob sie hoch. Vorsichtig setzte er sich in Bewegung und trug sie in das Waldstück hinein. Er achtete darauf, dass er nicht mit ihr an Ästen hängenblieb, oder über eine Wurzel stolperte und mit ihr zusammen der Länge nach hinfiel. Er ging einige Meter durch das Dickicht, bis er an einer kleinen Lichtung stand, die mit Gras und Moos bewachsen war. Langsam stellte er sie ab und sie bemerkte sofort den weichen Boden unter ihren Fußsohlen. Verwirrt fragte sie sich, wo er sie wohl hingebracht hatte und was sie nun erwartete. Aufmerksam lauschte sie auf jedes Geräusch, doch als er ihre Hände ergriff und sie vorwärts dirigierte, musste sie sich darauf besinnen. Sie atmete tief durch und versuchte, sich zu entspannen und das Spiel zu genießen, das auf sie wartete. Doch als er stehenblieb, sie umdrehte und sie einen Baumstamm in ihrem Rücken spürte, klopfte ihr Herz gleich einen Takt schneller und sie hielt kurz unbewusst den Atem an. Zum Glück war die Oberfläche nicht rau, sondern unerwartet glatt. Josh nahm das Seil und führte ihre Arme nach oben, um sie dort an einem Ast straff zu fixieren und sie im ganzen Körper ein wenig zu strecken. Instinktiv lehnte sich Amy an dem Stamm, stellte die Füße zusammen und entlastete ihre

Handgelenke. Er stand vor ihr und streichelte zärtlich über ihre Wange, zeichnete liebevoll die Konturen ihres bildschönen Gesichts nach und genoss das Gefühl, wie seine Fingerspitzen über ihre zarte Haut glitten.

»Bisher warst du sehr brav. Ich erwarte auch weiterhin, dass du gehorsam sein wirst«, kündigte er an und Amy lächelte und nickte zuversichtlich. Sie ging nicht davon aus, dass er sie jetzt noch aus dem Tritt bringen konnte, nachdem sie sich auf dieses Abenteuer eingelassen hatte. Sie fühlte sich unerwartet selbstsicher und dieser Eindruck hielt noch genau bis zu jenem Augenblick, als er das obere Ende ihres Tops ergriff und es langsam aber unerbittlich herunterzog und ihre Brüste entblößte. Sie schnappte nach Luft und erstarrte. Unwillkürlich kroch die alte Furcht zurück, ob sie hier wirklich allein und geschützt waren. Sekundenlang überlegte sie, ob sie ihn bitten sollte, sie wieder zu bedecken und damit das Spiel zu beenden, doch sie riss sich mühsam zusammen, presste die Lippen aufeinander und schwieg. Josh war unglaublich stolz, dass sie ihre Angst so beherrschte und ihm ihr Vertrauen schenkte. Er fühlte sich zutiefst geehrt, dass sie sich immer noch seiner Führung anvertraute, obwohl sie sich um ihre Intimität im Moment noch Sorgen machte. Er empfand es als Geschenk und auch als Herausforderung, dass es jetzt an ihm lag, ihre Bedenken durch Stärke, Lust und Nähe zu zerstreuen. Dicht trat er an sie heran, damit sie merkte, dass er bei ihr war, sie schützte und sie keinesfalls alleine lassen würde. Langsam beugte er sich zu ihr herab und bedeckte ihren Körper mit sachten Küssen. Er begann seitlich an ihrem Hals, und seine Finger streichelten über ihre weichen Brüste und wanderten dann hinunter in ihre Taille. Amy bemerkte, wie sie sich seinen Liebkosungen hingab, den Zauber seiner Berührungen auf sich wirken ließ. Zwischen ihren Schenkeln wurde es merklich feuchter, und als Joshuas Hände an den Saum ihres Slips glitten, half sie ihm nur zu gern. Sie stellte die Füße etwas auseinander und registrierte den

Druck, als sich das Seil um ihre Handgelenke straffte. Ihr Atem wurde schneller, als er quälend langsam vor ihr auf die Knie ging und dabei eine Linie aus zärtlichen Küssen und Neckereien mit seiner Zunge über ihre Bauchdecke nach unten zog. Als sie seine weichen Lippen an ihrem Venushügel spürte, schob sie ihm gierig das Becken entgegen. Ihren Schlüpfer hatte er auf der Reise seiner Finger an ihren Beinen entlang mitgenommen. Keuchend versuchte sie ihm näher zu kommen, doch er nahm den Kopf nach hinten und grinste nur schelmisch.

»Stell die Füße zusammen, damit ich dir den Slip ausziehen kann«, flüsterte er sanft und Amy kam seinem Wunsch nur zu gerne nach, auch wenn es bedeutete, dass er den sinnlichen Tanz seines Mundes nicht umgehend fortsetzen würde. Er zog ihr das Höschen aus. Als Belohnung dafür, dass sie seinem Befehl sofort nachgekommen war, fuhr er mit der Hand zwischen ihre Oberschenkel und dirigierte sie auseinander. Amy stöhnte genüsslich auf, als Sekunden später seine Zunge über ihre Klitoris streifte. Den Gedanken, dass sie jemand hören konnte, rückte sie sehr weit von sich. Sie gab sich ganz dem lustvollen Begehren hin, das das immer intensivere Spiel seiner Lippen in ihrem Schoß verursachte. Die Lust wurde immer stärker und sie sehnte sich mehr als alles andere, dass er sich endlich kraftvoll in sie versenkte und sie aus dieser qualvollen Geilheit erlöst würde. Sie erwog sogar einen Augenblick lang, ihn anzuflehen, dieser süßen Folter ein Ende zu bereiten und sie aus dem Strudel des Verlangens zu befreien. Doch sie widerstand mühevoll der Versuchung. In dem Moment schob Josh zwei Finger in ihre nasse Lusthöhle und stimulierte sie noch weiter und trieb sie damit fast in den Wahnsinn. Sie stöhnte unkontrolliert und ihr war gleichgültig, ob es eventuell jemand hörte oder ein Fremder sah, wie sie sich vor Gier wandte. Sie legte den Hinterkopf an den Stamm, wölbte sich seinen Verwöhnkünsten hemmungslos entgegen und genoss es, wie er über ihre Klitoris leckte, die Lippen darum schloss und sie mit den

Zähnen zärtlich neckte. Amy spürte, wie sich in ihr die Lust wie ein heftiges Unwetter zusammenbraute und das es nicht mehr lange dauern konnte, bis der Orgasmus, wie ein Sturm über sie hereinbrach. Doch genau in diesem Augenblick löste er sich von ihr, stand auf und ließ sie voller Sehnsucht zurück. Keuchend drehte sie ihm den Kopf zu, den Mund geöffnet und völlig außer Atem. Er war einen Schritt zurückgetreten und sie vermisste quälend seine Wärme, die sein Körper ausstrahlte. Josh entblößte seinen Oberkörper, um diese Barriere endlich loszuwerden, die seine von ihrer Haut trennte. Während Amy langsam wieder Luft holte und ihre Lust ein wenig verebbte, griff er ein weiteres Seil und begann ihren Oberkörper und ihr Brüste kunstvoll einzuschnüren. Sie fühlte das raue Material auf ihrer erhitzten Haut und wie die Bindung ihre Brüste unter Spannung setzte. Ihre Brustwarzen wurden noch härter und pulsierten fast schmerzlich. Aber diese zarte Qual steigerte ihr Verlangen wieder, machte sie gierig nach mehr. Doch Joshua ließ von ihr ab und nahm den letzten Strick in die Hände. Er ergriff ihr Bein und hob es seitlich an. Geschickt schnürte er es um ihren Oberschenkel, knapp oberhalb des Knies, warf es über einen anderen Ast und schlang das Ende um ihren Fußknöchel. Sorgsam achtete er darauf, dass er nichts abschnürte und sie keine Schmerzen hatte. Keinesfalls wollte er sie verletzen. Als er zurücktrat, um einige Sekunden ihren wunderschönen Anblick in sich aufzusaugen, fuhr sie sich mit der Zunge über die feinen Lippen. Josh befreite seine enorme Erektion aus der Hose und kam dicht an sie heran. Fest presste er seinen nackten Oberkörper an ihren, drückte sie gegen den Baumstamm und küsste sie wild. Amy stöhnte lustvoll in seinen Mund hinein. Ihre Brüste taten weh, aber das steigerte ihre Erregung nur noch mehr. Sie rieb sich an seiner muskulösen Brust, um den Reiz immer wieder aufzufrischen. Ungestüm erwiderte sie seinen Kuss, biss zärtlich in seine Unterlippe und schob sich ihm bebend entgegen.

»Bitte ... ich flehe dich an«, keuchte sie. Er hielt inne und betrachtete sie eingehend. Einen Augenblick war er besorgt, dass sie Schmerzen hatte oder etwas nicht stimmte, doch an ihrer Unruhe erkannte er gleich, dass sie es nicht mehr ertrug, zu warten. Er legte eine Hand stützend an ihren gefesselten Oberschenkel, brachte sich in Position und drang mit einem Ruck in sie ein. Laut rief sie ein langes *Ja* und presste sich innig an seinen Körper. Josh verharrte eng an sie gedrückt und küsste sie liebevoll. Ein kurzes Intervall lang fühlten sich beide, als wären sie im Auge eines Hurrikans. Ein paar Sekunden der Ruhe, in denen ihr Verstand aus dem Nebel der Lust auftauchte und sie sich auf den Moment besinnen konnten.

»Ist alles in Ordnung, mein Engel?«, fragte er leise.

»Ja. Es ist so sagenhaft«, erwiderte sie ein wenig kryptisch, doch ihr Lächeln wischte seine Zweifel beiseite.

»Ich werde dich jetzt erlösen«, kündigte er an und sie nickte.

Doch als er gerade beginnen wollte, sich in ihr zu bewegen, sagte sie noch etwas, das ihn kurz innehalten ließ.

»Ich liebe dich so sehr, Josh.«

Zärtlich strich er über ihren Hals und versuchte sein Glück zu begreifen, dieser unglaublich tollen Frau begegnet zu sein. Womit verdiente er dieses Geschenk nur?

»Ich liebe dich auch, Amy. Mehr als alles andere auf der Welt. Und jetzt werde ich dir deine wohlverdiente Belohnung zukommen lassen.«

Sie lächelte, nickte und er küsste sie leidenschaftlich, zog seinen Penis aus ihr zurück und stieß umgehend wieder zu. Und jetzt unterbrach er sich nicht, sondern fand einen raschen Rhythmus, presste sie an den Baum und erzeugte diesen köstlichen Schmerz in ihren verschnürten Brüsten, die sich an seiner Haut rieben. Immer schneller drang er in sie ein und trieb sie unerbittlich den Berg des Verlangens nach oben. Sie keuchte hilflos, gefangen in diesem Strudel aus Begierde, der sie zu verschlingen drohte. Plötzlich hielt sie den Atem an, und als er sich zuckend in ihrer Scheide entlud, schrie sie hemmungslos ihre Lust heraus, als sie ein wundervoller Orgasmus fortriss und sie als bebendes Bündel kraftlos in ihren Fesseln hing. Josh schlang seinen freien Arm um ihre Taille und stütze sie, damit sie nicht mit ihrem kompletten Gewicht in der Seilbindung baumelte. Zitternd holte sie Luft und schmiegte sich innig an seinen Körper. Ihre ganze Konzentration lag in diesem kostbaren Moment. Sie fühlte sich beschützt, befriedigt und zutiefst glücklich. Als sie wieder sicherer stand, befreite sie Joshua, zog vorsichtig ihr Top wieder hoch und schloss sie fest in die Arme. Zusammen ließen sie sich auf den weichen, moosbedeckten Boden sinken und hielt sie auf seinem Schoß liegend umarmt. Er löste ihre Augenbinde und sah in ihre strahlenden Augen, deren Ausdruck immer noch ein wenig entrückt wirkte. Doch sie lächelte ihm entgegen, hob eine Hand und streichelte ihm sanft über die Wange. Er registrierte, dass sie sich nicht sofort umsah, ob sie hier auch vor fremden Blicken geschützt war. Ihr Vertrauen war wirklich wundervoll und er fühlte sich geehrt. Er küsste sie auf die Stirn und sie kuschelte sich an seinen Oberkörper, genoss den Duft seiner Haut und die Wärme, die von seiner glatten Brust abstrahlte. Hier war sie glücklich und sie hielt den Moment fest, solange es sein durfte.

Nur unwillig löste sie sich nach einer Zeit von ihm. Er half ihr auf die Beine und reichte ihr ihren Slip zurück. Erst jetzt sah sie sich um und war beeindruckt, wie schön dieses Fleckchen war. Wie eine kleine, stille Oase. Ein geheimer Ort, der von der Außenwelt isoliert war und ihnen für ihr Abenteuer die perfekte Bühne geboten hatte. Ehe sie sich versah, hob er sie hoch und trug sie über die Lichtung und einen engen Pfad entlang.

Am späten Nachmittag wurde es langsam kühler. Josh packte die Sachen zusammen. Ein sorgloser Tag neigte sich dem Ende zu. Amys Hose war inzwischen wieder trocken geworden und sie schlüpfte hinein. Joshua verstaute die Utensilien im Boot und half Amy trockenen Fußes hineinzukommen. Er löste die Leine, kletterte behände zu ihr und warf den Motor an. Sie hatte sich die dünne Jacke übergeworfen und ließ entspannt den Blick über die Umgebung gleiten, während er sie ohne Hast zu dem Steg zurückfuhr. Ein wenig sehnsüchtig schaute sie noch einmal zu dem Strand zurück und erinnerte sich bewusst an die kostbaren Augenblicke aus Vertrauen, Lust und Liebe, die sie beide verschlungen hatten. Dieser Ort war eine Oase der Ruhe und des Glücks gewesen, die sie jetzt nur sehr ungern hinter sich ließ. So viel war an diesem Tag passiert. Ihr Geständnis, das sie bei ihm bleiben wollte und sie sich in ihn verliebt hatte. Das waren angesichts ihres chaotischen Umfeldes und der schrecklichen Umstände, unter denen sie sich kennengelernt hatten, große Schritte gewesen. Das Boot tuckerte über das Wasser und Joshua steuerte schweigend mit sicheren Bewegungen auf den Steg zu, wo ihr kleiner Ausflug begonnen hatte. Routiniert legte er an, sicherte alles, half ihr auszusteigen und reichte ihr die Sachen an. Amy trug Decken und Korb zum Auto, während er wieder die Schutzhülle über das Boot warf und diese befestigte. Sie konnte nicht umhin, immer wieder zu ihm zurückzublicken, wie er konzentriert aber entspannt seinen Arbeiten nachging. Er war so zupackend, attraktiv und dennoch ganz natürlich und herzlich, dass sie es kaum glauben konnte, dass er echt war.

Als er fertig war, gesellte er sich zu ihr und zusammen beluden sie den Wagen. Sie bemerkte, wie oft er sie anlächelte. Sie hätte nicht erwartet, dass er je so ungezwungen sein konnte. Und es machte ihn noch anziehender. Jedes Mal, wenn er sie so ansah, musste sie ebenfalls lächeln und ihr Herz machte einen gewaltigen Satz in der Brust. Sie hatte sich nicht nur verliebt. Es war viel mehr. Ein Zustand, den sie kaum in Worte fassen konnte. Sie wusste nur, dass sie glücklich war. Sie stiegen ein und machten sich auf den Weg nach Hause. Als sie den Wald verließen und auf die Straße abbogen, legte Amy ihre Hand auf sein Knie. Josh spielte den Unbeteiligten, aber innerlich wurde ihm sehr warm bei ihrer zarten Berührung.

»Hat es dir gefallen?«

Amy sah ihn prüfend an und beschloss auch ganz unschuldig zu tun. Es machte Spaß, ihn ein wenig zu necken und ihn damit aus der Reserve zu locken. Doch sie hielt diese Maskerade nicht lange durch. Schon gar nicht, wenn er kurz zu ihr herübersah und dabei dieses sexy Schmunzeln aufsetzte.

»Ja, es war wunderbar.«

Josh legte seine Hand auf ihre und drückte sie sanft. Allein diese keusche Berührung ließ sie angenehm erschaudern. Seine Hände waren groß, warm und hatten etwas Kraftvolles und dennoch Zärtliches, das sie liebte. Sehr gern erinnerte sie daran, wie seine Finger, seine Lippen und ihr gemeinsamer Orgasmus in freier Natur diesem Abenteuer die Krone aufgesetzt und der Realität kurz alle Dunkelheit genommen hatten.

»Ich werde übrigens mit Sebastian sprechen, dass er für mich die Sachen in Vermont regelt. Versicherung, Verkauf des Grundstücks und was so anfällt. Das ist am sichersten.«

Amy dachte nach und das Thema ernüchterte sie ein wenig. Ihr war klar, dass Joshua zurzeit alle Kosten trug und sie quasi aushielt. Über Geld hatten sie nie gesprochen, doch jetzt wurde ihr bewusst, dass sie sich nicht an den Ausgaben beteiligte. Der Gedanke behagte ihr gar nicht. Sie wollte ihm nicht unnötig auf der Tasche liegen.

»Wie soll es finanziell eigentlich weitergehen? Wann darf ich mir wieder einen Job suchen?«

Er sah flüchtig zu ihr herüber. Die Vorstellung schien ihn kurz zu verunsichern und er zog die Brauen zusammen. Für

Amy ein untrügliches Zeichen, dass er bisher auch noch nicht daran gedacht hatte.

»Wenn du nicht möchtest, musst du dir keinen Job besorgen«, erwiderte er und bemerkte gleich darauf, wie sie missbilligend die Lippen aufeinander presste.

»Na, da du jetzt deinen Job nicht mehr ausüben wirst und wir nicht nur von Luft und Liebe leben können, müssen wir doch überlegen, wie es weitergeht.«

»Ich habe genug auf die Seite gelegt. Selbst ohne das Geld aus der Versicherung, vom Verkauf in Vermont und noch so einigen Sachen, kommen wir problemlos klar. Ich habe immer gut gespart und alles was ich verdient habe, gewinnbringend angelegt. Wenn du also nicht arbeiten möchtest oder hier in der Gegend nichts findest, brauchst du dir keine Sorgen zu machen.«

Amy schaute auf ihre Hände und grübelte still vor sich hin. Ein Leben ohne Job kam ihr seltsam vor. Zudem mochte sie ihren Beruf. Einfach nur zu Hause zu sitzen, war komisch. Konnte das auf Dauer gut gehen?

»Gibt es hier in der Nähe eine Klinik, oder vielleicht ein kleines Labor?«, fragte sie daher vorsichtig. Dass ihm das nicht schmeckte, sah sie sofort an seinem versteinerten Gesichtsausdruck. Trotzdem dachte er darüber nach.

»Ich kann mich mal schlaumachen. Aber damit solltest du dir auch noch zwei Monate Zeit lassen. Nur zur Sicherheit.«

Kurzes Schweigen trat ein. Amy verbuchte es als Teilsieg und lehnte sich entspannt zurück.

»Wie möchtest du in Seattle verfahren?«, meinte er und warf einen flüchtigen Blick in ihre Richtung. Amy sah aus dem Fenster.

»Das Haus, in dem ich gelebt habe, gehört mir und es wäre das Beste es zu vermieten oder zu verkaufen. Meinen Wagen werde ich wohl oder übel verscherbeln müssen, denn der Transport ist einfach zu teuer. Ist schon schade, denn ich hing an dem kleinen Japaner. Ansonsten müsste ich wissen, wann ich offiziell nicht mehr verschwunden sein darf und was sich so alles getan hat, seit man mich entführt hat.«

Joshua wurde ernst, schwieg aber eisern. Ein untrügliches Zeichen, dass er sich Sorgen machte. Auch bei Amy hatte sich die Stimmung merklich abgekühlt. Vor lauter Verliebtheit und dem Zauber des Tages, hatte sie all diese Gedanken völlig in den Hintergrund gedrängt. Doch die Probleme verschwanden nicht, nur weil sie sie ausblendete. Schweigend fuhren sie in den hereinbrechenden Abend. Es war schon fast dunkel, als sie auf den Pfad in den Wald abbogen, der zum Haus führte. Er hielt am Waldrand an und schaute aufmerksam hinaus. Amy beobachtete ihn stumm. Diese Eigenschaft, die sie immer an ein Raubtier erinnerte, würde er vermutlich nie ablegen. Ihr war aber bewusst, dass er zum größten Teil ihretwegen so unruhig war. Er wollte sie beschützen. Das fand sie süß, aber es tat ihr auch leid, dass er nur wegen ihr immer einen kleinen Rest Anspannung in sich trug. Als er sich überzeugt hatte, dass alles normal war, fuhr er wieder an. Amy sah das Meer und freute sich, zurück zu sein. Sie war erst seit wenigen Tagen hier, aber dennoch fühlte sie sich hier wohl und wie zu Hause. Josh fuhr langsam in den Carport, stellte den Motor ab, blieb aber noch einen Augenblick sitzen. Eindringlich sah er auf sie herab.

»Ich werde alles tun, damit du hier glücklich bist. Ich bitte dich nur um etwas Geduld. Sowohl mit der Situation als auch mit mir«, bat er leise.

Amy versuchte, ihm in die Augen zu schauen, aber mittlerweile war es so dunkel, dass sie nur seine Konturen erkennen konnte. Sie spürte, dass er sich sorgte. Einerseits um ihre Sicherheit, doch andererseits auch, dass er sie unglücklich machte. Das war unheimlich lieb und sie wusste durchaus zu schätzen, dass er alles tun wollte, damit sie sich wohlfühlte. Sie nickte und anscheinend konnte er sie besser sehen als sie ihn, denn er öffnete die Tür, und als die Innenraumbeleuchtung ansprang, sah sie, dass sein Gesicht sich merklich entspannt hatte. Sie stiegen aus und gemeinsam brachten sie die Sachen aus dem Wagen ins Haus. Joshua verräumte nur das Nötigste und wollte gerade noch kurz in Arbeitszimmer verschwinden, um Sebastian die neuen Fragen zu stellen, als Amy ihn am Arm festhielt.

»Lass uns ins Bett gehen. Das hat sicher noch Zeit bis morgen«, schlug sie vor und lächelte sanft.

Er fühlte sich seltsam erschöpft und gab bereitwillig nach. Sie verschlang ihre Finger in seinen und ging mit ihm nach oben ins Schlafzimmer. Sie verzichtete darauf, Licht zu machen, denn der Mond warf seinen blassen Schein durch die Fenster und spendete ausreichend Helligkeit. Während Amy kurz ins Bad huschte, um sich das Haar zu kämmen, zog er sich bis auf Boxershorts und T-Shirt aus und warf die Decke zurück. Als sie zu ihm zurückkehrte, trug sie nur noch Slip und Top. Ihre lange Mähne floss ihr über die Schultern und schimmerte seidig. Er legte sich ins Bett und hielt ihr ansprechend den Arm hin. Sie gesellte sich zu ihm, verschmähte aber seine Einladung.

»Nein, heute wirst du mal in meinen Arm kommen«, sagte sie. Josh schwieg irritiert. Sie positionierte sich auf dem Rücken und betrachtete sein verdutztes Gesicht. Da er sie nur reglos anstarrte und es fast hörbar in seinem Kopf ratterte, setzte sie sich ein wenig auf, legte eine Hand in seinen Nacken und zog ihn sanft zu sich herunter, bis seine Wange auf ihrem Brustkorb lag. Kurz versteifte er sich, weil er besorgt war, dass er sie mit seinem Gewicht schmerzlich drückte, doch als sie ihre Finger zärtlich über seinen Schopf gleiten ließ, entspannte er sich allmählich. Er kuschelte sich an sie und fuhr achtsam mit seinen Fingerspitzen über ihre Bauchdecke. Gefühlvoll strich er über die weiche Haut. Aufmerksam lauschte er ihrem ruhigen Herzschlag unter seinem Ohr. Amys eine Hand legte sich auf seine, die andere krault ihm das Genick und über den Rücken. Ganz liebevoll glitt sie durch sein Haar. Es war so beruhigend und ungewohnt für Josh. Er wollte doch für sie da sein, sie beschützen und sich um sie kümmern. Doch jetzt war es umgekehrt. Sie spendete Wärme und Nähe, die er innig in sich aufnahm. Ihm war gleichgültig, dass man das als unmännlich auslegen konnte. Er fühlte ihre Stärke, die in ihrem Inneren wohnte, verborgen in diesem zarten Körper. Und er genoss es in der Tiefe seiner Seele. In ihren Armen war er gerne schwach.

»Amy, ich liebe dich.«

Ihre Bewegungen stockten eine Sekunde. Josh dachte, dass ihm das Herz stehen bliebe. Er wusste nicht, warum er ausgerechnet hier und jetzt diesen wichtigsten aller Sätze ausgesprochen hatte. Aber es war ihm so spontan entschlüpft, dass er es nicht mehr aufhalten konnte und wollte. Schweigend fuhr sie weiter durch sein Haar und über seine Hand. Er glaubte schon, sie würde nichts erwidern und schwieg. Der Stich, der durch sein Innerstes ging, war so schmerzlich, dass er kurz die Luft anhielt, um wieder Herr über sich zu werden.

»Ich liebe dich auch, Joshua«, gestand sie leise und brachte ihn dazu endlich weiterzuatmen.

Langsam sah er auf und bemerkte ihren ruhigen, festen Blick, der auf ihm ruhte. Sie lächelte, doch es war kein leichtfertiges Lächeln. Es reichte tief unter die Oberfläche und strahlte von dort, wie ein helles Licht durch ihr Herz. Er stemmte sich ein wenig hoch und gab ihr einen langen Kuss. So, als würden sie beide besiegeln, was sie sich eben gegenseitig zugesagt hatten. Danach legte er seinen Kopf auf ihrem Brustkorb ab und schloss lächelnd die Augen. Er war glücklich und auch Amy ging es so. Allmählich schliefen sie ein.

Kapitel 11

Am nächsten Morgen war Amy vor Josh wach. Ihre Hand ruhte immer noch auf seiner. Sie verharrte und genoss den Moment. Schon sonderlich, wie sich die Dinge entwickelt hatten. Vor einigen Wochen hatte sie noch die Abende alleine vor ihrem Fernseher verbracht und nicht daran geglaubt, noch einmal ein anderes Dasein zu führen. Jetzt war sie knapp Folter und Tod entkommen und dem Mann begegnet, der sie akzeptierte und liebte, wie sie war. Welch seltsame Wendungen sich ereignet hatten. Das Leben war eben nicht so planbar, wie sie immer gedacht hatte. Mehr schien es eine Aneinanderreihung von Ereignissen zu sein, in die sie zufällig geworfen wurde. Als würde sie in der Dunkelheit durch einen Wald taumeln, immer wieder anschlagen und in eine andere Richtung gelenkt werden. Orientierungslos und allem ausgeliefert. Seltsamerweise machte ihr die Vorstellung in diesem Augenblick keine Angst. Sie betrachtete Joshuas dunkelbraunes Haar, fühlte seine Wange an ihrem Körper und war nur zufrieden. Während sie einfach ihre Gedanken treiben ließ, erwachte auch Josh langsam. Vor sich sah er Amys Hand, die immer noch auf seiner lag. Er hatte wirklich reglos die Nacht so verbracht. Vorsichtig hob er den Kopf und bemerkte, wie sie ihn anlächelte.

»Guten Morgen, Langschläfer«, neckte sie ihn.

Er grinste ihr entgegen, stemmte sich neben ihr auf die Seite hoch und zog sie dicht an sich heran.

»Na, meine Kleine. War ich dir nicht zu schwer?«

Amy musste schmunzeln.

»Nein. Ich habe gut geschlafen.«

Liebevoll blickte er auf sie herab, strich ihr eine Strähne aus dem Gesicht.

»Was haben wir denn heute so vor?«

»Nun, ich werde mal beim Postamt vorbeifahren, ob unsere Bestellung schon da ist«, sagte er und sie bemerkte ein lebendiges Flackern in seinen Augen, dass ihr verriet, dass er seine Vorfreude kaum noch zügeln konnte. Amy runzelte besorgt die Stirn.

»Ist das nicht viel zu gefährlich, Herr Übervorsichtig?«

»Nein, da ist nur ein Postfach. Kein Name. Und ich werde aufpassen.«

Er war immer wieder verblüfft, zu spüren, dass sie sich so sehr um seine Sicherheit sorgte. Das hatte schon seit Ewigkeiten keiner mehr getan. Jedenfalls nicht so. Er beugte sich vor und küsste sie auf die Nasenspitze. Doch Amy schlang ihre Arme um seinen Nacken und zog ihn eng an sich heran. Ihre Lippen berührten sich und ihre Zunge spielte fordernd mit seiner. Seine Hände strichen inniger durch ihre Taille, schoben ihr Shirt hoch und griffen ihre festen Pobacken.

»Na, wer ist denn da so ungeduldig?«, tadelte er spielerisch.

Amy beachtete ihn nicht, küsste ihn nur leidenschaftlicher und drückte ihr Becken gegen das seine. Er hatte Mühe sich zu beherrschen. Sein Körper sendete schon wieder diese verräterischen Signale, die sie zielsicher mit ihren inneren Antennen wahrnahm. Sie nahm seine Hand, die in ihrer Seite lag, und dirigierte sie bestimmt über ihre Bauchdecke hinweg unter den Saum ihres Slips. Sie öffnete die Beine und lotste ihn zum Zentrum ihrer Lust. Josh spürte die feuchte Hitze, ihre Erregung und versuchte dennoch klar zu denken. Doch sie ließ ihn dort zurück. Stattdessen schob sie ihren Schoß immer wieder seiner Hand entgegen, während ihre Finger qualvoll zärtlich über seine gewaltige Erektion glitten und ihn damit in den Wahnsinn zu treiben schienen. Leise keuchte sie auf und sah ihn mit gierigem Blick an. Eilig zog er ihren Slip herunter und sie hob den

Po, um ihm dabei zu helfen. Sie war jetzt schon außer Atem und konnte es kaum erwarten, was er mit ihr anstellen würde. Und dieses Mal fehlte auch ihm die Ruhe, lange mit ihrem Verlangen zu spielen. Er kletterte zwischen ihre Knie, spreizte ihre Schenkel und brachte sich in Position, um in ihre verlockende Höhle einzutauchen. Er stemmte seine Arme neben ihrem Kopf in die Matratze und drang mit einem Ruck tief in sie ein. Amy krallte sich in seine muskulösen Oberarme und stöhnte laut und begeistert auf. Sie hoffte so sehr, dass er jetzt nicht unterbrach und er kam ihrem unausgesprochenen Wunsch entgegen. Leidenschaftlich stieß er in sie hinein, spürte, wie er sie ausfüllte, und genoss jeden Augenblick. Amy sah ihn mit verschleiertem Blick unverwandt an, klammerte ihre Beine um seine Taille, als wollte sie ihn nicht wieder gehen lassen, bis sie bekam, was ihr Körper so sehr begehrte. Langsam beugte er sich zu ihr herab und küsste sie ohne seinen Rhythmus zu verlangsamen. Sie schlang ihre Hände um seinen Nacken, zog ihn noch enger an sich heran und stöhnte gegen seinen Hals, als er ihre Stirn küsste.

»Ich liebe dich so sehr, Josh«, sagte sie atemlos und es jagte ihm aufgeregte Schauer über den Rücken. Er sah auf sie hinab und in seinem Blick lag Zuneigung, wie sie es noch nie erlebt hatte.

»Ich liebe dich auch meine Kleine. Mehr als alles andere auf der Welt.«

Und während sie sich noch ansahen, kamen sie beide zum Höhepunkt und jedwedes Denken wurde fortgerissen. Sie schrie seinen Namen und er presste sie innig an sich, als sie bebend unter seinem Körper lag. Er sank auf ihr zusammen und bemühte sich, wieder Luft zu holen. Sie keuchte so heftig, dass er Sorge hatte, sie würde unter ihm nicht genug Luft bekommen. Vorsichtig glitt er aus ihr heraus und rollte sich neben sie. Verschwitzt und entkräftet lagen sie nebeneinander und versuchten zu Atem zu kommen. Josh streichelte gedankenverloren durch ihr Haar und sah sie an. Amy öffnete langsam die Augen. Ein zartes Lächeln umspielte ihre Mundwinkel. Was für eine wundervolle Art in den Tag zu starten. Gemütlich standen sie eine halbe Stunde später gemeinsam unter der Dusche. Amys Beine fühlten sich immer noch ein wenig weich an. Doch in ihrer Seele herrschte eine nie gekannte Zufriedenheit. Sie nahm sich sein Duschgel, schäumte ihn ein und betrachtete verliebt seinen athletischen Körper. Nachdenklich strich sie über eine der Narben und sah fragend zu ihm auf.

»Mein dritter Einsatz in der Armee. Eine Geiselnahme«, erklärte er.

»War es eine schwere Verletzung?«, fragte sie sanft und fuhr zärtlich über die helle Linie.

»Naja, es war nicht angenehm. Doch alle Geiseln sind lebend herausgekommen. Das war es wert«, meinte er leichthin.

»Wie oft wurdest du schon verwundet?«

Josh überlegte kurz.

»So in etwa sechs Mal. Meist nur Streifschüsse, gebrochene Rippen oder ich habe mal einen Splitter abbekommen. Aber selten war davon etwas lebensbedrohlich.«

Amy legte die Stirn in Falten. Es schien, als würde er nicht besonders an seinem Leben und an seiner Unversehrtheit hängen. Ein Gedanke, der sie beunruhigte.

»Du bist also einer von den lebensmüden Helden, über die man so gern Filme macht«, meinte sie und presste dabei verstimmt die Lippen aufeinander. Sie wusste nicht genau, warum sie jetzt so gereizt war. Vielleicht, weil sie Angst hatte, ihn eines Tages wegen seiner mangelnden Sorge um sein eigenes Leben, zu verlieren. Eine Vorstellung, die ihr unerträglich war und einen fast körperlichen Schmerz erzeugte. Josh blickte auf sie herab und nahm ihr Gesicht zwischen seine Hände.

»Ich habe nie ohne Grund mein Leben riskiert. Ich bin keiner dieser Verrückten, die die Gefahr herbeisehnen und suchen. Aber ich stehe für Menschen ein und mache, was getan werden muss. Ich bin aber alles andere als ein Held«, sagte er eindringlich.

»Du hast mich gerettet, dafür dein Haus am See eingebüßt und dich selbst auf die Abschussliste gesetzt. Wie viel mehr Held kann ein Mann noch sein?«, erwiderte sie bitter.

Tränen brannten ihr heiß in den Augen und sie versuchte, sie mühevoll wegzublinzeln. Wie war aus ihrem liebevollen Geplänkel nur so ein ernstes Gespräch geworden? Ihr wurde bewusst, dass sie die Leichtigkeit des Morgens auf dem Gewissen hatte. Das verstärkte ihren Kummer noch weiter.

»An meinen Händen klebt Blut, Amy. Ein echter Held müsste sich darüber keine Sorgen machen, aber ich bin nur ein Mann. Ein gewöhnlicher Mensch mit Fehlern und einer düsteren Vergangenheit, die dich beinah das Leben gekostet hätte.«

Bei dem Gedanken an ihre erste Begegnung und ihrem traurigen Blick zog sich sein Herz schmerzlich zusammen. Er war nicht ihr Ideal. Nur knapp war er der Rolle als ihr Henker entgangen. Amy hob ihre Hände und hielt sie ihm entgegen.

»An meinen doch auch. Du hast diesen Anwalt nur meinetwegen getötet. Gäbe es mich nicht, dann würde er noch leben«, warf sie ein und betrachtete voll zwiespältiger Gefühle ihre Finger. Josh nahm sie in seine und drückte sie fest an seine Brust.

»Du bist rein und nicht im Geringsten dafür verantwortlich, was passiert ist. Dich zu beschützen und dafür dieses Monster zu töten, war allein meine Entscheidung. Bitte sag nie wieder, dass du an seinem Tod Schuld hast, denn es ist nicht so. Er selbst und sein Verhalten haben ihm dieses Schicksal beschert«, sagte er ernst und sah sie so intensiv an, dass sie den Eindruck hatte, er würde ihr ohne Umwege in die Seele blicken können. Eine ganze Zeit konnte sie ihn nur stumm anstarren. Wieder betrachtete sie eingehend seine Spuren alter Verletzungen.

»Hast du noch Schmerzen?«, fragte sie und deutete mit dem Kinn zu seiner Brust.

Zu ihrer Erleichterung schüttelte er den Kopf.

»Nein, man hat mich immer sehr gut zusammengeflickt. Ich habe nur noch die Narben als Erinnerungen«, erwiderte er gelassen. Er war froh von diesen trübseligen Gedanken wieder wegzukommen. Bevor sie noch weiter grübeln konnte, drehte er sie mit dem Rücken zu sich um, nahm jetzt ihr Duschgel und verteilte mit sanften Bewegungen den Schaum über ihren Körper.

»Du bist perfekt. Nicht ein Makel«, stellte er zärtlich fest.

»Nicht von außen.«

»Was ist geschehen?«, fragte er leise und wartete geduldig ab, ob sie sich ihm ein wenig öffnen wollte.

Amy atmete tief ein und wägte kurz ab, ob sie es ihm sagen sollte. Noch nie hatte sie mit jemandem darüber geredet, was in einer dunklen Nacht, als sie 21 war, vorgefallen war. Vielleicht war jetzt endlich der richtige Zeitpunkt, der passende Ort, und noch mehr, Josh der geeignete Mensch, dem sie nun alles erzählen konnte. Stockend begann sie, von ihrer ersten Beziehung zu berichten. Mit fast zwanzig war sie ein echter Spätzünder gewesen. Das hatte sie aber eigentlich nie gesorgt. Die Begegnung mit ihrem damaligen Partner war ein Zufall. Über Freunde hatten sie sich kennengelernt und Amy hatte sich in den fünf Jahre älteren Mann verliebt. Zu Beginn war alles normal. Sie waren offenkundig verknallt und das sie noch Jungfrau war, schien ihn nicht zu stören. Er drängte sie auch nicht zum Sex. Drei Monate später hatte Amy ihr »erstes Mal«. Er war behutsam und Amy hatte sich ein wenig gelangweilt. Doch immerhin hatte es nicht geschmerzt, wie sie es immer von ihren Freundinnen gehört hatte. Die Schmerzen kamen erst später. Mit der Vorsicht war es danach vorbei. Amys Freund war gut bestückt, doch sie war dieser anatomischen Gegebenheit nicht gewachsen gewesen. Ihr folgender Sex mit ihm bestand aus zwei Minuten hartem Rein-und-Raus, dass immer mehr zu Qualen bis hin zu leichten Blutungen führte. Amy versuchte das anzusprechen, aber statt Rücksicht zu nehmen, wollte er immer andere Stellungen, die ihn noch tiefer eindringen ließen. Sie war verzweifelt und fühlte sich hilflos, sodass sie ihr Sexualleben einschlafen ließ. Die Beziehung endete fast ein Jahr später in einem ekligen Streit. Er hatte bereits eine Neue, als er sie abservierte. Obwohl es im Rückblick das Beste war, das ihr passieren konnte, tat es unerwartet weh. Immerhin war sie gerade für ihn umgezogen und hatte sogar die Arbeitsstelle gewechselt. Und nachdem er sie mit der ganzen Arbeit schon allein gelassen hatte, beendete er an jenem Abend alles und brach ihr noch zwei Rippen an.

»So kurios es klingt, die Verletzung war nicht das Hässlichste. Ich weiß es noch, als wäre es gestern gewesen. Ich saß auf dem Bett, hielt mir die schmerzende Seite und versuchte wieder Luft zu bekommen. Er starrte auf mich herab und sein Gesicht war völlig unbewegt. Alles, was er sagte, war: »Du weißt, dass du daran selbst schuld bist, Amy.«

Sie schüttelte bei dem Gedanken den Kopf und legte die Arme um den Körper. Josh stellte sich ganz nah hinter sie und strich ihr über den Rücken.

»Das Schlimme ist, dass ich mich einen Augenblick lang wirklich gefragt habe, ob es meine Schuld war. Als er dann hinausging und mich da einfach sitzen ließ, wusste ich nicht mehr, was ich tun oder denken sollte. Ich war jung und total verunsichert. Es dauerte sehr lange, ehe ich wieder jemanden an mich heranließ, und die Erinnerungen prägten mich. Jahrelang war eine der ersten Fragen an potentielle Partner, ob sie schon einmal eine Frau geschlagen haben, oder bereit wären, es zu tun.«

Josh kam noch näher und legte seine Arme um sie. Sein Kinn auf ihrem Kopf abgelegt, standen sie unter dem warmen Wasserstrahl, der immer noch sanft auf sie herabregnete.

„Klingt, als wäre er ein Riesenarschloch gewesen«, stellte er nüchtern fest. Nur mit Mühe konnte er seine Wut über das, was er da zu hören bekam, unterdrücken. Er wollte nicht, dass sie jetzt seinen Zorn spürte und er ihr damit vielleicht auch noch wehtat. So bemühte er sich, seiner Stimme einen ruhigen Tonfall zu verleihen. Amy nickte zustimmend.

»Ja, das war er. Ich habe jahrelang gedacht, Sex kann keinen Spaß machen. Ich hatte erst in meiner dritten Beziehung einen Orgasmus. Erst da hatte ich eine Ahnung, dass miteinander zu schlafen nicht nur Langeweile oder Schmerzen bedeuten muss.«

»Was wurde aus dieser Beziehung?«, fragte er sanft.

»Nichts. Er wurde meiner überdrüssig, beendete alles und suchte sich eine Frau, die besser passte. Ein Partyhäschen, das lieber jedes Wochenende einen draufmacht.«

Josh hörte genau auf ihre Stimme. Sie war kühl und klang verbittert. Er schloss sie noch fester in die Arme, um ihr zu zeigen, dass er für sie da war.

»Diese Idioten hatten dich nicht verdient. Ich bin froh, dass ich nun meine Chance bei dir habe. Ich werde alles tun, sie nicht zu versauen«, sagte er eindringlich und in dem Moment war es wie ein kostbares Versprechen.

Amy presste ihren Körper gegen seinen und legte den Kopf zurück.

»Ich werde dir niemals weh tun. Darauf hast du mein Wort«, schwor er ihr nachdrücklich.

Sie sah ihn lange an. Ihre Augen waren gerötet und ihm wurde bewusst, dass sie geweint hatte. Josh löste die Arme, drehte sie mit dem Gesicht zu sich und drückte sie zärtlich an sich. Sie kuschelte sich an seine nackte Brust und schloss die Lider.

»Du bist ein einzigartiges Geschenk. Das werde ich nicht in hundert Jahren vergessen können«, flüsterte er liebevoll.

Amy drängte sich dicht an ihn heran und schwieg. Niemals

hatte sie sich so geliebt gefühlt. Sie wusste jetzt mit Sicherheit, dass alles gut werden würde. Nichts konnte ihrem Glück noch im Wege sein.

Weder Josh noch Amy dachten in dem Augenblick an Martin Neesa. Dieser saß in einem unpersönlichen Hotelzimmer in New York City und betrachtete die Bilder auf dem Display seines Laptops. Regen prasselte unaufhörlich gegen die Fenster. Doch das konnte seine Laune nicht drücken. Selbst die Nachricht von Grass, dass der Auftrag an Joshua Reynolds und Amy Haven abgeblasen war, hatte ihn nur kurz verstimmt. Er dachte gar nicht daran, sich den Spaß dadurch nehmen zu lassen, nur weil dieser widerliche Anwalt kalte Füße bekommen hatte. Naja, im wahrsten Sinne des Wortes, wie er dann später aus dem Fernsehen erfahren hatte. Dass Grass tot in seinem Hotelzimmer aufgefunden worden war und nichts auf ein Verbrechen hingedeutet hatte, war aus der örtlichen Presse schnell zu entnehmen gewesen. Der schmierige Rechtsverdreher war zwar ein Drecksack gewesen, aber immerhin trauerte die Unterwelt ein wenig um ihn. Neesa war das völlig gleichgültig. Auch, dass er jetzt nicht mehr dafür bezahlt werden würde, kümmerte ihn nicht im Geringsten. Die unaufdringliche Perfektion, mit der dieser Typ erledigt worden war, legte für ihn den Schluss nahe, dass Joshua ihn gefunden hatte. Er hatte seinen Kollegen schon immer in gewisser Weise respektiert. Sicherlich nicht gemocht, aber die Vollendung und Disziplin die Reynolds bei seinen Jobs zeigte, war schon bewundernswert. Lächerlich und störend fand er nur dessen moralischen Kodex, den dieser sich selbst auferlegt hatte. Für Martin wäre das nur hinderlich. Vollkommene Zeitverschwendung, sich mit Fragen der Schuld von möglichen Opfern auseinanderzusetzen und sich dadurch von dem Unternehmen eventuell abbringen zu lassen. Diese Energie investierte er lieber in sein eigenes Vergnügen bei der Ausübung seiner Aufträge.

Er hatte schon als Teenager begriffen, dass er seine Vorlieben besser verbarg und so noch mehr Spaß haben konnte. Die Tiere der direkten Nachbarn zu töten, war unklug gewesen, denn es brachte nur Probleme und unangenehme Aufmerksamkeit. Es waren Unzählige, und es hatte ihm eine Wahnsinnsfreude bereitet, Katzen, Hunde und allem, was er so zu greifen bekam, Leid zuzufügen. Er hatte sie auf unterschiedlichste Weise getötet, gequält und viel dabei gelernt. Die wichtigste Erkenntnis war allerdings, dass er einen Weg finden musste, mit den Menschen umzugehen. Ihm wurde klar, dass er ein Talent hatte, sich zu verstellen, charmant zu sein und jeden damit manipulieren zu können. Martin stellte sich überraschend gut mit seinen Eltern, die ihm dann im Gegenzug mehr Freiheiten gaben. Alle um ihn herum hielten ihn plötzlich für einen guten Kerl. In dieser Maskerade konnte er sich dann deutlich freier entfalten. Im Verborgenen natürlich. Er hatte es auch beim Militär versucht, aber so weit konnte er sich doch nicht unterordnen. Zumindest damals als junger Mann fehlte ihm einfach der Wille. Er hatte sich reichliche Kenntnisse über Waffen und viele andere nützliche Dinge angeeignet und war dann ausgetreten. Wie er an seinen ersten Job kam, wusste er nicht mehr so richtig. Er erinnerte sich, dass er unerfahren und das Ganze noch eine Riesensauerei gewesen war. Seinen ersten Menschen zu töten, unterschied sich von den Eichhörnchen und Haustieren der Nachbarn. Er begann sich intensiver mit der menschlichen Anatomie zu befassen, las Bücher über Foltermethoden und bildete sich mit jedem neuen Auftrag ein wenig fort. Er hätte nie gedacht, dass er mal seinen Traumjob haben würde. Aber als Auftragskiller gab es immer etwas zu tun, und da er nicht wie Reynolds wählerisch war, konnte er eine Menge Geld verdienen und glücklich sein.

Seine Gedanken kehrten wieder aus der Vergangenheit zurück. Er betrachtete das Foto von Amy, das ihm noch immer von seinem Monitor entgegen lächelte.

»Was für ein wunderschönes Geschöpf du bist. Für dich werde ich mir etwas ganz Besonderes ausdenken«, sagte er zärtlich und strich mit den Fingerkuppen über das Display.

Kapitel 12

Mittags stand Amy mit vor der Brust verschränkten Armen neben dem Tahoe und sah Joshua verstimmt zu, wie er die Tür öffnete, um sich auf den Weg zu machen.

»Ich verstehe immer noch nicht, warum ich nicht mit dir fahren kann«, grummelte sie.

Josh sah sie gelassen an. Ein wenig fand er Amys Zorn amüsant, aber der Grund dafür war einfach zu ernst, um sie auszulachen.

»Ich möchte nur auf Nummer sicher gehen. Du bist eine schöne Frau, die hier viel zu sehr auffallen würde. Ich bin jeden Sommer hier, ein paar kennen mein Gesicht und ich bin so viel unauffälliger. Es ist nur zur Sicherheit. Wenn wirklich alles ruhig bleibt und auch Sebastian völlige Entwarnung gibt, dann steht es dir frei, zu gehen, wohin du willst«, erwiderte er und sah, dass es Amy nur bedingt besänftigen konnte. Manchmal konnte sie ein richtiger Dickkopf sein.

»Das heißt, bis dein Nerdfreund ganz sicher ist, bin ich in diesem Haus gefangen?«, fragte sie empört.

Josh kam dicht an sie heran, legte die Arme um ihren Körper und spürte ihren Widerstand. Er schmunzelte geheimnisvoll und sah ihr tief in die Augen.

»Lass mich mal überlegen. Vielleicht sollte ich dich einfach nackt ans Bett fesseln, bis ich wieder zurück bin. Dann fühle ich mich sicher und du kannst schon mal in Vorfreuden schwelgen«, witzelte er.

Amys ernste Fassade brach zusammen und sie lächelte nun auch.

»Das würdest du nie tun, Großer.«
»Nein, du hast Recht. Aber der Gedanke ist schon heiß.«
Er drückte ihr einen Kuss auf die Stirn. Grinsend löste er sich und stieg in den SUV ein. Er startete den Motor und Amy hörte das tiefe, blubbernde Geräusch, das ihr in den Magen fuhr. Sie winkten sich noch einmal zu und dann blieb sie allein. Sie ging ins Haus und beschloss, sich ein wenig nützlich zu machen. Getreu nach dem Motto: Wer Arbeit sucht, der findet auch welche.

In der hereinbrechenden Dunkelheit kehrte Josh zurück. Im Kofferraum befanden sich zwei große Kartons, die schon seit der Abholung bei ihm für ein wildes Kopfkino gesorgt hatten. Natürlich hatte er sie nicht geöffnet, aber während der Fahrt hatte er sich immer wieder ins Gedächtnis gerufen, was sie beide da bestellt hatten. Und auch wenn er zu dem Geschlecht gehörte, dem man ein so gewaltiges Maß an Vorstellungskraft nicht zusprach, so hatte es doch einen Reigen an Bildern, Szenen und Wünschen in ihm erzeugt, die ihn selbst überrascht hatten. Auf jeden Fall freute er sich jetzt riesig, heimzukommen. Als er dem Anwesen näher kam, verflog die gelöste Stimmung. Alles schien dunkel, kein einziges Fenster war beleuchtet. Sorge wuchs in seinem Bewusstsein und verfinsterte seine Miene. Ob Amy etwas passiert war? Er trat noch einmal mehr aufs Gas. Jetzt hatte er es aus anderen Gründen plötzlich eilig und die Gedanken an die Kartons im Fond verschwanden. Zügig fuhr er am Haus entlang und sah noch einmal prüfend aus dem Seitenfenster, ob er nicht doch etwas erkennen konnte. Doch er entdeckte nicht einen Lichtschein. Noch beunruhigter setzte er den SUV in den Carport und sprang leise aus dem Wagen. In dieser Situation erwachten alle Instinkte und antrainierten Verhaltensweisen wieder. Er bewegte sich möglichst lautlos zum Eingang. Lauschend legte er den Kopf an die Tür, aber es war ruhig. Eine Ruhe, die ihm nicht gefiel.

Er öffnete vorsichtig die Tür und schaute hinein. Er sah kaum etwas und trat ein. Der Eingangsbereich und das Wohnzimmer schienen so zu sein, wie er es verlassen hatte. Er pirschte sich in die Küche, aber auch da war alles still. Selbst von Charlie fehlte jede Spur. Er schlich weiter und sah plötzlich ein Teelicht auf der ersten Treppenstufe stehen. Da löste sich seine Anspannung. Trotz allem war er noch immer deutlich aufmerksamer, als er zum Aufgang lief. Auf jeder Stufe stand eine Kerze und spendete sanftes Licht. Er ging nach oben und war gespannt, was Amy sich ausgedacht hatte. Im Schlafzimmer erwartete sie ihn. Sie lag auf dem Bett, nackt und ihr Körper schimmerte im Schein unzähliger Kerzenflammen. Anmutig räkelte sie sich, als sich ihre Blicke trafen. Josh lehnte sich an den Türrahmen und verschränkte die Arme vor der Brust.

»Na, was haben wir denn hier?«, fragte er mit seiner sexy tiefen Stimme.

Elegant richtete sie sich auf und kam auf allen Vieren über die Matratze auf ihn zugekrochen. Langsam, sinnlich und mit einem anregenden Ausdruck in den schönen Augen. Wie ein Jäger beobachtete er sie mit brennendem Blick. Seine ganze Aufmerksamkeit lag auf ihrem wundervollen Körper, auf jeder Bewegung, die ihren Körper im flackernden Kerzenlicht zeigte oder im Schatten verschwand. Es war erregend und ihm war bewusst, dass jede Regung ihn verriet.

»Was möchtest du denn haben?«

Joshs Lippen verzogen sich zu einem schiefen Lächeln, was ihm ein unheimlich heißes Aussehen verlieh.

»Mal sehen, was ich so mit dir machen werde. Du wartest hier schön brav und ich hol eben unsere Einkäufe aus dem Auto«, kündigte er an und er sah, wie ihre Augen freudig aufleuchteten. Ohne eine Erwiderung abzuwarten, eilte er die Treppe hinunter und lief zum Wagen, um die beiden Kartons herbeizuschaffen. Ein wenig umständlich bugsierte er die sperrigen Boxen in die Küche, nahm noch ein scharfes

Messer und trug alles nach oben. Amy wartete auf ihn. Sie kniete zum Eingang gewandt auf dem Bett, die Beine geöffnet, die Arme vor der Brust verschränkt, sodass ihre Brüste noch einladender hervortraten. Josh stellte die Bestellung ab und öffnete die Deckel mit der Klinge, die er in Griffweite auf einer Kommode ablegte. Heraus zauberte er die verschiedensten Dinge. Sorgfältig und mit einer quälenden Ruhe breitete er die Sachen auf dem Teppich aus und warf Amy immer wieder einen Blick zu. Sie benetzte sinnlich ihre Lippen, biss drauf und wurde ungeduldiger. Je zappeliger sie wurde, desto mehr Muße strahlte Joshua aus. Die Vorfreude wuchs ins Unermessliche und er genoss diesen Aspekt, wie er alles an ihrem gemeinsamen Erleben genießen würde. Eilig schlüpfte er aus den Socken und befreite seinen Oberkörper von Pullover und T-Shirt. Er nahm sich Fesseln aus gepolstertem, schwarzem Leder und sah sie sich an. Amy setzte sich an die Bettkante und bot ihm lächelnd die Arme an. Joshua kniete sich vor sie und schlang sie um ihre Handgelenke. Amy lehnte sich ein wenig zurück und hielt ihm ein Bein hin. Er schloss die Manschette um ihr Fußgelenk. Langsam, zärtlich, während seine Lippen ihr Knie berührten und einen keuschen Kuss darauf hauchten. Amy legte den Kopf in den Nacken. Ihr Unterleib zog sich zusammen und über ihren Rücken lief ein wohliger Schauer. Er stellte ihren Fuß ab und griff sich das zweite Bein, um das zweite Sprunggelenk auch einzuschließen. Liebevoll betrachtete er sie. Nie war sie sinnlicher gewesen. Er streichelte mit den Händen über ihre Oberschenkel und bemerkte, wie sie sich vor ihm öffneten. Sie wollte schon wieder das Tempo bestimmen. Er lächelte und seine Augen flackerten auf diese dunkle Art, die sie in diesem Spiel so an ihm liebte. Er stand auf und trat einen Schritt von ihr zurück. Amy sah ihn ungeduldig an. Die Augenbinde war sein nächstes Utensil und sie ließ sich willig dieses Sinns berauben. Der Raum wurde nach ihrem Empfinden gleich ein wenig wärmer, die Luft schien wie elektrisiert zu sein. Behutsam strich er über ihren Nacken und Amy senkte bereitwillig den Kopf. Joshua griff sich das breite Lederhalsband, das er sich in Reichweite gelegt hatte.

»Weißt du dein Safeword noch?«, fragte er leise.

Amy fühlte sofort, dass seine Stimme sich verändert hatte. Sie war tiefer, eindringlicher geworden, ohne hart zu klingen. Ein Schauer lief ihr über den Rücken.

»Ja, mein Herr«, antwortete sie demütig.

Er legte das Leder um ihren Hals und verschloss es mit ruhigen Bewegungen im Genick. Amy rührte sich nicht, genoss die neuen Gefühle, die sie wie ein heißer Lavastrom durchzogen und ihre Erregungen immer weiter anfachten. Zuerst war das Material kühl, aber es nahm rasch die Wärme ihrer Haut an. Vorne und im Nackenbereich waren zwei Ringe eingelassen. Josh griff in den vorderen und zog vorsichtig, bis Amy das Kinn hob und er ihr Gesicht schauen konnte. Sie lächelte mit leicht geöffneten Lippen. Nicht eine Sekunde hatte er einen Widerstand ihrerseits bemerkt. Langsam beugte er sich zu ihr herab, ließ sie seinen Atem spüren, ohne sie zu berühren.

»Es ist wirklich schade, dass du nicht sehen kannst, wie wundervoll du in den Fesseln aussiehst. So kann nur ich allein deinen Anblick genießen«, raunte er ihr leise zu.

Amy wurde es heiß und kalt bei diesen Worten. Ihr Kopfkino ließ den Film anlaufen. Ihr gefiel, was sie vor ihrem inneren Auge sah, als sie sich vorstellte, wie sie nackt mit den Manschetten und dem Halsband vor ihm saß.

»Steh auf, meine Kleine«, wies er sie an.

Amy zögerte keine Sekunde und erhob sich vom Bett. Seine Hände ergriffen ihre und führten sie langsam in den Raum hinein. Er dirigierte sie in einhundertachtzig Grad um sich selbst.

»Knie dich hin und öffne die Beine schön weit.«

Sie gehorchte und spürte nichts als pures Verlangen in ihrem Körper. Endlich konnte sie so sein, wie sie es sich in den einsamen Nächten immer erträumt hatte. Fügsam, gebend, immer im Bewusstsein, dass er auf sie aufpasste. Er stand vor ihr, nahm ihre Arme und verband mit einer kurzen Kette die Manschetten ihrer Handgelenke miteinander. Darin ließ er eine Kette einrasten. Er zog und Amy hob instinktiv die Arme, bis ihr Oberkörper gestreckt und unter Spannung stand. Ein Karabiner, der mit einem Haken an einem der Deckenbalken verbunden war, rastete ein und fixierte sie in dieser Haltung. Amy genoss das Gefühl des Ausgeliefertseins aus tiefster Seele. Josh kniete sich vor ihr zu Boden, ließ seine Finger behutsam über ihren Körper gleiten. Er kam ganz nah an sie heran, legte einen Arm um ihre Taille und küsste sie sanft. Während seine Lippen ihren Hals herunterwanderten, immer wieder küssend, hauchend und knabbernd, fand seine andere Hand den Weg zwischen ihre geöffneten Beine. Amy stöhnte begeistert auf, als seine Finger in ihre feuchte Lusthöhle eindrangen und ihre Klit reizten. Zärtlich strich er mit dem Daumen über ihren geschwollenen Kitzler, während zwei Finger diese Bewegung in ihrer Scheide spiegelten.

»Na, das ist aber jemand reichlich nass«, flüsterte er.

Doch jedes Wort hallte in ihr wider und versetzte sie in ungeahnte Schwingungen. Sie nickte nur, immer noch gefangen von den Sinneseindrücken, die auf sie einprasselten. Sein Körper war eng gegen ihren gedrückt, ihre Knie geöffnet. Sie konnte nichts tun, außer ihre Schultern ein wenig nach hinten zu ziehen und sich ihm noch präsentierender hinzugeben. Josh fühlte das Spiel ihrer Muskeln, hörte ihren Atem, der nur stoßweise aus ihren Lungen gepresst wurde. Er intensivierte sein Fingerspiel zwischen ihren Schenkeln, küsste sie fester und leidenschaftlicher. Über ihm klirrte die Kette, als sie daran zerrte, um ihm noch mehr entgegenzukommen. Ein Ton, der Amy durch die Glieder fuhr, kurz zwischen ihren Beinen kreiste und dann in ihrem Geist einschlug wie ein Blitz. Joshua lehnte sich zurück, löste die Hand um ihre Taille und streichelte über ihre Brüste, die sie mühsam vorreckte. Liebevoll beobachtete er die Bewegungen ihrer Rippen unter der zarten Haut, das Muskelspiel ihrer Bauchdecke, ihre feuchten Lippen, über die sie immer wieder mit ihrer Zunge strich. Er griff ihre aufrecht stehende Brustwarze und kniff sanft hinein. Amy reagierte sofort. Sie warf den Kopf in den Nacken und legte sich ins Hohlkreuz. Wieder wurde der Tanz zwischen ihren Schamlippen heißer und schneller. Sie fühlte, wie ihr ganzes Denken mit einem Winken abtrat. Es konnte nicht mehr lange dauern, bis sie sich in einem Orgasmus völlig verlor. Doch seine Hand verschwand und ließ die Erregung ein wenig abflauen.

»Nein, mein Engel. So bald werde ich dich nicht erlösen.«

Amy hob das Kinn und zerrte unwirsch an den Fesseln um ihren Frust zu demonstrieren. Josh schmunzelte nur über ihre Gegenwehr. Er wählte einen Ballknebel aus, stand auf und ging hinter sie.

»Öffne den Mund schön weit, damit ich dir den Knebel anlegen kann.«

Amy zuckte kurz bei diesen Worten zusammen. Aber sie hatte keine Angst, sondern allein seine Ankündigung hatten einen Schwall Lust durch ihren Geist geschwemmt, der sie wohlig erschaudern ließ. Sie befeuchtete sich die Lippen und gehorchte. Vorsichtig schob er den Ball in ihren Mund, führte die Riemen in ihren Nacken und verschloss die Schnalle.

»Bekommst du ausreichend Luft?«

Amy nickte.

»Fühlst du dich wohl?«

Wieder stimmte sie nickend zu und öffnete unterbewusst die Beine ein Stückchen mehr.

»Wann immer du eine Pause brauchst oder sonst etwas nicht in Ordnung ist, musst du den Kopf kräftig schütteln, damit ich weiß, dass ich dich sofort befreien soll. Verstanden?«

Ein weiteres Nicken und dieses Mal war es ungeduldig. Er

trat zurück, setzte sich auf das Bett und beobachtete sie. Amy zerrte noch einige Male kurz an den Fesseln und wurde dann beherrschter. Sie hörte immer noch, dass er da war. Alle inneren Antennen waren auf Josh ausgerichtet und justiert wie empfindliche Instrumente. Sie atmete langsamer, entlastete ein wenig ihre Handgelenke und fühlte in ihren erregten Körper hinein. So viele Informationen vereinten ihre Sinne in ihrem Geist und sie war dem hilflos ausgeliefert. Alle Filter in ihrem Kopf waren ausgeschaltet und ganz auf Lust gepolt. Er sah, dass sie wieder aufnahmefähig war. Sein Blick schweifte über all die Dinge, die sie gemeinsam ausgesucht hatten. Unablässig wanderte seine Aufmerksamkeit zwischen ihrem Anblick und den Spielzeugen hin und her. Wie bei einem 3-D-Bildchen setzte er die Eindrücke immer wieder in seinen Gedanken neu zusammen. Dann wusste er, was er als Nächstes auswählen würde. Der Doppelvibrator aus weichem, dunkelblauen Silikon brachte ihn auf eine neue Idee. Er nahm ihn und hielt ihn wiegend in der Hand, während er Amy weiter ansah. Was würde er in ihren schönen Augen sehen, wenn sie erkannte, was er für sie bereithielt? Er lächelte, stand auf und kniete sich vor sie hin. Sorgfältig glitt sein Blick über ihren Körper und achtete peinlich genau auf alle Hinweise, dass es ihr gegebenenfalls nicht gut ging oder etwas mit seiner Fesselung nicht stimmte. Doch Amy wirkte gelassen, wenn man von ihrer Erregung absah. Ein Arm schlang sich sanft um ihren Brustkorb und streichelte zärtlich die Vertiefung zwischen ihren langen Rückenmuskeln entlang. Ihr Atem wurde wieder tiefer, kaum dass seine Fingerspitzen sie berührten. Den Lustspender strich Josh geduldig über ihre Bauchdecke nach unten zwischen ihre geöffneten Beine. Sie hob ihm mühsam das Becken entgegen. Bittend, flehend waren alle Botschaften, die sie mit ihrem gefesselten Körper aussenden wollte. Lächelnd ließ er den schmalen Teil des Vibrators in ihre Vagina gleiten. Er war dünn, aber zu wissen, was geschah, brachte Amys Blut in Wallungen. Achtsam schob er ihn hinein und zog ihn heraus, bis er ganz mit ihrem heißen Saft benetzt war. Er drückte seinen Oberkörper an ihren heran und ließ die Hand, die eben noch an ihrer unteren Wirbelsäule verharrt hatte, langsam zu ihren straffen Pobacken wandern. Gleichzeitig fand der benetzte Fortsatz ihren Anus. Amy spürte das weiche Silikon an ihrem Hintereingang und hielt verunsichert still. Dort war noch nie etwas oder jemand eingedrungen und sie wusste nicht, was nun mit ihr geschehen würde. Aber sie vertraute auf Josh, dass er nichts tun würde, was ihr Schmerzen zufügen würde. Seine Lippen legten sich an ihr Ohr.

»Entspann dich einfach. Ich werde ganz vorsichtig sein.«

Amy nickte, um zu zeigen, dass sie einverstanden war.

»Lehn dich an mich an und schließe ruhig ein wenig die Beine.«

Amy gehorchte, atmete tiefer und schmiegte sich an seinen Körper. Allein diese Nähe gab ihr neue Kraft. Sie registrierte den abgerundeten Fortsatz, der immer noch an ihrer Rosette ruhte. Joshua spreizte ein wenig ihre Pobacken und drückte behutsam den Lustspender in ihren Anus hinein. Er spürte den Widerstand des ersten Schließmuskels, verweilte kurz, dann drückte er den Analvibrator einige Millimeter tiefer, bis er einen zweiten, leichten Gegendruck bemerkte und wieder verharrte. Amy keuchte leise, aber nicht aus Schmerz; trotz allem wartete er.

»Alles in Ordnung, meine Kleine?«

Er fühlte, wie sie nickte. Nun schob er langsam das restliche Stück des Vibrators in ihren Körper. Amy stöhnte lauter, ihre Beine gaben ein wenig nach und Josh hielt sie an sich gepresst, um ihr Halt zu geben. Der größere, dickere Anteil des Spielzeuges lag nun unmittelbar vor ihrer Scheide und Amy konnte das kühle Silikon spüren. Doch er geduldete sich, bis sie all die neuen Eindrücke sortiert hatte und er sicher war, dass es ihr nicht unangenehm war. Als sie sich wieder etwas entspannte, drückte er auch in ihre Lusthöhle den Lustspender hinein. Amy warf den Kopf zurück und seufzte heftig auf. Trotz des Knebels war es deutlich zu hören. Niemals hatte sie sich so ausgefüllt gefühlt und es war so intensiv, dass es alle Scham fortriss. Wieder legten sich seine Lippen an ihren Hals, die freie Hand im Rücken hielt sie fest und seine andere Hand fixierte den Doppelvibrator und begann zeitgleich seinen rassigen Tanz auf ihrer geschwollenen Klit von vorn. Mitten in diesen Strudel aus Erregung sprang die Vibration an, die sich durch ihren gesamten Unterleib zu ziehen schien. Amy glaubte, das nicht aushalten zu können. Sie stöhnte innig, presste ihren Leib seinen Küssen entgegen und nahm ansonsten nichts mehr wahr. Sie wollte ihn anflehen, sie zu erlösen, ihr endlich diesen langersehnten Höhepunkt zu schenken. Doch gleichzeitig hoffte sie, dass dieser Genuss nicht so schnell vorbei sein würde. Das Tauziehen zweier mächtiger Bedürfnisse tobte durch ihre Seele, während er ihr immer weiter Vergnügen verschaffte. Seine Finger glitten über ihre nassen Schamlippen, spielten mit ihrer Klit, drückten immer wieder den Vibrator rhythmisch in sie hinein. Plötzlich warf Amy den Kopf weit in den Nacken, ihre Arme streckten sich ganz durch und sie öffnete die Beine, soweit es möglich war. Dann verspannte sich ihr ganzer Körper, der Lustspender wurde durch die Kontraktion ihrer Unterleibsmuskulatur in ihren Leib gepresst und sie keuchte dumpf ihre Lust heraus. Josh wartete einen Moment, zog vorsichtig den Vibrator aus ihren Lusthöhlen und hielt ihren bebenden Körper fest in seinen Armen. Er stützte sie, um ihre Handgelenke und Knie zu entlasten. Eine Hand legte sich in ihr Genick und löste den Knebel. Er nahm den Ball aus ihrem Mund und ließ ihn zu Boden gleiten. Keinesfalls würde er sie jetzt aus seiner Umarmung lassen. Sie sollte spüren, dass er für sie da war, sie auffing, wenn sie mit ihrem Verstand wieder in das Hier und Jetzt zurückkehrte. Allmählich kam sie wieder zu sich. Sie bewegte immer noch blind den Kopf und schob die Beine ein wenig mehr zusammen, um ihm das Halten zu erleichtern. Sie wusste nicht, wie viel Zeit vergangen war, seit sie in diesem Strudel aus Lust völlig versunken war, aber auch wenn Joshua viel Kraft hatte, würde es doch sicherlich für ihn langsam anstrengend werden.

»Ich liebe dich«, flüsterte sie.

Josh drückte sie an sich und spürte, wie ihm fast die Freudentränen in die Augen stiegen.

»Ich liebe dich auch Amy. Unendlich.«

Widerwillig stand er auf, löste die Kette und gleich mit ihr die Verbindung zwischen den Handgelenksfesseln. Dann hob er sie hoch und trug sie auf das Bett herüber, damit sie sich entspannt ausstrecken konnte.

Während er die Sachen verräumte, die er vorhin so um sich herum ausgebreitet hatte, betrachtete sie ihn gedankenverloren.

»Was ist mit dir?«, unterbrach sie ihn plötzlich in seinem Tun.

Er sah sie an und lächelte.

»Das ist mir gerade nicht so wichtig. Dich zu erleben, war ein wirklicher Hochgenuss.«

Amy runzelte die Stirn und tippte mit der Hand auf den Platz neben sich. Er ließ alles liegen und gesellte sich zu ihr. Nachdenklich sah sie ihn an. Ohne den Blick abzuwenden, öffnete sie seinen Gürtel und zog den Reißverschluss seiner Jeans auf.

»Ich bin wohl noch nicht fertig mit dir«, sagte er mit einem schiefen Lächeln.

»Offensichtlich nicht.«

Ihre Finger erspürten durch den dünnen Stoff seiner Boxershorts seinen harten Schwanz, der nur zu gern aus seinem Gefängnis entlassen werden wollte. Joshua half ihr, Hose und Shorts herunterzuziehen. Achtlos warf sie die Kleidungsstücke in den Raum. Sie kniete sich zwischen seine Beine und streichelte zärtlich über den Schaft. Mit einem sinnlichen Blick beugte sie sich herab, befeuchtete ihre wundervollen Lippen und küsste seine Eichel. Josh zog es alles innerlich zusammen und er hob den Kopf, spannte seine Bauchmuskeln an, um ihr dabei zuzusehen, wie sie seine Erektion tief in den Mund nahm. Immer noch starrte sie ihn an. Wissend und willig. Sie sah die Muskeln, die das ansprechende Sixpack bildeten, und ließ eine ihrer Hände an seine Hoden gleiten, die andere schloss sich um seinen Schwanz und fuhr langsam auf und ab. Er keuchte erregt. Amy war so unglaublich heiß. Das schwarze Lederhalsband, die Manschetten, die um ihre Handgelenke lagen. Dazu ihr rotes Haar, das ihr immer wieder ins Gesicht fiel und ihre Züge, wie hinter einem zarten Schleier verbarg. Ihre Zunge spielte nun mit seinem Bändchen, ihre Lippen wechselten die Intensität des Drucks, mit dem sie seinen Schaft umschloss. Die Erregung, die er verspürte, war kaum auszuhalten. Aber sie war so weit weg. Ihr Körper, ihr Mund, die ihn gerade so köstlich liebkosten. Er richtete sich ein wenig auf, hakte einen Finger in den vorderen Ring ihrer Halsfessel und zog sie lächelnd dichter an sich heran. Sie spürte den leichten Zug an ihrem Hals, sah den glühenden Blick in seinen blauen Augen und gehorchte freudig seiner stummen Aufforderung. Sie kam näher, setzte sich rittlings über seinen Schwanz und verharrte. Josh umarmte sie und drückte sie bedächtig herunter. Amy fühlte, wie er in sie hineinglitt, schloss die Lider und stöhnte leise auf. Er hielt sie eng an sich gepresst, griff die fast aufgelösten Reste ihres Zopfs und zog vorsichtig ihren Kopf in den Nacken zurück. Sie gab bereitwillig nach, kreiste mit ihrem Becken und streckte ihm die Brüste auffordernd hin. Ihre Arme lösten sich, gingen nach hinten und sie stütze sich auf seinen Beinen ab, den ganzen Körper seinen Händen entgegengereckt. Nur zu gern nahm er diese Einladung an.

»Tanz für mich, meine Kleine.«

Seine Stimme hatte wieder jenen tiefen, gebieterischen Tonfall angenommen, der in ihr alle störenden Gedanken zum Einsturz bringen konnte. Sie wölbte den Rücken noch weiter und begann, sich auf seinem Schwanz auf und ab zu bewegen. Genüsslich, dann schneller, wieder ruhiger, kreisend. Es war der Tanz auf dem Vulkan und er brachte sie beide immer mehr einem gewaltigen Ausbruch der Lust entgegen. Joshua legte eine Hand stützend in ihren Rücken, die andere zog zwirbelnd an ihren aufgerichteten Brustwarzen. Amy stöhnte, intensivierte ihren Rhythmus. Sie fühlte seine Berührung, die langsam zwischen ihren Schulterblättern hindurch den Weg in ihren Nacken fand. Er hakte einen Finger in den hinteren Ring und zog ein klein wenig daran. Amy spürte den Druck an ihrer Kehle, aber daran war nichts Beängstigendes. Sie keuchte, bewegte sich schneller. Ihr Körper glänzte verschwitzt, ihr Atem ging rau und keuchend. Er konnte sich nicht länger beherrschen. Unter einem lauten Aufstöhnen kam er zu einem wundervollen Höhepunkt. Er ließ den Ring in ihrer Halsfessel los, drückte sie stattdessen fest an sich heran. Auch Amy nahm noch entfernt wahr, wie ihre Beine an Kraft verloren, sich kalt anfühlten und sie dann nur noch hilflos stöhnend in einem Orgasmus ihre Lust hinausschrie. Gemeinsam sanken sie nebeneinander aufs Bett zurück. Amy kuschelte sich an ihn und fühlte, wie er sie sanft in die Arme schloss. Langsam beruhigten sie sich. Joshua legte ihnen eine Decke über und küsste Amy liebevoll auf die Stirn.

»Die Fesseln stehen dir ausgezeichnet.«

Amy sah schmunzelnd zu ihm auf.

»Heißt das, ich soll sie nie wieder ablegen?«

Doch Josh schüttelte den Kopf.

»Nein, sie sind nur für die besonderen Momente gedacht, in denen du mir deine Unterwerfung zum Geschenk machst. Sonst darfst du mich ruhig weiter knuffen, wenn ich dich ärgere.«

Einen Augenblick schauten sie sich nur lächelnd entgegen.

»Sie tragen sich wirklich angenehm.«

»Und du siehst unglaublich heiß damit aus.«

Er setzte sich auf und begann die Manschetten zu lösen. Ihre Augenbrauen schnellten in die Höhe.

»Wenn du sie noch weiter anhast, machst du mich nur wieder scharf auf dich«, lautete seine Begründung. Amy schmunzelte.

»Der alte Mann hält wohl keine Runde mehr durch«, neckte sie ihn.

Er schlang seine Arme um sie und strich eine Strähne ihres kupferfarbenen Haares aus dem Gesicht.

»Ich will noch so viel mit dir erleben, Amy. Und ich habe sehr lange auf dich gewartet«, meinte er ernster.

Dann küsste er sie. Leidenschaftlich, innig und schob damit alle Einwände, die gerade noch durch ihren Kopf huschen wollten, fort. Sie liebten sich. Das hieß, er empfand ebenso wie sie. Ein Umstand, der ihr immer noch rätselhaft schien. Zumindest war es ungewohnt.

Kapitel 13

Als die Sonne langsam ihre spärlichen Strahlen über das Land schickte, wurde Amy wach. Josh schlief noch tief und fest und sie hatte die einmalige Gelegenheit, ihn dabei in Ruhe anzusehen. Seit sie hier waren, war er entspannter. Offensichtlich fühlte auch er sich an diesem Ort sicher. Nachdenklich betrachtete sie sein attraktives, männlich markantes Gesicht. Seine weichen Lippen, sein dichtes dunkelbraunes Haar, das ganz schön durchgewuschelt war. Er wirkte so friedlich wie ein Kind. Amy dachte über die vergangenen Tage, begonnen mit seinem Auftauchen vor ihrer Zelle nach. Noch nie war in ihrem Leben so viel in so kurzer Zeit geschehen. Zudem waren die Wendungen, die es beinhaltete, so heftig, dass man es kaum in Worte fassen konnte. Er kam mit dem Auftrag, sie zu töten. Eine klassische Hinrichtung, ohne Gnade. Sein Anblick mit der Waffe im Anschlag, die Mündung auf ihren Kopf gerichtet schien so unwirklich, wenn sie ihn jetzt anschaute. Die Hände, die in der letzten Nacht so liebevoll und leidenschaftlich ihrem Körper unglaubliche Lust beschert hatten, wären im Begriff gewesen, ihrem jungen Leben ein rasches Ende zu bereiten. Und seine Augen. Der kalte, konzentrierte Ausdruck war einer Zärtlichkeit gewichen, die sie noch nie bei einem Mann erlebt hatte, der sie ansah. Nicht nach Jahren der Beziehung hatte sie sich jemals so geliebt, begehrt und geachtet gefühlt. Ein trauriges Zeugnis für ihre früheren Partner. Keiner von ihnen hatte sie so verstanden, akzeptiert und respektiert, wie Joshua es tat. Das war einer der unzähligen Gründe, warum sie ihn so sehr liebte. Und so intensiv nach nur wenigen Tagen.

Plötzlich begann er sich zu regen. Er schlug die Lider auf und lächelte sie an. Es war schon verboten, wie gut er direkt nach dem Aufwachen aussah.

»Guten Morgen, starker Mann.«

»Einen wunderschönen guten Morgen, mein Liebling. Hast du gut geschlafen?«

Amy grinste verschmitzt und nickte nur. Dann fiel ihr Blick auf das Chaos von letzter Nacht. Joshua hatte ihnen nur die Decke übergeworfen und sie waren aneinandergekuschelt eingeschlafen. Die ganzen »Spielsachen« befanden sich noch ausgebreitet auf dem Nachtisch und auf dem Boden. Amy stöhnte innerlich auf. Nichts hasste sie so sehr, wie morgens als Erstes aufräumen zu müssen. Doch Josh sprang lächelnd aus dem Bett, stieg in seine Shorts und kümmerte sich mit Feuereifer darum. Amy lag da, den Kopf auf die Hände gestützt und sah ihm zu. Sie bewunderte seinen athletischen Körper, seinen, mit Verlaub, knackigen Arsch und den Elan, mit dem er für alles einen Platz fand.

»Ich werde nachher mal einen eigenen Ort für all unser Equipment schaffen«, kündigte er an und sie hörte deutlich die Vorfreude bei ihm heraus. Fasziniert starrte sie ihn an, bis sich ihre Blicke trafen.

»Na, da ist aber jemand heute ein wenig zu sehr von der Matratze eingenommen. Zeit zum Aufstehen, Sonnenschein!«

Aber Amy rollte sich nur auf den Rücken und streckte sich genüsslich. Plötzlich sprang er zu ihr, hob sie aus dem Bett und warf sie sich über die Schulter. Amy quiekte laut und nicht sonderlich ladylike auf. Sie war immer noch nackt und seine Hand landete mit Schwung auf ihrem Hintern. Zusammen erreichten sie nun das Bad, wo er sie vorsichtig auf den Füßen absetzte. Sie kicherte immer noch wie ein junges Mädchen und er küsste sie liebevoll. Gemeinsam gingen sie duschen, seiften sich ein und ließen sich vom warmen Wasserstrahl wieder abspülen.

»Wie ist dein erster Eindruck von der Welt, in die ich dich so gern mitnehmen würde?«

Amy sah ihn an. Ihre Augen strahlten.

»Es war wundervoll, Josh. Wirklich!«, erwiderte sie und das ruhige Lächeln verriet, wie sehr es ihr gefallen hatte. Er umarmte sie, drückte ihr einen Kuss auf das nasse Haar und stellte das Wasser ab.

»Genug gefaulenzt!«, kündigte er an und zog ihnen zwei Handtücher durch den Spalt der Duschtür hinein. Mit gespielter Empörung sah sie ihn an.

»Was hast du denn heute vor?«

»Ich wollte den Rasen endlich mal mähen und die Dachrinne am Carport reinigen«, verkündete er.

»Und was kann ich tun?«

Einen Moment lang betrachtete er sie prüfend.

»Hübsch aussehen reicht doch.«

Amys Augen blitzten auf und sie ließ das Handtuch auf seinen nassen Po niedersausen. Josh war so überrascht, dass er sich nicht bewegt hatte. Sie traf ihn ganz ordentlich und es klatschte laut. Er schlang sein Handtuch zu einer Wurst und warf es ihr wie ein Lasso um die Taille, zog sie dicht an sich heran und schaute mit gespielter Strenge auf sie herab. Wie groß und übermächtig er wirkte, wenn er sie mit seinem Blick förmlich durchbohrte. Amy wurde es auf angenehme Weise heiß und kalt.

»Da ist aber jemand reichlich frech heute Morgen«, knurrte er.

»Richtig und das bist du. Ich bin doch kein Dekostück, das elegant auf dem Sofa sitzt, während du arbeitest«, grummelte sie zurück.

Josh schmunzelte, aber es erreichte nicht seine Augen. Hinter seiner Stirn arbeitete es. War sie wirklich sauer? Wo war es Spiel, wo Ernst? Sie war so stark, eigensinnig und temperamentvoll. Es war ein herrlicher Kontrast zu der devoten Seite, die ihm in der letzten Nacht solche Freude gemacht hatte.

»Kannst du mit Farbe und Pinsel umgehen?«, fragte er plötzlich.

Amy nickte selbstbewusst. Sie hatte schon etliche Türen und Schränke lackiert, Wände tapeziert und gestrichen. Sie konnte mit Fug und Recht behaupten, dass sie diesbezüglich erfahren war.

»Nun, die Gartenlaube hinter dem Haus bräuchte einen neuen Anstrich.«

Sie nickte wieder. Ihre Haltung verriet, dass sie sich ein wenig entspannt hatte.

»Ich brauche nur Kleidung und die Malersachen, dann mache ich mich an die Arbeit.«

»Aber zuerst frühstücken wir etwas.«

Amy verzog angewidert das Gesicht, was ihr ein herzliches Lachen einbrachte.

»Wenigstens eine Kleinigkeit. Wenn du wüsstest, wie süß du aussiehst, wenn du solche Grimassen schneidest«, damit löste er das Handtuch und verschwand eilig, um sich etwas anzuziehen, bevor sie eine weitere Gelegenheit bekam, das Frottee auf seinen Hintern klatschen zu lassen. Sie war überraschend zielsicher.

Die Küche war sonnendurchflutet, Charlie futterte begeistert sein Frühstück und Joshua hatte ihnen beiden einen Tee zubereitet, als sie die Treppe herunterkam und sich zu ihm gesellte. Ihr Haar nahm immer die meiste Zeit im Bad in Anspruch. Er hatte ihr eine alte Jeans von sich und ein abgewetztes Holzfällerhemd herausgelegt. Amy hatte die Hosenbeine und Ärmel ein wenig hochgekrempelt und stapfte jetzt ins Zimmer. Josh verschluckte sich an seinem Tee und erntete dafür einen strengen Blick.

»Kein Wort, sonst finde ich etwas anderes, um es auf deinen knackigen Po sausen zu lassen«, drohte sie.

Er versuchte sich das Lachen zu verkneifen, aber es gelang

nicht wirklich. Schmunzelnd stellte er ihr einen Teller mit Obst hin. Lustlos betrachtete sie das liebevolle Arrangement aus Apfelspalten, Mandarinen und ein paar Weintrauben.

»Na komm schon. Nur ein klein wenig«, ermutigte er sie.

Amy atmete tief ein und aß dann. Sie schaffte sogar alles und es tat zugegebenermaßen gar nicht schlecht. Natürlich würde sie sich heute Morgen lieber die Zunge abbeißen, als ihm das zu sagen.

»Braves Mädchen«, lobte er sanft und gab ihr einen langen Kuss, der sie in seinen Händen zu Wachs werden ließ.

»Du benutzt unfaire Mittel, Großer«, hauchte sie mit geschlossenen Augen, während er sie fest in die Arme schloss, auf die Küche setzte, um sie noch inniger zu küssen. Sie wühlte die Finger in sein Haar und genoss das Zungenballett, das sie vollführten. Langsam lösten sich seine warmen Lippen von ihren. Er legte seine Stirn an ihre und schwieg einen Moment.

»Ich weiß nicht, wovon du redest.«

Amy grinste.

»Oh doch, du verführerischer Teufel, das weißt du ganz genau.«

»Du meinst doch nicht das mit »Mittel«?«, sagte er und verschloss ihr mit einem Kuss den Mund, ehe sie antworten konnte.

Amy fühlte, wie es zwischen ihren Beinen merklich wärmer wurde. Doch Josh löste sich von ihr, bevor dieses kleine Têt-á-Têt ausarten konnte.

»Komm, jetzt aber an die Arbeit.«

Mit einem diabolisch anregenden Grinsen verließ er die Küche und steuerte auf die Eingangstür zu. Amy schüttelte den Kopf und folgte dann. Etwas zu tun, würde sie von all diesen Gedanken ablenken.

Fast schon routiniert strich sie die Laube. Vorher hatte sie alles ordentlich abgeschliffen, kurz vom Staub befreit und sich dann ans Werk gemacht. Josh drehte währenddessen mit einem alten Rasenmäher seine Runden. Amy hatte sich schon gewundert, dass sie nicht das vertraute Motorbrummen hörte und sie hatte einigermaßen verdutzt geschaut, als er mit diesem prähistorischen Modell ums Gebäude kam. Er bestand aus sich drehenden Klingen, die durch die Bewegung der Räder beim Schieben angetrieben wurden. Kein Strom, kein Benzin. Pure Mechanik. Er grinste frech, grüßte sie durch eine angedeutete Verneigung und setzte seinen Weg fort. Er war sichtlich amüsiert über ihren Gesichtsausdruck. Sie hätte eine furchtbare Schauspielerin abgegeben. In ihrer Mimik konnte er einfach zu gut lesen. Josh war genauso lange mit dem Rasen und der Regenrinne beschäftigt, wie Amy mit der Gartenlaube.

Als er verschwitzt um das Haus herumkam, sah er, dass auch Amy ihre Sachen bereits zusammenpackte. Das Häuschen war wieder blendend weiß. Sie sah ihn zu ihr kommen. Seine Hose war bis zu den Knien vom aufspritzenden Gras ganz grün verfärbt. Auch Amy war farbverschmiert. Ohne darauf zu achten, nahm er sie in die Arme und schaute sie an.

»Zufrieden mit meinen Malerarbeiten?«

Er sah prüfend zu der Laube herüber und lächelte.

»Mein kleiner Picasso«, kommentierte er nur.

Amy knuffte ihn zärtlich in die Rippen. Arm in Arm gingen sie ins Haus, um zu duschen und sich frisch anzuziehen. Die Sonne brannte inzwischen heiß von einem wolkenlosen Himmel herab.

Während Amy noch mit Föhn und Bürste ihr Haar bearbeitete, stand er in der Küche und machte ihnen etwas zum Essen. Es gab Hähnchenbrust mit Paprika in einer Frischkäsesoße und dazu Bandnudeln. Pünktlich hatte sie den Kampf gegen ihren roten Schopf gewonnen. Josh hatte ihnen draußen einen kleinen Tisch unter einen Sonnenschirm gestellt und schon gedeckt. Amy trug nur Top und eine hochgekrempelte Jogginghose und sah dennoch hinreißend aus. Er richtete ihnen die Teller an, Amy nahm die Flasche Wasser zur Hand und sie ließen sich im Schatten gemütlich nieder. Mit kräftigem Appetit aßen sie etwas. Es war köstlich und sie war wieder einmal von seinen Kochkünsten angenehm überrascht.

»So könnte es immer sein, oder?«, fragte sie, und schaute zum Meer herüber.

»Ja, das wäre schön. Ich liebe Maine, und gerade jetzt mit dir ist es hier einfach noch wundervoller.«

Amy sah ihn prüfend an, doch er hatte keine Mühe diesem Blick standzuhalten und lächelte ihr nur entgegen.

»Glaubst du, dass dir dein Job fehlen wird?«

»Nein. Ich bin ganz sicher, dass das für mich kein Problem ist. Was ist mit dir? Vermisst du deine Verwandtschaft und Seattle?«

Zu seiner Überraschung schüttelte sie den Kopf.

»Meinen Job an sich mag ich. Der Gedanke nicht zu arbeiten ist aber auch einfach völlig ungewohnt. Ich habe relativ früh mit Nebenjobs angefangen, um rasch selbstständig zu sein. Zu meiner Familie habe ich ohnehin kaum Kontakt. Vermutlich ist denen, wie schon erwähnt, noch nicht einmal aufgefallen, dass ich verschwunden bin.«

»Hast du dich mit deiner Verwandtschaft zerstritten?«

»Nicht so richtig, aber wir leben weit verstreut und jeder führt im Grunde genommen ein unabhängiges Dasein.«

Josh nickte nur und hakte nicht nach. Es war kein angenehmes Thema und er wollte nicht mehr als nötig in alten Wunden stochern. Wenn Amy bereit war, würde sie es wieder ansprechen.

»Was ist mit deiner Familie? Hast du noch Kontakt?«

»Eher weniger. Als wir uns das letzte Mal sprachen, hatte ich ihnen gesagt, dass ich vorhätte, zum Militär zu gehen. Sie waren alles andere als begeistert. Seitdem herrscht strikte Funkstille«, antwortete er, und Amy war überrascht, wie wenig ihm das auszumachen schien.

»Vermisst du sie nicht? An den Feiertagen oder an deinem Geburtstag?«

»Nein. Ich lebe schon so lange ohne diese Verbindung, dass ich da gar nicht mehr dran denke.«

Amy sah zur Wasserkante und schwieg. Joshua stand auf, räumte den Tisch ab und kam nach einer gewissen Zeit mit einem Teller Obst aus dem Haus.

»Wenn du glaubst, dass ich auch nur noch einen Bissen herunterbekomme, dann muss ich dich enttäuschen.«

Er lächelte nur.

»Wir werden ja sehen.«

»Wo hast du eigentlich gelernt, so gut zu kochen? So etwas lernt man wohl kaum auf der Schule für elitäre Profikiller.«

Joshua grinste jetzt breiter und naschte eine Traube.

»Nein, beim Militär lernt man einiges, aber sicherlich nicht gutes Essen zuzubereiten. Aber ich kann gut mit einem Messer umgehen. Das habe ich auch meiner Ausbildung zu verdanken. Aber ohne Scherz. Als ich ausstieg aus dem Dienst, fand ich heraus, das Kochen auf mich entspannend wirkt. Am Anfang waren die Ergebnisse zwar Katastrophen, aber die Begeisterung hielt an. Inzwischen habe ich ein paar Rezepte, die ich sogar im Schlaf gut hinbekomme, andere die immer ein wenig Glückssache sind. Natürlich bekommst du nur die vorgesetzt, wo ich sicher sein kann, dass sie nicht in einem Desaster enden.«

»Lebensretter, Koch, Rasentrimmer. Was für ein Mann!« Amy musste plötzlich wild kichern. Sie wusste nicht einmal selbst genau, warum, aber es überkam sie einfach. Aus dem Gequietsche erwuchs ein herzliches Lachen, das ihr rasch die Tränen in die Augen trieb. Er grinste und beobachtete sie fasziniert. Er hatte seine liebe Mühe, nicht in ihren Lachanfall mit einzustimmen. Sie sah wundervoll aus und ihr Gelächter war wie Musik für sein Herz. Verzweifelt versuchte Amy sich wieder zu beruhigen. Ihr Bauch schmerzte, ihr Blick war ganz verschwommen und sie bekam kaum noch Luft. Jetzt lachte auch Josh allmählich mit. Im Gegensatz zu ihr bekam er aber die Kurve, ehe es unkontrollierbar wurde. Er stand auf und hielt ihr einladend die Hand hin.

»Komm, du Kichererbse, wir gehen ein wenig spazieren, bevor du mir noch hyperventilierst.«

Amy nahm seine Hand und fand langsam ihre Fassung wieder. Sie wischte sich die Tränen aus den Augen und lächelte befreit. Schmunzelnd sah er auf sie herab, während sie gemütlich auf die Klippen zugingen.

»Du siehst erleichtert aus.«

Amy nickte.

»Ich weiß nicht, was über mich gekommen ist, aber es hat unheimlich gutgetan.«

Händchen haltend gingen sie an der Felskante entlang. Möwen schwebten scheinbar reglos am Himmel und schrien immer wieder klagend in den Wind hinein. Das Meer brandete gegen die Küste und es herrschte eine angenehm erfrischende Brise. Amy hatte noch nie so einen beruhigenden Ort gekannt. Die wilde, fast unberührte Natur war entspannender als jeder Urlaub. Und dazu kam noch mehr. Joshs Hand, die ihre sanft umschloss und ihr bewusst machte, dass er für sie da war. So intensiv hatte sie das noch nie erfahren. Kein Mann hatte es je vermocht, ihr Liebe und Geborgenheit in einer solchen Tiefe zu vermitteln. Nachdenklich sah sie zu ihm auf. Sein Blick war in die Ferne gerichtet, aber er wirkte entspannt und glücklich.

Kapitel 14

Nach fast drei Stunden betraten sie das Haus. Amy hatte kräftig Farbe im Gesicht bekommen und sie schien ein wenig erschöpft. Die Sonne stand inzwischen sehr tief und es wurde angenehm kühl in den Räumen. Josh verstaute die Gartenmöbel wieder im hinteren Teil des Carports, während Amy den Kater fütterte. Er wartete anscheinend schon eine Weile, denn sein Blick war ungeduldig und strafend, als sie zurückkehrten. Wie ein kleiner König saß er auf der Küche und sah sie fordernd an. Sie füllte rasch den Napf, stellte ihm alles an seinen Platz und richtete für Joshua und sich ein Glas kalte Cola an. Im obersten Fach entdeckte sie sogar Eiswürfel. Ein wenig umständlich brach sie für jedes Glas zwei davon heraus und ließ sie ins Getränk gleiten. Genau in dem Augenblick kam er herein und schaute ihr einen Moment lang zu. Charlie hatte sein Mahl beendet und machte sich wieder auf den Weg nach draußen. Ohne ein Geräusch zu machen, schlich Josh sich wie ein Jäger von hinten an Amy heran und packte sie plötzlich fest, hielt ihr die Augen zu und strich ihr über die Taille. Amy keuchte kurz erschrocken auf, wehrte sich aber nicht weiter. Langsam legte sie ergeben den Kopf in den Nacken.

»Hm, was habe ich denn hier für eine Beute gemacht?«, flüsterte er sanft in ihr Ohr.

Amys Finger fuhren zu seinem Schritt, wo sie seine Erektion ertastete und, getrennt durch seine Hose, darüber strich. Sie schwieg, aber ihr Lächeln sagte mehr als tausend Worte. Er gab ihre Augen wieder frei und zog sie näher an sich. Seine Hände wanderten zu dem Saum ihres Tops und begannen es nach oben zu schieben. Amy hob die Arme an und ließ ihn walten. Achtlos warf es das Stück Stoff in den Raum, drehte sie zu sich und hob sie an der Taille hoch um sie auf den Küchenblock zu setzen. Selbst durch die dünne Hose fühlte sie, wie kalt die Arbeitsplatte aus Granit war. Doch da sie noch ganz erhitzt war, von ihrem Spaziergang, war es ein willkommener Schock.

»Du wirst hier brav sitzen bleiben und dich nicht rühren, bis ich zurück bin.«

Seine Augen blickten ruhig, fest und seine Stimme war leise aber dennoch so eindringlich gewesen, dass sie nicht einmal den Gedanken an Widerstand hatte. Sie nickte nur und spürte in sich dieses Brennen, das sie so faszinierte. Josh rannte fast aus dem Raum, schnell hatte er die Treppe nach oben überwunden und griff zielsicher in ihren reichen Fundus an »Spielzeug«. Flott stellte er sich seine persönliche Kollektion für dieses Abenteuer zusammen und machte sich eilig auf den Weg zu Amy. Wie er sie angewiesen hatte, saß sie immer noch unverändert auf der großen Anrichte, die frei in der Mitte der Küche stand. Erwartungsvoll sah sie ihm entgegen und ihre Augen glänzten vor Verlangen. Die letzten Strahlen der Sonne fluteten durch die Küchenfenster und gaben ihrem Haar einen flammenden Rotton. Wohlwissend, dass sie jede seiner Bewegungen aufmerksam verfolgte, legte er seine Utensilien betont geduldig auf der Küchenoberfläche ab. Eine neben der anderen. Amy spürte, wie sich alles in ihr zusammenzog und sie ganz feucht im Schritt wurde. Sie sah den Ballknebel, die Augenmaske, einen Vibrator mit einem respektablen Durchmesser, vier Ledermanschetten, zwei Brustwarzenklemmen, die durch eine feingliedrige Kette verbunden waren und eine kurze Reitgerte mit einem Stück abgeflachten Leder am Ende. Josh nahm die Augenbinde, drehte sich zu ihr um und sah sie ruhig an. Sein Blick war fest, gebieterisch und unglaublich erregend.

»Bist du bereit anzufangen?«

»Ja, mein Herr«, keuchte sie. Amy hatte Mühe still sitzen zu bleiben. Die Aussicht, die ihr geboten wurde, machte sie unruhig und eine erwartungsvolle Spannung durchfuhr ihren ganzen Körper und fraß sich tief in ihre devote Seele hinein. Er lächelte sanft und das war die schönste Belohnung, die er ihr in diesem Augenblick schenken konnte. Er trat zu ihr, küsste sie nacheinander auf Stirn, Nasenspitze und Mund und legte ihr dann die Maske an.

»Und jetzt rutsch auf die Fläche und leg dich auf den Rücken, die Beine leicht angestellt«, wies er sie an.

Amy gehorchte umgehend, auch wenn die kalte Oberfläche ein harter Kontrast zu der Temperatur ihrer Haut war. Sie zog zischend durch die zusammengebissenen Zähne die Luft ein, aber ansonsten legte sie sich hin, als wäre nichts gewesen. Josh griff ihren Hosenbund mitsamt Slip und zog beides gleichzeitig aus. Amy half bereitwillig und öffnete noch ein wenig mehr die Knie. Nackt lag sie nun vor ihm ausgebreitet und er betrachtete sie einen Augenblick lang genüsslich. Dann holte er die Ledermanschetten und schlang sie um ihre Hand- und Fußgelenke. Ein angeregter Schauer durchlief sie und ihr Atem ging schneller. In einen Ring an jeder Manschette knotete er ein Seil ein. Da die Anrichte auf massiven, gedrechselten Beinen stand, konnte er Amys Körper nun zu einem geöffneten X verschnüren. Ein Strick nach dem anderen straffte sich und entblößte sie mehr. Amy spürte, wie die Erregung immer weiter anstieg. Nur vage konnte sie sich vorstellen, was für einen Anblick sie ihm gerade bot. Ausgeliefert lag sie vor ihm und lächelte. Joshua stand da und betrachtete sie eingehend, bemühte sich jeden Quadratzentimeter ihrer Oberfläche in seinem Gedächtnis zu speichern und jede Sekunde bewusst zu genießen. Das zarte, jetzt etwas Schnellere auf und ab ihres Brustkorbes, das leichte An- und Entspannen der Muskeln unter der weichen Haut, wenn sie sich in ihrer Fesselung zu bewegen versuchte. Es war wie ein geheimnisvoller Tanz, der fast magisch war. Er umrundete sie leise einige Male und nahm dann den Knebel und kam zu ihrem Kopf.

»Und, gefällt es dir?«, erkundigte er sich.

»Ja, mein Herr«, keuchte sie. Sie hatte das Gefühl, dass die Erwartung sie noch umbringen würde, wenn er nicht bald fortfuhr. Spielerisch spannte sie ihre Gliedmaßen in der Bindung an, um den Druck an ihren Gelenken zu spüren, und den Eindruck des Ausgeliefertseins noch deutlicher zu fühlen.

»Ich liebe es, wenn du so vor mir ausgebreitet bist. Und noch herrlicher wird es sein, wenn du dich gleich in meiner Fesselung windest. Aber zuerst werde ich dir den Knebel anlegen. Der steht dir hervorragend, mein Engel«, raunte er.

Amy nickte und öffnete weit den Mund. Er drängte ihr sachte den Ball hinein und gurtete ihn im Nacken fest. Zunächst ließ er die anderen Hilfsmittel unbeachtet und nahm stattdessen einen Eiswürfel aus der Form, die immer noch auf der Anrichte stand. Er stellte sich neben seine Geliebte und berührte mit dem Eis die Innenseite ihres Oberschenkels. Amy zuckte zurück, soweit die Fixierung es zuließ. Josh verweilte einen Augenblick an derselben Stelle und führte ihn dann ohne Hetze nach oben. Leicht glitt der harte Würfel über ihren erhitzten Leib und hinterließ immer für wenige Sekunden eine Gänsehaut. Seine Finger schoben das Stück ohne Hast weiter. Der Oberschenkel wurde verlassen, die Leiste ganz langsam durchquert, dann ihre Bauchdecke herauf zwischen ihre Brüste, die sich im heftigen Rhythmus ihrer Atmung ansprechend hoben und senkten. Amy biss fest auf den Ball und streckte ihm mühevoll den Körper entgegen. Es war eine süße Geißel, ein Feuerwerk an Sinneseindrücken, denen sie sich ergab und willig entgegenreckte. Joshua umkreiste jede Brust und beobachtete, wie sich ihre Nippel aufrichteten. Er strebte mit dem Eis die Wölbung hinauf und berührte ihre harte Brustwarze. Amy keuchte durch den Knebel, warf immer wieder den Kopf hin und her. Sie fühlte eine seltsame Mischung aus seichter Qual und tiefstem Genuss, der in der liebevollen Folter seine Wurzel gefunden hatte. Josh wechselte rüber zur anderen Seite, beugte sich vor und knabberte an ihrem kalten Nippel. Amy stöhnte, bog sich ihm entgegen, versuchte sich erneut zu entziehen. Ein entsetzlich schönes Tauziehen tobte durch sie hindurch. Joshuas andere Hand legte sich zwischen ihre geöffneten Beine und er ließ zwei Finger zwischen ihre klatschnassen Schamlippen gleiten, teilte sie sanft und rieb über ihre Klit. Er löste seine Lippen von ihrem Körper, dirigierte den Eiswürfel, der mittlerweile zur Hälfte seiner ursprünglichen Größe zusammengeschmolzen war, langsam ihre Brust herab, über ihre Bauchdecke hinweg und punktgenau auf ihren Venushügel zu. Willig öffnete sie die Knie um einige Millimeter und zuckte fordernd mit dem Becken.

»Da möchte wohl jemand eine kleine Erfrischung für seine innere Hitze haben.«

Amy nickte heftig und wartete voller Ungeduld, dass Josh fortfuhr. Doch er wartete, kreiste mit dem kalten Lustspender über ihre glatte Scham, immer wieder durch ihre Leiste, ohne das zu tun, was er angedeutet hatte. Die Sekunden verstrichen, Amy lag ruhiger und dann glitt der Eiswürfel durch ihre Schamlippen, teilte sie und verschwand mit zwei Fingern tief in ihrer Lusthöhle. Amy bäumte sich auf, ihren ganzen Körper unter Spannung. Sie keuchte und glaubte, dass sie jetzt einfach zum Orgasmus kommen musste. Aber seine Finger rührten sich nicht, reizten ihre Lust nicht weiter. Auch der Würfel schmolz so rasch in der Hitze ihrer Scheide, dass der Reiz zu schnell verging, um sie gänzlich fortzureißen. Plötzlich registrierte sie seinen immer noch kühlen Mund auf ihrer Bauchdecke. Sachte setzte er einen sanften Kuss neben den nächsten. Seine Hand verließ ihren Schritt, während er ihre Körperoberfläche mit unzähligen Küssen bedeckte. Am Ende seiner Reise glitten seine Lippen ihren Hals seitlich hinauf, küssten ihre Nase, ihre Wangen. Alles war so zärtlich, fast gehaucht. Amy fühlte sich wie in Trance versetzt. Alle inneren Antennen richteten sich auf das klein wenig Haut aus, das er liebevoll berührte. Dann verschwand er, nur um kurz darauf mit den Brustwarzenklammern wieder da zu sein. Er nahm den ersten Nippel zwischen zwei Finger, zog daran und ließ dann die Klammer sich langsam schließen. Durch Amys Körper fuhr ein Ruck, als hätte sie der Blitz getroffen. Joshua hatte noch die Hand an der Klemme, jederzeit bereit sie zu entfernen, wenn es ihr zu intensiv war. Er beobachtete sie ganz genau. Kein heftiges Kopfschütteln, nur das unruhige Beben, das durch sie ging. Er wiederholte das Spiel mit ihrem anderen Nippel. Amy öffnete weit den Mund, spreizte die Beine auseinander und keuchte. Ihr Atmen kam stoßweise und tief. Josh wartete eine Weile, gab ihr die Chance all diese neuen Wahrnehmungen und Regungen, die wie ein bunter Wirbel durch ihren Verstand sausten, anzunehmen.

»Ist das schön für dich?«

Eine bange Sekunde reagierte sich nicht. Er wollte sich gerade die Klammern wieder entfernen, als Amy nickte. Sie hatte einen Augenblick gebraucht um das Chaos an Gefühlen und Eindrücken, die die leichte Qual in ihr ausgelöst hatte, zu verarbeiten. Sie war verwirrt über die Tiefe der Empfindungen, die durch ihre Seele wühlten. Wie konnte ihr Schmerz so viel Lust bereiten und warum liebte sie den Mann, der sie mit ihrem Verlangen quälte in dem Moment so innig? Irritiert gab sie nach und tauchte in das Vertrauen ein, dass Joshuas Anwesenheit und die Liebe zu ihm, die immer präsent war, in ihr erzeugte. Erleichtert, dass er sie nicht zu weit gefordert hatte, holte Josh den Vibrator und rieb ihn an ihren Schamlippen. Nichts war in diesem Augenblick in Amy stärker als der Wunsch, dass er sie damit jetzt befriedigte. Leidenschaftlich in sie hineinstieß und sie die ganze Welt um sich herum vergaß. Doch so leicht wollte er es nicht machen. Je langwieriger er ihren Orgasmus hinauszögerte, mit ihrer Erregung aber spielte, und sie so stetig steigerte, desto intensiver würde ihr Höhepunkt werden. Quälend langsam schob er den Vibrator tief in ihren Körper und schaltete ihn auf niedrigster Stufe an. Das würde nicht reichen, um sie zur Ekstase zu treiben, aber es würde ihre Lust schüren und die Flamme der Leidenschaft am Leben erhalten. Ungeduldig zerrte sie an den Fesseln, war aber seiner Folter ausgeliefert; sie hatte keine Wahl. Joshua stand neben ihr, nahm jede Regung wahr und vergnügte sich daran, sie zu beobachten. Auch in ihm pochte schon längst ein heftiges Verlangen, doch er wollte sich noch eine Weile zügeln. Während Amy diese wundervollen Qualen genoss, löste er die Seile, die ihre Beine fixierten. Sie war so mit den Gefühlen beschäftigt, dass sie es nicht einmal merkte, ehe er seine Lippen an ihr Ohr legte und mit seiner tiefen, wohlklingenden Stimme in ihre innere Welt eindrang.

»Ich habe deine Schenkel losgebunden. Ich werde jetzt auch deine Arme befreien und dich so hinlegen, dass dein Kopf über die Platte hinaus ins Leere hängt. Dann werde ich dich wieder fixieren.«

Amy regte sich kaum. In ihren Gedanken wühlte die Erregung alles andere verdrängend. Josh küsste sie auf die Wange und erntete dafür ein Nicken. Er löste die Bindungen vom Holz, schlang seine Arme unter ihren Körper und zog sie vorsichtig, bis er sie so positioniert hatte, wie er es angekündigt hatte. Amys Kopf ließ er langsam nach hinten gleiten und sie wirkte entspannt dabei. Dann band er die Seile wieder straff und schaute noch einmal aufmerksam, ob die Lage für sie nicht zu unbequem war. Rasch entledigte er sich seiner Kleidung und holte sich sein letztes Spielzeug. Die Reitgerte. Amy fühlte, wie seine Hände in ihren Nacken wanderten, die Schnalle des Knebels öffneten und der Ball aus ihrem Mund verschwand. An ihrer statt legten sich seine Lippen zärtlich auf ihre, küssten sie, während seine Zunge fordernd mit ihrer

spielte. Damit erwachte sie aus ihrem tranceähnlichen Zustand ein wenig. Josh kniete sich hin, so dass sein Kopf auf gleicher Höhe mit ihrem war, streichelte sanft über ihren dargebotenen Hals und genoss ihr Vertrauen und ihre Hingabe. Für ihn waren diese Dinge nicht selbstverständlich, sondern ein kostbares Geschenk, das er achtete und für das er sie so tief liebte, dass es fast schmerzlich war.
»Geht es dir gut, mein Engel?«
Amy musste kurz schlucken, um ihre Sprache wieder zu finden.
»Ja, mein Herr.«
Er küsste sie noch einmal. Seine Finger strichen dabei über ihren Oberkörper, griffen in die Verbindungskette der Nippelklemmen und zogen ganz sachte daran. Überrascht stöhnte sie laut auf und bog ihren Rücken anmutig durch und spannte den verschwitzten Körper an. Langsam stand er auf und ließ seinen Blick verträumt über sie hinweg gleiten. Er betrachtete ihren geöffneten Mund, der nur wenige Zentimeter von seinem harten Penis entfernt war und lächelte. Vorsichtig bewegte er das Becken und seine Eichel berührte ihre Wange. Rasch wendete sie sich ihm mit tastender Zunge zu. Sie stülpte ihre Lippen über seine prächtige Erektion und genoss es auf diese Weise, erneut geknebelt zu sein. Josh schloss die Augen und gab sich voll und ganz ihrer Geschicklichkeit und Leidenschaft, mit der sie ihn nun bearbeitete, hin. Er zog noch einmal mehr an der Verbindungskette und spürte, wie sie heftig in seinen Schwanz stöhnte. Langsam stieß er mit dem Unterleib vor und zurück, immer bedacht ihr den Penis nicht brutal in den Hals zu rammen. Gleichzeitig ließ er das Lederende der Gerte hauchzart über ihren Körper streichen. Er fuhr zwischen ihre geöffneten Schenkel und ließ das kleine Paddel vorsichtig auf ihren Venushügel klatschen. Amy keuchte wieder und versuchte die Beine noch weiter zu öffnen. Der nächste sanfte Schlag traf die Innenseite ihrer Oberschenkel.

Wieder strich das kühle Leder nur ihre Haut entlang. Dieses Mal direkt auf das Zentrum ihrer Lust zu. Amys Zunge vollführte inzwischen einen animalischen Tanz um seine Erektion. Wieder erwischte sie ein Hieb. Mit etwas mehr Schwung, sodass es noch eine Minute später prickelte. Josh bearbeitete jetzt mit wechselnder Intensität diesen Bereich und Amy war knapp davor den Verstand zu verlieren. Auch er hatte immer größere Mühe sich zu beherrschen, musste immer wieder unterbrechen, um sich selbst zu ermahnen, nicht einfach zu kommen. Er wollte dieses Erlebnis mit ihr teilen. Im gleichen Moment. Sein Schwanz verschwand tief in ihrem Mund, als er sich vorbeugte und mit einem raschen Griff den Vibrator auf höchste Stufe stellte und ihn noch einmal fester in sie hineinpresste. Kurz lehnte er sich zurück, entfernte seinen persönlichen Knebel von ihren Lippen und ließ sie durchatmen.

»Herr, bitte«, keuchte sie plötzlich.

»Ja, meine Kleine.«

»Ich kann es nicht mehr lange zurückhalten!«, wimmerte sie leise.

Josh schmunzelte liebevoll und strich ihr über die Wange.

»Das musst du auch nicht. Du warst sehr tapfer und ich werde dich jetzt erlösen«, kündigte er an und er sah, wie sie lächelte, nickte und aus blanker Vorfreude nicht wusste wohin mit sich.

Er schob ihr wieder den Schwanz in den Mund, drehte die Gerte mit dem Ende zu sich und begann mit dem Griff ihre Klitoris zu reiben. Amy keuchte gedämpft, zerrte gierig an den Manschetten. Joshua stieß schneller in sie hinein, ließ den Schaft härter um ihrer Perle kreisen. Es konnte nicht mehr allzu lange dauern. Er löste die Nippelklemmen. In dem Augenblick, als das Blut zurück in ihre Brustwarzen schoss, wurde der Schmerz angefacht. Amy stöhnte laut auf unter den heißen Blitzen, die dieser Reiz durch ihren Leib jagte. Josh reizte ihre Klit immer wilder. Dann sah er, wie sich Amys Körper anspannte, die Hände kräftig um die Seile gelegt und sie in einem heftigen Orgasmus zitterte. Auch er wollte sich nicht beherrschen und ergoss sich tief in ihren Mund. Amy schluckte alles herunter, die Lippen fest um seinen zuckenden Schwanz geschlossen. Dann zog er sich aus ihr zurück, küsste sie noch liebevoll und ließ sie dann erst einmal zu Atem kommen. Alle Fesseln wurden gelöst, der Vibrator abgestellt und zur Seite geräumt, die Manschetten entfernt. Er hob sie achtsam hoch und trug sie nebenan ins Wohnzimmer und bettete sie auf das Sofa. Vorsichtig zog er auch die Augenmaske ab und sie blinzelte ihm kurz mit verschleiertem Blick an und schloss dann wieder lächelnd die Augen. Sanft legte er sich zu ihr, nahm sie in den Arm und lehnte seine Wange an ihre Stirn. Wie konnte Sex nur so viele Facetten haben? Wie gegenteilig waren ihre bisherigen Erfahrungen gewesen und wie glücklich und erfüllt war sie in seiner Nähe. Getragen von diesen freudigen Gedanken schlief Amy eingekuschelt ein.

Mitten in der Nacht schreckte sie hoch und war völlig orientierungslos. Sie tastete um sich und erkannte dann, dass sie allein im Bett lag. Sie erinnerte sich noch vage, wie sie in Joshs Armen auf der Couch gelegen hatte. Wie war sie jetzt im Schlafzimmer gelandet? Während sich ihre Augen an die Lichtverhältnisse gewöhnten, horchte sie. Doch es war ganz still. Sie suchte nach dem Schalter der Nachttischlampe und schaltete sie ein. Sie sah sich um. Keine Spur von Joshua. Sie stand auf, griff sich seinen Morgenmantel und schlüpfte hinein. Leise schlich sie aus dem Zimmer und lauschte noch einmal im Flur. Aber sie hörte keinen Ton. Vielleicht war er nur unten um einen Schluck zu trinken. Amy tappte die Treppe runter und sah gleich, dass hier alles dunkel war. Dieses Mal nahm sie aber ein schwaches Geräusch wahr. Es klang, als würde jemand tippen. Sie steuerte auf das Arbeitszimmer zu und bemerkte, dass durch die angelehnte Tür ein undeutlicher, bläulicher Lichtschein fiel. Vorsichtig ging sie hin, öffnete den Türspalt ein Stück und schaute hinein. Joshua saß mit dem Rücken zu ihr am Laptop. Er trug nur Boxershorts, T-Shirt und schien sie nicht einmal zu registrieren. Aber Amy bezweifelte, dass es an ihrer besser werdenden Kunst lag, sich auch an ihn heranschleichen zu können. Sie schaffte es eigentlich nur, wenn Josh sehr vertieft in etwas war. Und in der Vergangenheit hatte das nie was Gutes bedeutet. Ihr wurde ein wenig unwohl bei dem Gedanken daran, was das letzte Mal geschehen war, als sie ihn so vorgefunden hatte. Momente lang stand sie nur da, betrachtete seine athletische Rückseite und versuchte eine Entscheidung zu treffen.

»Du wirst immer besser Amy. Aber bis ich dich gar nicht bemerke, muss noch mehr passieren.«

Seine Stimme war sanft und dennoch war Amy merklich zusammengefahren. Mit einem Schmunzeln auf den Lippen drehte er sich zu ihr um. Er schien amüsiert über ihren Schreck.

»Was machst du denn auch hier?«, erwiderte sie und spürte, wie sie sauer wurde.

Josh bemerkte es offensichtlich auch, denn sein Lächeln verschwand. Er erhob sich, kam auf sie zu und schaute bedauernd auf sie herab.

»Tut mir leid, ich wollte dich nicht erschrecken«, entschuldigte er sich und es klang aufrichtig. Er hatte gar nicht daran gedacht, dass es in ihr vielleicht schlechte Erinnerungen wieder hochholen könnte. Amys Züge entspannten sich langsam.

»Und wobei habe ich dich erwischt?«

Er grinste, griff hinter sich und klappte den Laptop zu.

»Das ist eine Überraschung. Du erfährst es morgen. Aber nur wenn du brav bist.«

Amy senkte das Kinn und sah ihn plötzlich von unten mit diesem Klein-Mädchen-Blick an; inklusive perfektem Augenaufschlag. Josh lachte lauthals los, schnappte sie sich und warf sie sich über seine Schulter. Wieder einmal sauste seine Hand auf ihren Po nieder, während er aus dem Arbeitszimmer marschierte und auf die Treppe zusteuerte. Sie quiekte auf.

»Das wird dir nicht helfen, meine Süße. Aber dein Herr ist heute gnädig und freut sich selbst schon auf den morgigen Tag.«

Amy lag über seiner Schulter und lächelte. Sie sah das Spiel seiner knackigen
Gesäßmuskeln in den engen Shorts und griff fest hinein.

»Hey, Frechdachs!«, schimpfte er spielerisch und erneut klatschte ein Schlag auf ihren Po, während er den oberen Absatz erreichte und mit ihr ins Schlafzimmer ging. Er wickelte sie aus seinem Morgenmantel und sie kuschelten sich zusammen ins Bett. Josh war hundemüde, nahm sie in den Arm und schlief rasch ein. Amy lag dagegen noch wach und grübelte, was er wohl ausgeheckt haben könnte. Doch auch sie war erschöpft und fand schließlich einen erholsamen Schlaf in seiner Umarmung.

Kapitel 15

Am nächsten Morgen wachten sie beide früh auf. Amy schmiegte sich dicht an seinen warmen Körper und dachte an die letzte Nacht. Mit einem Schlag war sie hellwach. Sie drehte sich zu ihm um und starrte ihn gebannt an.

»Was ist das nun für eine Überraschung?«

Josh lehnte sich vor, küsste sie und schaffte es wirklich, sie auf diese Weise ein paar Sekunden lang nicht an ihre zermürbende Neugier denken zu lassen.

»Wir gehen jetzt duschen, du ziehst dir etwas Hübsches an und dann geht es los.«

Mit großen Augen sah sie ihn an. Sie wirkte so jung und lebendig, als käme sie gerade erst vom College. Ein kurzer Kuss auf die Nase und er sprang aus dem Bett.

»Aber was …?«, begann sie, verstummte jedoch sogleich wieder.

»Es wird dir gefallen. Und nun keine Fragen mehr. Lass dich überraschen.«

Damit verschwand er im Bad. Voller amüsanter Frustration drehte sie sich auf den Rücken. Mit einer Mischung aus Verzweiflung und Belustigung versuchte sie zu erraten, was er wohl vorhaben mochte. Doch das brachte nichts. Sie erhob sich und gesellte sich zum Duschen. Josh hatte sich gerade fertig rasiert und begleitete sie grinsend unter den Wasserstrahl. Anscheinend konnte er gar nicht mehr aufhören, sich über ihre Reaktion zu amüsieren. Sie knuffte ihn, ließ sich dann von ihm einseifen und wusch auch ihn. Als sie sich noch mit ihrer langen Mähne abmühte, war er schon angezogen. Er stand in

Jeans, kariertem Holzfällerhemd und darunter einem weißen Longshirt, in der Tür und beobachtete sie aufmerksam.

»Willst du nicht den armen kleinen Kater mal füttern, statt mich hier anzuschauen?«

»Och, du bist doch schön anzusehen.«

»Heute werde ich mich mal alleine anziehen. Du hast Schlafzimmerverbot, bis ich fertig bin«, verkündete sie und hob kurz schnippisch die Nase.

Josh war sichtlich verblüfft. Dann salutierte er und verschwand nach unten. Amy musste schmunzeln. Dann wanderte ihr Blick auf ihr Bild im Spiegel und das Lächeln wurde schwächer. Wie sollte sie dieses Gesicht ohne Make-up nur modellieren. Die Antwort lag schnell auf der Hand: gar nicht! Ihr blieb nichts anderes übrig, als ihr Haar so gut wie möglich hochzustecken. Nur ein paar Strähnen fielen ihr heraus, was dem Ganzen einen gewissen Touch gab. Nachdem sie mit dem Ergebnis halbwegs zufrieden war, ging die an den Kleiderschrank. Jetzt begann das große Suchen. Zum Glück hatte Joshua nicht nur Hosen für sie gekauft. In Anbetracht des heißen Sommers gab es sogar einen langen hellblauen Sommerrock und ein paar weiße Leinenschuhe. Dazu wählte sie ein weißes, enges Top mit dünnen Trägern. Kritisch betrachtete sie sich vor dem Spiegel. Schließlich zuckte sie nur resigniert mit den Schultern. Mehr war einfach nicht zu machen.

Josh stand mit einer Tasse Kaffee in der Küche und drehte sich im richtigen Moment um. Obwohl sie es nicht wirklich erwartete hatte, sah er sie verzückt an. Amy verstand seine Begeisterung nicht. Sie trug ja kein sündhaft teures Abendkleid und war mit Frisur und Make-up perfekt zurechtgemacht. Sie sah aus wie immer, nur eben in Rock und Top, das einen etwas detaillierteren Blick auf ihre Figur erlaubte.

»Wow, du siehst toll aus. Ich wünschte mir gerade, ich hätte dir keine Hosen gekauft.«

Sie kam auf ihn zu, umarmte ihn und lächelte.

»Ist es okay so? Immerhin weiß ich ja immer noch nicht, was du mit mir vorhast.«

Sie hatte die Hoffnung, dass er sich jetzt vielleicht verplapperte und lauerte auf ein verräterisches Zeichen. Doch Josh ließ sich nicht überrumpeln.

»Du schaust wundervoll aus. Perfekt.«

Mehr gab er nicht preis. Er reichte ihr einen Teller zurechtgemachtes Obst und ein Glas Orangensaft. Amy öffnete den Mund, um zu widersprechen, hielt jedoch sofort inne, ehe ihr ein freches Wort herausrutschte.

»Keine Widerrede«, war sein Kommentar und er ließ nicht einmal den drohenden Zeigefinger aus.

Amy verdrehte die Augen und frühstückte dann doch gehorsam. Vielleicht würde sie sich eines Tages daran gewöhnen. In diesem Moment konnte sie das aber noch nicht so recht glauben.

Nachdem Charlie, Amy und Josh gesättigt waren, ging es los. Ohne Gepäck stiegen sie in den Tahoe und fuhren los. Amy sah ihn kritisch an.

»Verrätst du mir jetzt, wohin wir fahren?«

Josh grinste.

»Nein«, sagte er knapp blickte lächelnd nach vorn.

Sie verschränkte die Arme vor der Brust und tat so als würde sie schmollen. Aber sie war nicht wütend auf ihn, sondern eher auf ihre Neugier, die sie so quälte. Er griff zum Radio und machte Musik an. Das würde sie beruhigen. Zumindest hoffte er es. Und zu seiner Erleichterung klappte es. Nach nur wenigen Takten begann Amys Fuß zu wippen, ihre Gesichtszüge entspannten sich. Sie schaute aus dem Fenster. Die Umgebung wechselte zwischen Wäldern, Wiesen und Meer. Immer wieder kamen sie an die Küste heran, folgten ihrem Verlauf und steuerten dann wieder ins Land hinein. Es war angenehm warm und Maine zeigte sich von seiner strahlendsten Seite.

Nach über einer Stunde Fahrt fuhren sie in einen kleinen

Ort ein. Amy sah eine Hauptstraße mit Geschäften, hin und wieder ein rustikal wirkenden Diner, eine Eisdiele. Josh bremste das Auto ab, damit sie sich alles in Ruhe ansehen konnte. Gemütlich durchquerte er die Stadt und bog plötzlich auf einen geschotterten Weg ab. Hinter einem Hügel kam ein Bauernmarkt ins Sichtfeld. Gute zwei Dutzend Verkaufsstände auf einem großen Wiesenstück. Er brachte den Wagen zwischen etlichen Pick-ups zum Stehen.

»Ich dachte, es wird Zeit, dass wir mal unter Menschen kommen. Und da ich immer noch ein wenig paranoid bin, musst du dich mit einem netten Bauernmarkt und einer kleinen Scheunenparty zufriedengeben. Und abschließend ein schönes Essen«, enthüllte er nun, jedoch etwas unsicher, seinen Plan.

Zum Glück reagierte Amy prompt. Sie sprang ihm von ihrem Sitz aus in die Arme und küsste ihn stürmisch.

»Du bist wirklich großartig. Danke!«, flüsterte sie sanft und verbarg ihr Gesicht an seinem Hals.

»Warte erst einmal ab, ob es dir gefällt. Dann können wir über ein ›Dankeschön‹ noch einmal sprechen«, erwiderte er nur und erntete einen zärtlichen Stupser in seine Rippen.

»Red keinen Unsinn und steig aus«, entgegnete sie und kletterte aus dem Wagen.

Hand in Hand schlenderten sie über die Wiese, bummelten über den Markt und waren einfach nur zwei verliebte junge Menschen. Natürlich fiel Amy dem einen oder anderen Besucher auf. Sie war immerhin eine wunderschöne Frau mit einem tollen Körper. Joshua bemerkte es, aber er fühlte sich dennoch sicher. Es war nicht die Form von Aufmerksamkeit, bei der er eine Gefahr wittern musste.

Alle Marktbuden führten regionale Produkte. Obst, Korbwaren, Hummer, Handwerkskunst und auch mal hin und wieder ein wenig Trödel. Es wurde gelacht, sich unterhalten, gefachsimpelt und gehandelt. Größtenteils kannte man sich hier untereinander. Nur Amy und er waren eher Fremde, was aber niemandem auffiel oder interessierte. An einem Stand, an dem es nach heißem Zucker und Früchten duftete, ließ er es sich nicht nehmen, ihr einen kandierten Apfel zu holen. Jetzt hatte sie doch Appetit bekommen. Vorsichtig knabberte sie daran herum, schaute sich die Verkaufsstände an und dachte an gar nichts. Sie bemerkte nicht, wie Josh zärtlich auf sie herab blickte. In seinem Inneren kribbelte es wie bei einem Teenager und er war halb belustigt und teils verwundert über seine eigene Reaktion. Hatte er jemals so intensiv für eine Frau empfunden? Nein, entschied er für sich. Auf eine geheimnisvolle Weise war die Beziehung zu Amy einzigartig. Und er liebte sie aus tiefstem Herzen. Plötzlich registrierte sie seinen seltsamen Gesichtsausdruck.

»Hab ich etwa Zuckerkruste im Gesicht?«, fragte sie und fuhr mit den Fingern über ihre Wangen.

Josh nickte und versuchte dabei ernst zu schauen.

»Warte, ich zeig dir wo«, flüsterte er, beugte sich vor und küsste sie innig. Er löste sich nur so weit, dass sich ihre Nasenspitzen noch berührten. Sie sah ihm tief in die Augen. Ein Moment lang schien die Welt um sie herum nicht mehr zu existieren. Es gab nur noch sie beide.

»Ist alles weg?«, neckte sie ihn.

»Nein, noch nicht.«

Und wieder trafen sich ihre Lippen, seine Arme schlangen sich um ihren Körper und er drückte sie liebevoll an sich.

Der Vormittag verging wie im Flug. Gegen ein Uhr stand die Sonne hoch am Himmel und aus einer naheliegenden Scheune hörte man Musik. Die Leute strömten in kleinen Gruppen auf das Holzgebäude zu und Josh und Amy schlossen sich dem Strom einfach an. Neugierig betrachtete sie die geschmückte Scheune, aus der moderne Country-Töne herausklangen. Überall hingen Ballons und bunte Papierschlangen. Im Inneren gab es einen gewalzten Lehmboden, wie man ihn früher auch in den Kellern in Neu-England oft finden konnte. An der rechten Wand standen Tische mit karierten Tischdecken und Kerzen dekoriert. Gegenüber des großen Eingangstors war eine Bühne mit einer Band. Zu ihrer Linken sah Amy eine lange Bar mit hohen Hockern, wo es auch einen Zugang zu einer Küche gab, wie der Duft vermuten ließ.

»Was möchtest du essen und trinken, mein Engel?«, fragte Josh und holte sie aus ihrer gedanklichen Versunkenheit heraus.

Sie sah zu ihm auf und stockte. Hier drin war das Licht gedämpft und warm. Die gemütliche und romantische Atmosphäre ergriff sie plötzlich und sein liebevoller Blick mit dem sexy Lächeln krönte diesen Moment und verschlug ihr einen Augenblick lang die Sprache.

»Ich nehme eine Limonade«, antwortete sie und ein Krächzen verriet ihren bewegten Zustand. Joshua schmunzelte.

»Ich wollte mir einen Hotdog gönnen. Möchtest du wirklich nichts essen?«, hakte er nach. Doch sie schüttelte den Kopf.

»Dann such uns mal ein lauschiges Plätzchen aus und ich besorge die Verpflegung«, erwiderte er, hauchte ihr noch einen Kuss auf die Stirn und verschwand dann lächelnd.

Aufgewühlt sah sie ihm noch kurz hinterher, ehe sie sich nach einem Tisch für sie beide umsah. Es war so unsagbar schön, ihn so entspannt und natürlich zu erleben. Es war nicht zu glauben, womit er früher seinen Lebensunterhalt bestritten hatte. Und in dem Augenblick wusste sie, dass sie gern den Rest ihres Lebens hier mit ihm verbringen würde. Wie genau das funktionieren sollte, war ihr schleierhaft, aber der Wunsch war unglaublich stark. Sie war so glücklich, wie noch nie zuvor. Und er gehörte zu diesem Empfinden und war nicht wegzudenken. Nachdenklich starrte sie ins Leere, als Josh sich ihr gegenüber hinsetzte. Er schob ihr einen Hotdog und ein Glas Limonade herüber und grinste. Überrascht sah sie zuerst den Snack und dann ihn an.

»Tja, leider hat mir die nette Dame an der Bar zwei Hotdogs gegeben. Ich belästige dich nur ungern damit, aber du wirst mir wohl helfen müssen beim Essen«, witzelte er und bemühte sich verzweifelt, nicht laut loszulachen.

Er war gespannt, wie hart ihr Widerstand ausfallen würde. Doch zu seinem Glück schüttelte sie nur schmunzelnd den Kopf, hob das Glas und stieß mit ihm an.

»Du wirst es noch bereuen, wenn du mich weiterhin so mästest und ich eines Tages hier nicht mehr durchs Scheunentor passe«, entgegnete sie, trank einen Schluck und machte sich dann über das Essen her.

»Da besteht keinesfalls eine Gefahr, denn ich werde dich auch ordentlich auf Trab halten«, sagte er mit einem sexy Funkeln in seinen blauen Augen, die sie intensiv anstarrte.

Amy hätte sich fast an ihrer Wurst verschluckt, doch sie schüttelte nur den Kopf und nahm noch einen Schluck. Sie wusste genau, worauf er anspielte und hatte größte Mühe, so zu schauen, als würde sie nichts ahnen. Er biss in seinen Hotdog, spielte den Unschuldigen und schaute sich aufmerksam um. Die ersten Paare sammelten sich auf der Tanzfläche und er überlegte, ob Amy Lust hätte, nach dem Essen eine kleine Runde zu tanzen. Er war zwar kein überragender Tänzer, doch ein paar einfache Schritte würde er noch ausgraben können. So konnte er sie ganz nah bei sich haben und dafür machte er sich auch gern zum Deppen mit seinen begrenzten Fähigkeiten auf diesem Gebiet. Nachdem sie fertig gegessen hatten, sah er sie an und hielt ihr über den Tisch hinweg die Hand hin. Mit fragend erhobenen Augenbrauen legte sie ihre Finger in seine.

»Lust sich unters Volk zu mischen und ein wenig zu tanzen?«

Amy schaute zu den Pärchen herüber, die sich ausgelassen umeinanderdrehten und lachten, während am Rand einige Leute begeistert im Takt zur Musik klatschten. Sie hatte schon lange nicht mehr getanzt, aber jetzt schien es eine tolle Idee zu sein, auch wenn ihr schon wieder die Frage durch den Kopf ging, ob Joshua tanzen konnte und wenn ja, wo er das gelernt haben mochte. Bevor ihre Fantasie ihr ausmalte, wie er in Militäruniform Walzer tanzte, nickte sie ihm zu und ließ sich auf die Tanzfläche führen. Er zog sie in seine Arme, legte eine Hand in ihre Taille und gemeinsam fanden sie rasch den richtigen Rhythmus. Mit den anderen wirbelten sie durch die Mitte des Raumes und Amy lachte ausgelassen und voller Begeisterung. Nach drei Songs kam ein Paar zu ihnen, um abzuklatschen. Auch wenn Josh sie nur äußerst ungern einem anderen Mann überließ, stimmten sie beide zu. Die Stimmung war inzwischen so mitreißend, dass er alle Sorgen um Gefahren einfach beiseiteschob. Nach zwei Liedern bekam er Amy wieder zurück. Der Mann hauchte ihr noch kurz einen Kuss auf den Handrücken und nahm seine Partnerin wieder in Empfang, die vor Joshua einen Knicks andeutete und dann kicherte wie ein Schulmädchen, als sie sich bei ihrem Partner wieder einhakte. Die nächste Melodie wurde ruhig und einheimelnd romantisch. Obwohl er ziemlich ins Schwitzen gekommen war, zog er Amy dicht an sich heran und sah ihr von oben herab tief in die Augen. Sie lächelte, ihre Wangen waren gerötet, aber sie wirkte so lebendig, wie nie zuvor. Sie drehten sich in aller Ruhe und Amy schmiegte sich innig an seine Brust und genoss das kräftige Schlagen seines Herzens. Sie hatte das Gefühl, dass es nie einen schöneren Ort geben könnte, als sich ganz eng an seinen Körper heranzukuscheln. Zu einer Coverversion von Mark Wills´s »I do« bewegten sie sich langsam und versanken ganz in ihrer kleinen Welt, in der es nur sie beide und ihre Liebe zueinander gab.

Plötzlich hallte ein lauter Knall durch die Scheune und Amy zuckte zusammen. Doch Josh reagierte noch heftiger. Er schob sie von sich weg, drängte sie hinter sich und sah alarmiert in die Richtung des Krachs. Sein Körper stand komplett unter

Spannung, jederzeit bereit, eine Kugel für sie zu fangen und sie mit seinem Leben zu schützen. Doch es waren nur Kinder gewesen, denen ein Luftballon geplatzt war. Amy ergriff seinen Arm und zog ihn zu sich herum. Sie umarmte ihn wieder und tanzte langsam weiter, doch sein Blick ging jetzt unruhig, wie der eines Jägers umher. Sie stand vor ihm, legte ihre Hände an seine Wangen und zwang ihn, sie anzusehen. Als sich ihre Blicke trafen, tauchte er endlich aus seinem Jagdmodus wieder ein wenig auf.

»Keine Angst, mein Großer. Ich werde dich beschützen«, sagte sie beschwichtigend und lächelte zart.

Eine Sekunde lang konnte er sie nur anstarren. Welch eine starke Frau sie war. Er überging zu schnell, dass sie kein hilfloses Mädchen war. Innig schmiegte sie sich an ihn, er schloss sanft seine Arme um sie und legte seinen Kopf auf ihrem ab. Mit geschlossenen Augen drehten sie sich weiter, er spürte ihre Nähe, nahm ihren bezaubernden Duft wahr und vergaß alle Gefahren wieder. Sein Pulsschlag beruhigte sich und die Anspannung wich aus seinen Muskeln.

Nachmittags stiegen sie in den Wagen und Joshua fuhr auf die Straße zurück.

»Und jetzt? Wohin geht die Reise?«

Liebevoll streichelte sie über sein Knie und lächelte ihm strahlend entgegen.

»An der Küste gibt es ein wunderschönes Restaurant. Ich habe uns einen Tisch reserviert.«

»Du hast ja eine romantische Ader. War es das, was du in der letzten Nacht ausgeheckt hast?«

Josh nickte und wurde ein wenig rot. Zum Glück musste er sich wieder aufs Fahren konzentrieren und hatte so die Möglichkeit den Blick von ihr abzuwenden.

Keine Stunde später hielt er vor dem Lokal. Es lag auf einem Zipfel Land, der einen herrlichen Ausblick auf eine weite

Bucht gab. Das Ufer war von Steinen und Bäumen gesäumt und die Sonne spiegelte sich auf der Wasseroberfläche gegen einen blauen Himmel. Amy betrachtete das Gebäude. Mit grauen Schindeln verkleidet, zweistöckig mit weißen Holzbalken. Es wirkte einfach und sehr einladend. Über dem Eingang war ein Schild mit dem Namen »Graumöwe« zu sehen. Sie stiegen aus und trafen sich vor dem Wagen. Sie nahmen sich an der Hand und betraten den überdachten Eingangsbereich, gingen durch die Tür und standen in einem gemütlichen Gästebereich. Es war gut besucht und ein köstlicher Duft zog sich durch das Haus. Ein junger Mann, jünger als Josh, aber ebenso groß, trat zu ihnen.

»Willkommen in der Graumöwe.«

Sie gaben sich lächelnd die Hand. Als er Amy erblickte, zögerte er nur ganz kurz, ehe er sich vorbeugte und ihr einen altmodischen Handkuss auf die Finger hauchte. Schon der zweite am heutigen Tag, dachte sie irritiert. Joshua schmunzelte, als Amy verlegen ein ›Danke‹ murmelte.

»Wir haben auf den Namen Cale reserviert«, sagte Josh. Amy begriff erst eine Sekunde später, dass dies ja ihr »neuer Name« war. Seit sie bei Sebastian losgefahren waren, hatte sie gar nicht mehr daran gedacht, dass sie »Inkognito« lebte. Dem Besitzer leuchteten die Augen.

»Ja, richtig. Oh, es wird Ihnen gefallen. Sehr romantisch«, kommentierte er und durchquerte mit dem Paar den Gästebereich und ging durch eine Tür auf die Terrasse hinaus. Dort stand nur ein einzelner gedeckter Tisch, obwohl hier sicher Raum für mehr als zehn gewesen wäre. Er war liebevoll mit einem kleinen Blumenstrauß dekoriert. Als Bonus gab es einen unvergleichlichen Ausblick auf die Bucht. Josh trat an den Stuhl, zog ihn zurück und ließ Amy Platz nehmen. Dann setzte er sich ihr gegenüber und ließ sich vom Restaurantbesitzer die Speisekarten reichen. Damit wurden die beiden allein gelassen.

»Du hast ja ausgezeichnete Manieren.«

Er reichte ihr lächelnd die Karte über den Tisch.

»Hast du etwas anderes erwartet?«

Amy schüttelte verlegen den Kopf und klappte die Speisekarte auf. Sie war übersichtlich, was ja für frische Zubereitung sprach. Sie wählten sich etwas zu trinken aus und überflogen das Angebot. Da Amy mit Fisch und Hummer nichts anfangen konnte, hatte sie schnell ihre Wahl getroffen. Als ihr Gastgeber wieder zu ihnen kam, und die Bestellung aufnahm, musste Amy immer wieder ihren Geliebten ansehen. Er bemerkte es, und als sie allein waren, konnte er es nicht erwarten, den Grund zu erfahren.

»Was beschäftigt dich gerade so sehr?«

»Ich versuche mir vorzustellen, wie du in einem Anzug aussiehst, aber es will mir nicht so recht gelingen.«

Josh lachte herzlich.

»Das ist noch nicht so häufig vorgekommen, aber ich habe zwei, drei Anzüge. Wenn du brav bist, führe ich sie dir bei Gelegenheit mal vor.«

»Bin ich nicht immer brav?«

»Hm, hängt davon ab, wie man dieses Wort definiert«, erwiderte er und spürte einen Stupser an seinem Schienbein.

Jetzt mussten sie beide lachen. In dem Moment kam ihr Essen. Die Speisen waren frisch und sehr lecker. Joshua hatte ein Steak mit Salat und einer gebackenen Kartoffel mit Kräuterquark. Dazu trank er ein großes Wasser. Amy hatte dagegen ein Putensteak in Frischkäsesoße, Bandnudeln und als Getränk eine Limonade. Schweigend nahmen sie etwas zu sich und es war köstlich. Dann kamen sie ein wenig ins Gespräch. Zuerst nur unverfänglich über das Restaurant und das gute Essen. Doch während die Sonne unterging und ihnen einen spektakulären Anblick bot, wurden sie wieder vertrauter.

»Möchtest du eines Tages Kinder?«, fragte er urplötzlich und Amy war kurz davor, sich an ihrem Getränk zu verschlucken. Sie hustete und Tränen traten ihr in die Augen. Josh sprang auf und klopfte ihr sanft auf den Rücken.

»Geht es wieder?«

Sie sah ein wenig gequält lächelnd in sein besorgtes Gesicht. Mit gerunzelter Stirn setzte er sich zögerlich hin.

»Es tut mir leid, wenn ich dich damit erschreckt habe«, gab er betroffen zu und senkte den Blick. Er wirkte enttäuscht. So als hätte er Angst, die gute Stimmung damit ruiniert zu haben. Amy ergriff über den Tisch hinweg seine Hand und er sah wieder auf. Vorsichtig und ein wenig schüchtern.

»Ich möchte gern eines Tages Kinder haben. Mit dir.«

Joshs Gesicht hellte sich merklich auf.

»Wie kommst du gerade jetzt auf diese Frage?«

»Bisher habe ich immer gedacht, ich wäre allein glücklich. Ein unkompliziertes Leben, ohne Verpflichtungen und nur die Verantwortung für mich und, naja, noch Charlie tragend. Da waren Kinder nie ein Thema gewesen. Aber jetzt, wo ich dich gefunden habe, kommt mir schon einmal so ein Gedanke. Ich weiß nicht warum, aber mir wird in solchen Momenten, hier mit dir zusammen erst klar, dass ich nicht nur allein, sondern richtiggehend einsam gewesen bin.«

Er schwieg einen Augenblick unsicher. Der Eindruck, einfach nicht die richtigen Worte zu finden, wurde in seinem Bauchgefühl so deutlich, dass er lieber den Mund hielt.

»Ich empfinde ebenso. Ich hatte zwar Menschen um mich herum, aber trotz allem war ich allein. Unglücklich. Ich hatte manchmal das Gefühl, als fehlte etwas in meinem Leben, aber bis ich dich getroffen habe, wusste ich nicht, was es war. Und jetzt fühle ich, dass ich es gefunden habe. Ich bin komplett«, erwiderte sie und Josh fand ihre Formulierung viel schöner als seine eigene.

Dennoch sagten sie im Grunde genommen das Gleiche. Und auch das war wunderschön. Schweigend sahen sie sich an und es war ein magischer Augenblick. Mitten in diesen

Zauber platzte der Besitzer. Im Arm einen riesigen Eisbecher, mit Früchten, Soßen und Dekoration aus Gebäckstücken. Er stellte ihn zwischen die beiden und grinste zufrieden. Amy war sicher, dass sie das gar nicht bestellt hatten. Doch der junge Mann klärte die Situation rasch auf.

»Für mein verliebtes Paar des Abends. Der geht aufs Haus.«

Amys Blick fiel auf das süße Arrangement und in ihren Augen war ein lebendiges Flackern zu sehen.

»Du liebst Eiscreme, nicht wahr?«, witzelte er schelmisch, als sie wieder allein waren.

Amy kicherte, fischte eine Weintraube aus dem Dessert und warf sie ihm entgegen. Sie traf ihn an der Nase.

»Du bist erstaunlich treffsicher, junge Dame.«

Amy grinste nur, schnappte sich ihren Löffel und machte sich über die Leckerei her. Auch Josh beteiligte sich, wenn auch nicht ganz so enthusiastisch wie sie.

Die Sonne verschwand inzwischen vom Horizont und es brach eine wundervolle Sommernacht herein. Ein fahler Mond erschien am Himmel und tauchte alles in ein mildes Licht. Es wurde merklich kühler und Amy zog die Schultern hoch, weil ihr der Wind, der vom Meer her wehte, eine Gänsehaut erzeugte. Er bemerkte es, entschuldigte sich kurz, ging rasch zum Wagen und kam einige Minuten später mit seiner Fleecejacke zurück, die er ihr sorgsam umlegte.

»Du bist wirklich mein Held.«

Joshua lächelte, aber es war ein wenig bitter.

»Ein wirklicher Held hätte nie mit einer Waffe auf dich gezielt. Und so einiges andere, was ich in der Vergangenheit gemacht habe, passt nicht zu diesem Begriff.«

Amy merkte, dass er immer noch einiges an Ballast auf seiner Seele liegen hatte.

»Gibt es einen Kampfeinsatz, den du nie vergessen konntest?«

Josh nickte und sah auf seine Hände. Sollte er ihr wirklich preisgeben, was er an einem schicksalshaften Tag im Einsatz getan hatte? Würde es nicht das Bild von ihm endgültig und unwiderruflich zerstören? Unentschlossen schwieg er lange. Amy wartete geduldig. Ihr war bewusst, dass sie eine Tretmine getroffen hatte, und wollte ihm Zeit geben, zu entscheiden, was und wie er es ihr sagen wollte. Wenn überhaupt. Ohne aufzusehen, begann er schließlich doch zu erzählen.

»Es war vor mittlerweile sieben Jahren. Bei einem meiner letzten Auslandseinsätze. Ich war als Scharfschütze eingesetzt. Das Ziel war der führende Kopf eines Waffenhändlers, der mit seinen Lieferungen örtliche Terrorgruppen unterstützte. Er feierte auf seinem Anwesen in Kolumbien den Geburtstag seines Sohnes und das gab uns die Chance einzugreifen. Mein Job war es, ihn zu erledigen. So lag ich auf einem Hügel in Stellung und lauerte auf meine Sekunde.«

Josh unterbrach, seine Hände fuhren unruhig durch sein Haar und er kämpfte sichtlich mit sich. Amy wartete geduldig. Nur stockend berichtete er weiter.

»Mein Moment kam. Ich zielte, drückte ab und traf ihn in die Stirn. Doch ich sah durch mein Visier nicht nur den Treffer bestätigt. Ich sah auch, wie sein Junge mit Blut bespritzt wurde, schrie und weinte, verzweifelt versuchte, seinen Vater zu wecken. Er war noch klein und begriff gar nicht, was passiert war. Ich habe diesen Anblick nie vergessen können. Ich weiß, ich habe viele Leben gerettet, aber ich kann nur an dieses Kind denken, für den sein Dad einfach die Welt war, die ich ihm an seinem Geburtstag zerrissen habe. Da wusste ich, dass ich das nicht länger tun kann.«

Traurig sah er zu ihr auf. Amy schaute in seine dunkelblauen Augen, die ihrem Blick nicht standhielten. So hatte sie ihn nie gesehen. Sie bekam einen Eindruck davon, wie er vielleicht als alter Mann aussehen könnte. Sie wollte sich aber davon nicht schrecken lassen.

»Bin ich nicht ein toller Held?«, fragte er und lachte ohne eine Spur Humor darin.

»Für mich bist du ein Mensch. Ich kann nur beurteilen, wer du in den letzten Tagen gewesen bist. Und da bist du der Mann, der mir das Leben gerettet hat. Du hast eines beendet und zugesehen, wie dein Haus niedergebrannt wurde. Sebastian bist du ein Freund, mir bist du ein wertvoller Schatz. Und ich liebe dich«, sagte sie mit ruhiger Stimme und sah ihm direkt und fest entgegen. Er nahm ihre Hand und drückte sie kurz.

»Ich habe das jetzt alles hinter mir gelassen und wünsche mir nichts sehnlicher, als die Zukunft anders zu gestalten. Mit dir zusammen«, meinte er entschlossen und sein Griff festigte sich, als wollte er besiegeln, was er ihr gerade versprach.

Damit kehrte ihr Lächeln wieder zurück und alle Anspannung wich aus seinen Zügen. Vielleicht hatte ihre Begegnung den schlechtesten aller denkbaren Anfänge gehabt. Doch sie würden das Beste daraus machen.

Gegen Mitternacht machten sie sich auf den Weg nach Hause. Josh fuhr, Amys Hand lag auf seinem Bein und sie lächelte ihn immer noch liebevoll an. Es war ein perfekter Tag gewesen. Amy sah, dass sie sogar ein wenig Farbe bekam. Die Heizung des Tahoe lief und sie konnte seine Jacke auf die Rückbank legen. Aus dem Radio klangen sanfte Countryklänge von Rascall Flatts und Collin Raye. Amy summte immer wieder Teile der Songs mit und schaute zwischendurch aus dem Fenster, wenn sie nah an die Küste kamen und sich der Mond im rauschenden Meer spiegelte.

Eine Stunde später fuhren sie in den Carport ein. Sie stiegen aus und schlenderten zur Tür. Doch im letzten Moment eilte Amy noch einmal zurück, weil sie Joshuas Jacke noch aus dem Auto holen wollte; sonst wäre sie morgen ganz klamm. Josh ging voraus, um schon einmal nach Charlie zu sehen.

Amy brauchte einen Augenblick, bis sie das Kleidungsstück im schwachen Licht der Innenraumbeleuchtung ertastet hatte. Sie war von der Bank unter den Fahrersitz gerutscht und in dem großen Wagen musste sie immer noch ein wenig akrobatisch sein, um an sie heranzukommen. Endlich hatte sie es geschafft, schlug die Wagentür zu und lief auf den Eingang zu. Sie öffnete die Tür und trat hinein, ohne auch nur einen Gedanken daran zu verschwenden, warum die Eingangstür nicht immer noch offen gestanden hatte. Ihre Augen benötigten ein Weilchen, um sich an das schwache Licht im Haus zu gewöhnen. Sie sah zuerst etwas Undefinierbares auf dem Boden mitten im geräumigen Wohnzimmer, ehe sie erkannte, dass Joshua dort lag. Panik überfiel sie, und ohne auch nur eine Sekunde zu zögern oder einen klaren Gedanken zu fassen, rannte sie zu ihm. Sie machte den klassischen Horrorfilmfehler, den sie im Kino immer kopfschüttelnd abgetan hatte. Sie fragte sich nicht, was sich abgespielt hatte und ihr fehlte jeglicher Sinn für die Situation. Sie sah nur Josh – vielleicht verwundet – vor sich liegen, und eilte hin. Womöglich war er über Charlie gestolpert und hatte sich verletzt. Sie wollte sich neben ihm auf die Knie fallen lassen, um ihn auf den Rücken zu drehen und nachzusehen, was geschehen war. Doch so weit kam sie nicht. Martin packte sie kraftvoll von hinten und drückte ihr ein Tuch auf Mund und Nase. Amy wurde durch seinen Schraubstockgriff um ihren Oberkörper die Luft aus den Lungen gepresst. Sie nahm den stechenden Geruch des Betäubungsmittels wahr, aber sie begriff zu spät, was passierte und atmete eine volle Dosis ein. Schon beim zweiten Atemzug spürte sie, wie die Welt in einem dunklen Nebel versank und sie alle Kraft verließ. Der letzte klare Gedanke war, dass sie in einer Katastrophe steckten und der Alptraum nie zu Ende sein würde.

Martin hielt ihren Körper fest und lächelte selig. Als die Spannung aus der jungen Frau wich und sie in seinem Griff in sich zusammensackte, überkam ihn ein Gefühl des Triumphes, das ihn völlig auszufüllen schien. Das Ganze war viel bequemer gewesen, als er gehofft hatte. Er hob Amy hoch um sie in den Keller zu tragen, wo er sein nur für sie entworfenes Spielzeug aufgebaut hatte. Er war völlig entspannt und sah nur beiläufig zu dem niedergestreckten Reynolds herüber, als er sich auf den Weg nach unten machte. Nach dem Schlag, den er abbekommen hatte, würde er sicher noch ein halbes Stündchen bewusstlos sein. Ausreichend Zeit, ihn auch noch nach unten zu schleppen. Amy war so leicht in seinen Armen, als er die Treppe herabstieg, dass er kaum außer Atem war, als er sie auf der umgebauten Liege ablegte. Es war eine alte Operationsliege, die er für seine Vorstellung und Bedürfnisse modifiziert hatte, damit sie ihren ganz besonderen Zweck erfüllen konnte. Martin zog ihr die Schuhe aus, nahm eine Schere zur Hand und schnitt ihr den Rock und ihr sommerliches Top vom Leib, sodass sie nur noch in Slip und Bustier da lag. Bewundernd strich er über ihre zarte Haut und fühlte das regelmäßige Auf und Ab ihrer Bauchdecke beim Atmen. Ihre Arme positionierte er auf die Lehnen, die im neunzig Grad Winkel zur Liegefläche angebracht waren. Am Ende befanden sich breite Lederfesseln, in die er nun je ein Handgelenk fixierte. Er tat alles langsam, genussvoll. Amy lag auf dem Rücken und er spreizte die Beine ein klein wenig und schlang auch stabile Fesseln um ihre Fußgelenke. Die Ablageflächen für die Extremitäten waren verstellbar und mit etwas Kraft zog er sie so aus, dass ihr Körper unter leichte Spannung geriet. Im Nackenbereich der Kopfstütze waren zwei fünf Zentimeter breite Schlitze. Martin fädelte einen breiten Ledergurt durch eine Aussparung, legte den Gurt um ihren zarten Hals und führte ihn auf der anderen Halsseite wieder durch die zweite Öffnung. Unter dem Kopfteil verband er die beiden Gurtteile mit einer Niete und klickte noch einen Karabinerhaken hinein. Liebevoll legte er ihr Haar zurück und betrachtete sie von oben. Sie war so perfekt und er musste sich mühsam von ihrem Anblick losreißen, um sich um Reynolds zu kümmern. Er eilte ins Erdgeschoss und bemerkte, dass sein Kollege, oder inzwischen ja ehemaliger Konkurrent, noch immer nicht zu sich gekommen war. Joshua war nicht so leicht zu tragen wie Amy und Martin fluchte leise, als er ihn in den Keller schleppte. Er platzierte ihn einige Meter von der Liege entfernt auf einem hohen Lehnstuhl und band ihm hinter der Rückenlehne die Hände mit Handschellen zusammen. In die Verbindungskette ließ er einen Verschluss einrasten, den er über eine weitere Kette mit einer Öse in der Kellerwand verband. Er kontrollierte gewissenhaft alles und stellte zufrieden fest, dass der Mann nun gut und sicher hier verwahrt war. Er saß drei Meter von Amy weg. Nah genug um alles zu sehen und zu weit weg entfernt, um etwas dagegen tun zu können. Neesa lächelte ein wenig irre. Er fühlte sich so erregt, dass seine Nervenenden scheinbar summten. Die weiteren Vorbereitungen warteten nun auf ihn und er riss sich zusammen und fuhr fort. Er deponierte sich eine Waffe auf der Josh gegenüberliegenden Seite von Amys Liege und holte aus der Tasche, die er mitgebracht hatte, einen roten Ballknebel heraus. Er trat er hinter ihr Kopfende, legte ihren Kopf sanft in den Nacken, so wie es der Gurt zuließ, und öffnete zärtlich mit dem Fingern ihren Mund. Vorsichtig schob er den Ball hinter die Zähne und verschnürte den Ledergurt. Martins Fingerspitzen glitten über seine Lippen und dann über ihre. Oh, wie sehr er sich auf die kommenden Momente freute. Die Krönung aller Aufträge, seiner gesamten düsteren Laufbahn lag zum Greifen nahe. Gewissenhaft kontrollierte er noch einmal die Fesseln, jedes Detail seines Szenarios. Am Ende war er mehr als zufrieden. Er fühlte sich leicht, angeregt und so vorfreudig, wie ein Kind an Weihnachten, das weiß, dass er seinen absoluten Herzenswunsch erfüllt bekommt. Er holte zwei kleine Tütchen aus der Tasche und ging zu Amy. Er hielt ihr das Päckchen Riechsalz an die Nase und sie reagierte fast sofort. Recht schnell erwachte sie, auch wenn es noch ein paar Augenblicke dauerte, bis auch ihr Verstand wieder aus dem Sumpf der Bewusstlosigkeit herauskam. Aus großen dunkelgrünen Augen starrte sie ihn an. Sie war noch völlig verwirrt und nur langsam sickerten alle Eindrücke zu einem sinnvollen Bild in ihrem Kopf zusammen. Sie sah in ein von früherer Akne vernarbtes, fremdes Männergesicht. Mit glänzenden Augen, einem unschönem Lächeln auf den Lippen, stierte er gespannt auf sie herab. Amy spürte etwas in ihrem Mund, bekam es nicht rausgedrückt und wollte darum eine Hand heben. Doch im selben Moment bemerkte sie die engen Fesseln, die sie zur Bewegungsunfähigkeit verdammten. Jetzt überflutete sie die Angst und sie zerrte panisch an den Fixierungen, die jedoch nicht einen Millimeter nachgeben wollten. Ihr Herz raste und ihr Atem kam stoßweise. Sie schaute sich mühevoll um und entdeckte Josh auf einem Stuhl. Er war zusammengesunken und rührte sich nicht. Sie versuchte einen Ton von sich zu geben, doch heraus kam nur ein gedämpftes Geräusch. Sie legte den Kopf wieder ab und sah diesem fremden Mann wieder ins Gesicht.

»So kleine Schönheit, nun hast du eine Ahnung von deiner Situation. Ich möchte mich hiermit offiziell vorstellen. Mein Name ist Martin Neesa und ich bin sehr erfreut, dich endlich kennenzulernen.«

Er grinste sie an und Amy lief ein kalter Schauer über den Rücken. Dann ging er zu Joshua herüber und hielt auch ihm das Päckchen unter die Nase. Er kam zu sich und hob mühsam den schmerzenden Kopf. Blut rann aus einer Platzwunde an der Schläfe in sein Auge. Es tat weh und verschleierte ihm kurz den Blick. Als Erstes erkannte er Martin, der grinsend vor ihm auf dem Boden hockte und ihn gespannt ansah.

»Guten Morgen Sonnenschein!«, rief er fröhlich und jedes Wort wummerte in Reynolds Schädel unangenehm wider. Doch die heitere Fratze dieses Mistkerls wirkte auf Joshs

Denkfähigkeit besser als das stärkste Riechsalz. Zornig wollte er aufspringen und ihn sich greifen, doch nach nur wenigen Sekunden und Bewegungsversuchen setzten die Fesseln dem Bemühen ein jähes Ende. Frustriert zerrte er an den Handschellen, doch das brachte nur Schmerzen und noch mehr Wut. Er setzte sich wieder und versuchte die Situation jetzt mit dem Verstand zu erfassen, statt sich von seinen Gefühlen leiten zu lassen. Martin war hier, in seinem Haus, obwohl es keinen Auftrag mehr gab. Was konnte das nur bedeuten?

»So, da du ja jetzt begriffen hast, dass du nur einen Sitzplatz hast bei meiner Show, können wir ja weiter machen.«

Martin sprach wie ein Magier, der stolz seinen nächsten Trick vorstellen wollte. Er trat zur Seite und ließ seinem Ex-Kollegen den freien Blick auf Amy und seine Konstruktion. Joshs Augen weiteten sich und sein Herz hämmerte wild. Sein Verstand schaltete sich aus und wurde durch eine schmerzliche Angst ersetzt.

»Amy!«, rief er und versuchte sich noch einmal mit noch mehr Gewalt aufzusetzen. Fast hätte er sich ein Handgelenk gebrochen und mit zusammengebissenen Zähnen hockte er sich langsam wieder hin. Amy sah ihn traurig an. Das Blut an seiner Schläfe, die Rücksichtslosigkeit mit der er sich Schmerzen zufügte, die doch zu keinem Ergebnis führten – es war schrecklich.

»So, Reynolds du bist mein Ehrengast. Noch nie habe ich jemanden bei meiner Arbeit zusehen lassen. Aber ich hatte auch zu keiner Zeit ein so erlesenes Geschöpf in meinen Händen«, sagte Martin und deutete mit einer Bewegung zu dem ausgelieferten Körper der jungen Frau herüber.

»Du krankes Schwein! Es gibt keinen Auftrag mehr. Grass hat alles zurückgezogen«, fuhr Joshua dazwischen. Vielleicht hatte dieses Monster nur noch nicht die Fakten erkannt. Es gab keinen Job, kein Geld, nichts. Das hier war völlig sinnlos! Doch Martin lächelte nur nachsichtig.

»Ich weiß, es ist für dich frustrierend, aber beruhige dich doch erst einmal und hör mir zu. Weißt du, ich mag dich nicht, aber ich habe deine Arbeit immer respektiert. Jetzt reiß dich zusammen und lausche.«

Josh ließ kurz das Kinn herabsinken und schloss für eine Sekunde die Augen. In einem hatte Martin Recht. Wenn er etwas ausrichten wollte, musste er sich fassen und einen klaren Kopf bekommen. Sonst hätten Amy und er keinerlei Chance. Er sah wieder auf und starrte ihn an.

»Gut, nun bist du aufnahmefähig. Also der Auftrag wurde abgeblasen. Ich schätze, dein Besuch bei Grass hatte bestimmt etwas damit zu tun. Und ich muss dir noch einmal meine Anerkennung für deine Vorgehensweise aussprechen. Du hast ihn wirklich so erledigt, dass niemand jemals auf den Verdacht käme, dass er ermordet wurde. Das ist zwar nicht mein Stil, aber ich hatte schon immer Respekt für die Präzision deiner Arbeit. Doch als ich die Absage erhielt, da hatte ich deine Amy schon gesehen und ganz ehrlich, für kein Geld der Welt würde ich mir das Vergnügen mit ihr entgehen lassen. Also kann der kleine Anwalt ruhig in der Hölle schmoren. Ich brauche keine Bezahlung. Der Genuss wird für mich der größte Lohn sein. Nichts und niemand wird mir diese Freude nehmen. Ich meine, sieh sie dir doch mal an«, und mit diesen Worten trat er an die Liege, um mit seinen Fingern ihrem ausgelieferten Körper entlangzustreichen. Amy schloss angewidert die Augen und ruckte an den Fesseln. Josh konnte sich kaum noch beherrschen. Doch statt erneut wie wild an den Handschellen zu zerren, bewegte und tastete er nur herum, um eine mögliche Schwachstelle zu finden. So sehr es ihn auch in Rage brachte, war Martin immerhin abgelenkt und beschäftigt. Jede Sekunde war jetzt kostbar. Angeekelt sah Amy Martin an. Seine Haut auf ihrer erfüllten sie mit einem ohnmächtigen Gefühl der Hilflosigkeit und Abscheu. Seine Hände glitten über ihre Brüste, die Rippen, durch ihre Taille, um dann an ihren Beinen zu enden. Ohne auf den Gurt, der um ihren Hals lag zu achten, schüttelte sie den Kopf. Als er das bemerkte trat er wieder zu ihr, beruhigte ihre Bewegungen in dem er seine Hand auf ihre Stirn legte und sie sanft drückte. Groß sah sie ihn an. Die dunkelgrünen Augen blitzten zornig. Er beobachtete sie und war unerwartet fasziniert. Sie war mutiger als er angenommen hatte. Mal sehen, wie ausdauernd sie um ihr Leben kämpfen würde. Martin hoffte lange, denn so erweiterte auch er sein Vergnügen.

»Ganz ruhig, mein Engel. Wir werden jetzt eine Menge Spaß haben. Ich erkläre dir, was nun passiert«, sagte er beschwichtigend, fast als wäre sie ein aufgebrachtes Kind, das es zu besänftigen galt.

Er ließ sie kurz allein und holte eine Metallscheibe mit einem gebogenen Haken in der Mitte der Fläche aus der Tasche. Er hielt sie so, dass Amy sie ansehen konnte. Doch sie verstand nicht, was er ihr damit sagen wollte. Irritiert schaute sie das Ding, das für sie keinen erkennbaren Sinn hatte, in seiner Hand an. Josh dagegen hatte eine dunkle Ahnung. Das mochte daran liegen, dass er Amy und die Fesseln im Ganzen aus seiner Position heraus sehen konnte. Sein Blick fiel auf den freien Haken an dem Ledergurt, der um ihre Kehle lag. Er erschauderte und verdoppelte seine Bemühungen sich aus den Handschellen zu winden oder eine andere Schwachstelle zu entdecken. Amy starrte immer noch Martin an.

»Du fühlst doch sicher den weichen Gurt, der um deinen zarten Hals liegt. Hinter dem Kopfteil schließt sich die Schlinge und endet in einer Öse …«

Er lächelte wissend und ließ seine Worte einfach im Raum stehen.

Da begriff auch Amy, worauf er hinaus wollte und ihre schönen Augen weiteten sich panisch. Wieder zog sie an den Fesseln, doch es war völlig aussichtslos. Mit angsterfülltem Blick sah sie, wie dieser Kerl sich mit der Scheibe herabbeugte, und schüttelte verzweifelt den Kopf, so als könnte sie noch etwas an seinem Plan ändern. Doch ohne Hast montierte er das Gewicht an dem Haken und ließ sie langsam aus der Hand gleiten. Sofort spürte Amy, dass nun der Druck an ihrer Kehle sich etwas steigerte. Noch konnte sie atmen, aber sie ahnte, dass er es nicht bei einer Runde belassen würde. Joshua durchflutete eine Mischung aus Verzweiflung und Zorn. Es war so unerträglich zu registrieren, wie dieser Sadist Amy quälte und noch schlimmer war es zu wissen, dass dies erst der Anfang war. Martin nahm eine weitere Scheibe und befestigte sie an der Ersten. Wieder wurde es enger und Amy bekam Panik. Unkontrolliert versuchte sie sich in den Fixierungen zu winden, aber es blieb vergebens. Martin ging zu Josh und stellte sich neben ihn an die Wand gelehnt, um zu sehen, aus welcher Perspektive er das Spektakel mit ansehen konnte.

»Ich habe lange überlegt, ob ich dich zuerst töten sollte. Einfach ein Schuss in den Nacken und du könntest ohne Schmerzen abtreten. Ein würdiger Tod für meinen besten Konkurrenten. Aber dann ließ ich mir alles durch den Kopf gehen und dachte nur, dass es nicht passend wäre. Ich fand es stillos. Meinst du nicht auch?«

Joshua starrte ihn vernichtend an.

»Du bist krank, Martin. Sie ist unschuldig. Mach mit mir, was du willst, aber lass sie gehen.« Seine Stimme war tief und eindringlich. Doch Martin lächelte nur und schüttelte den Kopf.

»Das ist für mich unwichtig. Du leistest dir immer noch ein Gewissen, eine Moral, der du deine Bedürfnisse unterordnest. Das ist für mich kein Thema. Sie ist ein Kunstwerk und ich werde ihren langsamen Tod bis zur letzten Sekunde genießen. Dann mache ich deinem Leben ein schnelles Ende.«

Josh konnte sich nicht mehr beherrschen, er versuchte aufzuspringen. Seine Schläfen pochten unter der Anspannung. Das kalte Metall der Handschellen schnitt ihm in die Haut, bis Blut floss.

»Warum tust du das, du perverses Schwein?!«, schrie er außer sich.

Martin lächelte und ging zu der Tasche, nahm ein weiteres Gewicht heraus und hängte es an das Zweite.

»Weil es mir Spaß macht, mich erfüllt und befriedigt. Das hier ist besser als Sex, besser als Geld, es ist die Krönung meiner Fantasien.«

Amy begann zu keuchen. Ihr Brustkorb hob sich mühsam und bei Weitem nicht mehr so geschmeidig. Immerhin hatte sie aufgehört, sich zu bewegen. Dafür war der Sauerstoff, den sie beschwerlich in die Lungen zog, zu kostbar geworden. Der Knebel machte das Ganze noch viel mühseliger und in einem Teil ihres Verstandes machte sich die Erkenntnis breit, dass sie hier nicht lebend herauskommen würde. Josh setzte sich wieder schwer und starrte Martin über Amy hinweg vernichtend an. Er versuchte klar zu denken, einen Ausweg zu finden, aber in seinem Kopf wirbelte alles nur noch durcheinander. Er fühlte sich hilflos, schuldig und einfach nur entsetzlich.

»Du willst wirklich wissen, warum? Das könntest du niemals verstehen, selbst wenn ich es dir erklären würde. Ich sehe nicht die Qualen, ich erkenne nur meinen Genuss. Das Leben könnte für die Menschen so viel leichter sein, wenn sie nicht dieses lächerliche Konstrukt von Mitgefühl, Liebe und Gewissen hätten«, fuhr Martin fort.

Joshua konnte nur angewidert den Blick abwenden. Das alles brachte ihn nicht weiter. Dieser Mann war ein Monster. Mit ihm über Gnade oder Sinn dieses Spektakels zu diskutieren, war völlig sinnlos. Als Martin eine neue Scheibe hervorzauberte und sie anbrachte, sah er voller verzweifelter Wut wieder zu Amy. Sie kämpfte angestrengt um jeden Atemzug. Ihre Lippen wurden schon ein wenig dunkler und ihr Blick wurde müde. Josh erkannte die ersten eindeutigen Anzeichen von Sauerstoffmangel. Das schüttete einen Kanister Adrenalin in sein Blut und er sah unruhig über seine Schulter hinweg, um zu sehen ob Martin vielleicht bei der Wandbefestigung nicht so sorgfältig vorgegangen war. Doch beim Anblick der dicken Kette und der stabilen Stahlöse in der Wand schwand auch diese Hoffnung. Amy starrte erschöpft in die Augen dieses Irren.

»Na, spürst du schon das Kribbeln in deinen Fingerspitzen und Beinen? Deine Lippen werden langsam blau. Der Knebel ist wirklich ein wenig unfair«, stellte er fest, löste den Gurt und entfernte den Ball aus ihrem Mund. Gierig schnappte sie nach Luft, die wohltuend ihre Lungen flutete. Ihr Blick wurde wacher. Er ließ ihr einen Augenblick Zeit. Wie eine Katze, die ihre Beute kurz losließ, blieb er in Lauerstellung. Plötzlich beugte er sich rasch vor und verschloss ihren Mund mit einem Kuss, während er ein weiteres Gewicht aus der Hand gleiten ließ. Er fühlte ihren vergeblichen Widerstand, seine freie Hand drückte auf ihre Stirn und er hielt ihr mit den Fingern die Nase zu. Er schnitt ihr völlig die Luftzufuhr ab. Amy geriet in Panik. Ihr Körper bäumte sich in den Fesseln auf, sie zerrte verzweifelt an den Fixierungen. Sie sah leuchtende Punkte und ihr Verstand wurde von einer Woge der Todesangst mitgerissen. Dann rückte er unvermittelt von ihr ab und beobachtete sie freudig. Sein Gesicht nah vor ihrem. Stöhnend rang sie nach Luft. Sie starrte in Martins grinsende Fratze, nahm alle Kraft zusammen und spuckte ihn an. Überrascht schreckte er zurück und wischte sich den Speichel aus den Augen. Doch sein Lächeln wurde nur eine Spur dünner. Er sah zu Joshua, der wie eine Feder gespannt dasaß und ihn hasserfüllt anstarrte. Ihm war der kalte Schweiß ausgebrochen und er knirschte aggressiv mit den Zähnen.

»Deine Kleine gefällt mir immer besser. Ein widerstandsfähiges, kleines Biest.«

»Ich bringe dich um, du Dreckskerl!«, wütete Josh.

Ohne Eile befestigte Martin ein weiteres Gewicht und stellte sich seelenruhig an die Wand, um das Schauspiel für einen paar Minuten still zu genießen. Sein erster Impuls, als Amy ihn angespuckt hatte, war gewesen, sie sofort mit einem Messer von oben bis unten aufzuschlitzen. Doch er hatte sich beherrscht und daran erinnert, wie viel schöner es war, sie elend ersticken zu lassen. Das hatte ihn und sein Vergnügen gerade noch gerettet. Jetzt wollte er einen Moment lang nur zusehen und sich wieder unter Kontrolle bringen. Amys Atmung kam abgehackt und unter größtem Kraftaufwand. Lange würde sie das alles nicht mehr aushalten, da war sich Joshua sicher. Traurig sah er zu ihr hinüber und sie wendete den Kopf ein kleines Stück zu ihm. Als sich ihre Blicke begegneten, empfand er einen schrecklichen Stich in seinem Brustkorb. Ihre Lippen formten einen einfachen Satz, der sein Herz in tausend Teile zu sprengen drohte: *Ich liebe dich, Josh.* Jetzt liefen ihm Tränen heiß die Wangen herab.

»Ich liebe dich auch Amy. Bitte gib nicht auf!«, flehte er heiser.

Amy musste den Kopf wieder geradelegen, sonst wurde das Atmen noch unerträglicher. Auch ihr rannen die ersten Tränen das Gesicht hinunter. Ihre Lippen wurden erneut ein wenig blau und ihr Atem rasselte ganz fürchterlich. Sie spürte, dass sie dem Ganzen nicht mehr lange würde ausreichend Widerstand entgegenbringen können. Sie schaffte es kaum noch, auch nur das Nötigste an Luft in ihren Brustkorb zu bringen. Und es wurde mit jedem Augenblick schwerer. Nur vage nahm sie wahr, wie Martin sich eine weitere Scheibe holte und sich hinter ihr postierte. Ein Impuls blitze in ihrem eingetrübten Verstand auf: *Ich werde jetzt sterben!* Und sie stieß in Gedanken ein rasches Stoßgebet gen Himmel: *Bitte lieber Gott, lass wenigstens Joshua heil herauskommen!*

Als das nächste Gewicht den Druck um ihren Hals noch einmal erhöhte, keuchte sie nur kurz. Ihre Augen brannten schmerzlich, ihre Sicht verschwamm und ihre Finger wurden gänzlich gefühllos. Nur noch sporadisch, flach und stoßartig hob sich ihr Brustkorb. Doch es reichte nicht mehr. Josh wusste keinen Ausweg der vernünftig sein konnte. Er sah, wie Amys Blick starr wurde, die Lider langsam zufielen und ihre Körperspannung immer weiter nachließ. Das war mehr als er ertragen konnte. Ohne auf die Warnsignale seines Körpers zu hören, riss er an seinen Fesseln, brach sich dabei das linke Handgelenk und schrie voller Zorn und Schmerz auf. Immerhin bekam er eine Seite so frei. Rücksichtslos renkte er sich an der anderen Hand den Daumen aus und, nachdem er ihn aus der Fessel gezogen hatte, mit einem schnellen Ruck wieder ein. Ein alter Trick, der auf einer Verletzung aus seiner Footballzeit stammte. In seiner Wut und Verzweiflung hatte er es völlig verdrängt und auch bis zu dieser Sekunde nicht gewusst, ob es noch funktionieren würde. Doch er hatte nichts mehr zu verlieren. Martin war völlig überrumpelt. Er hatte fasziniert auf Amy gestarrt, die gerade auf die letzten Augenblicke ihres Lebens zusteuerte. Einen Moment lang hatte er Joshua nur fassungslos zugesehen, ehe er reagieren konnte. Martin rannte zu seiner Waffe, drehte sich um, doch da war Josh schon bei ihm. Er schlug dem Kerl mit seiner heilen rechten Hand kraftvoll ins Gesicht, verfehlte aber das Kinn um Haaresbreite. Martin wurde zurückgeschleudert, schaffte es aber noch auf seinen Gegner zu zielen und einen Schuss abzugeben. Der Knall war in dem Keller ohrenbetäubend. Josh stöhnte auf und hielt sich die Schulter. Doch in seiner verzweifelten Wut achtete er nicht weiter auf seine Verletzung und stieß diesen Dreckskerl mit Wucht an die Wand. Das Monster sah ihn erschrocken an, bewältigte es aber dennoch, einen Treffer in Joshuas Flanke zu setzen. Trotz der schweren Wunde schaffte er es, Martin so fest zu schlagen, dass dieser zu Boden ging und sich nicht mehr rührte. Joshua taumelte zu Amy. Ihre Lippen waren ganz blau, ihre Augen geschlossen und sie zuckte nur noch krampfhaft auf der Liege. Mit nur einer funktionierenden Hand schien es ihm eine verfluchte Ewigkeit zu dauern, bis er die Gewichte ausgehakt hatte und damit den Druck von Amys Kehle nehmen zu können. Der Gurt lag nun nur noch locker um ihren Hals. Außer sich vor Angst starrte er sie an, strich über ihre Stirn und erkannte erschrocken, dass sie nicht mehr atmete. Ohne zu überlegen, legte er ihren Kopf in den Nacken und beatmete sie. Immer wieder blies er Luft in die Lungen, die Tränen liefen ihm wieder das Gesicht herab. Er spürte seine Verletzungen nicht, den Schmerz und das Blut, das seinem Arm und seinem Bein herablief. All seine Sinne konzentrierten sich auf Amy. Plötzlich hustete sie und atmete dann tief ein. Mit jedem Atemzug kam das Leben in ihren Körper zurück. Langsam schlug sie die Augen auf und sah in Joshuas blutverschmiertes Gesicht.

»Kleines, alles in Ordnung?«

Sie lächelte. Erleichtert, dass er und sie nicht tot waren. Er küsste sie kurz und machte sich dann sofort daran sie zu befreien. Er löste ein wenig umständlich die Fesseln, durchschnitt den Ledergurt um ihren Hals.

Noch ziemlich geschwächt versuchte sie sich zu bewegen, auch wenn ihre Arme und Beine schwer wie Blei zu sein schienen. Doch je weiter sie wieder zu sich kam, desto mehr verließen ihn jetzt die Kräfte. Nachdem das Adrenalin langsam verebbte, spürte er den Schmerz und den Blutverlust. Amy setzte sich auf und sah ihn an. Er war kreidebleich und sie sah die Blutspur, die er hinter sich herzog. Er wollte gerade zu ihr gehen und sank dann stöhnend in sich zusammen. Amy sprang entsetzt auf, kniete sich zu ihm und sah erst jetzt die Verletzungen.

»Josh, du wurdest angeschossen!«, stieß sie fassungslos hervor.

Er hatte sichtlich Mühe bei Bewusstsein zu bleiben. Er lag auf dem Boden und hielt sich die schmerzende Flanke. Blut floss ihm über die Hand. Plötzlich hörte Amy hinter sich ein Scharren und drehte sich erschrocken um. Martin schien wieder zu sich zu kommen. Auf halbem Wege zwischen sich und diesem Dreckskerl sah sie die Waffe liegen, mit der er Josh verwundet hatte. Ohne weiter darüber nachzudenken, krabbelte sie hinüber, griff sich die Pistole und kroch schnell wieder zu Joshua zurück. Martin erhob sich auf die Knie und starrte sie an. Jede Regung in seinem Gesicht schrie Wahnsinn und Wut. Amy lief es kalt den Rücken herunter. Gleichzeitig kam aller Hass auf diesen Mann in ihr hoch. Ohne recht zu wissen was sie tat, hob sie die Pistole und zielte auf ihn.

»Rühren Sie sich nicht vom Fleck!«

Sie wünschte sich, dass sie nicht so zitterte bei diesen Worten, aber sie konnte es nicht verhindern. Sie hatte noch nie eine Kanone in den Händen gehalten, geschweige denn auf einen Menschen geschossen. Martin grinste sie unheilvoll an, als wüsste er genau, wie viel Angst sie hatte.

»Sonst was, kleines Mädchen? Du willst auf mich schießen? Mir das Gehirn aus dem Schädel blasen? Ich kenne dich. Das kannst du einfach nicht!«, brummte er und kam ein Stück näher.

Amy ließ ihn nicht aus den Augen und fasste suchend nach Joshua. Doch er hatte inzwischen das Bewusstsein verloren und lag reglos hinter ihr. Ihr wurde klar, dass sie allein mit diesem Irren war.

»Tja, jetzt bist du wohl an der Reihe. Dein Freund verblutet in relativ kurzer Zeit. Was willst du also tun?«

In Amys Kopf rasten die Gedanken nur wirr durcheinander. Sie tastete in Joshs Hose und fand sein Handy. Sie nahm es und wählte den Notruf. Martin grinste immer noch wie ein Ungeheuer aus einem Gruselfilm. Ihn schien das alles nicht zu beeindrucken.

»Du denkst, dass du es mit mir allein hier schaffst, bis die Polizei da ist? Mutig!«

Amy zitterte noch mehr, die Waffe wackelte unruhig in ihrer Hand. Nach ihrem Empfinden hörte sie ewig das Freizeichen, dann ging jemand dran. Die Stimme am anderen Ende der Leitung stellte sich vor und bat dann um die genaue Beschreibung des Notfalls.

»Hier ist Sarah Cale«, presste sie mühsam hervor. Sie gab die Adresse durch und zögerte dann kurz, weil sie nicht wusste, was sie sagen sollte. Doch dann hörte sie Joshs angestrengten Atem und hinter sich und das gab ihr den letzten Ausschlag.

»Bitte kommen Sie schnell, mein Mann wurde von einem Einbrecher verletzt, den ich erschossen habe.«

In diesem Moment klappte Martin die Kinnlade herab, als er begriff, was sie gerade gesagt hatte. Amy unterbrach das Gespräch, nahm die Waffe in beide Hände und zielte. Ihrem Gegenüber wurde klar, dass sie es ernst meinte. Er wollte aufspringen, als der erste Schuss sich löste. Der Knall hallte erschreckend laut von den Wänden wieder. Sie traf ihn in den Bauch, und er sank auf die Knie. Mit einem grotesken Ausdruck der Überraschung stierte er auf seine Wunde herunter. Er sah auf und Amy schoss ein zweites Mal. Martin wurde zurückgeschleudert und hielt sich den seitlichen Hals. Blut quoll aus seinem Mund und zwischen den Fingern hervor. Seine Füße zuckten noch in einem grauenerregenden Tanz und dann blieb er reglos liegen und starrte mit seinen toten Augen zur Decke empor. Amy ließ angewidert die Pistole fallen und drehte sich zu Joshua um. Sie fühlte sich plötzlich so leer und müde. Mühsam nahm sie sich zusammen und versuchte sich auf die nächsten Schritte zu konzentrieren. Hektisch schaute sie nach einem Verbandskasten und sah einen alten an der Wand hängen. Sie sprang auf, riss ihn aus der Halterung und legte Joshs Wunden frei. Der Schwall an Blut, der sich ergoss und seine Kleidung rot färbte, drehte ihr kurz den Magen um, aber sie behielt dennoch die Nerven. Ein wenig unelegant legte sie zwei Druckverbände an. Vermutlich nicht genau so, wie sie es in den zahlreichen Erste-Hilfe-Kursen gelernt hatte, aber sie erfüllten ihren Zweck. Dann tastete sie seinen Puls, der schwach aber regelmäßig war. Erst jetzt kamen die Gefühle zurück, die sich in ihrem Inneren durch den Schock verborgen hatten. Betroffen strich sie ihm über die Wange, Tränen traten ihr in die Augen. Ihre Hände zitterten unkontrolliert.

»Josh, du darfst mich nicht allein lassen. Hörst du? Wenn du mir wegstirbst, trete ich dir in den Hintern«, presste sie traurig hervor und schluchzte dann nur noch verzweifelt. Mitten in ihrer Lethargie hörte sie oben im Haus Poltern und schwere Schritte. Das riss sie aus ihrer Starre heraus.

»Hier unten! Schnell!«, schrie sie mit aller Kraft. Ihre Stimme war immer noch heiser und rau.

Die Stiefel rumpelten die Kellertreppe herunter. Mehrere Polizisten mit den Waffen im Anschlag trafen zuerst ein. Sie verschafften sich einen kurzen Überblick über die Situation und riefen dann nach dem Notarzt und den Rettungsassistenten. Zwei Männer kümmerten sich sofort um Joshua, legten eine Infusion an, bugsierten ihn auf eine Trage und brachten ihn rasch nach oben zum Krankenwagen. Ein Beamter betrachtete Martin und stellte dessen Tod fest. Einer der Sanitäter half Amy auf, wickelte ihr eine Decke um und führte sie aus dem Keller heraus. Während er mit ihr ins Erdgeschoss ging, begann er seine Fragen zu stellen. Ob sie verletzt sei, wie sie sich fühlte, ihren Namen. Wie in Trance brachte Amy die Informationen hervor und sie war auch ein wenig verwundert, wie leicht ihr die Lügen über ihre Identität über die Lippen kamen. Sie nahm im Wohnzimmer auf der Couch Platz. Amy wurde oberflächlich untersucht, doch bis auf die Spuren der Fesseln an Hand- und Fußgelenken sowie die Quetschungen an der Kehle war sie unverletzt. Zumindest körperlich. Ihr war kalt und sie war krank vor Sorge. Der Rettungswagen war vor einer Minute davongerast und der Sanitäter hatte ihr die Klinik genannt, in die man Josh bringen würde. Eigentlich wollte Amy sofort hinterherfahren, doch ein Polizist trat zu ihr, um eine kurze Stellungnahme zu bekommen, was sich zugetragen hatte. Er stellte sich als Detektiv John Marlow vor. Mit knappen Worten schilderte sie die Ereignisse des Abends, ließ allerdings weg, das Josh Martin gekannt hatte. Der Beamte nickte, machte sich Notizen und schaute sie immer wieder prüfend an. Amy war sehr gefasst, auch wenn es ihr schwerfiel, sich auf die Fragen zu konzentrieren. Zum Glück war die Aussage schnell aufgenommen. Er erklärte ihr, dass die Spurensicherung schon auf dem Weg sei, doch Amy sah ihn nur leer an.

»Wenn Sie möchten, können Sie jetzt zu Ihrem Mann fahren. Aber ich finde, Sie sollten sich so nicht hinters Steuer setzen. Ich kann Sie in die Klinik bringen«, bot er ihr an.

Sie betrachtete den Polizisten. Ende vierzig, leichter Bauchansatz, ein ruhiges, freundliches Gesicht.

»Darf ich noch hoch ins Schlafzimmer, um mir etwas anzuziehen?«

»Natürlich. Ich müsste vorher nur Fotos von Ihnen machen und die Kleidung die Sie anhaben dann für die Spurensicherung eintüten.«

Amy nickte. Er stand auf, ließ sich einen Fotoapparat geben und machte seine Aufnahmen. Es war ihr unangenehm und peinlich, aber dafür war es relativ schnell erledigt. Marlow begleitete sie nach oben. Amy trat an den Schrank, holte ein paar frische Sachen raus und legte alles ins Badezimmer. Der Polizist warf einen kurzen Blick in die Dusche, gab ihr eine große, braune Papiertüte und verließ den Raum. Amy schloss die Tür hinter sich und betrachtete sich im Spiegel. Sie war blass, ihre Augen gerötet und die Verfärbungen an ihrem Hals sahen entsetzlich aus. Sie überlegte einen Moment, ob sie nicht lieber noch einen Schal umlegen sollte, doch die Vorstellung gleich wieder Druck an ihrer Kehle zu haben, war unerträglich. Sie sah rote Spritzer auf ihrer Brust und war kurz irritiert. Dann sah sie an sich herab und bemerkte, dass sie blutbeschmiert war. Joshuas Blut. Ihr wurde schwindelig und ihre Hände begannen zu zittern. Sie zog sich schnell Bustier und Slip aus und ließ alles vorsichtig in die Beweismitteltüte gleiten. Dann wusch sie sich gründlich und zog sich an. Ihr langes Haar steckte sie im Nacken hoch und vermied jeden Blick in den Spiegel dabei. Sie konnte ihren eigenen Anblick nicht ertragen.

Als sie ins Schlafzimmer zurückkehrte, sah der Polizist sie besorgt an.
»Ist alles in Ordnung?«
Amy nickte und reichte ihm die Tüte. Er schaute hinein und versiegelte sie dann mit rotem Klebeband.
»Ich fahre Sie zu Ihrem Mann«, sagte er sanft und begleitete sie runter zu seinem Wagen. Amy stieg hinten ein, auch wenn es ihr ein ungutes Gefühl vermittelte. Wie ein Verbrecher oder eine Verdächtige kam sie sich vor. Ging der Beamte womöglich doch davon aus, dass sie vielleicht hier die Kriminelle war? Sie sah nach vorn und die Blicke begegneten sich durch den Rückspiegel.
»Bin ich verhaftet?«
Marlow lächelte ruhig und beschwichtigend.
»Nein. Es deutet alles auf Notwehr hin. Das ist nur das übliche Prozedere. Vorschriften eben. Wenn wir einen Unfall hätten und Ihnen passiert hier vorne etwas, dann macht man mir die Hölle heiß«, erwiderte er.
Amy nahm die Aussage so hin und nickte nur. Sie betrachtete nachdenklich ihre Handgelenke. Die Spuren der Fesseln, an denen sie immer wieder verzweifelt gezerrt hatte, als sie um ihr Leben kämpfte, waren deutlich zu sehen. Die Erinnerung brach kurz über ihr hinein und sie begann zu zittern. Mühevoll versuchte sie sich zu beherrschen und sah aus dem Fenster in die Dunkelheit hinaus. Hier und da sah sie vereinzelt beleuchtete Häuser, doch sonst war es finster und wirkte trostlos. Sie fühlte sich einsam und hilflos. Ihre Welt war

scheinbar aus den Fugen geraten. Nach diesem wunderschönen Tag hatte jetzt alles ein schreckliches Ende gefunden. Sie dachte daran, wie sie mit Joshua über den Bauernmarkt spaziert war, wie er sie geneckt und geküsst hatte. Kaum zu glauben, wie glücklich sie in jenen Momenten gewesen war und welcher Alptraum nur Stunden später über sie hereingebrochen war. Sie sah noch die Situation vor sich, als in der Scheune beim Tanzen der Luftballon geplatzt war, Josh sie sofort hinter sich zog, um sie zu beschützen. Und jetzt lag er in der Klinik, verwundet und kämpfte ums Überleben. Und das alles nur ihretwegen. Traurig schüttelte sie den Kopf, um die bedrückenden Gedanken zu vertreiben.

Die Fahrt verging wie im Flug. Marlow parkte direkt vor dem Eingang der Notaufnahme und ließ sie aussteigen. Pfleger, die vor der Tür eine rauchten, sahen ihr neugierig nach. Amy senkte beschämt den Blick und folgte dem Polizisten in das Gebäude. Hier herrschte hektisches Treiben, obwohl es schon weit nach Mitternacht war. Zum Glück kannte sich der Beamte gut aus und brachte sie schnell zu dem zuständigen Arzt.

Doktor Gueverra bat sie in sein Büro. Amy fand allerdings die Bezeichnung Büro etwas hoch gegriffen. Es war eher ein kleiner muffiger Raum ohne Fenster, in denen sich die Fachzeitschriften stapelten. Der noch recht jung wirkende Notfallmediziner räumte ihnen zwei Stühle frei und bot ihnen einen Kaffee an. Amy und Marlow winkten ab. Dann setzte der Mediziner sich hinter seinen chaotischen Schreibtisch und betrachtete Amy ein wenig eingehender.

»Mrs Cale, ich habe auf jeden Fall schon einmal gute Nachrichten für Sie. Ihr Mann ist im OP und stabil.«

Jetzt schaltete sich der Ermittler ein.

»Doktor, können Sie mir sagen, welche Verletzungen Mr Cale erlitten hat?«

Gueverra schaute Amy fragend an.

»Ist Ihnen das recht Mrs Cale?«

Amy war einen Augenblick verwirrt, aber natürlich ging es dabei um die ärztliche Schweigepflicht. Da sie in der Hinsicht nichts zu verbergen hatte, nickte sie zustimmend.

»Bitte nennen Sie mich Sarah. Ja, das ist in Ordnung.«

Gueverra durchsuchte kurz seine Papiere, auf denen er sich offensichtlich ein paar Notizen gemacht hatte.

»Mr Cale hat zwei Schusswunden erlitten. Eine in die linke Schulter und eine in der rechten Flanke. Außerdem war das linke Handgelenk gebrochen. Dazu kommen eine leichte Gehirnerschütterung und eine Platzwunde an der Stirn, durch einen heftigen Schlag auf den Kopf.«

Er sah, dass Amy blass geworden war.

»Ich weiß, wie schlimm das jetzt für Sie klingt, aber ich kann Ihnen versichern, dass er sich wieder erholen wird. Er hat viel Blut verloren, aber es wurde nichts Lebenswichtiges getroffen. Er hatte Glück im Unglück.«

Marlow hatte sich ein paar Notizen gemacht und steckte nun seinen Block wieder in die Tasche. Er hatte alles, was er brauchte. Der Fall schien klar zu sein und er bezweifelte, dass die Spurensicherung noch viel Überraschendes zutage fördern würde.

»Hat Sie schon jemand untersucht, Sarah?«, fragte der Mediziner sie freundlich.

Amy nickte.

»Ein Rettungsassistent hat mich angesehen.«

»Wenn es Ihnen nichts ausmacht, würde ich Sie auch noch einmal untersuchen. Die Quetschungen am Hals sehen sehr übel aus, wenn Sie meine Offenheit entschuldigen.«

Amy stimmte zu. Marlow stand auf und wendete sich zum Aufbruch.

»Gut, für mich gibt es dann nichts hier weiter zu tun. Werden Sie zurechtkommen, Mrs Cale?«

Amy sah kurz zu ihm auf.

»Ja, vielen Dank für Ihre Hilfe. Ich werde bei meinem Mann bleiben.«

»Die Spurensicherung wird schnell fertig sein. Ich habe Ihre Nummer und kann Ihnen gern Bescheid geben, wann Sie in Ihr Haus zurück können. Vermutlich aber schon morgen früh wieder. Ich schätze, Sie bleiben die Nacht über hier.«

Amy nickte und sah den Arzt an.

»Ich werde mich um Sie kümmern. Wir haben ein ruhiges Zimmer, wo Sie sich ein wenig ausruhen können, bis Ihr Mann aus dem OP kommt.«

Amy war einverstanden. John Marlow verabschiedete sich freundlich und versprach sich bei ihr zu melden, wenn es etwas Neues gab. Zu dritt verließen sie das Büro. Während der Polizist den Ausgang nahm, ging Amy mit Dr. Guevarra in ein Untersuchungszimmer. Er tastete ihren Hals ab, horchte auf Herz und Lunge und schaute auf die Male, die die Fesseln hinterlassen hatten. Als er fertig war, setzte er sich neben sie.

»Also, physisch werden Sie sich wieder vollständig erholen. Bis Sie die Ereignisse und den Schock allerdings verdaut haben, wird es eine Weile dauern. Versuche Sie nichts zu verdrängen. Wenn Sie nachts keinen Schlaf finden, nehmen Sie ein leichtes Schlafmittel, wenn Ihnen nach einem offenen Gespräch oder auch einfach nach ein paar Tränen ist, lassen Sie sich gehen. Dann wird sich alles wieder finden.«

Amy sah ihn an. Er war sehr verständnisvoll und freundlich. Doch sie konnte im Moment keinen Gedanken an sich selbst verschwenden. Sie dachte die ganze Zeit nur an Joshua. Wie er verletzt auf dem Boden gelegen hatte. Das viele Blut. All das hatte er nur wegen ihr erlitten. Für ihr Leben hatte er einen hohen Preis bezahlt. Sie wollte ihn nur mit den eigenen Augen sehen, um sicher zu sein, dass es ihm gut ging.

»Ich kann Ihnen jetzt ein Bett anbieten. Wir haben hier einen kleinen Aufenthaltsraum, wenn Sie ein wenig schlafen möchten.«

Doch Amy schüttelte den Kopf.
»Ich kann jetzt kein Auge zu machen. Nicht bevor ich meinen Mann gesehen habe.«
Gueverra hatte Verständnis.
»Ich bringe Sie in den OP-Bereich. Davor ist ein Wartebereich. Dort erfahren Sie als Erstes, wenn es etwas Neues gibt.«
Amy war einverstanden und sie gingen gemeinsam durch verschiedene Korridore.
Wie betäubt betrachtete sie die Milchglastüren, die mit roten Buchstaben als Operationsbereich ausgeschrieben waren.

Vor zwei Stunden hatte sie sich in dem sonst leeren Wartezimmer mit seinen Rohrstühlen einen Platz gewählt und war seitdem immer ruhelos zwischen Flur, Türen und ihrem Stuhl hin und her gependelt. Mit jeder Minute fühlte sie sich hilfloser, unruhiger und besorgter. Plötzlich ging die Tür auf und ein Mann in blauer Chirurgenkleidung streckte den Kopf heraus. Amy hatte sich gerade wieder gesetzt, doch jetzt sprang sie auf die Füße und lief zu ihm.
»Mrs Cale?«, fragte er sie unsicher.
Amy nickte.
»Ihrem Mann geht es gut. Er ist sogar schon wieder wach und wir verlegen ihn in der nächsten halben Stunde auf sein Zimmer. Sie können schon einmal in den dritten Stock hochfahren. In der Stationszentrale wird man Ihnen dann die Zimmernummer nennen. Ich wollte Ihnen nur so schnell wie möglich die gute Nachricht überbringen, damit sie sich nicht zu viele Gedanken machen.«
Amy wollte fast auflachen. Nicht zu viele Sorgen? Das beschrieb nicht annähernd die Ängste, die sie in den letzten Stunden durchgestanden hatte. Doch sie dankte dem Arzt und machte sich auf den Weg. Oben angekommen stellte sie sich der Oberschwester vor. Sie war eine Matrone, rüstig und sie machte einen zupackenden Eindruck. Sie lächelte

zurückhaltend und brachte Amy in ein leeres Krankenzimmer, das für Joshua vorgesehen war. Sie bot ihr einen Kaffee an, aber sie lehnte dankend ab. Bei der Vorstellung an den Geruch wurde ihr schon anders. Sie setzte sich an einen Tisch und starrte aus dem Fenster. Es war inzwischen frühester Morgen. Ein klein wenig Licht zeigte sich am fernen Horizont. Aber Amy hatte in diesen Momenten keinerlei Sinn für die Außenwelt. Sie war ganz in diesem Zimmer gefangen. Kein Gedanke, in dem nicht Sorge und Bedauern mitschwang. Sie selbst war so gut wie unverletzt geblieben. Das war doch nicht fair. Martin wollte sie umbringen, warum war sie jetzt nur heil und Josh dagegen verletzt? Sie fühlte, wie ihr bei all den Grübeleien langsam die Augen zufielen. Doch ein Klopfen an der Tür riss sie ruckartig aus ihrer Müdigkeit. Die Oberschwester schob mit einer Kollegin ein Bett hinein. Amy stand mit rasendem Puls auf und sah Josh an. Er war wach, doch er wirkte so erschöpft, dass es ihr das Herz zerriss. Aber er lebte, und zu ihrem Kummer gesellte sich eine große warme Welle aus Hoffnung. Man stellte die Infusion ein, erklärte ihm die Fernbedienung für das Bett und die Notfallklingel und ließ ihn dann mit Amy allein. Sie spürte das Herzklopfen, aber sie war unentschlossen, was sie tun sollte. Schweigend konnte sie ihn nur anstarren. Zum Glück nahm er sich der Sache an und unterbrach die Stille.

»Wenn du da noch lange so stehen bleibst, werde ich aufstehen und dir den Hintern versohlen, Mrs Cale«, sagte er lächelnd, wenn auch seine Stimme noch etwas rau war.

Amy war so erleichtert, dass es sie überforderte. Sie ging zu ihm, betrachtete traurig die Verbände, die Schläuche und das dicke Pflaster über seiner Schläfe. Sie wagte es nicht ihn zu berühren, weil sie Angst hatte, ihm wehzutun. Doch Josh hob den Arm und zog sie ganz an die Bettkante.

»Na endlich bist du da. Ist alles in Ordnung?«

Amy nickte nur und schwieg. Die Situation erschien ihr völlig grotesk. Er fragte sie, ob es ihr gut ginge. Dabei war doch offensichtlich er derjenige, der dem Tod nur knapp entkommen war.

»Hast du noch Schmerzen?«, meinte er besorgt, als sie immer noch keinen Ton von sich gab.

Sie schüttelte den Kopf. Ihr erster Impuls war es, zu lachen. Ein bitteres Lachen, das sicherlich in reichlich Tränen oder ihrem nervlichen Zusammenbruch geendet wäre. Warum war er nur so wundervoll zu ihr? Sie hatte kein Recht, von ihm bemitleidet zu werden. Verwirrt und innerlich zerrissen konnte sie ihn nur ansehen.

»Bitte sag etwas. Irgendetwas. Du machst mir Angst«

»Ich weiß nicht, was ich sagen soll. Du hast mir das Leben gerettet. Und jetzt sieh dich an«, erwiderte sie und deutete vage auf seinen lädierten Körper.

Josh blickte kurz an sich herab, aber sein Lächeln verschwand nicht.

»Ach, das sind nur zwei neue Narben unter vielen. Und noch nie habe ich sie so bereitwillig in Kauf genommen.«

Ihm verschaffte das keinerlei Beunruhigungen. Der Arzt im Aufwachraum hatte ihm erklärt, dass alles wieder gut werden würde und es nur seine Zeit bräuchte, bis er wieder fit wäre. Da er bereits einige Verwundungen und Operationen hatte über sich ergehen lassen müssen, sah er das Ganze deutlich gelassener. Doch der Ausdruck in ihrem Gesicht machte ihm wirklich Angst.

Amys erster Impuls war, ihn gegen die Schulter zu knuffen, wie sie es immer tat, wenn er in ihren Augen Unsinn redete. Aber da er schon genug lädiert war, bewegte sie sich einfach nicht. Josh wurde ernst.

»Bitte mach dir keine Sorgen, Kleines. Das kommt wieder in Ordnung.«

Als sie still blieb und seinen Blick vermied, wurde es ihm mulmig. War dieser Vorfall womöglich das Ende ihrer

Beziehung? Er konnte verstehen, wenn ihr das zu viel war. Dennoch hoffte er, dass dies nicht alles gewesen war. Er merkte die Müdigkeit von der zurückliegenden Operation, aber er wehrte sich dagegen, jetzt einzuschlafen. Er wollte nicht die Augen schließen, später erwachen und dann feststellen, dass er allein war. Nicht nur in diesem Zimmer, sondern in seinem seltsamen Leben. Hatte er vor zwei Wochen noch nicht gewusst, wie einsam er war, so war ihm nun schmerzlich bewusst, wie schrecklich es sein würde, Amy zu verlieren. Er ergriff ihre Hand und endlich hob sie den Kopf und sah ihn an.

»Wirst du da sein, wenn ich wieder aufwache? Sei ehrlich, hab ich dich verloren?«, fragte er unsicher.

Seine dunkelblauen Augen starrten sie an. Amys Herz schlug unruhig in ihrer Brust und es schnürte ihr die Kehle zu. Wie sollte sie nur die richtigen Worte finden? Joshua ertrug es nicht länger. Obwohl es entsetzlich schmerzte, setzte er sich ein wenig auf und nahm sie ungeschickt in den Arm. Wenn dies ihr Abschied war, wollte er ein letztes Mal ihre Nähe, ihren warmen, schönen Körper fühlen. Sie schloss vorsichtig ihre Arme um ihn, spürte seine Anspannung, aber auch die Sicherheit, die stets von ihm ausging.

»Ich werde immer da sein. Ich liebe dich doch«, flüsterte sie jedoch.

Er sah zu ihr auf. Er war immer noch verkrampft, weil der Schmerz durch seinen Körper zog, aber er achtete nicht darauf. Sie lächelte schüchtern und er hatte unvermittelt wieder Hoffnung.

»Immerhin bin ich doch Mrs Eric Cale.«

Josh lächelte nun ebenfalls.

»Ich hoffe, du wirst eines Tages Mrs Joshua Reynolds sein«, erwiderte er erleichtert.

Amy starrte ihn an. Tränen traten ihr in die Augen, aber es waren Freudentränen. Innig schlang sie ihre Arme um ihn, ihre Lippen berührten sich und sie dachte, es würde nie wieder einen schöneren Moment geben. Vorsichtig entließ sie ihn aus den Armen, damit er sich wieder hinlegen konnte.

»Ja, das werde ich«, erwiderte sie nur.

Endlich hatte Josh das Gefühl, sich von der Erschöpfung überwältigen lassen zu können. Er lächelte immer noch und war kurz darauf eingeschlafen. Amy stand an seinem Bett, hielt seine Hand und war einfach nur glücklich. Nicht der unbeschwerte Gefühlseindruck, den die meisten Menschen mit diesem Begriff verbanden. Hier war noch längst nicht alles in Ordnung und es würde eine Menge Zeit brauchen, bis sie beide zu so etwas wie Normalität zurückfanden. Aber es war eine Form von Erfüllung, die voller Hoffnung steckte. Alles andere würde sich ab jetzt regeln.

Kapitel 16

Drei Wochen später konnte Joshua entlassen werden. Noch im Krankenhaus hatte er seine Aussage gemacht und Detektiv Marlow sagte, dass das Verfahren eingestellt werden würde, da alles auf Notwehr hindeutete. Die Spuren und das Gutachten der Gerichtsmedizin hatten ihre Angaben bestätigt und damit war die Sache abgeschlossen. Er war erleichtert, dass die Geschichte nun zu Ende war. Körperlich hatte er sich erstaunlich gut erholt und wollte sogar selbst fahren. Aber Amy ließ sich nicht überzeugen. Sie verfrachtete ihn in den SUV, klemmte sich selbst hinter das Steuer und sie fuhren endlich nach Hause. Es war inzwischen ein wunderschöner heißer Sommer in Maine, der durch die kühlen Winde, die vom Meer heranwehten, erträglich war. Joshua ließ sein Fenster herunter und schloss genüsslich die Augen. Nach den Wochen im Krankenhaus war er gierig nach frischer Luft, seinem Zuhause und vor allem nach Amys Nähe. Sie manövrierte mittlerweile sehr geschickt das Ungetüm von SUV. Auch der enge Weg, der durch das Wäldchen führte, war völlig unproblematisch. Mit sicherer Hand lenkte sie das große Gefährt durch den Wald, und als sich die Bäume lichteten, blieb sie abrupt stehen. Josh schlug die Augen wieder auf und sah zu Amy. Sie starrte unverwandt zum Haus. Dort parkte ein kleiner dunkelblauer Toyota Prius. Ihr Wagen! Sie sah zu ihm herüber und ihr stand vor Erstaunen der Mund offen.

»Überraschung!«, sagte er schelmisch grinsend.

»Ist das wirklich meiner?«, fragte sie mit schwacher Stimme.

»Das hoffe ich sehr, ansonsten habe ich mich an einem Autodiebstahl mitschuldig gemacht«, erwiderte er lachend.

Amy starrte ihn fassungslos an, doch er schaute nach vorn, als wäre nichts gewesen. Sie fuhr wieder an, aber von der Ruhe und Sicherheit war nichts mehr da. Sie war völlig überrumpelt, doch gleichzeitig freute sie sich riesig über dieses kleine Stück Vergangenheit. Vor ihrem Japaner hielt sie an, stieg aus und betrachtete ihn immer noch mit diesem überwältigenden Gefühl von Unglauben. Sie ging um das Fahrzeug herum, weil sie nicht glauben konnte, dass es wirklich ihr treuer Wegbegleiter war, der da parkte. Doch es war in der Tat ihrer. Nur das Kennzeichen stimmte nicht. Alles andere passte. Der Kratzer, den man ihr auf einem Supermarktparkplatz in den vorderen Kotflügel gefahren hatte, war vorhanden. Sie schaute ins Wageninnere und entdeckte ihr Päckchen Kaugummi, ihre CDs, alles genauso, wie sie ihn zurücklassen musste. Es war ihr kleines Gefährt, dem sie einen Namen gegeben hatte. Eine lächerliche Tradition, die sie seit ihrem ersten eigenen Auto behalten hatte. Ihr Prius hieß Yashamaru. Naja, japanischer Wagen, japanischer Name, war ihre Devise. Endlich riss sie sich aus ihrer inneren Welt heraus und sah Josh an, der an den Tahoe gelehnt dastand und sie beobachtete. Immer noch das sanfte Lächeln auf den Lippen.

»Das ist meiner«, stammelte sie.

Er nickte nur.

»Wie ist er hierhergekommen?«

In dem Moment trat Sebastian aus der Haustür und schloss kurz von der Sonne geblendet die Augen.

»Hallo, ihr beiden«, rief er fröhlich und sah dann zu Amy.

»Na, wie haben wir das gemacht?«, fragte der junge Mann stolz.

Amy stand nur da und schaute zwischen den beiden, die nicht unterschiedlicher hätten sein können, hin und her.

»Also, bevor das hier zu einem großen Krach führt, kläre ich die Umstände mal kurz auf«, schlug Sebastian vor.

»Josh hatte mich ja gebeten, mich um deine Sachen in Seattle zu kümmern. Ich habe das Haus verkauft, alle Angelegenheiten geregelt. Da blieb nur noch das Auto übrig. Joshua hat angedeutet, dass du an der Reisschüssel hängst, also habe ihn nach Delaware bringen lassen, habe mich hinter das Steuer gesetzt und ihn hierhergebracht. Und die Delle vorne rechts am Kotflügel war ich nicht«, schloss er ab und hob abwehrend die Hände.

Amy schüttelte den Kopf.

»Das ist vor einem Jahr auf einem Parkplatz passiert«, bemerkte sie geistesabwesend.

Joshua stieß sich vom Wagen ab und sah Amy an.

»Komm, lass uns reingehen. Bei einem Tee können wir ja weitersprechen«, schlug er vor.

Das lange Stehen bekam ihm noch nicht so gut und er hoffte, dass Amy durch die kleine Atempause endlich ihre Sprache wiederfand. Sein Freund stimmte erleichtert zu. Fast als hätte er Sorge, dass seine Einsiedlerblässe von der Sonne verändert werden könnte. Er flüchtete regelrecht ins Haus. Amy warf einen Blick auf ihren Wagen und ging dann zu den Männern hinein. Sebastian setzte Wasser auf und bereitete eine Kanne Tee zu. Joshua saß auf dem Sofa und hielt sich die Seite. Er war doch noch nicht wieder ganz auf dem Damm und brauchte nach der Fahrt einen Moment der Ruhe. Amy und sein Kumpel brachten Tee, Tassen und Zucker an den Tisch. Zu Joshs Überraschung setzte sich Amy zu ihm, machte ihm eine Tasse fertig und stellte sie ihm in seine Reichweite. Er hatte erwartet, dass sie wütend war, aber wenn sie es war, ließ sie es sich nicht anmerken. Sebastian setzte sich und zuppelte unsicher an seinem T-Shirt herum. Amy betrachtete den Aufdruck und musste innerlich schmunzeln. Auf dem Stoff war ein Firmenemblem und der Name Weyland Yutani aufgedruckt. Eine fiktive Firma aus einem Science-Fiction-Film. Wie passend.

»Was ist in Seattle herausgekommen?«, brach Josh die Stille.

Sebastian sah auf und grinste stolz.

»Nun, im Moment sind die Immobilienpreise wieder recht gut und ich konnte für das Haus mit dem Grundstück einen ordentlichen Preis aushandeln. Und bei den Behörden hat dich nur dein Arbeitgeber als vermisst gemeldet.«

Er wendete verlegen den Blick ab. Doch Amy war nicht überrascht.

»Ich habe kein besonders inniges Verhältnis zu meiner Familie. Vermutlich vergehen drei Weihnachtsfeste, ehe ihnen etwas auffällt. Wenn überhaupt. Private Kontakte habe ich kaum. Jedenfalls keine engen. Alles nur Kollegen, also ist es für mich nicht überraschend, dass es sonst niemandem aufgefallen ist, dass ich verschwunden bin«, erwiderte sie ein wenig melancholisch.

Ihr Lächeln war bitter und sie nahm eilig einen Schluck Tee. Josh legte die nicht eingegipste Hand auf ihren Rücken und strich ihr tröstend darüber. Sie sollte fühlen, dass sie jetzt nicht mehr allein war und es gelang ihm. Sie entspannte sich und lehnte sich in seinen Arm zurück.

»Nun, bei deinem Arbeitgeber habe ich familiäre Gründe angegeben. Sie haben eine offizielle Kündigung verfasst und dir ein gutes Zeugnis ausgestellt. Sogar eine Empfehlung konnte ich herausschlagen, trotz der sonderlichen Umstände, unter denen du weggegangen bist. Ich habe die Sachen ins Arbeitszimmer gelegt. Wundere dich nicht, es ist natürlich mit allen anderen Dokumenten ein ganzer Karton voller Papiere geworden. Der Hausstand ist in einer Halle nicht weit von hier eingelagert, der Schlüssel liegt in derselben Box. Du kannst beruhigt deine persönlichen Dinge durchsehen und den Rest wegwerfen. Die Adresse liegt auch bei.«

Amy sah ihn verdutzt an. Er hatte scheinbar an alles gedacht. Ob er so etwas schon öfter gemacht hatte?

»Das war der leichteste Teil. Für den Nächsten brauche ich eine Entscheidung von euch«, fuhr Sebastian fort.

Josh sah auf und auch Amy wurde aufmerksamer.

»Ihr müsst euch überlegen, ob ihr eure neuen Identitäten einfach behalten wollt. Dann schreibe ich alle Unterlagen um und erledige auch den restlichen Kram im Hintergrund. Oder ihr nehmt eure alten Namen und Lebensläufe wieder an. In diesem Fall ändere ich die Schriftstücke und was sonst noch so ansteht entsprechend. Wollt ihr also Mr und Mrs Cale bleiben oder wieder zurück zu Amy Haven und Joshua Reynolds?«

Amy und Josh schauten sich an. Er lächelte sie sanft an.

»Das darfst du dir aussuchen.«

Amy starrte einen Moment lang in ihre Teetasse, um eine Entscheidung treffen zu können. Dann sah sie entschlossen auf.

»Ich möchte eines Tages Mrs Amy Reynolds sein. Also wäre es praktischer, wenn ich meine frühere Identität wiederbekomme.«

Joshua lächelte liebevoll, zog sie an sich heran und gab ihr einen zärtlichen Kuss. Sein Freund stöhnte theatralisch auf.

»Leute! Könnt ihr mit dem übereinander Herfallen warten, bis ich weg bin, bitte!«

Josh grinste nur.

»Sebastian, du wirst es überleben. Wie schnell kannst du denn die nötigen Angelegenheiten geregelt haben?«

Nachdenklich sah sein Kumpel zur Decke. Sekunden vergingen, in denen nichts geschah.

»In einer Woche ist alles fertig. Dann könnt ihr wieder Josh und Amy sein und machen, was ihr wollt.«

Damit war es geklärt. Amy stand auf und verschwand in der Küche. Es war Nachmittag und sie hatten alle noch nichts außer einem Frühstück in den Magen bekommen. Sie stöberte ein paar Minuten in den Schränken und fing dann an zu kochen. Josh und Sebastian schauten sich schweigend an.

»Es ist wirklich Glück, dass ihr beiden halbwegs heil aus der Sache herausgekommen seid. Hast du schon entschieden, wie es nun weitergehen wird? Willst du in deinen Job zurück?« Er hatte die Stimme gesenkt, damit Amy ihn nicht hören konnte.

»Nein, dieser Teil ist vorbei. Ich werde hier mit Amy zur Ruhe kommen, ein wenig am Haus werkeln und mir einen ruhigen Job zulegen. Vielleicht als Berater in einer Sicherheitsfirma. Die suchen immer Männer mit militärischem Hintergrund. Ich denke, Amy möchte auch wieder arbeiten. Ich will ein normales Leben. Ganz einfach, wie alle anderen auch. Heiraten, Kinder bekommen, gemeinsam alt werden«, antwortete er und sah verträumt in Richtung Küche, wo seine Geliebte fleißig werkelte. Sein Freund zog skeptisch eine Augenbraue hoch.

»Und du glaubst, dass du damit zufrieden sein wirst? Ein Alltag ohne das Adrenalin, das unabhängige Dasein? Du willst deine Routine, Rechnungen zahlen, Kinder kriegen, wie alle anderen Leute?« entgegnete er zweifelnd.

Aber Josh nickte nur und lächelte mit einem verliebten Gesichtsausdruck. Er dachte an Amy, wie sie gerade etwas zu Essen machte, wie herrlich die Zeit war, die sie außerhalb der Dramen erlebt hatten.

»Ja ich bin mir ganz sicher, dass ich genau das möchte.«

Sebastian folgte seinem Blick und hörte, wie Amy in der Küche schepperte und leise »verdammt« grummelte. Da musste auch er grinsen. Ein höchst seltenes Ereignis.

Sie aßen gemeinsam zu Abend und dann verabschiedete sich Sebastian rasch. Er wollte die Nacht in seinem Motel verbringen und dann schnellst möglichst nach Delaware zurückkehren. Unter Menschen, selbst unter Freunden, fühlte er sich nur eine begrenzte Zeit wohl. Er versprach sich zu melden, wenn er etwas Neues gab. Sie standen in der Eingangstür, als aus dem Wald zwei Scheinwerfer auftauchten. Das Taxi. Amy umarmte den Nerd noch einmal herzlich und dankte ihm für alles. Wie bei ihrer ersten Begegnung, glaubte Joshua, dass sein Kumpel gleich einen Herzschlag erleiden würde. Aber auch dieses Mal ging es glimpflich aus. Josh klopfte ihm zum Abschied nur auf die Schulter. Das Taxi hielt vor ihnen und der Fahrer half Sebastian, seinen kleinen Koffer einzuladen. Ohne große Umschweife stieg dieser in den Wagen und nach einem kurzen Winken fuhren sie davon.

»Ich glaube, ich werde immer das Gefühl haben, ihm nicht genug gedankt zu haben«, meinte Amy nachdenklich, als sie sah, wie die Rücklichter des Autos vom Wald verschluckt wurden.

»Das kenne ich gut. Aber er freut sich für uns. Und wann immer er etwas braucht, werden wir für ihn da sein. So unwahrscheinlich dieser Fall auch sei.«

Er küsste Amy auf das Haar, legte seinen Arm um sie und sie gingen zurück ins Haus.

Epilog

In den nächsten zwei Wochen kümmerte sich Amy um den Haushalt, fuhr mit Joshua in die Stadt zum Einkaufen und versorgte ihn rundherum. Es war ein ungewöhnlich heißer Sommer und sie verbrachten meist den frühen Morgen und den späten Abend draußen, aber die Mittagshitze im Gebäude, das angenehm kühl war. Charlie kam nur selten ins Haus. Er nahm nur seine Mahlzeiten ein und lümmelte sonst im Schatten in der Nähe oder am Waldrand. Amy hatte ein paar Bewerbungen geschrieben und sogar schon eine Zusage bekommen. Einer der ortsansässigen Ärzte suchte ab Herbst halbtags eine Assistentin, die sich auch um den kleinen Laborbetrieb kümmern konnte. Amy freute sich darauf. In zwei Monaten konnte sie anfangen. Josh quengelte die vergangenen Tage immer wieder über den Gipsarm, der bei der Hitze gemein juckte. Amy betrachtete ihn dann immer amüsiert.

»Ein harter Kerl wie du, jammert über ein bisschen jucken«, meinte sie spöttisch. Er sprang darauf meist auf, verfolgte sie durchs Haus und fing sie auch rasch ein. Zur Strafe bekam sie meist einen Klaps. Aber auch nur einen, der immer dieses wundervolle Funkeln in ihre Augen zauberte. Beide konnte es kaum erwarten, dass er endlich auch diese letzte Erinnerung an jenen schrecklichen Abend verlor.

Am ersten September war es dann so weit. Mit dem Prius fuhren sie zum Krankenhaus, der Gips wurde entfernt und die Hand zur Kontrolle geröntgt. Alles war völlig verheilt. Etwas erschüttert betrachtete Josh seinen Arm, der dünn und käsig wirkte. Amy umarmte ihn.

»Keine Sorge, der ist bald wieder so kräftig und gebräunt wie der andere«, versuchte sie ihn zu beruhigen.

Noch ein wenig steif bewegte er die Finger und legte nun beide Arme um ihre Taille.

»Na, dann wollen wir doch einmal sehen, was wir heute Nacht so alles anstellen können.«

Ihre Blicke trafen sich. Amy rieb ihre Nasenspitze an seiner. Die Welt um sie herum hatte aufgehört zu existieren. Das Knistern war so intensiv, als stünden sie beide unter Starkstrom.

»Das will ich dir aber auch geraten haben.«

In ihren Augen lag die pure Herausforderung. Josh küsste sie liebevoll, wühlte seine Hand in ihr Haar und war einfach nur ausgelassen. Sie genoss jede Berührung und freute sich auf ihren gemeinsamen Neuanfang. Er sollte mit ihr tun, was er wollte. Und sie würden glücklich sein. Zusammen.

ENDE

Weitere Bücher der Autorin

Dark secrets of lust (Teil 1)
Mehr als zwei Jahre sind seit den dramatischen Ereignissen in Vincents Herrenhaus vergangen. Nachdem er sich in dieser Zeit ganz aus dem gesellschaftlichen Leben zurückgezogen hatte, katapultiert ihn die Hochzeitseinladung von Isabell und Christian aus seinem selbstgewählten Exil heraus. Bei einem Besuch eines Geschäftsfreundes begegnet er der taffen und unnahbar wirkenden Anwältin Alexandra Carr, die auch seine dunklen Gelüste wieder aus dem Schlaf reißt. Entschlossen dem Leben und der dunklen Seite der Lust wieder Raum zu geben, besucht Vincent den BDSM-Club „Dark Rose Palace", wo er sich wieder in jene intensive Welt aus Dominanz und Unterwerfung stürzen möchte. Doch er findet in diesem Club mehr als nur sexuelle Erfüllung. Er begegnet der Frau, die so viel mehr für ihn bedeuten könnte, als nur ein paar lustvolle Stunden. Nichts ahnend, dass auch sie ein dunkles Geheimnis verbirgt, beginnt eine aufregende Reise in eine Welt voller Verlangen.

Dark secrets of love (Teil 2)
Nach einer schiefgelaufenen Session, bei der Vincent von den Dämonen seiner Vergangenheit eingeholt wurde, hat es zwischen Alexandra und Vincent übel gekracht. Doch es wird zwischen den beiden nicht die letzte Unstimmigkeit bleiben, die ihre lustvolle und immer liebevollere Beziehung mit Leben füllt. Alexandras Stalker wagt immer häufiger und bedrohlicher den Schritt aus

dem Schatten und setzt sowohl Alexandra als auch ihre Beziehung mit Vincent unter Druck. Das bleibt nicht ohne Folgen, die immer gefährlichere Züge annehmen, bis es das gemeinsame Leben der beiden zu zerstören droht.

Kirschblüten
Emily ist durch ihren Freund Sean hoch verschuldet. Seit Monaten zieht er sie immer tiefer in ihre finanzielle Notlage hinein, während er selbst lieber rücksichtslos trinkt und Spaß hat. Der ebenso attraktive wie vermögende Malcolm Whitefall tritt an sie heran und unterbreitet ihr ein lukratives Angebot: Wenn Emily sich dazu verpflichtet, ihn für eine Woche als Geliebte nach Japan zu begleiten, begleicht er die Schulden und rettet sie damit aus der Schuldenspirale. Entschlossen, für sich einen  Neustart zu beginnen, stimmt Emily zu und beendet die Beziehung zu Sean. Doch dieser rastet aus und Emily entkommt nur mit knapper Not seinem gewalttätigen Ausbruch. In Japan eröffnet sich für Emily mit Malcolm an ihrer Seite eine ganz neue Welt und ihre Gefühle stehen immer mehr Kopf. Sowohl Malcolm als auch Emily befinden sich in einem Strudel aus Emotionen und ungezügelter Leidenschaft. Sean haben beide vergessen ... ein schwerer Fehler!

Sklavin für zehn Tage

Als Isabell sich vertraglich für zehn Tage als Lustsklavin an den reichen, dominanten Vincent Cold bindet, verändert sich auf einen Schlag alles für sie. Was als erotisches Arrangement beginnt, gerät außer Kontrolle, als Vincent von seinen Gefühlen für Isabell aus der Ruhe gebracht wird und schließlich insgeheim plant, sie zu erniedrigen und zu brechen. Um das umzusetzen, bittet er seinen besten Freund, den ebenfalls dominant veranlagten Christian Horn, um seine Hilfe. Noch bevor Christian auf Vincents Landsitz eintreffen kann, eskaliert die Situation zwischen Vincent und Isabell – aus einem lustvollen Vertrag wird eine lebensgefährliche Situation für die junge Frau. Christian kann gerade noch rechtzeitig eingreifen und Isabell aus dem Haus bringen. Doch was ist mit ihrem Vertrag, „Sklavin für zehn Tage"? Wird Isabell Christian nun noch vertrauen und sich lustvoll in seine Arme fallen lassen können - oder wird Isabell von den verstörenden Ereignissen eingeholt und die schreckliche Geschichte sich wiederholen?